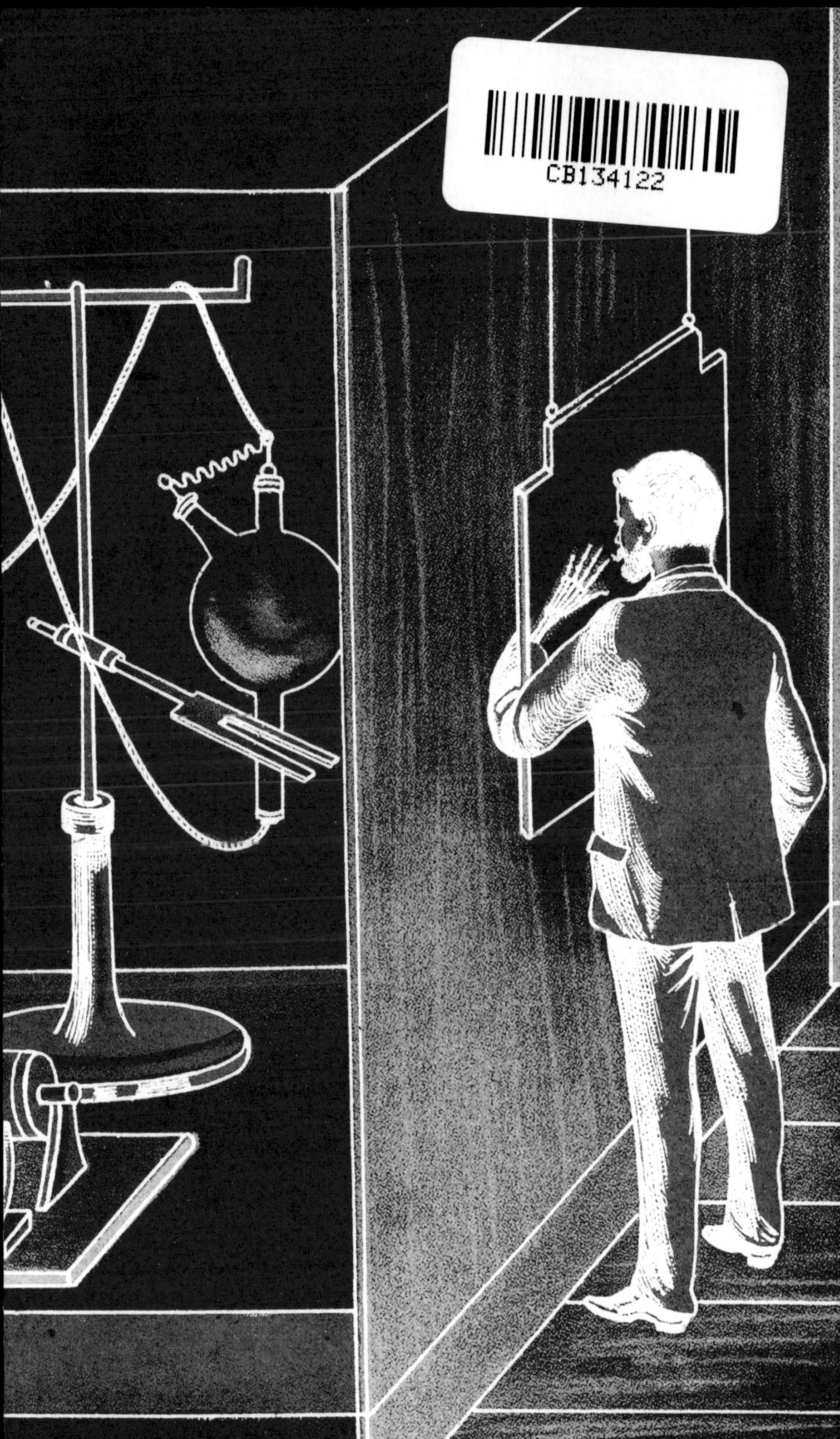

Contos de FICÇÃO CIENTÍFICA

EDGAR ALLAN POE

Contos de FICÇÃO CIENTÍFICA

EDGAR ALLAN POE

ORGANIZAÇÃO, COMENTÁRIOS E TRADUÇÃO
Martha Argel e Humberto Moura Neto

PREFÁCIO
Bruno Anselmi Matangrano

POSFÁCIO
Humberto Moura Neto

Aleph

Edgar Allan Poe:
contos de ficção científica

COPIDESQUE:
Aline Graça

REVISÃO:
Laura Jahn Scotte
Isabela Talarico

CAPA:
Mateus Acioli

ILUSTRAÇÕES DE MIOLO:
Luis Aranguri

IMAGEM (P. 314):
Retrato de Edgar Allan Poe,
por Samuel S. Osgood, 1845

DADOS INTERNACIONAIS DE CATALOGAÇÃO NA PUBLICAÇÃO (CIP)
DE ACORDO COM ISBD

P743e Poe, Edgar Allan
Edgar Allan Poe: contos de ficção científica / Edgar Allan Poe ; organização, comentários e tradução Martha Argel e Humberto Moura Neto ; ilustrado por Luis Aranguri. - São Paulo : Aleph, 2025
360 p. ; 14cm x 21cm.

ISBN: 978-85-7657-739-3

1. Literatura americana. 2. Contos. 3. Ficção científica. I. Argel, Martha. II. Moura Neto, Humberto. III. Aranguri, Luis. IV. Título.

2025-1925 CDD 813
CDU 821.111(73)-3

ELABORADO POR VAGNER RODOLFO DA SILVA – CRB-8/9410

ÍNDICES PARA CATÁLOGO SISTEMÁTICO:
1. Literatura americana : Contos 813
2. Literatura americana : Contos 821.111(73)-3

Aleph

Rua Bento Freitas, 306 - Conj. 71 - São Paulo/SP
CEP 01220-000 • TEL 11 3743-3202
www.editoraaleph.com.br

@editoraaleph
@editora_aleph

SUMÁRIO

APRESENTAÇÃO

A CIÊNCIA NOS CONTOS DE UM MESTRE DO MACABRO

A ideia de reunir e comentar os contos de ficção científica de Edgar Allan Poe, consagrado autor de histórias de horror, surgiu a partir das frequentes conversas que tínhamos com nosso grande amigo, editor e guru literário Sílvio Alexandre. Ele nos lançou a questão: "No Brasil, nunca foi publicado um livro que abordasse especificamente esse aspecto da obra do autor estadunidense". Como ambos temos uma profunda ligação com a Ciência — além de tradutores, somos pesquisadores acadêmicos na área da biologia —, o desafio nos pareceu altamente atraente, e logo entendemos que nossa formação nos daria bom fôlego e estofo para abordarmos questões pouco debatidas sobre a obra do autor. O pioneirismo de Poe no gênero não era novidade para nós, graças sobretudo à primorosa obra de Harold Beaver, *The Science Fiction of Edgar Allan Poe*. A ideia de apresentar ao leitor brasileiro esse lado pouco conhecido de Poe nos pareceu irresistível.

Começamos por um cuidadoso levantamento dos textos que os inúmeros estudiosos da obra de Poe consideraram serem ficção científica — ou, em certos casos, precursores do gênero. Os livros e artigos consultados constam da lista bibliográfica incluída ao final deste livro. Merecem especial destaque o já mencionado livro de Beaver e a indispensável edição comentada de Stuart e Susan Levine, *The Short Fiction of Edgar Allan Poe*, que, com suas notas minuciosas e análises perceptivas, foi de grande utilidade.

Avaliamos os escritos em si e as considerações dos estudiosos, e por fim fizemos nossa própria seleção. Incluímos os contos que a nosso ver de fato continham elementos de ciência, tecnologia ou filosofia da ciência, e deixamos de fora aqueles que nos pareceram apenas remotamente ligados ao tema (como "O sistema do doutor Tarr e do professor Fether" e "A máscara da Morte Vermelha", mencionados por um ou mais dos autores consultados como sendo de ficção científica). Muitos dos contos selecionados têm o atrativo adicional de serem pouco conhecidos pelos leitores de Poe.

Embora repletos de elementos de ficção científica, ficaram fora do projeto a noveleta "Hans Pfaall — A Tale" (em tradução livre, "Hans Pfaall — Um conto") e o ensaio (ou poema em prosa) *Eureka*, devido a sua extensão. O segundo, que expressa de forma abrangente a visão de mundo do autor, mereceria uma edição à parte, bem anotada. Ambos, porém, são analisados em nosso posfácio (p. 315), dentro do contexto do pensamento científico e filosófico de Poe.

Desde o início do trabalho de tradução e de pesquisa das fontes acadêmicas, tornou-se evidente que, apesar do grande volume de estudos sobre a obra de Poe, raras análises exploravam a relação dele com a ciência e a tecnologia. Com efeito, os contos que havíamos selecionado estavam recheados de referências ao mundo natural, dados científicos e descrições técnicas, sugerindo um conhecimento enciclopédico.

Assim, neste livro, concentramo-nos em destrinchar as informações sobre tecnologia, os fatos científicos e as discussões teóricas sobre ciência que Poe intermeia em suas narrativas. Tecemos considerações sobre sua precisão e confiabilidade, investigamos fontes utilizadas e examinamos os propósitos do autor ao rechear seus textos com uma informação não raras vezes excessiva e exagerada.

De fato, desvendamos vários dos truques e artimanhas que Poe usou para convencer o leitor de que era uma autoridade na infindável gama de assuntos que abordava, para criar uma atmosfera de seriedade e respeitabilidade, e para simplesmente tapear o leitor e fazê-lo crer que estava diante de fatos, e não de uma obra ficcional. Hoje em dia, diríamos que Poe era um habilidoso criador de *fake news*.

Para quem só conhece Poe como um autor macabro e trágico, trazemos aqui um escritor surpreendente, atento ao que se passava no mundo e em constante busca de estratégias literárias que garantissem um sucesso editorial e financeiro. Um Poe muito distante da figura doentia, depressiva e infeliz que se popularizou e o consagrou, inclusive dotado de um senso de humor ácido, capaz em alguns momentos de nos proporcionar boas risadas. Quem imaginaria o dramático autor de "Berenice" ou "O gato negro" fazendo trocadilhos infames ou piadas sobre beliscões no nariz e madames tagarelas, ou escrevendo cenas dignas do cinema mudo, como o sábio defenestrado pelo pontapé de uma múmia?

Dividimos o livro em cinco seções, de acordo com a temática dos catorze contos selecionados: aventuras marinhas, mesmerismo, pseudojornalismo, filosofia pessoal e humor. Cada seção traz um breve texto introdutório, contextualizando o tema dentro do panorama cultural e social da época. Os contos em si trazem notas que não apenas exploram o conteúdo científico e tecnológico da narrativa, mas também ajudam o leitor a compreender as inúmeras referências que Poe faz a eventos e fatos que à época eram familiares aos leitores. Depois de cada um dos contos, um texto sucinto apresenta mais detalhes sobre sua publicação e as circunstâncias em que foi escrito, informando ainda sua relevância dentro da literatura de ficção científica e seu legado.

Ao final do livro, no posfácio, analisamos Poe no contexto de sua época e a relação que o escritor mantinha com a ciência.

Há várias maneiras de ler este livro. O apreciador de Edgar Allan Poe terá a oportunidade de ler aqui, como já mencionamos, contos pouco conhecidos no Brasil, e de descobrir novas facetas desse autor incrivelmente eclético. Quem se interessa por cultura geral vai encontrar nas notas e comentários um contexto cultural e social do período em que Poe viveu, período este marcado por avanços tecnológicos, descobertas e profundas transformações econômicas, cujos efeitos ainda hoje moldam as relações entre as nações da Terra. Para os leitores de ficção científica, fizemos o esforço de destacar a importância de Poe como precursor de diversos temas até hoje recorrentes nesse gênero, e a influência que teve sobre relevantes autores que vieram depois dele.

Se, ao ler este livro, o leitor tiver a sensação de que há um excesso de descrições e notas explicativas, é preciso lembrar que os contos foram escritos em meados do século 19, época em que jornais e revistas constituíam os grandes meios de comunicação em massa. As ilustrações eram poucas, e as informações eram transmitidas por texto escrito, incluindo descrições que hoje podem parecer enfadonhas, mas que eram necessárias para dar uma aura de credibilidade e autoridade ao texto.

Fiel à sua ideia de que nossos sentidos se interconectam, Poe usava as palavras para elaborar verdadeiras pinturas sonoras, criando uma gama de cores que poucos escritores conseguem igualar. Com *A ficção científica de Edgar Allan Poe* esperamos contribuir para desfazer a visão monocromática com a qual ele ainda é visto, e mostrar alguns outros tons da paleta desse escritor tão cheio de nuances. Edgar Allan Poe sem dúvida merece o título de Mestre do Macabro; mas seria uma grande injustiça que fosse conhecido unicamente por essa faceta.

M. A. e H. M. N.
São Paulo, março de 2025

PREFÁCIO

A INVENÇÃO DE EDGAR ALLAN POE

Ciência! Filha verdadeira do Tempo Pretérito tu és!
Tu, que transformas todas as coisas com teu olhar penetrante,
Por qual motivo és predadora do coração do poeta,
Abutre carniceiro, cujas asas são as mais banais realidades?

Edgar Allan Poe, "Soneto – À ciência" (1829)[1]

O homem por trás do corvo

Quando Edgar Allan Poe (1809-1849) publicou o poema narrativo "O corvo", já em 1845, quatro anos antes de sua morte, talvez não imaginasse que, após anos de uma carreira tortuosa, com pouca notoriedade e muita dificuldade econômica, finalmente encontraria o devido reconhecimento, mesmo que *ainda* limitado então. A história da ave enigmática que adentra o quarto de um jovem em luto e repete a fatídica frase "Nunca mais" logo repercutiu em diversos jornais, ganhando inclusive o público britânico. Tamanha fama não se reverteu em segurança financeira, mas possibilitou ao escritor uma amostra do impacto que sua obra viria a exercer em toda a cultura ocidental nas décadas que sucederiam sua morte.

Poe tampouco imaginaria que o verdadeiro reconhecimento que ainda estava por vir se daria sobretudo da França, país em que nunca esteve e sobre o qual não parecia ter interesse

1. "Sonnet — To Science", Edgar Allan Poe, 1929. No original: "Science! true daughter of Old Time thou art!/ Who alterest all things with thy peering eyes./ Why preyest thou thus upon the poet's heart,/ Vulture, whose wings are dull realities?". Tradução de Martha Argel e Humberto Moura Neto.

especial, mas que se apaixonaria por sua obra de tal maneira a ponto de se tornar "difícil encontrar um único escritor francês", seja de sua época ou posterior, "que, de uma forma ou de outra, não tenha prestado suas homenagens" ao autor de "O corvo", como o atesta Patrick F. Quinn (*apud* BELLEI, 2010, p. 132), grande especialista da recepção francesa do poeta.

Se pensamos em "O corvo", em particular, é porque o poema se tornou uma metonímia de seu autor, um símbolo de sua obra, um resumo de seus temas. No Brasil, Poe é sobretudo conhecido por esse poema, o primeiro texto a ser traduzido em nosso país e sem dúvida o mais retraduzido, tendo recebido em língua portuguesa versões de gabaritados autores como Machado de Assis (1839-1908) e Fernando Pessoa (1888-1935), que dispensam apresentações. Nas palavras do pesquisador Carlos Daghlian, "para o leitor brasileiro mediano, Poe ainda é mais conhecido como o autor de 'O corvo'" (2003, p. 46). E isso não é por acaso: o poema integra não apenas nosso imaginário erudito, mas igualmente a cultura pop. Constantemente adaptado e referenciado em diversas mídias, como o cinema e os quadrinhos, imortalizado nas leituras dramáticas de atores hollywoodianos como Vincent Price (1911-1993) e Christopher Lee (1922-2015) ou ainda na versão animada da série *Os Simpsons*, esse poema vence as barreiras de época, de classe e de acesso, comumente presentes no consumo de poesia, para ganhar o grande público.

"O corvo" sintetiza e delineia a poética de seu autor e a percepção pública de seu imaginário: um homem atormentado por fantasmas de um passado perdido, um poeta romântico típico, maldito, fascinado pela morte, assombrado por figuras femininas tão inefáveis quanto idealizadas e inalcançáveis, como ecoam as personagens de alguns de seus contos como "Ligeia", "Morella" ou "Berenice". Poe, tal como seus correlatos da segunda geração romântica brasileira, morreu cedo, arrebatado após uma vida de tragédias, desventuras e excessos, assolado pela pobreza e pelo suposto vício em álcool. Contudo, mesmo que muitos desses elementos biográficos se façam sentir em textos daquele que ficou conhecido como "O Mestre do Macabro", essa visão estereotípica do poeta não dá conta de sua vida rocambolesca, tampouco do pioneirismo de sua obra, cujo impacto vai muito além das fronteiras da literatura de horror e do gótico, estendendo-se igualmente na literatura policial, na poesia simbolista e, entre outras vertentes, na vindoura ficção científica, cujas bases ajudou a alicerçar.

Muito diferente da ideia de um poeta embriagado, de gênio difícil, tímido e misantropo, tão presente no imaginário contemporâneo, difundida ainda no século 19, tanto por quem o admirava como o grande poeta francês Charles Baudelaire (1821-1867), quanto por detratores como o seu conterrâneo, e hoje esquecido, Rufus Griswold (1812-1857), Poe foi sobretudo um jornalista engajado e um crítico mordaz, um aventureiro nato que tinha dificuldade de fixar-se em um único lugar e cujas aptidões e interesses se estendiam das línguas antigas e modernas às mais variadas práticas esportivas. Seus textos não traduziam apenas seu fascínio pela morte, mas também "seu senso do grotesco e do humor", como o descreve Romain Meyer, que destaca seu gosto por "brincar com as palavras, chegando até a modificar citações latinas para provocar um efeito cômico" (2019).[2]

Poe foi também um estudante de excelente desempenho, um militar frustrado, "um ardente republicano" (idem), um homem de grande espiritualidade, com grande interesse pela Bíblia, e um entusiasta curioso dos avanços científicos e tecnológicos. Baudelaire o descreve como uma pessoa com algo de "tenebroso e brilhante ao mesmo tempo", dotado de um "caráter singular, sedutor, e, como suas obras, marcado por um indefinível selo de melancolia" (1973, p. 34), melancolia que, como dito, não impedia seu humor ácido. Logo, parece natural que sua obra não se resuma ao "macabro" e ao "es-

2. Todos os trechos citados a partir daqui, salvo quando especificado, foram traduzidos pelo autor do prefácio.

tranho", com o qual são comumente classificadas, e que sua biografia turbulenta e personalidade complexa não possam ser reduzidas a alguns estereótipos e preconceitos.

Uma vida byroniana

Edgar Poe foi muito provavelmente o primeiro autor estadunidense de fama internacional, tendo ousado — e conseguido a duras penas — viver de sua escrita e para sua literatura, o que também era então algo inédito em seu jovem país. Nasceu na cidade de Boston, em 19 de janeiro de 1809, segundo filho de um casal de atores que se conheceram em meio aos palcos da Nova Inglaterra. A mãe de Poe era londrina e imigrara aos Estados Unidos em busca de novas oportunidades no Novo Mundo; o pai descendia de irlandeses e abandonara os estudos de direito para se tornar ator.

Cedo, o jovem Poe conheceu a tragédia. Seu pai, cujo caráter parecia ser tão duvidoso quanto o talento artístico, desapareceu antes mesmo do nascimento de sua irmã e, presume-se, morreu pouco depois. Desamparada e doente, a viúva faleceu em 1811, deixando três órfãos à mercê da caridade. Enquanto William, o mais velho, foi acolhido pelos tios, Rosalie, a caçula, e Edgar foram levados a duas famílias adotivas diferentes.

O pobre menino foi adotado informalmente por John e Frances Allan, um casal de comerciantes de tabaco, sendo rebatizado como Edgar *Allan* Poe e criado em Richmond, no estado da Virgínia. Sua relação com a mãe adotiva foi desde o início repleta de carinho e afeição, enquanto seu pai adotivo revelou-se distante, frustrado pelo fato de o rapaz não demonstrar interesse e aptidão para assumir os negócios da família. Edgar recebeu uma boa educação formal, estudando em respeitáveis colégios, onde teve ótimo desempenho, apesar do temperamento arredio, que, aparentemente, afastava-o dos colegas, segundo alguns relatos.

Em 1815, os Allan mudaram-se para a Inglaterra, buscando novas oportunidades comerciais, uma vez que os negócios de

John Allan passavam por uma fase difícil. Visitaram também a Irlanda e a Escócia, cujas paisagens iriam inspirar Edgar, sobretudo as construções góticas que tiveram forte impacto sobre sua imaginação. A família acabou voltando aos Estados Unidos cinco anos depois, e o rapaz retomou seus estudos, recebendo uma sólida formação em autores clássicos. Durante essa fase britânica, Poe teria efetuado uma primeira fuga, desaparecendo dos registros por um período, o que voltaria a acontecer de tempos em tempos e contribuiria para construir uma aura de mistério em torno de sua figura.

À medida que crescia, interessava-se cada vez mais por literatura e, em especial, por poesia, nutrindo grande admiração por Lord Byron (1788-1824), cuja vida romanesca fora igualmente marcada por andanças, tragédias, disputas familiares, amores proibidos e uma morte abrupta. Baudelaire chegaria, inclusive, a comparar os dois poetas descrevendo Poe como "o Byron perdido no mundo errado" (1875, p. X); o "mundo errado", é claro, era os Estados Unidos.

Ainda sobre a relação com Byron, Poe teria chegado a difundir inclusive um boato de que, depois de sua viagem às ilhas britânicas, teria ido à Grécia, como Byron, combater os turcos, mas essa história foi por muitos desmentida, embora alguns admiradores, como Jules Verne (1828-1905), acreditassem ser verdade e tivessem-na usado como justificativa para aproximar ainda mais os dois grandes poetas românticos.

As mais antigas obras conhecidas de Poe datam de 1824 e 1825, algumas publicadas postumamente, como o poema "O, tempora! O, mores!". Seu primeiro livro, *Tamerlane and Other Poems*, fortemente influenciado por seu herói, data de 1827. Os anos seguintes foram marcados por grandes disputas com seu pai adotivo, que se negava a aceitar a carreira de poeta e a financiar seus estudos; nessa mesma época, Poe vivencia uma passagem frustrante pelo exército. A situação entre pai e filho deteriorara-se ainda mais pelos constantes adultérios do primeiro, causando grande sofrimento à mãe adotiva, que sempre o apoiara e a quem Edgar era muitíssimo apegado. Pai e filho reconciliam-se na dor em 1829, quando Frances Allan falece.

Em busca de autonomia financeira, Poe começa a trabalhar para jornais, publicando contos e artigos, chegando inclusive a vencer alguns prêmios, cuja recompensa financeira, mesmo que pequena e insuficiente, serviu de grande incentivo no caminho das letras. É preciso dizer que, ao contrário do senso comum, nem sempre Poe viveu na miséria. Desde a infância sua vida foi marcada por altos e baixos pecuniários, com momentos de grande penúria e outros de conforto mais duradouro. Seu pai adotivo era um comerciante de boa reputação e conseguia prover bem a sua família, mesmo que por momentos enfrentasse a recessão, como aquela que o levou a imigrar para a Inglaterra, situação que se inverteria ao receber uma herança algum tempo depois. Edgar, por sua vez, atravessou momentos difíceis depois que deixou de morar com os Allan, por vezes precisando recorrer a amigos e familiares e colecionando dívidas pelo caminho; ainda assim, houve períodos em que a atuação jornalística e os prêmios e direitos por contos e poemas conseguiram garantir seu sustento sem tanto aperto.

Pois é verdade que suas obras são cedo elogiadas, embora não cheguem a receber uma imensa atenção do público. Seu lugar nas letras estadunidenses era então ambíguo: era suficientemente reputado para aparecer em antologias de autores nacionais, por exemplo, mas, ao mesmo tempo, era constantemente criticado por detratores e não recebia o bastante para viver sem preocupações.

De todo modo, Poe constrói uma carreira sólida, ganhando espaço em jornais e nas mencionadas antologias, sobretudo poéticas. Angaria tanto amigos quanto inimigos, uma vez que muitos de seus textos críticos eram ácidos e invectivos. A situação só mudaria de fato, em uma virada bastante promissora, em 1845, conforme já comentado, quando da publicação de "O corvo". A partir de então, o autor começa a ser convidado para dar conferências e colaborar em diversos periódicos. Infelizmente, essa fase não duraria muito.

Poe escreveu mais de cinquenta poemas, gênero ao qual se dedicou durante toda a sua existência. Escreveu também muitos artigos jornalísticos e alguns ensaios, entre os quais os célebres "Filosofia da composição: gênese de um poema" (1846) e *Eureka* (1848). No primeiro, traça sua teoria da narrativa curta e expõe o processo de escrita de "O corvo". No segundo, misturando física, metafísica, matemática e espiritualidade com bastante perspicácia e pioneirismo, revela sua visão otimista da ciência, o que já podia ser vislumbrado, aliás, no ambíguo "Soneto — À ciência" (1829), citado como epígrafe deste prefácio. Nesse poema, propõe não uma negação da ciência — descrita como um "abutre" — como muitas vezes o interpretaram, mas sobretudo como um contraponto a uma disciplina que considerava então por demais rígida, carente de poesia e de espiritualidade para poder ser compreendida em sua totalidade, como o demonstraria anos depois justamente em *Eureka* considerado seu último grande texto e comentado em detalhe no posfácio desta antologia.

A fama de Poe, porém, deu-se sobretudo pela sua prosa de ficção e, especificamente, pelas narrativas curtas, tendo produzido mais de sessenta contos e novelas, que são comumente classificados como pertencentes a um gênero que o próprio autor teria criado, "o estranho". Histórias como "A queda da casa de Usher" (1839), "Assassinato na rua Morgue" (1841) e "O gato preto" (1843) foram amplamente difundidas, traduzidas e adaptadas, ajudando a criar a imagem pop do "Mestre do Macabro". Do ponto de vista genealógico, suas histórias transitavam entre o fantástico "puro", isto é, aquelas em que pode haver hesitação ante o sobrenatural — conforme a tipologia de Tzevetan Todorov (1939-2017) proposta em sua *Introdução à literatura fantástica* (2008) —, indo ao "estranho", quando propunham uma explicação racional/científica para acontecimentos insólitos, o que fundaria as bases para o surgimento de dois gêneros amplamente difundidos no século 20: o romance policial e a ficção científica.

Poe escreveu um único romance, intitulado *As aventuras de Arthur Gordon Pym*, publicado em fascículos em 1837 e em formato integral em 1938, obra que viria a inspirar de diversas formas ninguém menos do que Jules Verne, o "pai da ficção científica", como comentaremos mais adiante. Legou-nos ainda o romance *O diário de Julius Rodman*, que, no entanto, permaneceu inacabado. Curiosamente, apesar de ser filho de atores de teatro, não escreveu peças, salvo um texto chamado "Político", produzido entre 1835 e 1836, que também permaneceu incompleto. Seu talento, como ele próprio tinha consciência, estava sobretudo na concisão, no poder de síntese, por isso o lugar privilegiado de poemas e contos no conjunto de sua obra.

Em sua vida privada, grandes acontecimentos passam-se na década de 1830. Poe casa-se em 1835 com sua prima Virginia, que tinha então apenas treze anos. A família a princípio se opusera à união, mas acabou por ceder, já que a menina parecia compartilhar a afeição pelo primo-poeta meio famoso que tanto admirava. Tal como as outras mulheres importantes na vida de Poe, Virginia tinha uma saúde frágil e passou grande parte de sua fase adulta doente, vindo a falecer em 1847. Essa relação condenável é mais uma entre as inúmeras similitudes entre Poe e Byron, já que este fora acusado de cometer incesto com a própria meia-irmã mais velha. As semelhanças biográficas, porém, encerram-se por aí. Byron morreu na guerra pela independência da Grécia; já Poe teve uma carreira militar breve e fadada ao fracasso e viria a falecer de maneira nada heroica. Byron era um misantropo, enquanto Poe, mesmo se descrito como reservado e por vezes antissocial, mantinha uma rede de familiares e amigos — e sobretudo amigas — que muitas vezes o socorreram em situações difíceis, prestando suporte tanto financeiro quanto emocional.

É comum, em biografias sobre o autor, a informação de que Poe era viciado em álcool (Baudelaire evoca mesmo a possibilidade de que teria sido opiômano), o que teria fragilizado sua saúde de tal forma que viria a falecer de forma trágica por uma congestão cerebral em 7 de outubro de 1849, na cidade de Baltimore. No entanto, relatos de amigos e conhecidos atestam que Poe bebia apenas socialmente e, embora tivesse passado por episódios esporádicos de embriaguez — sobretudo quando afligido por duras perdas —, passava longos períodos sem ingerir álcool. A verdade é que sua morte permanece até hoje envolta em mistérios. O poeta foi encontrado semiconsciente após uma semana desaparecido (mais uma de suas famosas "fugas"?), numa sarjeta próxima a uma taverna, com roupas que não eram suas. Faleceu quatro dias depois sem chegar a recobrar a lucidez.

Baudelaire interpretaria essa morte como "um quase suicídio" (1973, p. 30), acreditando que Poe sentia uma espécie de atração mórbida pela morte. Diante do momento de sucesso que estava vivendo, não parece muito provável. A teoria mais plausível, contudo, revela uma face sombria do processo eleitoral da época: era comum que adversários políticos capturassem e drogassem eleitores para manipular seus votos e, em épocas de eleição, tavernas eram transformadas em postos de votação. Poe, ao que tudo indica, teria sido uma vítima de uma dessas manipulações.

Sua morte foi muito lamentada por amigos, leitores e admiradores, mas também foi a ocasião para que alguns deturpassem sua imagem. Na ocasião, Rufus Griswold, desafeto de Poe que ficara em seu lugar em uma das revistas onde trabalhou, publicou um obituário no qual tentou destruir a carreira e o legado do poeta. Um texto cheio de "arrogância, raiva e inveja", nas palavras de Romain Meyer, uma vez que o "ex-reverendo mantinha com o escritor uma relação no mínimo conflitual, desde uma crítica mal digerida. O rancor foi tenaz, inclusive *post mortem*" (2019).

Nesse documento, Griswold afirmava que poucos lamentariam a morte de Edgar, já que seu temperamento melancólico o impedira de ter amigos. O obituário contribuiu para estabelecer a imagem hoje consagrada do poeta "maldito". Tal imagem viria a ser recuperada por Baudelaire, que tanto se identificava com seu antecessor estadunidense, talvez por, nas palavras de Peter Michael Wetherill, ter "uma tendência natural em se interessar pelos ilustres incompreendidos de sua época" (1962, p. 17).

Baudelaire deixou-se influenciar pelo obituário, mesmo ciente do que chamava de "imortal infâmia" (1973, p. 22) de Griswold, repetindo inadvertidamente alguns dos estereótipos estabelecidos pelo detrator, ao mesmo tempo em que julgava redimir o poeta que tanto admirava e que considerava estar num patamar intelectual superior ao do país onde nascera. Praticando a crítica biografista da época, Baudelaire usou muitas vezes as histórias perturbadoras escritas pelo próprio estadunidense para explicar a vida de Poe. E essa visão do poeta atormentado atrairia o interesse das gerações futuras: seu impacto já podia ser percebido desde meados do século 19 na literatura europeia de vanguarda, perdurando até hoje na cultura pop contemporânea. Assim, nascia um mito: inventava-se Poe.

A fascinação dos franceses

Por meio de Baudelaire e depois dos poetas simbolistas franceses, a vida e as obras de Poe foram amplamente difundidas — e igualmente deturpadas — por toda a Europa, de onde ganharam os quatro cantos. Paris era então a capital cultural do ocidente, e o que ali era produzido logo chegava a outros cenários, mesmo a locais distantes, como o Brasil, cujos olhos estavam constantemente voltados para as margens do Rio Sena. Em meio século, Poe tornou-se o "Mestre do Macabro", mas também passou a ser pintado como um neurótico alcóolatra, por vezes um louco ou adicto a outras substâncias. Tal visão chegou a inspirar inclusive trabalhos de grande sucesso, apesar de questionáveis segundo os critérios contemporâneos, como o livro *Edgar Poe, sa vie, son œuvre : étude analytique* [Edgar Poe, sua vida, sua obra: estudo analítico], publicado em 1935 pela psicanalista francesa Marie Bonaparte (1882-1962).

Hoje desacreditado, esse livro ajudou a consolidar o estereótipo iniciado pelo obituário de Griswold, dada a influência de Marie, sobrinha-neta de Napoleão Bonaparte, na alta sociedade da época. Essa princesa franco-grega fora discípula de Sigmund Freud (1895-1939) — que aliás assina o prefácio de seu estudo. Ficou notadamente conhecida por ter escrito a fatídica biografia de viés psicanalítico, utilizando as obras do poeta para analisar a vida dele com tamanha obsessão que chegou, inclusive, a forçar interpretações baseadas em trechos arbitrariamente alterados dos contos do autor segundo melhor lhe convinham. Vale dizer, no entanto, que Bonaparte, como Baudelaire e os simbolistas antes dela, admirava Edgar, tendo inclusive lhe prestado homenagem junto a seu túmulo durante uma viagem aos Estados Unidos.

Aliás, falando do país natal de Poe, é curioso notar certo descompasso, pois se na França tamanha foi a repercussão de seu legado, nos Estados Unidos não faltou quem o detratasse. O pesquisador brasileiro Sérgio Luiz Prado Bellei (2010, p. 132) comenta que "esse culto quase religioso de Poe na França foi, no passado e um pouco menos intensamente no presente, motivo de surpresa e de certo desconforto no mundo literário anglo-americano". Autores importantes como Aldous Huxley (1894-1963) e Henry James (1843-1916) não esconderam seu desdém para com o autor de "O corvo", não medindo palavras para diminuí-lo e a todos que o admirassem, sugerindo por vezes que, para gostar de Poe, seria necessário não ter bom conhecimento da língua de Shakespeare, ou simplesmente, não ser suficientemente inteligente.

Essa odisseia que levou um poeta morto na miséria e desacreditado em seu obituário até a fama universal, começa com a descoberta de Baudelaire ainda em meados do século 19. Quando conhece a obra do autor de "O corvo", o francês também ainda não era o poeta mundialmente conhecido que viria a se tornar. Tal como Poe, o jovem Charles ficara órfão de pai muito cedo e tinha uma relação ambígua e conflituosa com o padrasto, que detinha o controle sobre sua herança. E isso não era de todo ruim. Ao contrário de Poe, Baudelaire tinha um real problema com drogas, bebidas e prostitutas. Levava uma vida de excessos, completamente hedonista e estetista. Fascinado pelo macabro e pelo estranho, buscando, como Victor Hugo (1802-1885) também o fizera, identificar a beleza no feio e a crueldade no belo, compartilhou com Poe muitos de seus temas de predileção, tendo no poeta estadunidense uma grande fonte de inspiração.

Como aponta Bellei, o "reconhecimento do valor da obra de Poe na França foi surpreendentemente rápido e intenso a partir de 1845, quando dois contos de Poe foram traduzidos em um jornal parisiense ("A carta roubada" e "O escaravelho de ouro"). Pouco mais de um ano depois, Baudelaire descreve sua experiência de leitura dos poucos textos existentes em francês em termos de um impacto profundo" (2010, pp. 131-132). Em uma carta endereçada ao jornalista Théophile Thoré (1807-1869), datada de 20 de junho de 1864, o autor de *As flores do mal* demonstra essa admiração que resultaria em seu projeto tradutório: "Sabe por que eu tão pacientemente traduzi Poe? Porque ele se parecia comigo. Na primeira vez que abri um livro dele, vi, com espanto e prazer, não somente assuntos sonhados por mim, mas *frases* pensadas por mim e escritas por ele vinte anos antes" (BAUDELAIRE, 1999, p. 386, grifo do autor). Baudelaire assumiria então a tarefa hercúlea de difundir Poe em francês, vertendo para a língua de Molière quase toda a vasta obra do escritor de Boston, em um trabalho que se alongou por quase quinze anos. Por isso, a imagem do norte-americano tornou-se indissociável daquela de seu colega e pupilo parisiense.

A primeira tradução de Poe feita pelo próprio Baudelaire data de 15 de julho de 1848. Trata-se de "Revelação mesmérica", curioso conto sobre mesmerismo, uma pseudociência de grande popularidade em meados do século 19 que se desdobraria na atual hipnose. O texto traduzido fora publicado em uma revista chamada *La Liberté de penser* e depois incorporado no volume *Histórias extraordinárias*, de 1856. Esse título consagrado, inventado pelo tradutor, viria a se tornar uma espécie de sinônimo dos contos de Poe, sendo amplamente empregado para descrevê-los sem cair na sinuca de classificá-los — o que Poe escreve são "histórias extraordinárias" — e para nomear antologias de diversos países, inclusive no Brasil, onde raros livros do autor tiveram títulos diferentes. Nesse volume, Baudelaire compilou treze contos voltados ao "estranho", nos quais se destacava o gosto pelo macabro que seria sua marca registrada na França.

Esse livro é precedido por um ensaio interpretativo biográfico bastante tocante intitulado "Edgar Poe, sua vida e suas obras", no qual o francês demonstra toda sua admiração e reconhecimento por Poe; apresenta sua vida trágica em um documento que, mesmo reproduzindo julgamentos equivocados que se tornariam consagrados, como o fatídico alcoolismo e possível vício em ópio, tem a importância de destacar com esmero os méritos literários do autor. No mesmo ano em que publicou esse famoso volume, Baudelaire publicou também uma versão — em prosa — de "O corvo", colocando desde então em destaque a obra-símbolo do poeta de Boston.

Outras publicações com tradução de Baudelaire aparecem nos anos seguintes: *Novas histórias extraordinárias*, em 1857, reunindo desta vez 23 narrativas, entre as quais "O gato preto" de que Charles tanto gostava, antecedendo-as por um novo estudo intitulado "Notas novas sobre Edgar Poe", em que emprega o mesmo tom laudatório do precedente; o romance *As aventuras de Arthur Gordon Pym*, em formato folhetim em 1857 e depois em volume integral em 1858; o ensaio em prosa poética *Eureka*, em 1859, texto que até então passara desapercebido pela maior parte do público; e, por fim, a coletânea *Histórias grotescas e sérias*, em 1865, com dez novas histórias. Se no ano seguinte Baudelaire parou de traduzir Poe, foi por questões de saúde que o levariam a falecer dois anos depois. Segundo Lémonnier (1928, p. 154), se por um lado é impossível sabermos a quantidade exata de exemplares publicados de cada obra, o fato de, em 1868, *Histórias extraordinárias* já estar em sua sexta edição, *Novas histórias extraordinárias* em sua quarta e *As aventuras de Arthur Gordon Pym* na terceira atesta seu imenso sucesso comercial. Se a fama de Poe não seria a mesma sem Baudelaire, o inverso também é verdade: suas traduções possibilitaram o reconhecimento do poeta francês e alavancaram de certa forma as vendas de sua obra-prima *As Flores do Mal*, publicada em 1857, um ano depois do primeiro volume de Poe.

Ainda a respeito de suas traduções, mesmo com algumas imperfeições, ainda hoje elas são consideradas de grande qualidade. É sabido que Baudelaire fora particularmente criterioso nesse trabalho. E se por vezes foi criticado por ter transformado o texto de Poe numa versão de sua própria escrita, a análise contrastiva desmente essa visão. A esse respeito Meyer aponta que se "houve uma 'baudelairisação' de Poe, é preciso primeiro buscá-la na seleção das narrativas traduzidas, que desenham o retrato de um escritor de fantástico *noir*, macabro, e cujas preocupações se somariam àquelas do poeta francês, deixando de lado as outras facetas do americano", como seu pioneirismo em incorporar temáticas científicas às suas aventuras.

O legado de Baudelaire

Com a morte de Baudelaire, a fama de Poe na França não arrefeceu. Ao contrário. A nova geração de poetas, conhecidos como simbolistas e decadentistas, rapidamente elegeu ambos como mentores. Muitos dos autores do fim do século 19 inspiraram-se nos contos e poemas do estadunidense, assim como nos escritos de Baudelaire, para propor a nova poética. Entre os mais representativos, poderíamos citar nomes como

Auguste de Villiers de l'Isle-Adam (1838-1889), Paul Verlaine (1844-1896), Arthur Rimbaud (1854-1891), J.-K. Huysmans (1848-1907), Marcel Schwob (1867-1905) e muitos outros, mas foi sobretudo Stéphane Mallarmé (1842-1898) quem deu uma nova dimensão à obra de Edgar, pois, enquanto o poeta de *As Flores do Mal* dedicou-se à prosa de Poe, o autor de *Um lance de dados* consagraria especial atenção aos seus poemas.

Tal como Baudelaire, Mallarmé também desenvolveu grande afeição pela obra de Poe, cujos trabalhos teriam inclusive motivado uma viagem a Londres para aprimorar seu inglês e poder se dedicar à tradução de sua poesia (BELLEI, 2010, p. 132). Sua primeira tradução foi, sem grandes surpresas, uma nova versão em prosa de "O corvo", publicada em 1875, acompanhado de belíssimas ilustrações do célebre pintor impressionista Édouard Manet (1832-1883), ao qual se seguiram outras traduções publicadas em um volume de 1888, que contava ainda com mais de cinquenta páginas de comentários detalhados escritos por Mallarmé sobre cada um dos poemas traduzidos.

Vale lembrar que o célebre poeta Paul Valéry (1871-1945) dedicou a Poe textos e conferências; o estadunidense foi também listado por André Breton (1896-1966) como uma referência importante para o surrealismo. Entre os ficcionistas, destaca-se Jules Verne (1828-1905). Verne não apenas dedicou a Poe seu único estudo crítico publicado, como também escreveu uma continuação-resposta ao romance *As aventuras de Arthur Gordon Pym*, como veremos mais adiante.

Contudo, tamanha repercussão não se limitou à França; ao contrário, dela espalhou-se pelo mundo. Os textos críticos de Baudelaire, por exemplo, colaboraram para a difusão da obra de Poe na Rússia e suas traduções foram a base das primeiras edições de nosso autor em espanhol. A primeira tradução italiana de 1869 cita Baudelaire como texto-fonte (cf. ALVES, 2015, pp. 151 e seguintes).

Em língua portuguesa, não foi diferente. Poe chegou ao Brasil e a Portugal apenas no início do século 20, por intermédio de traduções indiretas, produzidas a partir das edições francesas de Baudelaire, como demonstram os estudos da respeitada tradutora e historiadora Denise Bottmann (2010; 2013), que mapeou sua presença no mercado editorial brasileiro. Com essas publicações, transmitiu-se ao público nacional não apenas a organização dos volumes tais como pensados pelo autor de *As Flores do Mal* — mesmo que liberdades tenham sido tomadas, alterando o conteúdo da recolha original e chegando até a incluir, em alguns casos, a versão baudelairiana em prosa de "O corvo" (BOTTMANN, 2010) —, como também todo o imaginário, estereótipos e anedotas que o acompanhavam

Poe foi recebido como o "Mestre do Macabro", o consagrado autor de "O corvo" e de "O gato preto" (supostamente o conto favorito de Baudelaire, apontado por Bottmann como um dos mais traduzidos no Brasil e, sem dúvida, o mais querido), entre outras de suas *histórias extraordinárias*, de tal modo que os aspectos gótico e horrífico viriam a se sobrepor, como em geral acontecera na França, às suas tramas policiais e, em especial, às suas narrativas de inovações e especulações científicas, aspecto igualmente importante por ter ajudado a formar o gênero da ficção científica e que, enfim, a presente antologia pretende elucidar.

O avô da ficção científica

Em sua autobiografia, o poeta francês Paul Valéry declarou "Leio muito Poe, onde encontro um sentimento científico, um gosto pela precisão, rigor e raciocínio" (*apud* LAWLER, 1989, p. 12). Essa análise de Valéry é bastante perspicaz. Poe, como dito no início desse ensaio, tinha uma relação particular com a própria noção de ciência. Embora a literatura e a filosofia fossem sua grande área de interesse, era também um curioso nato e um homem de espiritualidade aflorada. Sua visão de ciência, já introduzida com o "Soneto - À ciência", não exclui, portanto, a dimensão metafísica e filosófica, ficando mais explícita com a publicação do ensaio *Eureka*, considerado pelo próprio autor como sendo sua obra mais importante e bem-acabada. Nesse texto enigmático, escrito em prosa poética, Poe discorre sobre o universo e a metafísica, antecipando de certa maneira intuitiva conceitos que poderiam ser aproximados às atuais Teorias do Big Bang e da Relatividade, que demorariam muitos anos para serem propriamente formuladas.

Herdeiro do racionalismo e da fé cristã — respectivamente de seu pai e de sua mãe adotivos —, Poe foi um dos primeiros a incluir temáticas científicas em sua literatura de feição gótica, usando-a muitas vezes para explicar o que até então era visto como sobrenatural, como Mary Shelley (1797-1851) fizera alguns anos antes com seu famoso *Frankenstein ou o Prometeu moderno* (1818). Esse procedimento, portanto, não foi exatamente uma invenção de Poe, mas sim uma abordagem recorrente em um momento no qual aquilo que se convencionou chamar de "literatura gótica" começa a se transformar, buscando novas formas de relatar o sobrenatural a partir da ciência ou das pseudociências então em voga, cujos discursos por vezes causavam mais assombro do que monstros e fantasmas (ou então possibilitavam monstros novos, como a própria Criatura de Frankenstein).

O escritor e antologista brasileiro Braulio Tavares (2003, p. 15) chama essa abordagem de "ciência gótica", antecipando um dos caminhos que viria a ser trilhado pelo futuro gênero conhecido como ficção científica, isto é, uma literatura que especularia sobre as potencialidades das novidades tecnológicas. Já a pesquisadora Maria Antónia Lima (2008) percebe esse gosto científico da literatura da época como um traço típico do "terror norte-americano", cujo maior expoente não seria outro senão o próprio Edgar Allan Poe.

O célebre teórico catalão David Roas (2014), por sua vez, considera o interesse pelo científico como um desdobramento de uma busca por mais realidade/realismo típica das narrativas fantásticas do século 19, citando inclusive contos de Poe, "onde se postula", por exemplo, "uma (suposta) justificativa do impossível recorrendo ao magnetismo (já presente em alguns textos de Hoffmann) ou aos avanços da psiquiatria". O crítico ainda destaca que "a impressão de 'realidade' foi tal que alguns (crédulos) leitores da época encararam vários dos contos como informes científicos fidedignos sobre casos reais. Aconteceu isso, como o próprio Poe conta nas reflexões de *Marginália*, com 'Revelação mesmeriana' (1844) e 'A verdade sobre o caso de Monsieur Valdemar' (1845)" (p. 168).

Ainda segundo Roas, "os autores surgidos na esteira de Poe desenvolveram uma visão do fantástico em que esse cientificismo (e a importante dimensão psicológica) das obras do autor norte-americano se unia às exigências de 'verificação' do positivismo e às reivindicações da escola realista-naturalista: a necessidade de tornar evidentes as relações de causa e efeito" (2014, p. 169). Talvez por isso, Jules Verne, que foi um dos maiores defensores de uma literatura cientificamente coerente, mesmo quando especulativa, tenha se interessado tanto pelas obras do estadunidense.

O fascínio do jovem Jules por Poe revelou-se bastante cedo, com a publicação em um periódico em abril de 1864 do ensaio *Edgard Poe et ses œuvres* (o título traz mesmo um D a mais no nome de Poe). Em meio a sua extensa obra, com dezenas de contos, romances e peças de teatro, além de ensaios de história, cultura e sociedade, trata-se do único texto crítico-literário escrito por Verne, o que demonstra o lugar privilegiado que o autor de "O corvo" ocupava em sua imaginação. Nesse longo estudo, apresenta brevemente a vida do poeta para depois descrever em detalhes um conjunto de obras que selecionou, acompanhadas de muitos excertos das traduções de Baudelaire. Fica claro que o considera um grande modelo, mesmo se as escolhas de Poe, por vezes, impressionam-no e confundem-no. A respeito de *As aventuras de Arthur Gordon Pym*, por exemplo, parecia particularmente atormentado pelo final em aberto, que, para ele, necessitava de uma continuação. Ao final de seu ensaio, especulou que nenhum escritor jamais seria ousado o suficiente para tentar concluir aquela história, embora sonhasse em ler uma tal sequência.

Esse comentário revela-se trinta anos depois uma espécie de autoelogio, quase uma autopropaganda antecipada, já que seu romance *A esfinge de gelo* (1897) é literalmente a sequência tão aguardada de Pym, como se o Verne mais maduro finalmente tivesse adquirido a coragem almejada na juventude para dar continuidade a essa ideia que o assombrava desde então. Nessa continuação, Verne buscou dar uma visão muito mais cientificista para solucionar o mistério que, em Poe, evocava muito mais a *possibilidade* do sobrenatural, o que marca bem a postura geral dos dois autores.

As relações entre as obras do "Mestre do Macabro" e do "Pai da ficção científica" todavia não se encerram com essa publicação. Tanto a pesquisadora italiana Mariella Di Maio (1990) quanto o espanhol Javier Pequeño (2018), ao compararem os dois, traçam uma lista de similitudes e inspirações possíveis que parafraseamos a seguir, demonstrando o impacto das "Histórias extraordinárias" de Poe nas "Viagens extraordinárias" de Verne, forma pela qual ficaram conhecidos seus romances de aventura e cuja similaridade com o título de Baudelaire sem dúvida não se deveu ao acaso. O conto "Três domingos por semana" (1841) de Poe, por exemplo, foi uma das primeiras obras a demonstrar como seria possível ganhar ou perder um dia ao se efetuar uma volta completa na Terra, recurso que se apresenta como a resolução do romance *A volta ao mundo em oitenta dias* (1873), de Verne.

Com "O escaravelho de ouro" (1843), Verne "toma o gosto pelos enigmas" e códigos, "que utilizará em numerosas ocasiões em suas novelas" (PEQUEÑO, 2018, p. 7). Esse recurso pode ser encontrado, por exemplo, nos romances *Os filhos do Capitão Grant* (1865), *A jangada* (1881) ou ainda em *Viagem ao centro da Terra* (1864). Pequeño cita ainda a fórmula do cientista genial e algo atrapalhado e seu assistente atencioso, empregada por Poe nesse conto e recuperada por Verne em inúmeras obras. O diálogo entre ambos fica ainda mais explícito quando relemos "Hans Pfaal – Uma aventura sem paralelo" (1835), em que uma viagem lunar é empreendida. Essa história teria servido, seguindo o estudo, para inspirar o globo catapultado por um canhão em *Da Terra à Lua* (1865) e sua continuação *Ao redor da Lua* (1869) do autor francês, bem como suas variadas aventuras envolvendo balões como *Cinco semanas num balão* (1863). No ensaio que escreveu sobre Poe, aliás, Verne lamenta que nesse conto o autor não tenha se preocupado suficientemente em proporcionar verossimilhança do ponto de vista físico e mecânico, o que buscara "corrigir" em suas histórias lunares.

Esse comentário deixa perceber, aliás, uma visão bastante particular do que é ciência para cada um dos dois autores. Em sua análise contrastiva, o pesquisador Juan Safont (2016, p. 31) demonstra como ambos se diferenciam nesse aspecto: "Poe tinha uma visão da ciência muito próxima aos ideais da *Naturphilosophie* alemã, que se caracterizava pela ideia da unidade da matéria (natureza) e do espírito, por uma metafísica holística onde tudo está conectado com tudo e por uma aproximação ao estudo científico multidisciplinar"; já Verne "concebe a ciência a partir de uma postura filosófica positivista", demonstrando "uma fé cega no método científico, centrada no poder da razão, na ciência experimental e no estudo das leis gerais e dos fatos concretos".

Isso explica por que Poe teria se interessado sobretudo por ciências filosoficamente metafísicas, como os estudos sobre a psique humana que antecederam a psicanálise, o mesmerismo e outras formas de poderes mentais ou ainda a medicina geral, entre outras vertentes vigentes em sua época que de certa forma se mesclavam à espiritualidade e mesmo à religião; Verne, por outro lado, voltava-se para ciências naturais mais concretas, como a geografia, a biologia, a química, a física e a botânica, mais preocupado em representar um mundo real ou em produzir realismo a um mundo especulativo possível do que em explorar as potencialidades da alma, como era o caso de seu antecessor. Onde Poe é mais fantástico, no sentido estrito do termo, Verne muitas vezes apenas tangenciava as vertentes do insólito ficcional. Com Verne descobre-se o mundo; com Poe, o leitor se perde nas veredas intrincadas da mente humana.

Se Verne é considerado, como dissemos, o pai da ficção científica — gênero que só viria a ser nomeado e sistematizado de fato no início do século 20 —, por ter sido um dos primeiros a construir universos especulativos a partir da antecipação do desenvolvimento tecnológico, Poe, que tanto o inspirou, parece ser uma espécie de avô do mesmo gênero. Sem ele, o francês talvez nunca tivesse ido tão longe em suas motivações, assim como certamente toda a poesia europeia moderna, vanguardista e contemporânea teria seguido por outros caminhos. Sem Poe, Sherlock Holmes, o célebre detetive de sir Arthur Conan Doyle (1859-1930), cuja relação com o poeta de Boston renderia facilmente um texto tão longo quanto este, e todo o gênero da narrativa detetivesca como a conhecemos, talvez nunca tivessem existido.

Poe é um pioneiro entre pioneiros, um inventor de seu próprio gênero. Um gênio à frente de seu tempo. E agora o público brasileiro terá a oportunidade de conhecê-lo pelo prisma de uma de suas facetas menos difundidas nas letras nacionais: a sua visão particular de ciência. Afinal, nem só do corvo viveu o homem. Poe é um mito — criado por Baudelaire, Mallarmé, Verne e outros — ainda a decodificar. É um mundo próprio a explorar. É um universo estranho e tão *extraordinário* quanto a ciência que tanto o fascinava.

Bruno Anselmi Matangrano[3]

---

3. Doutor em Letras pela Universidade de São Paulo (USP), tradutor de francês, escritor e professor de português e literaturas lusófonas na École Normale Supérieure de Lyon (ENS/Lyon, França). Dedica suas pesquisas às poéticas simbolista e decadentista, às vertentes do insólito ficcional e às representações de animais, monstros e seres fantásticos nas literaturas de línguas francesa e portuguesa. É autor dos livros *Contos para uma noite fria* (2014), *Os Ebálidas de Pseudo-Outis* (2022) e *Fantástico brasileiro: o insólito literário do Romantismo ao Fantasismo* (2018), ensaio historiográfico escrito com Enéias Tavares.

1

PARTE 1

As assustadoras aventuras marinhas de Poe

As histórias náuticas vêm de uma longa tradição que remonta à Grécia Antiga, com o poema épico de Homero, a *Odisseia* (século 8 a.C.), um dos textos fundadores da literatura ocidental. Outras narrativas seminais do gênero são *A saga de Eric, o Vermelho*, obra da Islândia medieval (século 13), e, em tempos mais recentes, os poemas "A balada do velho marinheiro" (1789), de Samuel Taylor Coleridge, e "A peregrinação de Childe Harold" (1812-1816), de Lorde Byron. Considera-se Byron o precursor das bases da ficção náutica no século 19; a partir de então, o movimento romântico popularizou os temas marítimos e transformou o mar num ambiente propício até mesmo para os escritores iniciantes.

Durante o século 18 e início do século seguinte, grande parte da ficção náutica focava principalmente questões da sociedade de então, apresentando imprecisões e personagens pouco familiarizados com o mar. Com o desenvolvimento, na década de 1820, de uma ficção que de fato explorava a cultura náutica, cresceu o interesse pelas narrativas marinhas, ao qual Poe, na condição de colaborador de jornais e revistas, não ficou imune.

Ele havia adquirido algum conhecimento sobre navegação ouvindo as histórias contadas por capitães de navios que frequentavam a residência de seu pai adotivo, John Allan, e por seu irmão William Henry, que conheceu a América do Sul, as Índias Ocidentais, o Mediterrâneo e a Rússia como tripulante da fragata *USS Macedonian*. Ainda na infância, aos seis anos, teve uma experiência marítima em primeira mão, cruzando o Atlântico com a família rumo à Inglaterra, e retornando aos Estados Unidos cinco anos depois.

Apesar de essa temática não aparecer em sua obra com a mesma frequência que aquelas que o tornaram conhecido — a morte, o macabro, o terror psicológico, as obsessões —, ela certamente era cara ao autor. Está presente logo no primeiro conto publicado por Poe, "Manuscrito encontrado em uma garrafa", que incluímos neste livro junto com outra narrativa marinha, "Uma descida no Maelström", um dos mais populares e memoráveis de seus escritos. Além disso, o único romance de toda sua carreira, *A narrativa de Arthur Gordon Pym*, narra uma aventura marinha.

Posteriormente a Poe, ao longo do século 19, surgiriam as obras mais relevantes do gênero, como *Moby Dick* (1851), de Herman Melville, *A ilha do tesouro* (1883), de Robert Louis Stevenson, e *Lord Jim* (1899-1900), de Joseph Conrad. Tanto Melville quanto o prolífico autor francês Jules Verne reconheceram ter sido influenciados por Poe, e o segundo chegou mesmo a escrever uma continuação para *A narrativa de Arthur Gordon Pym*, *A esfinge dos gelos* (1897).

MANUSCRITO ENCONTRADO EM UMA GARRAFA (1833)

Qui n'a plus qu'un moment à vivre
N'a plus rien à dissimuler.

Quinault, *Atys*[1]

De meu país e de minha família pouco tenho a dizer. A má conduta e o correr dos anos me afastaram do primeiro e me alhearam da segunda. A fortuna herdada garantiu-me uma educação refinada, e uma tendência mental à contemplação permitiu que sistematizasse o conhecimento que acumulei ao longo de meus diligentes estudos. Deliciava-me, sobretudo, o estudo dos moralistas alemães, devido não a alguma insensata admiração por sua loucura eloquente, mas à facilidade com que meu costumeiro pensamento rigoroso me permitia detectar suas falsidades. Com frequência fui criticado pela aridez de meu caráter; a falta de imaginação me era imputada como um crime, e o ceticismo de minhas opiniões fazia-me notório onde estivesse. De fato, receio que o forte apreço pela filosofia física[2] tenha maculado minha mente com um equívoco

---

1. Em francês no original, "quem tem apenas um momento para viver, nada mais tem a esconder". Philippe Quinault (1635-1688), dramaturgo francês, autor do libreto da ópera *Atys* (1676), de Jean-Baptiste Lully. [Todas as notas desta edição são dos organizadores, a não ser quando indicado de forma diferente.]

2. A filosofia física de Aristóteles (século 4 a.C.) busca explicar o mundo natural e seus fenômenos com base na hipótese de que tudo no mundo físico é composto de quatro elementos — terra, água, ar e fogo —, que estão em constante mudança e interação entre si.

muito comum nesta época — refiro-me ao hábito de relacionar aos princípios dessa ciência todos os acontecimentos, até o menos suscetível disso. No todo, ninguém estaria menos propenso do que eu a ser desviado dos princípios severos da verdade pelos *ignes fatui*[3] da superstição. Pareceu-me apropriado apresentar esse preâmbulo, dado o risco de que o incrível relato que farei seja tomado como mero delírio imaginativo, e não como a experiência real de uma mente para a qual os voos da imaginação têm sido letra morta e uma nulidade.

Depois de muitos anos passados em viagens pelo exterior, no ano de 18... parti do porto de Batávia, na rica e populosa ilha de Java, rumo ao arquipélago de Sunda.[4] Viajei como passageiro, impelido unicamente por certa inquietação nervosa, que me perseguia como um demônio.

Nossa embarcação era um belo navio de cerca de quatrocentas toneladas, revestido com cobre e construído em Bombaim, com teca de Malabar. Estava carregado com algodão e óleo das ilhas Laquedivas. Também tínhamos a bordo fibra de coco, *jaggeree*,[5] manteiga *ghee*,[6] cocos e algumas caixas de ópio. A arrumação da estiva fora descuidada, e por conta disso o navio adernava.

Partimos com uma brisa muito suave, e por muitos dias seguimos ao longo da costa oriental de Java, sem nada que quebrasse a monotonia da viagem, salvo o encontro ocasional com pequenas embarcações provenientes do arquipélago que era nosso destino.

---

3. "Fogos-fátuos", em latim no original. Observado em pântanos e cemitérios, o fogo-fátuo é uma tênue chama azulada gerada a partir de gás metano. Um estudo recente propõe que a combustão do metano não seria espontânea, mas desencadeada pelas tochas antigamente usadas para iluminação; o abandono de tochas em favor de lanternas e da eletricidade explicaria o fato de não já existirem registros fidedignos do fogo-fátuo (PAVÃO *et al.*, 2023).

4. Batávia: atual Jacarta; arquipélago de Sunda: Indonésia.

5. Tipo de açúcar não refinado, feito de seiva de palmeira.

6. Tipo de manteiga semilíquida que pode ser conservada sem refrigeração, sendo largamente utilizada na Índia.

Certo fim de tarde, debruçado no corrimão da popa, notei a noroeste uma nuvem isolada, muito peculiar. Ela chamava a atenção não só pela coloração, mas também por ser a primeira que víamos na viagem. Observei-a atentamente até o pôr do sol, quando de súbito ela se espalhou para leste e para oeste, cingindo o horizonte com uma faixa estreita de vapor, que fazia lembrar uma longa linha de praia bem baixa. Pouco depois, atentei para a aparência avermelhada da lua e para o curioso estado do mar, que passava por uma rápida mudança, e a água parecia mais transparente que o normal. Embora eu pudesse ver claramente o fundo, ao lançar a sonda constatei que estava a quinze braças de profundidade. O ar tornou-se então intoleravelmente quente, carregado de exalações em espiral, como as que emanam do ferro incandescente. Com o cair da noite, qualquer sopro de vento desapareceu, e seria difícil imaginar calmaria mais completa. A chama de uma vela ardia sobre o tombadilho sem nenhum movimento perceptível, e um fio longo de cabelo, seguro entre os dedos, pendeu imóvel, sem indicar a mínima vibração. No entanto, o capitão afirmou não ver sinais de perigo e, como estávamos sendo empurrados pela corrente rumo à costa, ordenou que as velas fossem recolhidas e que se lançasse âncora. Sem deixar um vigia, a tripulação, composta sobretudo por malaios, estendeu-se tranquila pelo convés para passar a noite. Desci, tomado por um pressentimento ruim. Tudo me fazia esperar por um forte simum.[7] Expus meus medos ao capitão, que não me fez caso e afastou-se sem se dignar a responder. A inquietação, porém, não me deixou dormir e, por volta da meia-noite, subi para o convés. Ao pisar no degrau mais alto da escada, fui surpreendido por um som forte, lembrando o murmúrio de uma roda de moinho em rápida rotação, e antes que atinasse com seu significado senti o navio estremecer até seu âmago. No momento seguinte, um turbilhão de espuma

---

7. Vento quente que sopra do Saara em direção ao Egito e à Península Arábica.

fez a embarcação adernar, abatendo-se sobre nós pela frente e por trás e varrendo da popa à proa.

A tremenda violência do choque foi, em grande medida, a salvação do navio. Os mastros haviam sido arrancados e lançados borda afora e, graças a isso, a embarcação conseguiu reerguer-se depois de alguns instantes, pesada e totalmente encharcada, cambaleando sob a imensa pressão da tempestade até finalmente endireitar-se.

É impossível dizer por qual milagre escapei da morte. Atordoado pelo golpe da água, ao me recuperar vi-me espremido entre o cadaste da popa e o timão. Coloquei-me de pé com muito esforço e, olhando ao redor meio zonzo, primeiro pensei que estivéssemos em plena arrebentação, tão aterrorizante e inimaginável era o redemoinho de vagalhões efervescentes que nos engolia. Passado algum tempo, ouvi a voz de um velho sueco que se engajara no navio pouco antes de zarparmos. Chamei-o com toda minha força, e ele veio até mim com dificuldade. Logo descobrimos ser os únicos sobreviventes do acidente. Todos os que estavam no convés, exceto nós, tinham sido varridos para o mar. O capitão e os imediatos deviam ter morrido enquanto dormiam, pois as cabines haviam sido tomadas pela água. Sem ajuda, pouco podíamos fazer pela segurança do navio e, num primeiro momento, qualquer esforço foi inibido pela expectativa de afundarmos de repente. O cabo da âncora, é claro, partira-se como barbante ao primeiro sopro do furacão, ou teríamos submergido de imediato. Movíamo-nos com velocidade assustadora diante do vento, e a água corria por sobre a embarcação. A estrutura da popa fora estilhaçada, e tínhamos sofrido danos substanciais, sob qualquer ângulo que se olhasse, mas para nossa grande felicidade descobrimos que as bombas ainda funcionavam e que o lastro não tinha se deslocado demais. O pior da tormenta já havia passado e não víamos grande perigo na força do vento, mas tínhamos a desalentadora expectativa de que ele cessasse de todo. Com os danos sofridos, era inevitável perecermos em meio às imensas vagas que em breve surgiriam. Mas parecia improvável que tal apreensão se concretizasse logo. Por cinco dias e noites – durante os quais sobrevivemos unicamente a base de um pouco de *jaggeree*, trazido a duras penas do castelo de proa – nosso casco navegou numa velocidade que desafiava qualquer estimativa, impulsionado por rajadas de vento que se sucediam em rápida sequência, as quais, ainda que não igualassem a violência inicial do simum, aterrorizaram-me mais do que qualquer tempestade que tivesse enfrentado antes. Nos primeiros quatro dias seguimos, com pequenas variações, curso sul-sudeste, e devemos ter passado ao largo da costa da Nova Holanda.[8] No quinto dia, o frio tornou-se extremo, embora o vento agora soprasse um pouco mais de norte. O sol nasceu com um brilho amarelo doentio e subiu poucos graus acima do horizonte, sem emitir luz apreciável. Não havia nuvens à vista, e o vento aumentava mais e mais, com uma força espasmódica e inconstante. Quando calculávamos ser por volta do meio-dia, de novo o aspecto do sol chamou-nos a atenção. Não era propriamente luz que emitia, mas um brilho apagado e mortiço, sem reflexo, como se os raios fossem polarizados. Pouco antes de submergir no mar agitado, seu fogo central apagou-se, como que extinto de repente por uma força inexplicável. Era somente uma fina borda quando se lançou no mar insondável.

Esperamos em vão pela chegada do sexto dia. Para mim, esse dia ainda não chegou, e para o sueco jamais chegará. Daí em diante fomos amortalhados por uma escuridão profunda, que não permitia ver nada a vinte passos de distância do navio. A noite eterna nos envolveu, sem que houvesse para suavizá-la o brilho fosforescente do mar, ao qual nos acostumáramos nos

8. Antigo nome da Austrália.

trópicos.[9] Embora a tempestade prosseguisse em toda sua violência, não se via mais a espuma, como que de arrebentação, que até então nos cercara. À nossa volta tudo era horror, densas trevas e um desolação de ébano sufocante. Um terror supersticioso aos poucos infiltrou-se no espírito do velho sueco, e minha própria alma foi envolvida por um assombro emudecido. Pusemos de lado qualquer preocupação inútil pelo navio e, agarrando-nos como podíamos ao toco do mastro da mezena, contemplávamos amargos o vasto oceano que nos rodeava. Não tínhamos como calcular o tempo ou nossa localização. Sabíamos, porém, ter chegado mais a sul do que qualquer navegante antes de nós, e estávamos surpresos por não surgirem os costumeiros obstáculos de gelo. Cada momento ameaçava ser o último, e cada vagalhão gigantesco tentava engolir-nos. A amplitude das ondas ultrapassava tudo o que eu imaginaria ser possível, e parecia um milagre ainda não termos afundado. Meu companheiro mencionou a leveza de nossa carga e as excelentes qualidades da embarcação, mas ainda assim senti a profunda desesperança da esperança. Desalentado, preparei-me para a morte que, tinha a impressão, inevitavelmente chegaria na próxima hora, pois, a cada nó percorrido, as ondas daquele lúgubre mar escuro tornavam-se mais e mais estarrecedoras. Em certos momentos, perdíamos o fôlego em alturas superiores às do albatroz, para em seguida ficarmos atordoados pela velocidade com que desabávamos dentro de um inferno líquido, onde o ar era estagnado e som algum perturbava o sono do kraken.[10]

---

9. Em certas circunstâncias, micro-organismos bioluminescentes presentes no plâncton geram uma tênue luminosidade quando as águas do mar são cortadas pela proa de um barco ou agitadas pelo vento.

10. Gigantesco monstro lendário dos mares do norte, que, segundo o historiador e teólogo nórdico Erik Pontoppidan (1898-1764), seria capaz de arrastar para o fundo, com os braços, grandes embarcações. O mito provavelmente tem origem nos avistamento de lulas-gigantes (*Architeutis* sp.), que chegam a treze metros de comprimento. Habitantes de águas profundas em oceanos do mundo todo, em geral elas só são vistas quando seus corpos sem vida encalham em praias.

Estávamos no fundo de um desses abismos quando um grito assustador de meu companheiro rompeu a noite.

– Veja! Veja! – gritou ele, ferindo-me os ouvidos. – Deus Todo-Poderoso! Veja! Veja!

Enquanto ele gritava, notei o clarão mortiço e baço de uma luz rubra, que fluía pelos costados do vasto precipício onde jazíamos e lançava um brilho intermitente sobre nosso convés. Ao olhar para cima, o espetáculo que contemplei gelou-me o sangue nas veias. A uma altura assustadora, bem em cima de nós e na borda daquela queda vertiginosa, pairava um navio gigantesco de, talvez, quatro mil toneladas. Embora suspenso no cume de um vagalhão com mais de cem vezes sua própria altura, o tamanho aparente da embarcação excedia o de qualquer navio de guerra em existência. O imenso casco era de um preto profundo, desprovido dos ornamentos costumeiros de um navio. Uma fileira única de canhões de bronze projetava-se das vigias, refletindo nas superfícies polidas as incontáveis lanternas de batalha, que balançavam de um lado a outro por todo o cordame. O que mais nos encheu de horror e assombro foi o fato de que o navio navegava a toda vela naquele mar sobrenatural, e naquele furacão indomável. No instante em que o descobrimos, somente a proa estava visível, enquanto ele se erguia lentamente sobre o tenebroso e horrível vazio que se abria diante de si. Por um momento de terror intenso, ele estacou no alto daquele cimo instável, parecendo contemplar sua própria elevação. Então estremeceu, vacilou... e despencou.

Não sei que autocontrole me dominou o espírito naquele instante. Com dificuldade, recuei o mais que pude rumo à popa e aguardei sem temor a destruição que sobreviria. Nosso navio abandonou, por fim, sua luta e afundou de proa. Assim, o barco que se precipitava chocou-se com nosso casco na porção já submersa, e como resultado inevitável fui lançado, com tremenda violência, sobre o cordame da estranha embarcação.

Nem bem caí, o navio girou nos estais e virou de bordo, e atribuí à confusão subsequente o fato de não ser percebido pela tripulação. Sem que me detectassem, cheguei com facilidade à escotilha principal, que estava entreaberta, e escondi-me no porão. Não saberia dizer o motivo pelo qual me ocultei. Posso ter sido levado a isso pela sensação indefinida de terror que dominou minha mente ao primeiro vislumbre dos navegantes. Não quis entregar-me nas mãos de uma raça de gente que revelou, ao breve olhar que lhes lancei, tantas singularidades e tanto motivo para dúvida e apreensão. Achei conveniente, assim, encontrar um esconderijo no porão. Fiz isso afastando algumas pranchas do tabique, de modo a criar um abrigo adequado em meio ao imenso cavername do navio.

Mal havia preparado o esconderijo, quando o som de passos no porão me obrigou a usá-lo. Um homem passou por mim caminhando de modo débil e incerto. Não pude ver-lhe o rosto, mas observei sua aparência geral. Exibia sinais de idade avançada e de doença. Os joelhos vergavam-se com a carga dos anos e todo o corpo tremia sob seu próprio fardo. Murmurava para si mesmo, em tom baixo e desalentado, palavras de um idioma que eu não entendia. Num canto, vasculhou uma pilha de instrumentos estranhos e velhas cartas náuticas deterioradas. Seus modos tinham uma mistura insana do mau humor da segunda infância com a solene dignidade de um deus. Por fim, voltou para o convés e não mais o vi.

Um sentimento para o qual não tenho nome apossou-se de minha alma. Uma sensação tal que não admite análise, para a qual as lições do passado são inúteis e que, temo, o futuro em si não desvendará. Para uma mente como a minha, esta última consideração é o mal em si. Nunca ficarei satisfeito, sei disso, quanto à natureza de minhas concepções. Ainda assim, não é de admirar que tais concepções sejam indefiníveis, posto que se originam de fontes absolutamente inéditas. Um novo sentido — uma nova entidade é adicionada à minha alma.

Faz muito tempo que pisei pela primeira vez no convés deste navio terrível, e acredito que os raios de meu destino estão convergindo para um foco. Homens incompreensíveis! Envoltos em algum tipo de ponderação que não posso entender, passam por mim sem me ver. Esconder-me seria uma tolice de minha parte, pois eles *não me enxergam*. Há pouco passei bem diante dos olhos do imediato. Não faz muito tempo, aventurei-me na cabine privada do próprio capitão e lá peguei o material com que tenho escrito. A cada tanto darei continuidade a este diário. É bem verdade que posso não encontrar uma oportunidade de entregá-lo ao mundo, mas não deixarei de trabalhar nele. No último momento, vou colocar o manuscrito em uma garrafa e o lançarei ao mar.

Um incidente deu-me margem para novas elucubrações. Serão eventos como este frutos da ação do Acaso? Havia me aventurado no convés sem chamar a atenção, e me deitei entre uma pilha de cordames e velas rotas, no fundo do escaler. Enquanto conjeturava sobre a singularidade de meu destino, sem perceber besuntei com um pincel de piche as bordas de um cutelo que pendia perto de mim, dobrado sobre um barril. O cutelo está agora enfunado acima do navio, e os toques distraídos que fiz com o pincel formam a palavra DESCOBERTA.

Tenho feito inúmeras observações sobre a estrutura da embarcação. Embora o navio esteja bem armado, não creio que seja uma nau de guerra. Seu aparelhamento, estrutura e equipamento geral negam tal hipótese. Está claro o que ele *não é*, mas talvez seja impossível dizer o que *é*. Por algum motivo, ao examinar sua estranha silhueta e a disposição peculiar de suas vergas, seu tamanho gigantesco e a despropositada extensão do velame, a proa de severa simplicidade e a popa antiquada, vem-me à mente a sensação de algo familiar, entremeada a recordações indistintas, uma lembrança inexplicável de histórias de outros tempos e lugares.

Estive examinando o madeiramento do navio. A madeira usada me é desconhecida, e tem uma característica peculiar que me parece torná-la inadequada para a finalidade com que foi usada. Mesmo descontando o dano causado pelos vermes, resultante da navegação por estes mares, e a podridão devido à idade, ela é por demais *porosa*. Pode parecer uma observação um tanto sem sentido, mas esta madeira teria todas as características do carvalho espanhol, se fosse possível expandi-lo de algum modo sobrenatural.

Lendo a sentença acima, recordo-me da curiosa máxima de um velho marujo holandês curtido pelo tempo. "Isto é tão certo", dizia ele quando duvidavam de sua veracidade, "quanto é certo existir um mar onde o próprio navio cresce, como o corpo vivo do marinheiro".

Há cerca de uma hora, cometi a ousadia de meter-me entre um grupo de tripulantes. Não me deram a menor atenção e pareciam totalmente alheios a minha presença, embora eu estivesse bem no meio deles. Como aquele que vira no porão, todos traziam os sinais de uma idade muito avançada. Seus joelhos tremiam de fraqueza, os ombros encurvavam-se pela decrepitude, as peles enrugadas tremiam ao vento. Tinham vozes baixas, vacilantes e entrecortadas, os olhos úmidos de lágrimas senis. Os cabelos encanecidos agitavam-se descontrolados na tempestade. Ao redor deles, instrumentos matemáticos de feitios estranhos e obsoletos jaziam espalhados por todo o convés.

Mencionei, algum tempo atrás, que o cutelo se enfunara, passando a impulsionar a embarcação. Desde então o navio foi arrastado pelo vento e prosseguiu seu aterrorizante curso para o sul, tendo as velas totalmente desfraldadas acima de si, das borlas aos cutelos inferiores, a todo momento roçando as vergas do joanete no mais tenebroso inferno líquido que a imaginação humana pode conceber. Acabo de deixar o convés, onde para mim é impossível permanecer de pé, embora a tripulação o faça, ao que parece sem problema algum. Parece-me um absoluto milagre que nosso enorme casco não seja tragado de uma vez e para sempre. Com certeza estamos fadados a pairar para sempre à beira da Eternidade, sem jamais realizar o mergulho final no abismo. Deslizamos para longe de vagalhões mil vezes mais estupendos do que qualquer um que eu já tenha visto, com a facilidade de uma gaivota em voo. As águas colossais erguem-se sobre nós como demônios das profundezas, demônios limitados, porém, à mera ameaça, e proibidos de causar destruição. Só posso atribuir essas escapadas frequentes à única causa natural que poderia ter tal efeito. Devo supor que o navio está sob a influência de alguma forte corrente marinha, ou de uma impetuosa contracorrente.

Vi o capitão cara a cara, em sua própria cabine — mas, como já esperava, ele não me notou. Para o observador casual, nada em sua aparência o diferencia, para melhor ou para pior, de um homem comum, mas ainda assim um sentimento irresistível de reverência e temor misturou-se à sensação de assombro que me causou. Tem mais ou menos a mesma estatura que eu, isto é, cerca de um metro e setenta. Sua compleição física, forte e compacta, sem chegar a ser robusta, nada tem de incomum. Contudo, é sua expressão facial singular, a evidência intensa e impressionante da velhice, completa e extrema, que gera um sentimento indizível em meu espírito. Sua testa, apesar das poucas rugas, parece carregar a marca de uma infinidade de anos. Os cabelos grisalhos são registros do passado, e os olhos ainda mais plúmbeos são sibilas do futuro. O piso da cabine estava repleto de estranhos fólios presos por grampos de metal, instrumentos científicos semidestruídos e mapas obsoletos há muito esquecidos. Apoiava nas mãos a cabeça curvada para diante e perscrutava, com olhos inquietos e febris, um documento que me pareceu ser uma ordem de comando, ostentando a assinatura de um monarca. Murmurava para si, assim como o primeiro marinheiro que eu encontrara no porão, algumas sílabas mal-humoradas em uma língua estrangeira, e, embora me encontrasse bem perto dele, sua voz chegava-me aos ouvidos como se viesse da distância de um quilômetro.

O navio e todos a bordo estão imbuídos do espírito da Antiguidade. Os tripulantes movem-se de um lado a outro como fantasmas de tempos idos; seus olhos transmitem ansiedade e inquietação. Ao contemplar-lhes os dedos, sob a luz feérica das lanternas de batalha, sinto-me como nunca senti antes, mesmo tendo sido negociante de antiguidades a vida inteira, e tendo me impregnado das sombras das colunas tombadas de Balbec, Tadmor e Persépolis[11] até minha própria alma se transformar numa ruína.

Olhando a meu redor, sinto vergonha pelos receios que antes senti. Se estremecia ante os golpes que até então nos atingiam, não deveria agora estar aterrorizado frente à batalha travada entre o vento e o oceano, e para a qual termos como tufão e furacão soam triviais e inúteis? Os arredores imediatos do navio têm a escuridão da noite eterna, num caos

11. Três famosas cidades antigas em ruínas. Balbec (chamada Heliópolis pelos romanos) localiza-se no Líbano; Tadmor (ou Palmira) faz parte da Síria; e Persépolis integra o atual Irã. Poe também menciona as três no poema "Al Aaraaf", de 1829.

de água sem espuma, mas a cerca de uma légua de distância veem-se, dos dois lados, de forma indistinta e intermitente, estupendas paredes de gelo que se elevam aos céus, como se fossem as muralhas do universo.

Como eu imaginava, o navio está sendo carregado por uma corrente, se é que este termo é adequado para a maré turbulenta que, uivando e guinchando por entre o gelo branco, precipita-se para sul com a potência de uma catarata.

Conceber o horror que me domina é, creio, totalmente impossível. Ainda assim, a curiosidade por penetrar os mistérios destas regiões espantosas é maior até que o desespero, e virá reconciliar-me com os aspectos mais assustadores da morte. Está evidente que avançamos céleres rumo a alguma descoberta emocionante, um segredo que jamais será compartilhado, pois desvendá-lo significa destruição. Talvez a corrente nos leve até o próprio polo sul. Confesso que essa hipótese, que parece tão descabida, tem todas as probabilidades a seu favor.

A tripulação percorre o convés com passos agitados e trêmulos, mas seus semblantes expressam mais a ansiedade da esperança que a apatia do desespero.

Enquanto isso, o vento ainda sopra de popa e, dada nossa imensa quantidade de velas, o navio chega a levantar-se acima do oceano. Oh, horror dos horrores! O gelo de repente abre-se à direita e à esquerda, e estamos correndo de forma vertiginosa, em imensos círculos concêntricos, dando voltas e voltas à borda de um anfiteatro gigantesco, o topo de suas paredes perdendo-se na escuridão e na distância. Mas pouco tempo terei para conjeturar sobre meu destino. Os círculos depressa vão se tornando menores. Precipitamo-nos velozmente dentro do sorvedouro do redemoinho. Em meio a rugidos, esturros e ao reboar do oceano e da tormenta, o navio estremece, ó Deus! – e despenca.

NOTA DO AUTOR: O conto "Manuscrito encontrado em uma garrafa" foi publicado originalmente em 1831,[12] e não foi senão muitos anos depois que tomei conhecimento dos mapas de Mercator, em que o oceano é mostrado desaguando, através de quatro bocas, no Golfo Polar (do norte), para ser absorvido nas entranhas da Terra, enquanto o polo em si é representado por uma rocha preta, que se eleva a uma altura prodigiosa.[13]

---

12. Segundo Beaver (1976), esta nota foi acrescentada por Poe em 1845. Não há nenhuma evidência de que o conto tenha sido realmente publicado em 1831.

13. Gerardo Mercator (1512-1594), cartógrafo flamengo, desenvolveu um mapa com projeção cilíndrica da Terra, de amplo uso até recentemente apesar das distorções que apresenta.

[sobre o conto]

"MS. Found in a Bottle" foi publicado pela primeira vez no jornal *Baltimore Saturday Visitor*, em 19 de outubro de 1833, depois de obter o primeiro lugar em um concurso literário promovido pelo periódico. Entre os cerca de cem concorrentes, o conto foi escolhido por unanimidade entre os jurados, e inaugurou a carreira de Poe como autor de ficção.

A história foi republicada no *Southern Literary Messenger* (1835), no primeiro volume de *Tales of the Grotesque and Arabesque* (1840) e no *Broadway Journal* (1845).

O conto é um relato que teria sido encontrado dentro de uma garrafa lançada ao mar, no qual o narrador descreve uma viagem que, partindo da Indonésia, teve um início corriqueiro. No entanto, depois de enfrentar uma terrível tempestade, sua jornada se torna cada vez mais fantástica e assustadora, até que o viajante se vê num enorme "navio-fantasma", que penetra na longa noite polar da Antártida. Levado por uma corrente marinha muito forte, ele finalmente é tragado por um redemoinho colossal.

Estudiosos da obra de Poe sugerem que a embarcação-fantasma seria comandada por Cristóvão Colombo (BEAVER, 1976; LEVINE; LEVINE, 1990). As pistas seriam a palavra "Descoberta", a madeira identificada como carvalho espanhol, as "sílabas mal-humoradas em uma língua estrangeira", os instrumentos matemáticos obsoletos e a ordem de comando com assinatura de um monarca.

Esses mesmos especialistas assinalam ainda a presença, no conto, de dois mitos muito difundidos então: a lenda do

Holandês Voador e a teoria da Terra Oca. O Holandês Voador, segundo as lendas europeias, é um navio-fantasma que está fadado a percorrer os mares pela eternidade, sem jamais poder atracar em um porto. Diz a tradição que seu avistamento é sinal de mau augúrio.

O outro mito incorporado é o de que a Terra seria uma esfera oca, com imensas aberturas localizadas nos polos. Desde tempos imemoriais, é recorrente o conceito de uma Terra Oca, com espaços interiores (por exemplo, o Inferno cristão ou o Hades grego). Em 1818, porém, John Cleves Symmes, militar estadunidense, propôs a teoria de que a Terra seria formada por cinco esferas ocas concêntricas, todas com aberturas nos polos pelas quais seria possível passar de uma à outra. Pouco antes da publicação do conto de Poe, o então presidente dos Estados Unidos, John Quincy Adams, chegou a indicar que aprovaria uma expedição ao polo Norte para verificar a teoria da Terra Oca, mas seu mandato terminou em 1829, sem que ele cumprisse a missão. Ou seja, muito provavelmente a noção da existência de aberturas nos polos era familiar aos leitores de Poe, que conseguiriam associar a "forte corrente" que carrega a embarcação-fantasma ao escoamento da água do mar pela suposta abertura do polo Sul.

Independente das ideias extravagantes sobre a Terra Oca, existe de fato uma forte corrente nas altas latitudes percorridas pelo personagem de Poe. Relatada pela primeira vez em 1775 pelo explorador inglês James Cook, a corrente Circumpolar Antártica forma-se em função do movimento de águas do Oceano Sul, correndo de oeste para leste, ao redor do mundo, como resposta à rotação da Terra e aos ventos, e circundando a Antártida sem qualquer obstáculo.

Além da presença dessa forte corrente marinha, a região oceânica situada entre o extremo sul dos continentes e a Antártida é caracterizada por ventos persistentes, ondas muitas vezes gigantescas, tempestades constantes e violentas, e o perigo frequente dos icebergs. Esse cenário reflete-se nos nomes

Roaring Forties ("os 40 rugidores"), *Furious Fifties* ("os 50 furiosos") e *Screaming Sixties* ("os 60 urrantes"), atribuídos pelos marinheiros às regiões ao sul dos 40 graus de latitude Sul.

Ketterer (1974) considera "Manuscrito encontrado em uma garrafa" como proto-ficção científica. Um dos aspectos interessantes, em termos de literatura fantástica, é o uso de uma hipótese "científica" que, se não era plenamente aceita na época, ao menos tinha sido levada a sério num passado recente, como ocorre com a teoria da Terra Oca, de Symmes. Utilizar fatos e teorias científicos como ponto de partida das narrativas é um procedimento bastante comum no gênero da ficção científica. Daí derivam-se situações fantásticas, que fogem do domínio do real para entrar na especulação. Foi o que fez Poe nesse seu primeiro conto publicado: o artifício voltou a ser utilizado pelo autor inúmeras vezes — e com mais desenvoltura — ao longo de sua carreira literária.

UMA DESCIDA NO MAELSTRÖM (1841)

As vias de Deus na Natureza, como na Providência, não são como as nossas; tampouco os modelos que criamos são suficientes para apreendermos o quão vasta e insondável é Sua obra, que transcende em profundidade o poço de Demócrito.

Joseph Glanvill[1]

Por fim alcançáramos o topo do mais alto penhasco. Por alguns instantes, o velho homem pareceu cansado demais para falar.

— Não faz muito tempo — disse, por fim —, eu o teria guiado nesta subida tão bem quanto meu filho mais novo. Uns três anos atrás, porém, passei por uma experiência pela qual nenhum homem passou, ou pelo menos nenhum homem que tenha sobrevivido para contá-la, e as seis horas de terror mortal que suportei destruíram-me de corpo e alma. Deve achar que sou *muito* velho, mas não sou. Em menos de um dia estes cabelos mudaram de pretos para brancos, meus membros se debilitaram e perdi o controle dos nervos. Agora tremo ao menor esforço, e as sombras me apavoram. Sabe que mal posso olhar pela borda deste pequeno penhasco sem sentir tontura?

O "pequeno penhasco", em cuja beira ele se acomodara despreocupado para descansar, com boa parte de seu peso pendendo no espaço e tendo por única sustentação o cotovelo apoiado na borda escorregadia, era um precipício de rocha escura luzi-

1. Joseph Glanvill (1636-1680) foi um religioso e filósofo inglês, defensor do método científico e da liberdade de pensamento. Advogava uma investigação cuidadosa, menos cética, dos relatos de aparições, espíritos e bruxaria.

dia, que se erguia a prumo, desimpedido, cerca de 450 ou 500 metros acima de um mundo de rochedos lá embaixo. Nada me faria chegar a meia dezena de metros de sua borda. Na verdade, eu estava tão nervoso com a posição temerária de meu companheiro que me estendi de comprido no chão, agarrei-me aos arbustos ao redor e não ousei sequer erguer os olhos para o céu, enquanto lutava em vão para livrar-me da ideia de que as próprias fundações da montanha estavam ameaçadas pela fúria dos ventos. Passou-se um bom tempo antes que eu reunisse coragem suficiente para sentar-me e olhar à distância.

— Deve vencer esses medos, pois eu o trouxe aqui para que tivesse a melhor vista possível do cenário da experiência que mencionei, e para que contemplasse o local enquanto lhe conto a história — disse o guia, prosseguindo do modo detalhista que o caracterizava. — Estamos agora perto da costa norueguesa, a 68 graus de latitude, na grande província de Nordland e no temido distrito de Lofoden.[2] Estamos no alto da montanha chamada de Helseggen, a Nebulosa. Agora levante-se um pouquinho mais e segure-se na touceira de capim caso sinta tontura, isso, assim, e olhe para o mar, para além da faixa de neblina sob nós.

Olhei, meio zonzo, e avistei uma ampla extensão de oceano, cujas água eram tão escuras que de imediato me veio à mente o relato do geógrafo núbio[3] sobre o *Mare Tenebrarum.*[4] Nenhuma paisagem mais desolada poderia ser concebida pela imaginação humana. Para a direita e para a esquerda, tão longe quanto a vista alcançava, estendia-se uma linha de rochedos pretos e escarpados, como baluartes do mundo,

---

2. O arquipélago de Lofoten, ou Lofoden, constitui um distrito do condado de Nordland, na Noruega; o nome Helseggen parece ter sido inventado por Poe.

3. Possivelmente Idrisi (século 12), geógrafo, cientista e poeta árabe, autor de *Geographia Nubiensis.*

4. Mar Tenebroso, nome atribuído na Idade Média ao oceano Atlântico, temido pelos navegantes. É mencionado também em "Mellonta Tauta" (pp. 285-308).

cujo aspecto sinistro era acentuado pela arrebentação que os golpeava com sua crista branca e ameaçadora, rugindo e uivando sem trégua. Bem diante do promontório em cujo ápice estávamos, e a uma distância de nove ou dez quilômetros mar adentro, via-se uma ilha de aspecto desolado – ou, mais apropriadamente, discernia-se sua posição em meio à violência das vagas que a circundavam. Uns três quilômetros mais perto da terra, erguia-se uma ilhota menor, escarpada e totalmente deserta, rodeada de rochas escuras.

A aparência do oceano, no espaço entre a ilha mais afastada e a costa, tinha algo de incomum. No momento, soprava do mar uma ventania tão forte que um brigue ao largo navegava em capa, a vela de tempestade bem ferrada, e a cada tanto seu casco sumia por completo de vista. Ainda assim, não havia nada que lembrasse uma ondulação regular, apenas uma água cruzada que parecia mover-se, veloz e agitada, em todas as direções, até mesmo contra o vento. Quase não havia espuma, exceto ao redor das rochas.

– A ilha lá longe – retomou o velho – é chamada de Vurrgh pelos noruegueses. Aquela a meio caminho é Moskoe. A que está um quilômetro e meio ao norte é Ambaaren. Aquelas outras são Iflesen, Hoeyholm, Kieldholm, Suarven e Buckholm. Mais para fora, entre Moskoe e Vurrgh, estão Otterholm, Flimen, Sandflesen e Skarholm.[5] Esses são seus nomes verdadeiros. Mas por que alguém acharia necessário batizar cada uma está além do que podemos entender. Ouve alguma coisa? Vê alguma mudança na água?

Fazia agora uns dez minutos que estávamos no topo do Helseggen, ao qual subíramos a partir do interior de Lofoden,[6] de forma que não tivéramos um vislumbre sequer do mar até que ele se abriu a nossa vista, lá no alto. Enquanto o velho

---

5. Alguns dos nomes citados variam entre diferentes versões do conto de Poe.

6. Na verdade, o narrador encontra-se na ilha de Moskenesøya. Lofoten, como já foi dito, é o nome do arquipélago.

falava, dei-me conta de um som forte que aumentava aos poucos, como o bramir de uma vasta manada de búfalos numa pradaria norte-americana. No mesmo instante, percebi o que os marinheiros chamam de *mar picado* abaixo de nós convertendo-se rapidamente em uma corrente que corria para leste. Sob meus próprios olhos, a corrente adquiriu uma força assustadora. A cada momento aumentava sua velocidade, seu ímpeto para diante. Em cinco minutos, todo o mar, até a altura de Vurrgh, foi tomado por uma fúria ingovernável, mas era entre Moskoe e o continente[7] que a agitação era mais intensa. Ali, a vasta extensão de águas, varada e sulcada por mil canais conflitantes, lançou-se em uma convulsão frenética, corcoveando, fervendo, chiando, rodopiando em vórtices gigantescos e inumeráveis, sempre girando e arremetendo para leste, com uma velocidade que a água jamais assume em outros locais, exceto ao precipitar-se em cachoeiras.

Passados mais alguns minutos, a cena sofreu outra mudança radical. A superfície geral ficou um pouco mais tranquila, e os redemoinhos desapareceram um a um, enquanto prodigiosas faixas de espuma surgiram onde antes não existiam. A seguir, tais faixas espalharam-se por uma grande distância, combinaram-se entre si e adquiriram o movimento giratório dos vórtices recém-desaparecidos, parecendo formar o germe de um novo vórtice mais vasto. De repente, muito de repente, este assumiu uma existência distinta e definida, num círculo de quase um quilômetro de diâmetro. Sua borda era marcada por um cinturão largo de espuma reluzente, que não deixava partícula alguma escapar para dentro do aterrorizante funil, cujo interior, até onde o olhar penetrava, era uma muralha lisa e luzidia de água, de um preto profundo, numa inclinação de cerca de quarenta e cinco graus com a horizontal, girando e girando a uma velocidade estonteante, emitindo aos ventos

---

7. O Maelström forma-se, de fato, entre a grande ilha de Moskenesøya (que o narrador chama de "continente") e a ilha de Mosken [Moskoe], muito menor.

sua voz temível, meio uivo, meio rugido, de uma natureza tal que nem mesmo as poderosas cataratas do Niágara, em sua agonia, jamais lançam aos céus.

A montanha tremeu em sua base, e a rocha se moveu. Joguei-me de bruços e me agarrei à vegetação rala, tomado de grande nervosismo.

— Isto — falei, por fim, ao velho — *não pode* ser senão o grande redemoinho de Maelström.

— Às vezes ele é chamado assim — respondeu ele. — Nós, noruegueses, o chamamos de Moskoe-ström, por causa da ilha de Moskoe.[8]

Os relatos correntes acerca desse vórtice não tinham de maneira alguma me preparado para o que agora estava vendo. A narrativa de Jonas Ramus,[9] talvez a mais detalhada de todas, é totalmente incapaz de transmitir a magnificência e o horror da cena, ou a extraordinária sensação de *inusitado* que deixa perplexo o espectador. Não sei de onde exatamente o autor o observou ou em quais circunstâncias, mas não pode ter sido do topo do Helseggen nem durante uma tempestade. Há algumas passagens detalhadas da descrição, porém, que podem ser citadas, embora seu efeito seja por demais frágil para dar uma impressão do espetáculo.

"Entre Lofoden e Moskoe," diz ele, "a profundidade da água vai de 65 a 75 metros. Mas do outro lado, na direção de Ver (Vurrgh), a profundidade diminui a ponto de não haver passagem para uma embarcação sem o risco de choque contra as rochas, que ocorre até em condições de calmaria. Na enchente, a corrente flui pela passagem entre Lofoden e Moskoe

8. O nome norueguês é, na verdade, Moskstraumen ou Moskenestraumen. *Maelstrøm*, no mesmo idioma, é um nome genérico para os redemoinhos e correntezas que se formam em estreitos, causados pela subida e descida das marés.

9. Jonas Danilssønn Ramus (1649-1718), religioso e historiador norueguês, fez uma descrição do Maelström e propôs que fosse o redemoinho Caribdis, citado na *Odisseia*, de Homero.

com violenta rapidez, mas é o troar de sua vazante impetuosa rumo ao mar que não encontra rival sequer na maior e mais temível queda-d'água. Ouve-se seu rugido a muitos quilômetros de distância, e os vórtices ou abismos têm tal extensão e profundidade que qualquer barco que penetre em sua área de atração é inevitavelmente sugado e puxado para o fundo, e ali despedaçado contra as rochas. Ao tranquilizarem-se as águas, seus restos são arremessados de novo para a superfície. Mas tais momentos de tranquilidade apenas acontecem na virada da maré e com bom tempo, e duram no máximo um quarto de hora até que a violência aos poucos retorne. Quando a corrente está em plena turbulência, sua fúria amplificada por uma tormenta, é perigoso chegar à distância de uma milha norueguesa.[10] Barcos, iates e navios têm sido tragados por somente aperceberem-se dela quando já estão sob sua influência. Também é frequente que baleias se aproximem demais e sejam subjugadas pela violência da corrente; é impossível, então, descrever seus uivos e urros, na luta inútil para se libertarem. Certa vez, um urso que tentava nadar de Lofoden para Moskoe foi pego na corrente e tragado para o fundo, com rugidos tão terríveis que eram ouvidos da praia. Grandes troncos de abetos e pinheiros capturados pela corrente voltam a aflorar, de tal forma estilhaçados que um revestimento de espinhos parece ter brotado deles; isso evidencia terem sido lançados de um lado a outro, em um fundo formado por rochas pontiagudas. A corrente é regulada pelo fluxo e refluxo da maré, que se alterna regularmente entre alta e baixa a cada seis horas. No ano de 1645, bem cedo na manhã do Sexagésimo Domingo,[11] seu bramido foi tão forte que até mesmo as pedras das casas costeiras caíram ao chão."

No que concerne à profundidade da água, não vejo modo de sequer ser estimada na vizinhança imediata do vórtice.

10. Equivalente a 7,018 milhas ou 11,295 quilômetros.

11. Penúltimo domingo antes da Quaresma, os quarenta dias de jejum que precedem o domingo de Páscoa.

Os "75 metros" devem referir-se apenas a porções do canal próximas da praia, em Moskoe ou em Lofoden. A profundidade no centro do Moskoe-ström deve ser incalculavelmente maior. Não é necessária melhor prova disso do que uma breve olhada dentro do abismo do redemoinho, a partir do mais alto cume do Helseggen. Olhando-se do cimo deste pináculo para o Flegetonte[12] uivante lá embaixo, não pude deixar de sorrir da simplicidade com que o honesto Jonas Ramus registrou, como algo difícil de crer, as anedotas de baleias e ursos. Pareceu-me óbvio, de fato, que mesmo o maior navio de linha existente poderia resistir tão pouco, ao penetrar na influência daquela atração mortífera, quanto uma pluma em um furacão, e desapareceria de imediato e por completo.

As tentativas de explicação do fenômeno, algumas das quais, lembro-me, haviam soado bastante plausíveis durante a leitura, agora tinham um sabor muito diferente e insatisfatório. A ideia mais aceita é que tanto esse quanto três outros redemoinhos menores existentes entre as ilhas Faroé "não têm outra causa senão a colisão de ondas que sobem e descem, no fluxo e refluxo, contra uma crista de rochas e plataformas, que confina a água de tal forma que ela se precipita como uma cachoeira. Assim, quanto mais alta é a maré, mais profunda é a queda, e o resultado natural é um redemoinho ou vórtice, cujo prodigioso poder de sucção é suficientemente bem conhecido a partir de experimentos". Estas são palavras da *Enciclopédia Britânica*. Kircher[13] e outros propuseram haver, no centro do canal do Maelström, um abismo que penetra no globo e aflora em um local remoto (o golfo de Bótnia foi explicitamente mencionado em um caso). Tal opinião, ociosa por si mesma, foi a que mais atraiu minha imaginação. Mencionei-a a meu guia e surpreendi-me ao ouvir que, embora

---

12. Na mitologia grega, é um dos sete rios de Hades, o inferno.

13. Athanasius Kircher (1602-1680), jesuíta e erudito alemão, dedicado sobretudo aos estudos orientais, geologia e medicina.

fosse a ideia mais aceita pelos noruegueses, ele mesmo não a compartilhava. Quanto à primeira explicação, ele confessou não conseguir compreender e eu concordo, pois pode ser conclusiva no papel, mas torna-se ininteligível e até absurda em meio ao rugir do abismo.

— Agora que já pôde ver bem o redemoinho — disse o velho —, se quiser vir para trás desta rocha, de modo que ela amorteça o rugido da água, vou lhe contar uma história que deve convencê-lo de que alguma coisa sei sobre o Moskoe-ström.

Assim o fiz, e ele continuou.

— Eu e meus dois irmãos tínhamos uma sumaca com aparelhamento de escuna, com capacidade de cerca de setenta toneladas, que usávamos para pescar entre as ilhas além de Moskoe, perto de Vurrgh. Todos os remoinhos violentos do mar têm boa pesca, no momento certo, bastando apenas a coragem. No entanto, entre todos os pescadores de Lofoden, éramos os únicos que visitavam as ilhas com regularidade. Os pesqueiros mais frequentados ficam bem mais a sul. Lá pode-se conseguir peixe a toda hora, sem grande risco, e por isso são preferidos. Mas os bons locais entre as rochas daqui oferecem os melhores pescados, em quantidade muito maior, e às vezes obtínhamos num único dia o que as embarcações mais temerosas não podiam reunir em uma semana. Na verdade, o que fazíamos era uma negociação arriscada, em que o risco de vida tomava o lugar do trabalho e a coragem era nosso capital.

"Fundeávamos a sumaca numa enseada a oito quilômetros daqui, costa acima, e quando fazia tempo bom costumávamos aproveitar o intervalo de quinze minutos para cruzar o canal principal do Moskoe-ström, passando longe do remoinho, para então lançar âncora nos arredores de Otterholm ou de Dandfleses, onde os redemoinhos são um pouco menos violentos. Ficávamos ali até o intervalo seguinte, quando levantávamos ferro e voltávamos para casa. Fosse na ida ou na volta, jamais navegávamos sem um vento lateral firme, que nos desse certeza de não falhar antes de nossa volta, e raramente nos equivocávamos nos cálculos. Duas vezes, em seis anos, fomos forçados a permanecer ancorados por conta de calmarias, algo muito raro por aqui. Uma vez ficamos quase uma semana por lá, mortos de fome, devido a um vendaval que começou a soprar logo depois de nossa partida e que deixou o canal violento demais para cruzarmos. Nessa ocasião, deveríamos ter sido levados para alto-mar a despeito de tudo (pois os redemoinhos nos jogavam de um lado a outro com tamanha violência que, no final, nossa âncora se soltou e fomos arrastados), não fosse o fato de termos entrado em uma das inumeráveis correntes cruzadas — hoje aqui, amanhã não mais — que nos conduziu ao abrigo de Flimen, onde, por boa fortuna, pudemos lançar âncora.

"Não poderia contar-lhe a vigésima parte das dificuldades que encontrávamos em nosso pesqueiro habitual. É um lugar terrível para estar, mesmo com bom tempo, mas nós conseguimos sempre enfrentar o terrível desafio do Moskoe-ström sem nenhum acidente, embora às vezes o coração me quisesse sair pela boca, quando acontecia de estarmos um minuto atrasados ou adiantados quanto ao intervalo. Por vezes, o vento à partida não era tão forte quanto pensávamos, e o avanço era muito mais lento do que queríamos, enquanto a corrente tornava ingovernável a sumaca. Meu irmão mais velho tinha um filho de dezoito anos e eu mesmo tinha dois garotos robustos. Eles poderiam ter-nos ajudado muito nessas horas, usando os remos, e também durante a pesca, mas por algum motivo, embora nós mesmos corrêssemos o risco, não tínhamos coragem de lançar os jovens naquele perigo. No fim das contas, aquilo tudo *era* horrivelmente perigoso, essa é a verdade.

"Daqui a uns dias faz três anos que aconteceu o que agora vou lhe contar. Foi em 10 de julho de 18..., um dia que as pessoas desta parte do mundo jamais vão esquecer, pois foi quando soprou o furacão mais violento já enviado pelos céus. E no entanto, durante toda a manhã e por boa parte da tarde, houve uma brisa constante e suave de sudoeste e o sol brilhou forte, e nem o mais experiente marinheiro entre nós poderia ter previsto o que iria ocorrer.

"Nós três – meus dois irmãos e eu – cruzamos para as ilhas por volta das duas da tarde, e em pouco tempo quase enchemos a sumaca com peixes muito bons, notando que, naquele dia, eles eram mais abundantes que nunca. Eram mais ou menos sete, *pelo meu relógio*, quando levantamos âncora e partimos de volta para casa, de forma a passarmos a pior parte do Ström no período de calma, que sabíamos ser às oito.

"Partimos com um vento frio soprando de estibordo e por algum tempo navegamos rápidos, a grande velocidade, sem sequer sonhar com algum perigo, pois não víamos o menor motivo de apreensão. De repente formos surpreendidos por uma brisa vinda de Helseggen. Isso era fora do comum, algo que nunca nos acontecera antes, e comecei a sentir-me um tanto inquieto, sem saber bem por quê. Colocamo-nos à bolina, mas não conseguíamos avançar por conta dos remoinhos. Eu estava a ponto de sugerir que voltássemos ao local de ancoragem quando, olhando para trás, vimos todo o horizonte tomado por uma estranha nuvem acobreada, que crescia a uma velocidade espantosa.

"Nesse ínterim, a brisa que nos barrava o caminho extinguiu-se, e ficamos à deriva, movendo-nos sem direção. Essa situação, porém, não durou tempo suficiente para que pudéssemos nos preocupar. Em menos de um minuto a tormenta estava sobre nós, e em menos de dois o céu ficou totalmente encoberto. Com isso e com as rajadas de água, de repente ficou tão escuro que mal víamos uns aos outros na embarcação.

"É bobagem tentar descrever um furacão como o que então se abateu. O mais antigo pescador da Noruega jamais passou por nada igual. Havíamos soltado as velas antes que ele nos atingisse em cheio, mas ao primeiro golpe de vento nossos dois mastros caíram amurada afora, como se tivessem sido serrados. O mastro principal carregou consigo meu irmão mais novo, que tinha se amarrado a ele por segurança.

"Nosso barco era o mais leve que já tocou água. Tinha um convés corrido com uma única escotilha pequena perto da proa, que sempre fechávamos antes de cruzar o Ström, como precaução contra o mar picado. Não fosse isso, teríamos afundado de imediato, pois por alguns instantes ficamos totalmente submersos. Não sei dizer como meu irmão mais velho escapou à morte, pois nunca tive chance de perguntar-lhe. De minha parte, tão logo soltei o traquete, joguei-me de comprido no tombadilho, com os pés apoiados na estreita amurada da proa e as mãos aferradas numa cavilha de ferro que havia perto da base do mastro dianteiro. Angustiado demais para conseguir pensar, foi por mero instinto que assim procedi, e foi sem dúvida a melhor coisa que poderia ter feito.

"Por alguns instantes ficamos completamente submersos, como disse, e por todo esse tempo prendi a respiração e me agarrei ao anel de ferro. Quando já não aguentava, ergui me, ajoelhado mas sem largar a cavilha, e minha cabeça rompeu a superfície. Então nosso barquinho sacudiu-se como um cão molhado, conseguindo bem ou mal livrar-se das águas. Eu agora tentava sair do estupor que se apossara de mim e reunir juízo suficiente para avaliar o que devia ser feito, quando senti que me seguravam pelo braço. Era meu irmão mais velho, e meu coração deu um pulo de alegria, pois tinha certeza de que ele havia sido lançado por sobre a borda. No momento seguinte, porém, toda essa alegria deu lugar ao terror, pois ele aproximou a boca de minha orelha e gritou a palavra '*Moskoe-ström!*'

"Ninguém jamais saberá o que senti naquele instante. Tremi da cabeça aos pés, como se vitimado pelo mais violento acesso de sezão. Sabia muito bem o que ele quis dizer com aquela palavra e o que tentava me fazer entender. Com o vento que nos impulsionava agora, rumávamos para o turbilhão do Ström e nada poderia salvar-nos!

“Veja bem, ao cruzar o *canal* do Ström sempre passávamos ao largo do redemoinho, mesmo com o melhor dos tempos, e tínhamos de esperar atentos pelo intervalo, mas agora rumávamos direto para o turbilhão, e com um furacão como aquele! *Mas certamente*, pensei, *vamos atingi-lo mais ou menos na hora do remanso, e portanto ainda há uma pequena esperança.* Contudo, no instante seguinte maldisse a mim mesmo por ser um idiota tão completo e sequer sonhar com alguma esperança. Eu sabia muito bem que estaríamos condenados mesmo que navegássemos num navio dez vezes maior do que um galeão de noventa canhões.

“Por então, a fúria inicial da tempestade esgotara-se, ou talvez não a sentíssemos tanto, já que corríamos diante dela; mas de qualquer forma, as águas, que antes o vento mantivera baixas, aplainadas e espumantes, agora erguiam-se em verdadeiras montanhas. Uma mudança peculiar também tinha lugar nos céus. Ao redor de nós, em todas as direções, o breu ainda era total, mas quase sobre nossas cabeças surgiu, subitamente, uma abertura circular de céu limpo, tão limpo como nunca vi, de um azul profundo e vivo, e através dela fulgia a lua cheia, com um brilho tão intenso que eu não imaginaria ser possível. Ela clareava tudo a nossa volta, com a maior nitidez, mas, ah, Deus, que cena ela iluminava!

“Fiz uma ou duas tentativas de falar a meu irmão, mas, por algum motivo que eu não entendia, o barulho aumentara de tal forma que ele não ouvia uma só palavra, embora eu gritasse a plenos pulmões em sua orelha. Ele por fim sacudiu a cabeça, pálido como na morte, e ergueu um dedo, como dizendo *ouça!*

“A princípio não compreendi, mas logo um pensamento hediondo me ocorreu. Tirei meu relógio da algibeira. Estava parado. Olhei seu mostrador à luz do luar e irrompi em lágrimas enquanto o atirava ao oceano. *Ele havia parado às sete horas! Estávamos atrasados para o remanso das águas, e o turbilhão do Ström estava em plena fúria!*

"Quando um barco é de boa construção e de estiva bem arrumada, sem excesso de carga, em condições de vento favorável, mesmo que intenso, as ondas parecem sempre passar sob ele, o que pode parecer estranho para quem não é do mar, como se as *cavalgássemos*, tal qual se diz em linguagem marítima.

"Até então, havíamos deslizado muito bem sobre os vagalhões, mas naquele momento uma onda gigantesca nos pegou bem por baixo da popa e carregou-nos com ela enquanto subia, subia, subia, como se fosse chegar ao céu. Eu não teria acreditado que uma onda pudesse elevar-se tanto. E então descemos de uma só vez, deslizando e precipitando-nos, e o movimento me deixou nauseado e zonzo, como se caísse, em sonho, de alguma montanha altíssima. Contudo, enquanto estivemos lá em cima, lancei um olhar ao redor, breve mas suficiente. Num instante vi nossa exata posição. O redemoinho do Moskoe-Ström estava a cerca de meio quilômetro de distância, bem em frente, mas assemelhava-se tanto ao Moskoe-Ström de todos os dias quanto aquele turbilhão ali se parece ao regato que move um moinho. Se não soubesse onde estávamos e o que esperar, não teria reconhecido o local de forma alguma. Diante daquilo, involuntariamente fechei os olhos em horror. Minhas pálpebras cerraram-se como num espasmo.

"Não teriam passado mais que dois minutos quando sentimos as ondas acalmarem de repente, e fomos envolvidos por espuma. O navio fez uma meia-volta abrupta para bombordo e em seguida partiu como um raio na nova direção. Ao mesmo tempo, o rugido da água foi completamente abafado por uma espécie de guincho muito agudo, o tipo de som que se pode imaginar sendo emitido pelos canos de descarga de muitos milhares de barcos a vapor, todos soltando seu vapor ao mesmo tempo. Estávamos na faixa de arrebentação que circunda o turbilhão, e imaginei, é claro, que no instante seguinte mergulharíamos no abismo — que mal conseguíamos ver por conta da espantosa velocidade com que éramos levados. O barco não parecia estar afundando, mas deslizando como uma bolha de ar na superfície do vagalhão. A estibordo estava o turbilhão, e a bombordo erguia-se a vastidão do oceano de onde viéramos. Ele se interpunha entre nós e o horizonte como uma imensa muralha que se contorcia.

"Pode parecer estranho, mas, agora que estávamos na borda do precipício, sentia-me mais sereno do que durante a aproximação. Tendo já decidido que não havia mais esperança, libertei-me de boa parte do horror que me paralisara a princípio. Suponho que tenha sido o desespero que fortaleceu meus nervos.

"Pode achar que estou me vangloriando, mas o que lhe conto é verdade. Comecei a refletir sobre quão magnífico era morrer daquele modo, e como fora tolo ao preocupar-me com algo tão insignificante como minha vida individual, em vista de uma manifestação tão maravilhosa do poder de Deus. Acredito que cheguei a enrubescer de vergonha quando essa ideia me cruzou a mente. Daí a pouco, estava possuído pela mais aguda curiosidade pelo redemoinho. Senti um verdadeiro *anseio* por explorar suas profundidades, mesmo ao preço do sacrifício. E meu maior pesar era jamais poder contar a meus companheiros em terra sobre os mistérios que veria. Sem dúvida, era estranho que devaneios como esse ocupassem a mente de um homem em seus momentos finais, e desde então tenho pensado, com frequência, que o movimento giratório do barco ao redor do redemoinho deve ter-me deixado um pouco delirante.

"Havia outra circunstância que ajudava a restabelecer meu autocontrole. O vento havia cessado, pois não podia atingir-nos em nossa presente posição, uma vez que, como pode atestar por si mesmo, a faixa de espuma está bem mais baixa que o nível geral do oceano, que então erguia-se acima de nós, como uma crista montanhosa alta e escura. Se nunca esteve no mar durante um vendaval intenso, não pode fazer ideia da confusão mental provocada pelo vento em conjunto com o borrifar constante do mar. Eles cegam você, ensurdecem e estrangulam, e roubam-lhe todo o poder de ação ou reflexão. Mas estávamos agora praticamente livres desses incômodos, da mesma forma como os criminosos condenados à morte na cadeia recebem pequenas indulgências, que lhes são negadas enquanto seu destino é incerto.

"Quantas vezes demos a volta ao redor do redemoinho é impossível dizer. Giramos e giramos talvez por uma hora, voando mais que flutuando, gradualmente nos aproximando do meio da faixa de arrebentação, e então mais e mais perto de sua horrível borda interna. Durante todo esse tempo, não soltei meu anel de ferro. Meu irmão estava na popa, agarrado a um barril de água vazio que, estando firmemente atado sob o engradado de ré, era a única coisa no convés que não havia sido varrida para fora quando a primeira onda nos cobriu. Enquanto nos aproximávamos da borda do abismo, ele largou o barril, veio até mim e, na agonia do terror, forçou-me a soltar o anel de ferro, que não era grande o suficiente para que ambos pudéssemos agarrar-nos com firmeza. Nunca senti um amargor tão grande como naquele instante, embora eu soubesse que ele estava fora de si ao fazê-lo, um maníaco delirante de puro pavor. Não quis, porém, opor-me. Sabia que não faria diferença alguma se um de nós se agarrasse ou não. Assim, deixei-o ficar com o anel e fui para a popa, até o barril. Não foi difícil fazer isso, pois o barco movia-se com regularidade e mantinha-se equilibrado, apenas balançando para diante e para trás com o amplo corcovear do redemoinho. Mal havia me segurado em minha nova posição quando demos uma guinada violenta para estibordo e nos precipitamos de cabeça no abismo. Murmurei uma prece rápida a Deus e acreditei que era o fim.

"Ao sentir o ímpeto horrendo da queda, instintivamente eu me agarrara com mais força ao barril, fechando os olhos. Por alguns segundos não ousei abri-los, enquanto esperava pelo fim instantâneo, e então surpreendi-me por ainda não estar debatendo-me com a morte em meio às águas. Mas um instante se sucedia ao outro. Eu ainda vivia. A sensação de queda havia cessado, e o movimento do barco parecia-se muito com o de antes, quando estava na faixa de espuma, exceto que agora encontrava-se mais inclinado. Tomei coragem e uma vez mais olhei em volta.

"Não esquecerei nunca as sensações de assombro, horror e admiração com que contemplei os arredores. O barco parecia pender, como por mágica, à meia altura na superfície interna de um funil de imensa circunferência e profundidade prodigiosa. Os lados do funil, perfeitamente lisos, poderiam ser tomados por ébano, salvo pela velocidade assustadora com que giravam e pelo fulgor cintilante e horrível que deles emanava, por conta dos raios da lua cheia que penetravam pela abertura circular no céu, banhando num dourado glorioso as paredes escuras, até mesmo lá no fundo, nos mais íntimos recessos do abismo.

"No início senti-me confuso demais para observar qualquer coisa com precisão. A impressão geral de terrível grandiosidade era tudo que conseguia apreender. Ao me recuperar um pouco, porém, meu olhar instintivamente voltou-se para baixo. Pela forma como a sumaca pairava na superfície inclinada do turbilhão, minha visão era desimpedida. A embarcação estava a prumo com a superfície, isto é, o convés ficava paralelo à superfície do redemoinho, mas como esta formava um ângulo de mais de quarenta e cinco graus, parecíamos estar deitados sobre o costado. Percebi, porém, que não era mais difícil manter minha posição do que se estivéssemos nivelados. Suponho que isso se devesse à velocidade com que circulávamos.

"Os raios de luar pareciam varrer o próprio fundo daquele abismo profundo, mas eu não conseguia distinguir nada com clareza, devido à espessa neblina que envolvia tudo, e sobre a qual pairava um magnífico arco-íris, como a ponte estreita e precária que os muçulmanos dizem ser o único caminho entre o Tempo e a Eternidade.[14] Essa névoa originava-se, sem dúvida, do choque das grandes paredes do funil ao encontrarem-se no fundo. Mas o bramido que se elevava aos céus a partir daquela névoa não posso nem tentar descrever.

"Nossa primeira descida pelo abismo, a partir da faixa de espuma, levara-nos a uma boa distância declive abaixo, mas daí em diante o movimento descendente não foi proporcional. Girávamos e girávamos, não num movimento uniforme, mas com oscilações e solavancos vertiginosos, às vezes deslocando-nos poucas centenas de metros, outras vezes quase completando o circuito do turbilhão. A cada volta, nosso progresso para baixo era lento, mas perceptível.

"Observando ao redor de mim a vasta extensão de ébano líquido que nos arrastava, notei que nosso barco não era o único objeto capturado pelo redemoinho. Acima e abaixo de nós viam-se pedaços de navios, grandes peças de madeira de construção e troncos de árvores, e também objetos menores como partes de móveis, caixas quebradas, barris e tábuas. Já descrevi a singular curiosidade que tomara o lugar de meus terrores iniciais. Ela parecia aumentar à medida que me aproximava mais e mais de meu horrendo destino. Passei a observar, com um estranho interesse, as inúmeras coisas que flutuavam em nossa companhia. Eu *devia* estar delirando, pois até mesmo me *divertia* especulando acerca da velocidade relativa de seus descensos rumo à espuma lá embaixo. *Este tronco de abeto*, encontrei-me pensando em um dado momento, *será certamente a próxima coisa a dar o horrendo mergulho e desaparecer*. E então desapontei-me ao ver que os destroços de um navio mercante dinamarquês o haviam ultrapassado, precipitando-se antes. Depois de algum tempo, tendo feito várias previsões desse tipo, e enganando-me sempre,

14. Segundo o islamismo, para chegar ao Paraíso as almas devem percorrer uma ponte estreita que passa por cima do Inferno. Levine e Levine (1990) chamam a atenção para a erudição incompatível com um marinheiro.

o fato de invariavelmente equivocar-me lançou-me numa linha de raciocínio que fez meus membros tremerem de novo e meu coração uma vez mais bater forte.

"Não era um novo terror que se apossava de mim, mas o nascer de uma *esperança* ainda mais instigante. Tal esperança surgiu parte da memória, parte das observações recentes. Veio-me à lembrança a grande variedade de detritos flutuantes que chegavam à costa de Lofoden, tendo sido absorvidos e depois expelidos pelo Moskoe-ström. Em sua maior parte, as peças estavam estilhaçadas da forma mais extraordinária, tão esfoladas e desgastadas que pareciam ter sido inteiramente crivadas com farpas. Mas lembrei-me claramente de que *algumas* não estavam nem um pouco desfiguradas. Eu não podia explicar tal diferença a não ser supondo que os fragmentos mais danificados tinham sido sugados *por completo*, e que os outros haviam entrado no redemoinho com a maré já bem avançada ou que, por alguma razão, tinham descido tão devagar que não chegaram ao fundo antes da virada da maré. Qualquer que fosse o caso, podia conceber que tivessem retornado ao nível do oceano sem sofrer o destino dos objetos capturados antes deles ou absorvidos mais depressa. Fiz ainda três importantes observações. Primeiro, como regra geral, quanto maior é um objeto, mais rápida é sua descida. Segundo, entre duas massas de igual tamanho, uma esférica e a outra de *qualquer formato*, a maior velocidade de descenso era a da esfera. Terceiro, entre duas massas de igual tamanho, uma cilíndrica e a outra de qualquer formato, o cilindro era absorvido mais devagar. Desde que escapei, tive várias conversas com o mestre-escola de nosso distrito, e foi com ele que aprendi o uso das palavras "cilindro" e "esfera". Ele me explicou, embora eu tenha esquecido a explicação, de que modo o que eu tinha observado era, na verdade, uma consequência natural da forma dos fragmentos flutuantes, e me mostrou como um cilindro, flutuando em um vórtice, oferecia mais resistência à sucção e era arrastado com maior dificuldade do que qualquer outro objeto de volume semelhante e forma diferente[1].

“Havia uma condição espantosa que reafirmava essas observações e me deixava ansioso por colocá-las à prova. A cada volta, ultrapassávamos algum barril, verga ou mastro de um navio, enquanto várias coisas semelhantes, que estavam no mesmo nível da sumaca quando abri os olhos para os assombros do redemoinho, agora posicionavam-se bem acima de nós, e pareciam ter-se movido pouco de sua posição inicial.

“Não hesitei mais quanto ao que fazer. Decidi atar-me com firmeza ao barril em que me agarrava, cortar as cordas que o prendiam à popa e lançar-me com ele na água. Chamei a atenção de meu irmão por meio de sinais, apontei para os barris flutuantes que se aproximavam de nós e tentei de tudo para que compreendesse o que eu estava a ponto de fazer. Achei, por fim, que ele havia entendido minha intenção, mas fosse ou não o caso, ele sacudiu a cabeça em desespero, recusando-se a abandonar sua posição junto ao anel de ferro. Era impossível ir até ele; a urgência da situação não admitia atrasos. E assim, com uma amarga batalha, resignei-me a seu destino, amarrei-me ao barril por meio das cordas que o prendiam à popa e lancei-me ao mar, sem mais um instante de hesitação.

“O resultado foi exatamente o que esperava que fosse. Como sou eu quem lhe conta isso, pode ver que *realmente* sobrevivi, e como já sabe de que modo escapei, podendo assim prever tudo o mais que tenho a dizer, vou concluir minha história com brevidade. Cerca de uma hora depois que a abandonei, a sumaca já tinha descido uma boa distância para longe de mim quando deu três ou quatro voltas violentas em rápida sucessão e, carregando consigo meu amado irmão, mergulhou de cabeça, de uma vez e para sempre, no inferno de espuma no fundo. O barril em que eu estava desceu muito pouco além da metade da distância entre o fundo do abismo e o ponto onde eu me jogara n’água, e então ocorreu uma grande alteração no redemoinho. A inclinação dos lados do imenso funil foi ficando cada vez menos pronunciada. O movimento giratório tornou-se gradualmente menos e menos violento. Aos poucos, a espuma e o arco-íris desapareceram, e o fundo do abismo pareceu erguer-se devagar. O céu estava limpo, os ventos haviam cessado e a lua cheia se punha radiante a oeste quando me vi de novo na superfície do oceano, em plena vista das praias de Lofoden, e bem em cima do ponto onde o remoinho do Moskoe-ström *estivera*. Era a hora da calmaria, mas o mar ainda corcoveava em ondas que pareciam montanhas, sob os efeitos do furacão. Fui lançado com violência na correnteza do Ström, que em pouco minutos carregou-me costa abaixo, até o local de pesca dos pescadores. Um barco recolheu-me, exausto de fadiga, e, agora que o perigo terminara, mudo com as lembranças do horror. Aqueles que me içaram a bordo eram meus velhos amigos, companheiros do dia a dia, mas não me reconheceram mais do que reconheceriam algum viajante vindo da terra dos espíritos. Meu cabelo, que no dia anterior era tão preto como o corvo, estava branco como o vê agora. Disseram ainda que a própria expressão de meu semblante mudou. Contei-lhes minha história e eles não acreditaram em mim. Conto-a agora a *você*, e pouca esperança tenho de que lhe dê mais crédito que os alegres pescadores de Lofoden."

NOTA DO AUTOR

[1] Ver Arquimedes, *De Incidentibus in Fluido*, livro 2.[15]

---

15. Arquimedes (século 3 a.C.), matemático grego. Beaver (1976) informa que esse texto de Arquimedes não contém nada diretamente ligado ao assunto tratado no conto; a nota de Poe foi acrescentada em 1845. A história do cilindro ser absorvido mais devagar parece ser invenção de Poe. Dizem Levine e Levine (1990), com muito bom humor, que "experimentos conduzidos por estes editores com batedeiras e liquidificadores são inconclusivos".

[sobre o conto]

"A Descent into the Maelström" foi publicado no *Graham's Lady's and Gentleman's Magazine*, em maio de 1841, e posteriormente incluído em *Tales of the Grotesque and Arabesque* (1845) com algumas alterações.

Nessa "história dentro da história", um narrador obviamente culto e viajado relata o encontro com um marinheiro norueguês, que lhe conta como escapou de um temível redemoinho, o Maelström. O barco em que estava é surpreendido por uma tempestade e acaba sendo atraído para dentro do vórtice. Ante o terror da situação, o marinheiro perde toda esperança e desiste de achar um plano racional para se salvar, passando então a apenas contemplar o espetáculo fascinante e a beleza majestosa do Maelström. O fascínio é tal que o impede de enlouquecer de medo. A apreciação da beleza aguça sua curiosidade. Observando os destroços que se movem ao redor de seu barco, ele percebe uma ordem no caos, e por fim faz a descoberta que o salvará: objetos de diferentes formatos são absorvidos a diferentes velocidades. Assim, a curiosidade salvadora é estética, não científica, e sua busca é a busca de um poeta por beleza, não por conhecimento (SWEENEY, 1973).

Esse conto é, segundo Mabbott (1978), um exemplo da habilidade de Poe em reunir elementos de fontes distintas, aos quais adicionava detalhes de criação própria, com um resultado poderoso. De fato, segundo o estudioso, a principal inspiração para Poe foi um relato de 1834 ("The Maelstrom: a fragment", Edward Wilson Landor) cujo narrador teve o navio destruído por um redemoinho, nos mares da Noruega, mas conseguiu sobreviver, sem saber como, pois desmaiou e acordou já na praia. Onde a imaginação do autor original falhou, Poe encontrou um desafio e propôs um mecanismo para que seu pescador se salvasse (MABBOTT, 1978).

Para dar ao conto uma aura de veracidade, Poe utilizou o recurso habitual de incluir uma grande massa de informações verídicas, livremente copiadas de outras fontes. Nesse caso, a trajetória dessas "informações verídicas" lembra muito a conhecida brincadeira infantil do "telefone sem fio". Quando o narrador principal do conto expõe o que conhece acerca do Maelström, ele cita um texto que teria sido escrito pelo norueguês Jonas Ramus. No entanto, a fonte usada por Poe para redigir esse trecho não foi o texto original de Ramus, de 1702, e sim um verbete da *Enciclopédia Britânica*, fato que ele próprio admite no conto. O que Poe parece não ter percebido é que tampouco a enciclopédia citava o texto original, e sim a versão, incluída em um livro publicado em 1752 pelo dinamarquês Erik Pontoppidan, sobre a história natural da Noruega. Não foi Ramus quem propôs que a corrente do Maelström era "regulada pelo fluxo e refluxo da maré", e sim Pontoppidan (BEAVER, 1976). Poe, por sua vez, acrescenta sua própria discussão sobre o tema, refutando as teorias existentes e tecendo novas considerações.

Semelhante emaranhado de verdades, meias-verdades e invencionices acabou se tornando uma "fonte" de informação sobre redemoinhos (LEVINE; LEVINE, 1990), chegando ao ponto de um trecho do conto ser incluído numa edição posterior da própria *Enciclopédia Britânica*.

Para que se forme um vórtice, seria necessário haver um orifício no fundo, como num ralo, por onde a água escoaria. Nas condições em que Poe descreve o Maelström, não há possibilidade de formação do vórtice. Redemoinhos gigantes não existem na natureza, pois em geral o fluxo da água é instável demais, por conta das correntes e da geometria dos canais, para sustentar um vórtice por mais de alguns segundos, e ainda assim de dimensões bem mais modestas do que as descritas por Poe. O escritor tomou a liberdade literária de aumentar enormemente o Maelström, ou Moskstraumen, que na verdade não é um único vórtice estável, e de exagerar sua periculosidade. (De fato, atualmente existem excursões turísticas para visitar o redemoinho e para observação de aves em seus arredores.)

Em 1997, pesquisadores da Universidade de Oslo concluíram que no Moskstraumen forma-se um torvelinho gigante, com cerca de seis quilômetros de diâmetro, mas sua velocidade é de 0,36 quilômetro por hora, que sequer se compara à fúria descrita por Poe (GJEVIK *et al.*, 1997). Embora não exista um vórtice em forma de funil, as correntes e os ventos no local são perigosos; acidentes com pequenos barcos de pescadores já foram registrados, mas o efeito sobre navios de grande porte é reduzido (BROWNE, 1997).

Ketterer (1976) considera "Uma descida no Maelström" como proto-ficção científica, isto é, um precursor do gênero. Em 1869, o Maelström voltou a aparecer numa obra fantástica, o célebre romance *Vinte mil léguas submarinas*, do escritor francês Jules Verne. Com essas duas obras, de dois autores de fama extraordinária, a imagem dos redemoinhos gigantescos e mortíferos fixou-se tanto no imaginário popular que, até hoje, boa parte das pessoas acredita que de fato existem nos oceanos tais torvelinhos capazes de tragar navios inteiros.

Em 1965, o escritor britânico Arthur C. Clarke atualizou essa narrativa à Era Espacial no conto "Maelstrom II", e o marinheiro de Poe se tornou um astronauta preso na órbita da Lua, esperando ser socorrido antes que a gravidade o fizesse se chocar com a superfície do satélite.

2

PARTE 2

Poe e seu interesse pelo mesmerismo

Mesmerismo é o nome dado a uma suposta força natural invisível, postulada nas últimas décadas do século 18 pelo médico alemão Franz Mesmer (1734-1815), que permearia toda a natureza e que teria efeitos no plano físico, incluindo um suposto poder de cura. Na esteira das então recentes descobertas sobre eletromagnetismo, o mesmerismo gozou de grande popularidade no início do século 19 como prática terapêutica, tanto na Europa quanto nos Estados Unidos, e era aceito como ciência à época, embora não sem certa dose de sensacionalismo e misticismo, que aumentavam ainda mais sua repercussão na sociedade.

Poe estudou ativamente o assunto nas décadas de 1830 e 1840, tendo resenhado vários livros sobre o tema e mantido correspondência com alguns autores. Seu empenho não estava conectado a nenhuma forma de espiritualidade, que ele mesmo negou cultivar, mas a uma combinação de dois fatores: por um lado, seu interesse mais amplo por ciência e pelas últimas novidades científicas e, por outro, o apelo que o mesmerismo tinha junto ao público leitor, garantindo boas vendagens.

O próprio Mesmer, que denominou essa energia que tudo permeia de "magnetismo animal", nunca pretendeu oferecer mais do que uma cura física, calcada no reequilíbrio do fluxo entre essa força natural e o indivíduo doente, algo como um passe. Seus seguidores, porém, embalados pelas ideias do Romantismo então prevalente, ampliaram o escopo do mesmerismo para abarcar também o aprimoramento moral da humanidade.

Poe não compartilhava dessa visão otimista; para ele, o aspecto mais relevante do conceito era o efeito que tal força tinha sobre a autonomia e a individualidade de um ser humano, evidenciado na perda do autocontrole e na alteração das funções corporais causadas pela aplicação mesmérica.

Incluímos nesta antologia os três contos que Poe escreveu sob o influxo das ideias mesméricas. "Um conto dos Montes Escarpados", narrativa que aparenta versar sobre metempsicose, também aborda o mesmerismo, que o autor mescla com elementos de hipnotismo. Já em "Os fatos no caso de Monsieur Valdemar", o escritor sugere que a terapia mesmérica possibilitaria o indivíduo a ela submetido explorar até mesmo o mundo pós-morte. Em "Revelação mesmérica", ele descreve o resultado de tal exploração.

Apesar de ser objeto, desde fins do século 18, de contestações e acusações de charlatanismo, o magnetismo animal manteve sua importância até as primeiras décadas do século 20. Atualmente, desacreditado como recurso médico, persiste sob a forma de hipnotismo (com fundamentação psicológica, porém, e não mais baseado em alguma força obscura) e continua a ser objeto de estudos.

UM CONTO DOS MONTES ESCARPADOS (1844)

No outono de 1827, quando residia perto de Charlottesville, Virgínia, travei conhecimento com o sr. Augustus Bedloe. Esse jovem cavalheiro era notável em todos os aspectos, e despertou em mim grande interesse e curiosidade. Parecia-me impossível compreendê-lo, tanto moral quanto fisicamente. Sobre sua família não consegui informações satisfatórias. Nunca soube ao certo de onde viera. Chamei-o de jovem, mas até mesmo em sua idade havia alguma coisa intrigante. Ele certamente *parecia* jovem, e fazia questão de mencionar sua juventude, mas em certos momentos não teria sido difícil imaginar que tivesse cem anos de idade. Sua maior peculiaridade, porém, consistia na aparência pessoal. Era muito alto e magro, e muito encurvado, com membros longos demais e descarnados. Tinha testa ampla e baixa. Sua fisionomia era absolutamente exangue. A boca era grande e flexível e seus dentes, embora fortes, eram os mais irregulares quc cu já vira. Mas seu sorriso não era de modo algum desagradável, se bem que fosse sempre o mesmo, sempre expressando profunda melancolia, um desânimo imutável e perene. Os olhos eram grandes demais, redondos como os de um gato. As pupilas sofriam contração ou dilatação sob qualquer aumento ou redução de luz, assim como ocorre entre os felinos. Em momentos de agitação, os olhos brilhavam de forma quase inconcebível, parecendo emitir raios luminosos, não refletidos, mas próprios, do mesmo modo que uma vela ou o sol. No estado normal, porém, eram tão insossos, velados e mortiços que davam a impressão de pertencer a um cadáver havia muito sepultado.

Tais particularidades pessoais pareciam aborrecê-lo, e ele aludia a elas o tempo todo, meio como explicação, meio pedindo desculpas, de um jeito tal que me causou uma impressão dolorosa da primeira vez que ouvi. Logo me acostumei, e meu desconforto desapareceu. Ele dava a impressão de insinuar, mais que afirmar, que fisicamente não fora sempre como agora, e que uma longa série de ataques nevrálgicos reduzira uma condição de beleza incomum ao estado atual. Por muitos anos ele havia sido atendido por um médico de nome Templeton, um cavalheiro com talvez setenta anos de idade, que conhecera em Saratoga, cujos cuidados pareciam trazer-lhe grande benefício. Por conta disso, Bedloe, que era um homem rico, fizera um acordo com o dr. Templeton, que concordou em devotar seu tempo e experiência médica ao cuidado exclusivo do inválido, em troca de uma generosa remuneração anual.

Na juventude, o dr. Templeton tinha viajado muito, e em Paris tornara-se devoto das doutrinas magnéticas de Mesmer.[1] Foi justamente com um tratamento magnético que conseguiu aliviar as dores agudas de Bedloe. Graças ao êxito, o paciente adquiriu alguma confiança na fundamentação teórica do mesmerismo. Como todo entusiasta, porém, o doutor empenhava-se em converter por completo seu pupilo e conseguiu convencê-lo a submeter-se a diversos experimentos. Depois de repetições frequentes, obteve um certo resultado. Hoje em dia, isso é tão comum que mal chama a atenção, mas à época em que tudo se passou era algo raro nos Estados Unidos. Com o tempo foi-se formando, entre o dr. Templeton e Bedloe, um *rapport*, uma ligação magnética forte e evidente. Não sei se o *rapport* foi além da mera capacidade de induzir ao sono, mas mesmo esta atingira grande intensidade. Na primeira tentativa

---

1. Franz Anton Mesmer (1734-1815), médico alemão. Desenvolveu uma doutrina terapêutica pela qual o praticante induz seu paciente a um transe, empregando a força chamada "magnetismo animal". Tal doutrina passou a ser conhecida como *mesmerismo*, embora o próprio Mesmer jamais tenha usado o termo. Ver os comentários ao final deste conto.

de provocar a sonolência magnética, o mesmerizador falhou por completo. Na quinta ou sexta, teve sucesso parcial, e ainda assim com muito esforço. Só na décima segunda o triunfo foi total. Depois disso, a vontade do paciente passou a sucumbir de imediato à do médico. À altura em que os conheci, o sono sobrevinha quase instantaneamente, pela mera volição do mesmerizador, mesmo quando o inválido não estava ciente de sua presença. Apenas hoje, no ano de 1845, quando milagres semelhantes são testemunhados todos os dias por milhares de pessoas, ouso tratar essa impossibilidade aparente como algo que deve ser levado a sério.[2]

O temperamento de Bedloe era por demais sensível, excitável e agitado. Sua imaginação, vigorosa e criativa, era sem dúvida ainda mais estimulada pela morfina que ele habitualmente consumia em grande quantidade, e sem a qual teria considerado impossível viver. Era seu costume tomar uma grande dose todas as manhãs, após o desjejum, ou melhor, após uma xícara de café forte, pois não comia nada no início do dia. Então saía sozinho, ou acompanhado de um cão, para uma longa perambulação pelas colinas selvagens e desoladas que circundam Charlottesville a oeste e a sul, e que são dignificadas pelo título de Montes Escarpados.[3]

Num dia enevoado, sombrio e quente do fim de novembro, durante a curiosa interrupção das estações que nos Estados Unidos é chamada de *Indian Summer*,[4] Bedloe rumou para as colinas, como sempre. Passou-se o dia e ele não retornou.

Por volta das oito da noite, bastante alarmados com a ausência prolongada, estávamos a ponto de partir em sua procura

---

2. O mesmerismo se espalhou pela Europa do fim do século 18 ao início do 19; nos Estados Unidos e Inglaterra ficou conhecido por volta de 1841.

3. Ragged Mountains, um trecho dos Apalaches, cordilheira que se estende de Terra Nova e Labrador, no Canadá, ao estado do Alabama, nos Estados Unidos.

4. Em inglês, "Verão indígena", uma espécie de veranico caracterizada pelo ar enevoado.

quando de inesperado ele apareceu. Sua saúde era a de sempre, mas exibia um humor melhor que o de costume. O relato que fez de sua excursão, e dos eventos que o haviam retido, foi realmente peculiar.

— Devem lembrar-se de que seriam cerca de nove da manhã quando saí de Charlottesville — começou ele. — De imediato dirigi-me para as montanhas, e por volta das dez entrei por uma garganta que para mim era completa novidade. Segui suas curvas com muito interesse. De ambos os lados, a paisagem não poderia ser chamada de grandiosa, mas tinha um aspecto indescritível e delicioso, de sombria desolação. Era um vazio absolutamente virgem. Tive a sensação de que o capim verde e as rochas cinzentas em que pisava nunca tinham sido tocados por pés humanos. A entrada da ravina era tão protegida, quase inacessível exceto por um caminho muito difícil, que não teria sido impossível que eu fosse o primeiro aventureiro — primeiro e único — a transpô-la.

"A névoa espessa e característica do *Indian Summer* agora envolvia todos os elementos, realçando os vagos contornos que criavam. O nevoeiro era agradável, mas tão denso que por vezes não podia divisar mais de dez metros do caminho diante de mim. A trilha era tortuosa, e era impossível ver o sol, de forma que depressa perdi qualquer noção de direção. Nesse ínterim, manifestava-se o efeito costumeiro da morfina, que dotava do maior interesse todo o mundo externo. O tremular de uma folha, a cor da lâmina do capim, o formato do trevo, o zumbir de uma abelha, o brilho de uma gota de orvalho, o sopro do vento, os aromas suaves vindos da floresta, tudo formava um universo inteiro de atrações, uma corrente alegre e variegada de pensamento rapsódico e sem método.[5]

---

5. Embora o uso "recreativo" da morfina possa resultar em alucinações, entre outros efeitos, estudos recentes têm demonstrado que o uso moderado para o controle da dor crônica não afeta a percepção, a cognição, a coordenação ou o comportamento.

"Assim distraído, caminhei por várias horas, ao longo das quais a neblina adensou-se a meu redor de tal forma que me vi forçado a tatear meu caminho. E então uma inquietação indescritível apoderara-se de mim, uma trêmula hesitação nervosa. Tive medo de continuar andando, imaginando que poderia precipitar-me em algum abismo. Lembrei-me, também, das estranhas histórias contadas sobre os Montes Escarpados, sobre as raças de homens primitivos e ferozes que habitavam seus bosques e cavernas. Mil impressões vagas oprimiam-me e assombravam-me, ainda mais assustadoras por serem tão vagas. De súbito, o soar forte de um tambor chamou minha atenção.

"Meu espanto, é claro, foi tremendo. Um tambor era algo inédito nessas colinas. O som das trombetas do Arcanjo não me teria surpreendido mais. No entanto, logo em seguida surgiu uma fonte ainda mais assombrosa de interesse e perplexidade. Ouvi um intenso tilintar, como o de um molho de enormes chaves, e a seguir um homem seminu e de face muito escura passou correndo por mim, dando um grito estridente. Ele passou tão perto que senti seu alento quente em meu rosto. Em uma das mãos, o homem trazia um instrumento formado por um conjunto de anéis de aço, que sacudia vigorosamente durante a corrida. Mal desapareceu no nevoeiro, apareceu correndo atrás dele um animal imenso, que arfava de boca aberta e tinha olhos faiscantes. Não havia engano quanto a sua identidade. Era uma hiena.

"A visão desse monstro acalmou meus terrores em vez de acirrá-los, pois agora eu tinha certeza de estar sonhando, e esforcei-me para atingir um estado de consciência desperta. Segui adiante, com passo firme e ligeiro. Esfreguei os olhos. Falei em voz alta. Belisquei meus braços. Chegando a uma pequena nascente, curvei-me e molhei as mãos, cabeça e pescoço. Tais providências pareceram dissipar as equívocas sensações que me perturbavam. Sentindo-me um novo homem, coloquei-me de pé e retomei, decidido e contente, meu caminho desconhecido.

"Algum tempo depois, dominado pelo cansaço e pela atmosfera um tanto pesada, sentei-me sob uma árvore. Surgiu um fraco raio de sol, e a sombra da copa da árvore, tênue mas inegável, projetou-se sobre o solo. Contemplei-a por alguns minutos, abismado. Sua forma me deixara atônito. Ergui os olhos. A árvore era uma palmeira.

"Levantei-me depressa, num estado de enorme agitação, pois já não tinha mais cabimento a ideia de estar sonhando. Eu podia ver e sabia que tinha pleno comando de meus sentidos, e esses sentidos agora traziam até mim um mundo de sensações novas e estranhas. O calor tornara-se intolerável. Um odor estranho vinha com a brisa. Um marulhar grave e contínuo, como o que emana de um rio caudaloso mas tranquilo, chegou-me aos ouvidos, entremeado ao peculiar murmúrio de uma multidão de vozes humanas.

"Enquanto ouvia tais sons, num espanto cujo tamanho não preciso descrever, uma forte lufada de vento varreu o nevoeiro como a varinha de um prestidigitador.

"Encontrei-me no sopé de uma montanha muito alta, e acima de uma vasta planície percorrida por um rio majestoso. À beira do rio erguia-se uma cidade de aspecto oriental, como as que *As Mil e Uma Noites* descrevem, mas ainda mais peculiar. Do ponto onde eu estava, bem acima do nível da cidade, podia ver cada rua e cada esquina, como num mapa. As ruas pareciam incontáveis, cruzando umas com as outras de modo irregular, em todas as direções, como longos becos tortuosos, e estavam totalmente tomadas de gente. As casas eram pitorescas. Por todo lado havia inúmeros balcões, varandas, minaretes, templos e fachadas ricamente ornamentadas. Abundavam os mercados de rua, onde estava exposta uma variedade infinita de prendas valiosas, sedas, musselinas, a mais fabulosa cutelaria, joias e gemas magníficas. No meio de tudo, por toda parte havia estandartes e palanquins, liteiras com damas de porte nobre e cobertas por véus, elefantes ricamente ajaezados, grotescos ídolos entalhados, tambores, flâmulas e gongos, lanças e maças. Entremeados à multidão, ao clamor e à confusão geral, em meio aos milhões de homens negros e amarelos, de turbantes e com túnicas e barbas esvoaçantes, circulava um número incalculável de touros sagrados adornados, enquanto vastas legiões de macacos imundos mas também sagrados subiam pelas cornijas das mesquitas, ou pendiam de minaretes e balcões, numa algazarra barulhenta. Inúmeras escadarias desciam das ruas apinhadas até a margem do rio, levando a locais de banho, enquanto o rio parecia forçar seu caminho com dificuldade por entre as extensas frotas de navios carregados que sulcavam sua superfície. Além dos limites da cidade, erguiam-se grupos majestosos de palmeiras e coqueiros, com outras árvores gigantescas e estranhas, de antiquíssima idade, e aqui e ali viam-se campos de arroz, casebres de camponeses, uma lagoa, um templo solitário, um acampamento cigano ou alguma jovem solitária e graciosa, com uma ânfora à cabeça, rumando para as margens do rio magnífico.

"Vocês dirão, certamente, que sonhei. Mas não. O que vi e ouvi, o que senti, o que pensei, nada disso teve a inconfundível idiossincrasia do sonho. Foi tudo muito consistente. A princípio, duvidando que estivesse realmente desperto, fiz uma série de testes, e logo convenci-me de que sim, estava acordado. Pois bem, quando uma pessoa sonha, e em sonho suspeita estar sonhando, a suspeita nunca deixa de confirmar-se, e ela desperta quase de imediato. Assim, Novalis[6] não se equivoca ao dizer que 'quando sonhamos que sonhamos, estamos próximos do despertar'. Se tal visão tivesse se apresentado a mim sem que suspeitasse ser um sonho, então poderia muito bem ter sido um sonho, mas do modo como tudo se deu, com todas as minhas suspeitas e testes, sou forçado a classificá-la entre outros fenômenos."

– Quanto a isso, não posso afirmar que esteja equivocado – observou o dr. Templeton. – Mas prossiga. O senhor se levantou e desceu até a cidade.

---

6. Pseudônimo do poeta romântico alemão Georg Philipp Friedrich Freiherr von Hardenberg (1772-1801).

— Levantei-me — continuou Bedloe, olhando o doutor com um ar de profundo espanto —, levantei-me, como diz, e desci até a cidade. No caminho, juntei-me a uma imensa massa humana, que ocupava cada acesso, indo todos na mesma direção e demonstrando enorme nervosismo em cada movimento. De repente, algum impulso desconhecido despertou em mim um intenso interesse pessoal pelo que ocorria. Foi como se sentisse ter um papel importante a desempenhar, sem atinar exatamente qual seria. E, no entanto, senti uma profunda animosidade contra a multidão que me rodeava. Afastei-me dela e, andando apressado, tomei um caminho tortuoso que me levou até a cidade. Lá reinava o mais completo tumulto e discórdia. Um pequeno grupo de homens, usando uma mistura de roupas indianas e europeias e encabeçado por um cavalheiro em uniforme meio britânico, combatia, a duras penas, a gentalha que enchia as ruas. Juntei-me à facção mais fraca, apossando-me das armas de um oficial caído, e passei a combater com a ferocidade do desespero. Sobrepujados pelo número de oponentes, fomos forçados a refugiar-nos numa espécie de quiosque. Aí fizemos barricadas e, pelo menos de momento, estávamos seguros. Por uma seteira no alto do quiosque, vi uma multidão enorme, em furiosa agitação, cercando e atacando um bonito palácio que se projetava sobre o rio. Naquele instante, de uma das janelas superiores do palácio, desceu uma figura de aspecto afeminado, fazendo uso de uma corda tecida com os turbantes de seus serviçais. Havia um barco à espera, e com ele a pessoa escapou para a margem oposta do rio.

"Então algo novo se apossou de minha alma. Com algumas palavras apressadas, mas enérgicas, consegui o apoio de vários companheiros, e nos lançamos numa investida frenética para fora do quiosque. Precipitamo-nos em meio à turba que nos cercava. A princípio eles recuaram diante de nós. Então atacaram, lutaram loucamente e recuaram de novo. Nesse meio-tempo, tínhamos sido forçados para longe do quiosque e ficamos acuados entre as ruas estreitas de casas altas que se projetavam sobre nós, em cujo interior o sol nunca conseguia brilhar. O populacho se comprimia contra nós cheio de ímpeto, atormentando-nos com suas lanças e cobrindo-nos com saraivadas de flechas. Estas últimas eram notáveis, fazendo lembrar, em certos aspectos, o *creese*[7] ondulado dos malaios. Longas e escuras, imitavam o corpo sinuoso de uma serpente e tinham a ponta farpada e envenenada. Uma delas atingiu-me na têmpora direita. Cambaleei e caí. Uma náusea imediata e horrível me dominou. Lutei... arquejei... e morri."

— Não há como insistir que toda essa aventura não tenha sido um sonho — disse eu, sorrindo. — Ou está preparado para admitir que está morto?

Ao dizer isso, eu esperava que Bedloe respondesse com alguma tirada vivaz, claro, mas para meu espanto ele hesitou, tremeu, empalideceu de modo assustador e ficou calado. Olhei para Templeton. Estava sentado, ereto e rígido, em sua cadeira. Seus dentes batiam, e os olhos saltavam das órbitas.

— Prossiga! — ele disse por fim, com voz rouca.

— Por vários minutos — continuou Bedloe — minha única sensação foi de escuridão e não existência, com a consciência da morte. Por fim, pareceu-me que um choque violento e súbito me perpassava a alma, como se fosse eletricidade. Com ele veio uma sensação de flexibilidade e de luz. Esta última eu *senti*, não vi. Num instante pareceu-me que me erguia do chão, mas eu não tinha presença corpórea nem visível, nem audível, nem palpável. A multidão se fora. O tumulto havia cessado. A cidade estava em relativa calma. Abaixo de mim estava meu corpo, com a flecha na têmpora, a cabeça muito inchada e desfigurada. Mas eu *senti* todas essas coisas, não as vi. Eu não tinha interesse por nada, e mesmo o cadáver parecia algo que não me dizia respeito. Não tinha qualquer vontade, mas parecia ser impelido a mover-me, e flutuei para fora da cidade, retraçando o caminho tortuoso pelo qual viera. Quando cheguei ao ponto da ravina onde me deparara com a hiena, de novo experimentei um choque como de

---

7. Mais conhecido como *kris*. Adaga malaia com lâmina ondulada, de dois fios.

uma bateria galvânica, e as sensações de peso, de vontade e de substância retornaram. Tornei-me meu *eu* original e retomei o caminho para casa, mas o que se passara não perdeu a nitidez da realidade. Mesmo agora, nem por um instante sou capaz de forçar-me a considerar tudo como um sonho.

— E não o foi — disse Templeton, com ar profundo e solene. — Mas ainda assim seria difícil chamá-lo de outra forma. Vamos apenas supor que a alma do homem está a ponto de fazer descobertas psíquicas estupendas.[8] Contentemo-nos com essa suposição. Quanto ao resto, tenho algumas explicações a dar. Eis aqui um desenho a aquarela, que eu devia ter-lhe mostrado antes, não fosse um inexplicável sentimento de horror que me impedia de fazê-lo.

Olhamos a pintura que ele mostrava. Nada vi de extraordinário, mas seu efeito sobre Bedloe foi prodigioso. Ele quase desmaiou ao examiná-la. Mas não passava de um retrato em miniatura, bastante perfeito, de suas próprias feições tão memoráveis. Ao menos foi o que pensei ao contemplá-lo.

— Podem ver a data deste retrato — disse Templeton. — Aqui, quase invisível neste canto, 1780. É o ano em que foi pintado. Ele reproduz as feições de um amigo já falecido, o sr. Oldeb, a quem me afeiçoei muito em Calcutá, durante a administração de Warren Hastings.[9] Eu tinha apenas vinte anos. Foi sua miraculosa semelhança com a pintura, sr. Bedloe, que me levou a aproximar-me ao vê-lo pela primeira vez, em Saratoga, a buscar sua amizade e forjar circunstâncias que me permitissem sempre estar em sua companhia. Fui impelido a isso, em parte, e talvez sobretudo, pela lembrança saudosa do falecido, mas também pela curiosidade incômoda e talvez um pouco mórbida a seu respeito.

8. Segundo Levine e Levine (1990), na época do conto era consenso, entre as pessoas cultas, que a humanidade estava na iminência de uma descoberta científica revolucionária, que iria estabelecer bases físicas para a transcendência espiritual, e que tal descoberta seria de natureza galvânica, isto é, elétrica.

9. Warren Hastings (1732-1818), primeiro governador-geral da Índia sob o domínio britânico, ocupando o cargo de 1773 a 1785.

"Ao contar em detalhes a visão que teve entre as montanhas, o senhor descreveu, nas menores minúcias, a cidade indiana de Benares, às margens do Rio Sagrado.[10] As revoltas, o combate, o massacre foram os eventos que de fato aconteceram durante a insurreição de Cheyte Sing,[11] que teve lugar em 1780, quando Hastings esteve em iminente perigo de vida. O homem que escapou pela corda de turbantes era o próprio Cheyte Sing. O grupo no quiosque eram cipaios[12] e oficiais britânicos, liderados por Hastings. Eu fazia parte do grupo e tentei de tudo para evitar a tresloucada investida fatal do oficial que foi abatido, nas ruas apinhadas, pela flecha de um bengali. Aquele oficial era meu mais caro amigo. Era Oldeb. Pode notar, por estes manuscritos – e aqui Templeton nos apresentou um caderno com várias páginas que pareciam recém-escritas –, que, enquanto o senhor devaneava com essas coisas em meio às colinas, eu estava ocupado aqui em casa, detalhando-as no papel."

Cerca de uma semana depois, um jornal de Charlottesville trouxe o seguinte parágrafo:

> *Temos o doloroso dever de anunciar a morte do sr. Augustus Bedlo, cavalheiro muito estimado pelos cidadãos de Charlottesville por seu comportamento gentil e muitas virtudes.*
>
> *Durante vários anos o sr. B. padeceu de nevralgia, que muitas vezes quase pôs fim a sua vida, mas a enfermidade foi apenas um dos fatores que levaram a seu falecimento. A causa imediata foi bastante singular. Durante uma excursão*

---

10. Benares é o nome pelo qual os ingleses chamavam a cidade de Varanasi, no norte da Índia. Uma das mais antigas cidades do mundo, é considerada sagrada por hindus, budistas e jainistas. O Rio Sagrado é o rio Ganges.

11. Rajá Chait Singh, pertencente à Casa Real que governou, de 1770 a 1835, o reino de Kashi (Benares). Em 1781 (e não 1780), Hastings tentou extorquir dele dinheiro e tropas e, ante sua negativa, tentou aprisioná-lo. A cidade revoltou-se, e Chait Singh fugiu. Mais tarde, o episódio foi usado para o *impeachment* de Hastings pelo Parlamento Inglês.

12. Soldados indianos a serviço do governo britânico.

aos Montes Escarpados, dias antes, ele contraiu um resfriado e uma ligeira febre, causada por uma intensa afluência de sangue à cabeça. Para aliviá-la, o dr. Templeton recorreu à sangria tópica, aplicando-lhe sanguessugas às têmporas. O paciente morreu pouco depois. Aparentemente, no jarro de sanguessugas fora introduzido, por acidente, um exemplar da sanguessuga vermicular, espécie venenosa por vezes encontrada nas lagoas próximas. A criatura aferrou-se a uma pequena artéria na têmpora direita, e sua grande semelhança com a sanguessuga medicinal fez com que passasse despercebida até que fosse tarde demais.

Nota. A sanguessuga venenosa de Charlottesville pode ser identificada por sua cor preta e, em especial, por seus movimentos vermiculares ou ondulantes, semelhantes aos de uma serpente.[13]

Falei com o editor do jornal, acerca de tão extraordinário acidente, e ocorreu-me indagar por que o nome do falecido fora dado como Bedlo.

— Suponho que o senhor o tenha feito com conhecimento de causa — disse-lhe. — Mas sempre pensei que o nome tinha um *e* ao final.

— Conhecimento de causa? — ele respondeu. — Não, foi apenas um erro tipográfico. O nome sempre foi Bedloe, com *e* no fim, e nunca o vi escrito de outra forma.

— Pois então — murmurei comigo mesmo, ao afastar-me —, no fim das contas há fatos verdadeiros que são mais estranhos que a ficção, porque o que é Bedloe sem o *e* final senão Oldeb ao contrário? E esse homem me diz que foi só um erro tipográfico...

---

13. Invenção de Poe. Nenhuma sanguessuga conhecida é capaz de matar uma pessoa com uma mordida.

[sobre o conto]

"A Tale of the Ragged Mountains" foi publicado primeiramente em *Godey's Lady's Book*, de abril de 1844, e posteriormente reimpresso no *Broadway Journal* (1845). Foi incluído em *Tales of the Grotesque and Arabesque* (1845).

Nessa que é uma das raras histórias de Poe com cenário estadunidense, o jovem Augustus Bedloe retorna após passar o dia inteiro nas montanhas e relata, para uma plateia assombrada, como subitamente se vira em uma cidade oriental, em meio a uma revolta de nativos na qual acabou morrendo. Um dos ouvintes é seu médico particular, que revela, transtornado, ter passado o dia transcrevendo aquele mesmo episódio; este ocorrera de fato, décadas antes, protagonizado por seu grande amigo Oldeb, que havia falecido no evento e que era fisicamente igual a Bedloe. Dias depois, o próprio Bedloe acaba morrendo durante um tratamento ministrado pelo médico.

De modo hábil, Poe incluiu na história elementos que geram no leitor uma incerteza quanto à verdadeira interpretação do ocorrido. Logo no início, o narrador menciona o consumo medicinal de morfina por Bedloe, dando lugar à possibilidade de que tudo não passasse de um delírio. Depois, a vívida descrição dos detalhes de Benares parece indicar uma viagem no tempo, com a ocorrência de metempsicose, ou transmigração da alma, entre Bedloe e um dos oficiais britânicos envolvidos na ação. Por fim, a reação do dr. Templeton durante a narrativa de Bedloe mostra que ambas as hipóteses estão equivocadas e indica a relação do episódio com a influência magnética do médico sobre seu paciente.

Mas qual seria essa relação? A interpretação frequente de que o sr. Templeton teria transmitido a Bedloe, pelo *rapport* mesmérico, suas lembranças da rebelião na Índia é equivocada, pois confunde o magnetismo animal com hipnotismo. O magnetismo animal teria por base uma força física, uma energia que em teoria permeia todo o universo e que seria transmitida do médico ao paciente; o hipnotismo, por sua vez, diria respeito apenas à influência psicológica (HUBACK, 2022).

A explicação mais plausível, e também mais intrigante, é aceita por vários pesquisadores (FALK, 1969; KETTERER, 1974). Bedloe seria de fato Oldeb, que Templeton manteria num estado intermediário entre a vida e a morte, graças ao *rapport* magnético, desde o episódio em Benares. Isso explicaria a reação do médico ao ouvir o relato, e também o silêncio de Bedloe diante do gracejo sobre estar morto. Bedloe finalmente morre quando o dr. Templeton suspende a conexão magnética; a sanguessuga seria mais uma pista falsa de Poe. Ketterer (1974), inclusive, considera "Um conto dos Montes Escarpados" como ficção científica com temática de pseudociência.

O conto incorpora uma paisagem familiar a Poe, que morou em Charlottesville enquanto frequentou a Universidade de Virgínia, em 1826, e talvez tenha visitado os Montes Escapados, situados praticamente às portas dessa cidade.

Ele ainda inclui aspectos da Índia colonial, provenientes, como era seu costume, de fontes verídicas. A descrição de Benares veio de um artigo publicado anos antes por um ensaísta britânico. A revolta popular diante da tentativa de prisão do Rajá pelo enviado de Hastings é real, bem como a fuga do Rajá Chait Singh, descrita em um relatório do próprio Hastings:

> Em meio a essa confusão, o Rajá conseguiu escapar por uma pequena janela gradeada que dava para o rio, e, sendo as margens muito íngremes naquele local, ele usou turbantes amarrados entre si para descer até um barco que o esperava e que o conduziu para a outra margem (HASTINGS, 1782).

Quanto ao confronto sangrento entre os cipaios e a população local, Poe deve ter-se inspirado num evento posterior, também descrito por Hastings, na tentativa de recapturar o Rajá.

A despeito da argumentação de que a história não retrata de fato um deslocamento temporal, e sim um fenômeno mesmérico, é frequente a opinião de que esse tenha sido o primeiro conto a ser escrito sobre viagens no tempo. Juntamente com "The Clock That Went Backwards" (1881), de Edward Page Mitchell, "Um conto dos Montes Escarpados" costuma ser citado como predecessor de *A máquina do tempo* (1895), de H. G. Wells, que popularizou o conceito da viagem no tempo ao partir do uso de uma máquina com essa finalidade. No entanto, é outro conto de Poe – "Mellonta Tauta", de 1849 – que envolve mais explicitamente de uma viagem no tempo: nele, por algum mecanismo não explicado, uma mensagem lançada numa garrafa no distante ano de 2848 é encontrada pelo próprio Poe, flutuando no mar.

REVELAÇÃO MESMÉRICA (1844)

Qualquer que seja a dúvida que ainda possa envolver a base *lógica* do mesmerismo, seus *fatos* assombrosos são agora quase universalmente aceitos. No caso desses últimos, as pessoas que duvidam são apenas céticos profissionais, essa tribo inútil e malfalada. Não haveria maior perda de tempo do que tentar *provar*, nos dias de hoje, que o homem, pelo mero exercício de sua vontade, é capaz de impressionar de tal forma outra pessoa a ponto de lançá-la numa condição anormal muito mais semelhante à *morte* do que qualquer outra condição normal conhecida. Que, enquanto nesse estado, a pessoa a ele submetida consegue usar os órgãos dos sentidos apenas com esforço e de forma lânguida, mas ainda assim tem consciência aguda e refinada, através de canais talvez desconhecidos, de coisas além do escopo dos órgãos físicos. Que, além do mais, suas faculdades intelectuais são exacerbadas e revigoradas de modo assombroso. Que os vínculos estabelecidos com a pessoa sob cujo controle se encontra são profundos. E, por fim, que sua suscetibilidade ao controle aumenta com a frequência, ao mesmo tempo que, igualmente, os peculiares fenômenos gerados tornam-se mais duradouros e *acentuados*.[1]

Afirmo que seria redundante tentar demonstrar estas que, em linhas gerais, são as leis do mesmerismo, e não infligirei a meus leitores uma demonstração tão desnecessária hoje em dia. Em verdade, meu propósito aqui é bem diferente. Mesmo diante de um mundo de preconceitos, sinto-me na obrigação

1. Ver as duas primeiras notas de "Um conto dos Montes Escarpados" (pp. 83-94), bem com os comentários ao final desse mesmo conto.

de detalhar, sem maiores comentários, a notável conversação que transcorreu entre um sonâmbulo e mim mesmo.

Fazia muito tempo que eu mesmerizava o cavalheiro em questão, o sr. Vankirk, e já se manifestavam a suscetibilidade aguda e a exacerbação da percepção mesmérica. Por muitos meses ele vinha vivendo sob o fardo da tísica[2] confirmada, e minhas manipulações haviam aliviado seus efeitos mais penosos. Na noite de quarta-feira, dia 15 do corrente mês, fui chamado à sua cabeceira.

O inválido sentia uma dor aguda na região do coração e respirava com grande dificuldade, apresentando os sintomas comuns da asma. Em ataques assim, a aplicação de mostarda nos centros nervosos em geral dava-lhe grande alívio, mas naquela noite não havia sido eficaz.[3]

No momento em que entrei no quarto, ele me saudou com um sorriso feliz e, embora evidenciasse grande dor física, parecia estar confortável mentalmente.

— Mandei chamá-lo esta noite — disse — não tanto para que me alivie o sofrimento do corpo, mas para satisfazer-me quanto a certas impressões psíquicas que, ultimamente, têm me causado grande ansiedade e espanto. É desnecessário dizer-lhe como tenho sido cético quanto ao tema da imortalidade da alma. Não posso negar que sempre existiu, como se fosse nessa mesma alma que tenho negado, uma vaga sensação de sua própria existência. Mas tal sensação jamais chega a ser convicção,

2. Conhecida em seres humanos há milhares de anos, ao longo do século 19 a tuberculose matou cerca de um quarto da população europeia. À época de Poe, não se conheciam o agente causador, a forma de transmissão e tampouco um tratamento eficaz. Apenas em 1869 ficou demonstrado o caráter contagioso da enfermidade, sendo seu agente causador (a bactéria *Mycobacterium tuberculosis*) identificado em 1882 pelo médico e pesquisador alemão Robert Koch. A primeira vacina eficiente surgiu em 1906 e só em 1944 foi desenvolvido o primeiro antibiótico efetivo contra a bactéria.

3. O emplasto de mostarda já era recomendado na Grécia Antiga para uma infinidade de males e atingiu o ápice da popularidade no século 19 e no início do 20. Seus benefícios eram exagerados, mas de fato ainda hoje considera-se que a mostarda alivia a congestão em casos de dor de cabeça, artrite e espasmos.

e independe da razão. Minhas tentativas de questionamento lógico resultaram, inclusive, em tornar-me mais cético que antes. Recomendaram-me que estudasse Cousin.[4] Estudei os textos dele próprio e os de seus seguidores europeus e americanos. O *Charles Elwood* do sr. Brownson,[5] por exemplo, chegou-me às mãos. Li-o com profunda atenção. Achei-o bastante lógico, mas os trechos que não eram *meramente* lógicos eram infelizmente os argumentos iniciais do herói cético do livro. Em suas conclusões finais, estava evidente para mim que aquele que argumentava não conseguira convencer nem a si próprio. Ao final, o início já estava obviamente esquecido, como no governo de Trínculo.[6] Em resumo, não demorou para que eu percebesse que, se um homem deve ser convencido intelectualmente de sua própria imortalidade, jamais o será pelas meras abstrações que há muito tempo são moda entre os moralistas da Inglaterra, França e Alemanha. Abstrações podem divertir e exercitar, mas elas não se fixam na mente. Estou convencido de que, ao menos aqui na Terra, a filosofia sempre vai nos chamar em vão para que apreciemos as qualidades como coisas. A vontade pode aceitar. A alma — o intelecto — jamais.

"Repito, então, que apenas senti pela metade, e nunca acreditei intelectualmente. Mas nos últimos tempos o sentimento intensificou-se, até tornar-se tão parecido com a aceitação racional que tenho dificuldade de distinguir entre ambos. Ademais, consigo claramente relacionar tal efeito à influência mesmérica.

---

4. Victor Cousin (1792-1867), filósofo francês, tradutor de Platão. Defendia uma forma de espiritualismo que considerava ser um racionalismo diferente tanto do empirismo quanto do misticismo. Ele se indagava sobre o fundamento da Beleza, da Verdade e do Bem absolutos, que para ele constituíam Deus.

5. Orestes A. Brownson (1803-1876), escritor e ativista estadunidense. Apaixonado pelo trabalho de Cousin, participou em 1836 da fundação do Transcendentalismo. Em 1840, publicou o livro semiautobiográfico *Charles Elwood; Or, The Infidel Converted*, em que se manifestava contra a religião organizada e as verdades da Bíblia. Em 1844, converteu-se ao Catolicismo, renegando sua doutrina anterior.

6. Personagem de *A Tempestade* (1623), peça de William Shakespeare. Trínculo é um bufão que conspira para usurpar a ilha de Próspero.

Para mim, a melhor explicação está na hipótese de que a condição mesmérica me faz seguir uma linha de raciocínio que é convincente durante esse estado anormal, mas que, como outros fenômenos mesméricos, não perdura, salvo por seus *efeitos*, na condição normal. No estado de transe mesmérico, o raciocínio e sua conclusão — a causa e seu efeito — apresentam-se juntos. No estado normal, a causa desaparece e resta somente o efeito, talvez apenas em parte.

"Tais ponderações levaram-me a crer que, caso me fosse feita uma série de questões bem formuladas enquanto eu estivesse mesmerizado, poderiam ser obtidos bons resultados. O senhor mesmo observou, muitas vezes, o profundo autoconhecimento que o sonâmbulo evidencia, e o vasto conhecimento que demonstra sobre tudo aquilo que se refere a sua condição mesmérica. Esse autoconhecimento pode indicar como conduzir de modo adequado a arguição."

Consenti, é claro, em realizar o experimento. Alguns passes lançaram sr. Vankirk no sono mesmérico. De imediato sua respiração ficou mais fácil, e ele parecia não mais sofrer desconfortos físicos. Seguiu-se a seguinte conversação – no diálogo, *V.* é o paciente e *P.* sou eu.

P.: Está dormindo?

V.: Sim... Não, eu gostaria de dormir mais profundamente.

P.: [*Depois de mais alguns passes.*] Está dormindo agora?

V. Sim.

P.: Como lhe parece que sua presente enfermidade vai resultar?

V.: [*Depois de longa hesitação e falando como que com esforço.*] Devo morrer.

P.: A ideia da morte o aflige?

V.: [*Muito depressa.*] Não... não!

P.: A perspectiva lhe agrada?

V.: Se estivesse desperto, eu gostaria de morrer, mas agora não faz diferença. A condição mesmérica está tão próxima da morte que me satisfaz.

P.: Gostaria que se explicasse melhor, sr. Vankirk.

V.: Estaria disposto a explicar, mas isso exige um esforço de que sou incapaz. Não está me questionando da forma adequada.

P.: O que devo então perguntar?

V.: Deve começar do começo.

P.: O começo! Mas onde é o começo?

V.: O senhor sabe que o começo é DEUS. [*Isso foi dito num tom baixo, irregular, com os sinais da mais profunda veneração.*]

P.: O que é Deus, então?

V.: [*Hesitando por vários minutos.*] Não sei dizer.

P.: Deus não é espírito?

V.: Quando estava acordado, eu saberia o que quer dizer por "espírito", mas agora parece apenas uma palavra, como verdade, beleza... Uma qualidade, quero dizer.

P.: Deus não é imaterial?

V.: Não há imaterialidade, é uma simples palavra. O que não é matéria simplesmente não é. A menos que qualidades sejam coisas.

P.: Então Deus é material?

V.: Não. [*Essa resposta surpreendeu-me muito.*]

P.: O que é, então?

V.: [*Depois de uma longa pausa, e murmurando.*] Eu vejo... mas é algo difícil de dizer. [*Outra longa pausa.*] Ele não é espírito, pois existe. Também não é matéria, *tal como o senhor a entende*. Mas existem *gradações* da matéria, sobre as quais o homem não sabe nada, as mais grosseiras impelindo as mais sutis, as mais sutis permeando as mais grosseiras. A atmosfera, por exemplo, impele o princípio elétrico, enquanto o princípio elétrico permeia a atmosfera. Tais gradações da matéria aumentam em rarefação ou sutileza, até que chegamos à matéria não particulada, sem partículas, indivisível e *una*, e aqui a lei da impulsão e permeação modifica-se. A matéria última, ou não particulada, não apenas permeia todas as coisas como as impele, e assim *é* todas as coisas dentro de si. Essa matéria é Deus. O que os homens tentam corporificar na palavra "pensamento" é essa matéria em movimento.

P.: Os metafísicos afirmam que toda ação é reduzível a movimento e pensamento, e que esse último é a origem do primeiro.

V.: Sim, e agora vejo onde está o equívoco dessa ideia. O movimento resulta da ação da *mente*, não do *pensamento*. A matéria não particulada, ou Deus, em repouso é (o mais próximo que podemos concebê-la) o que os homens chamam de mente. E o poder do automovimento (equivalente à volição humana) é, na matéria não particulada, o resultado de sua unicidade e onipresença. *Como*, eu não sei, e agora percebo com clareza que jamais saberei. Mas a matéria não particulada, posta em movimento por uma lei, ou qualidade, intrínseca é o pensamento.

P.: Não pode dar uma ideia mais precisa do que chama de matéria não particulada?

V.: As matérias que o homem conhece têm gradações que escapam aos sentidos. Temos, por exemplo, um metal, um pedaço de madeira, uma gota d'água, a atmosfera, um gás, o calor, a eletricidade, o éter luminífero.[7] Chamamos a tudo matéria, e abarcamos toda a matéria em uma definição geral; a despeito disso, não pode haver duas ideias mais diferentes, em essência, do que a que aplicamos a um metal e a que aplicamos ao éter luminífero. Ponderando sobre esse último, temos a tendência quase irresistível de classificá-lo junto com o espírito ou com o nada. A única coisa que nos impede é nossa concepção de sua constituição atômica. Mas ainda aqui temos de apoiar-nos na noção do átomo como algo infinitamente diminuto, com solidez, palpabilidade, peso. Destrua a ideia de constituição atômica e não mais poderemos encarar o éter como entidade, ou ao menos como matéria. Por falta de melhor palavra, podemos chamá-lo espírito. Agora dê um passo além do éter luminífero. Conceba uma matéria muito mais rarefeita que ele, assim como ele é

---

7. Termo usado, no século 19, para descrever um meio hipotético no qual a luz se propagaria. A teoria especial da relatividade, proposta por Albert Einstein em 1905, fez com que o conceito de éter luminífero caísse em desuso.

mais rarefeito que o metal, e chegamos de imediato (a despeito dos dogmas acadêmicos) a uma massa única, uma matéria não particulada. Embora possamos admitir a infinita pequenez dos próprios átomos, a infinita pequenez dos espaços entre eles é absurda. Haverá um grau de rarefação em que, sendo os átomos suficientemente numerosos, os interespaços desaparecerão e a massa coalescerá por completo. Quando, porém, suprime-se a ideia da constituição atômica, a natureza da massa por necessidade desloca-se para o que concebemos como espírito, mas é claro que ela é tão inteiramente matéria como antes. A verdade é que é impossível conceber o espírito porque é impossível imaginar o que ele não é. Quando nos orgulhamos por ter uma concepção formada, só estamos iludindo nosso entendimento acerca da natureza da matéria infinitamente rarefeita.

P.: Parece-me haver uma objeção intransponível à ideia da fusão absoluta, que é a pouquíssima resistência experimentada pelos corpos celestes em suas órbitas pelo espaço, uma resistência que agora sabe-se existir, é verdade, em *algum* grau, mas que de qualquer forma é tênue o suficiente para ter sido ignorada até mesmo pela sagacidade de Newton. Sabemos que a resistência dos corpos é proporcional a sua densidade. Fusão absoluta é densidade absoluta. Quando não existem interespaços, não pode haver mobilidade. Um éter absolutamente denso impediria o avanço de uma estrela com muito mais eficiência do que seria capaz um éter de diamante ou de ferro.

V.: Sua objeção é respondida com uma facilidade quase proporcional à aparente impossibilidade de resposta. No que diz respeito ao avanço da estrela, não pode fazer diferença se ela passa através do éter *ou o éter através dela*. Não há erro astronômico mais inexplicável que aquele que relaciona o conhecido retardamento dos cometas com a ideia de sua passagem através de um éter. Por mais rarefeito que este seja, ele poria fim a todo movimento sideral em muito menos tempo do que tem sido admitido por tais astrônomos que conseguem ignorar um ponto para eles incompreensível. Por outro lado, o retardamento observado é mais ou menos o que se esperaria da *fricção* do éter em sua passagem instantânea através do orbe. Nesse caso, a força de retardo é momentânea e completa em si; no outro, é interminavelmente cumulativa.

P.: Mas em tudo isso, nessa identificação da mera matéria com Deus, não há algo de irreverência? [*Fui forçado a repetir a questão antes que o sonâmbulo a entendesse de todo.*]

V.: Pode dizer-me *por que* a matéria deveria ser menos reverenciada que a mente? Está se esquecendo de que a matéria a que me refiro é, em todos os aspectos, a própria "mente" ou "espírito" dos eruditos, no que concerne a suas elevadas capacidades, e ao mesmo tempo é, além disso, a "matéria" desses mesmos eruditos. Deus, com todos os poderes atribuídos ao espírito, não é senão a perfeição da matéria.

P.: O senhor afirma, então, que a matéria não particulada em movimento é o pensamento?

V.: Em geral, esse movimento é o pensamento universal da mente universal. Esse pensamento cria. Todas as coisas criadas não são mais que os pensamentos de Deus.[8]

P.: Disse "em geral".

V.: Sim. A mente universal é Deus. Para novas individualidades, é necessária *matéria*.

P.: Mas agora refere-se a "mente" e "matéria" como fazem os metafísicos.

V.: Sim, para evitar confusão. Quando digo "mente", refiro-me à matéria não particulada ou última; com "matéria", refiro-me a todo o resto.

P.: Estava dizendo que "para novas individualidades, é necessária *matéria*".

V.: Sim, pois a mente, de existência incorpórea, é somente Deus. Para criar seres individuais e pensantes foi necessário encarnar porções da mente divina. Assim o homem foi individualizado. Despido da investidura corpórea, ele seria Deus. Agora, o movimento específico das porções encarnadas

8. Ver a exposição dessa ideia em "O poder das palavras" (pp. 203-208).

da matéria não particulada é o pensamento humano, assim como o movimento do todo é o pensamento de Deus.

P.: Está dizendo que, privado do corpo, o homem é Deus?

V.: [*Depois de muita hesitação.*] Não posso ter dito isso, é um absurdo.

P.: [*Consultando minhas notas.*] O senhor *disse* que "despido da investidura corpórea, o homem seria Deus".

V.: E é a verdade. O homem assim despido *seria* Deus, seria desindividualizado. Mas ele jamais poderá ser despido dessa forma, e nunca *o será*, ou teríamos de imaginar uma ação de Deus voltada para si mesma, um ato sem propósito e fútil. O homem é uma criatura. Criaturas são pensamentos de Deus. É da natureza do pensamento ser irrevogável.

P.: Não entendo. Está dizendo que o homem nunca se descartará de seu corpo?

V.: Digo que ele nunca será incorpóreo.

P.: Explique.

V.: Existem dois corpos, o rudimentar e o completo, que correspondem às duas condições da lagarta e da borboleta. O que chamamos "morte" é somente a dolorosa metamorfose. Nossa atual encarnação é progressiva, preparatória e temporária. Nosso futuro é aperfeiçoado, último, imortal. A vida última é o propósito pleno.

P.: Mas temos plena consciência da metamorfose da lagarta.

V.: *Nós*, sim, mas não a lagarta. A matéria da qual nosso corpo rudimentar é formado está ao alcance da percepção dos órgãos desse corpo ou, mais distintamente, nossos órgãos rudimentares estão adaptados à matéria que forma o corpo rudimentar, mas não àquela que compõe o corpo último. Este, portanto, escapa a nossos sentidos rudimentares, e só percebemos a casca que, ao se decompor, destaca-se da forma interna. Não apenas essa forma interna, mas também a casca, são percebidas por aqueles que já adquiriram a vida última.

P.: O senhor afirma com frequência que o estado mesmérico assemelha-se à morte. Como é isso?

V.: Quando digo que se assemelha à morte, quero dizer que se parece com a vida final. Quando estou em transe, os sentidos de minha vida rudimentar estão dormentes, e percebo as coisas externas diretamente, sem órgãos, por meios que usarei na vida última e não organizada.

P.: Não organizada?

V.: Sim. Os órgãos são artefatos pelos quais o indivíduo estabelece relação sensorial com certas classes e formas de matéria, com a exclusão de outras classes e formas. Os órgãos humanos estão adaptados a essa condição rudimentar, e apenas a ela; sua condição última, de ser não organizado, é de compreensão ilimitada, salvo por um ponto: a natureza da vontade de Deus, ou seja, o movimento da matéria não particulada. Você pode ter uma ideia clara do corpo último se imaginar que é todo cérebro. Na verdade *não* é, mas imaginar tal natureza vai trazê-lo mais perto da compreensão do que *é*. Um corpo luminoso transmite vibração ao éter luminífero. As vibrações geram outras similares dentro da retina que, por sua vez, comunicam outras similares ao nervo óptico. O nervo carrega outras similares para o cérebro, e este, outras similares para a matéria não particulada que o permeia. O movimento dessa última é o pensamento, do qual a percepção é a primeira ondulação. É o modo pelo qual a mente da vida rudimentar se comunica com o mundo externo, o qual é, para a vida rudimentar, limitado por conta das idiossincrasias dos órgãos dela. Mas na vida última, não organizada, o mundo externo atinge o corpo todo (feito, como já falei, de uma substância afim à do cérebro) sem outra intervenção senão a do éter infinitamente mais rarefeito que o luminífero. O corpo todo vibra em uníssono com este éter, pondo em movimento a matéria não particulada que o permeia. É à ausência dos órgãos idiossincráticos que devemos atribuir, portanto, a percepção quase ilimitada da vida última. Para os seres rudimentares, os órgãos são as jaulas que necessariamente os retêm, até que possam libertar-se.

P.: O senhor mencionou "seres" rudimentares. Existem outros seres rudimentares pensantes além do homem?

V.: A imensa conglomeração de matéria rarefeita em nebulosas, planetas, sóis e outros corpos que não são nem nebulosas, sóis ou planetas tem o único propósito de alimentar a idiossincrasia dos órgãos de uma infinidade de seres rudimentares. Exceto pela necessidade da vida rudimentar antes da vida última, não existiriam corpos como esses. Cada um deles é ocupado por uma distinta variedade de criaturas orgânicas, rudimentares e pensantes. Em todas, os órgãos variam de acordo com o tipo de local ocupado. Na morte, ou metamorfose, essas criaturas, desfrutando da vida última ou imortalidade, e cientes de todos os segredos exceto o segredo *maior*, atuam sobre todas as coisas e vão a qualquer parte por mera volição, habitando não as estrelas, que para nós parecem ser os únicos corpos palpáveis, cuja acomodação parece-nos tolamente ser o motivo da criação do espaço, mas o ESPAÇO em si mesmo, aquele infinito cuja vastidão verdadeiramente substancial engole as sombras estelares, apagando-as como não entidades da percepção dos anjos.

P.: O senhor afirma que "exceto pela *necessidade* da vida rudimentar" não existiriam estrelas. Qual o motivo dessa necessidade?

V.: Na vida inorgânica, bem como na matéria inorgânica em geral, não há nada que impeça a ação de uma lei simples e *única*, a Vontade Divina. Vida e matéria orgânicas (complexas, materiais e cheias de leis) foram imaginadas com o intuito de gerar impedimentos.

P.: Mas, novamente, por que tais impedimentos precisariam ser produzidos?

V.: O resultado da não violação da lei é a perfeição, o correto, a felicidade negativa. O resultado da violação é a imperfeição, o errado, a dor positiva. Por meio dos impedimentos gerados por número, complexidade e substancialidade das leis da vida e da matéria orgânicas, a violação das leis torna-se, até certo ponto, praticável. Assim, a dor, impossível na vida inorgânica, é possível na orgânica.

P.: Mas para que propósito benéfico é tornada possível a dor?

V.: Todas as coisas são boas ou más por comparação. Com suficiente análise, pode-se mostrar que o prazer, em todos os casos, não é senão o contraste com a dor. Prazer *positivo* é uma mera ideia. Para sermos felizes, em algum momento deveremos ter sofrido em igual medida. Nunca sofrer seria nunca ser abençoado. Mas já foi demonstrado que na vida inorgânica não pode haver dor, daí a necessidade da vida orgânica. A dor da vida primitiva na Terra é a base única das delícias na vida última no Céu.

P.: Ainda assim, há uma de suas expressões que acho impossível compreender: "a vastidão verdadeiramente *substancial* do infinito".

V.: Isto ocorre, provavelmente, porque o senhor não tem suficiente concepção genérica do termo "*substância*". Não devemos encará-la como uma qualidade, mas como um sentimento: é a percepção, por seres pensantes, da adaptação da matéria à organização deles próprios. Há muitas coisas na Terra que seriam insignificantes para os habitantes de Vênus, e muitas coisas visíveis e tangíveis em Vênus cuja existência poderíamos não perceber de forma alguma. Mas para os seres inorgânicos, os anjos, o todo da matéria não particulada é substância, ou seja, tudo o que chamamos de "espaço" tem para eles a mais verdadeira substancialidade; as estrelas, por outro lado, por meio do que consideramos sua materialidade, escapam aos sentidos angelicais, na mesma medida em que a matéria não particulada, por meio do que consideramos sua imaterialidade, escapa ao orgânico.

Quando o sonâmbulo disse essas últimas palavras, num tom lânguido, notei em sua face uma expressão singular, que me alarmou e induziu-me a despertá-lo *incontinenti*. Nem bem o fiz, um amplo sorriso iluminou suas feições, e ele recostou-se no travesseiro e expirou. Notei que, menos de um minuto depois, seu corpo tinha uma rigidez de pedra. Seu cenho estava frio como gelo. Em geral isso só teria ocorrido muito tempo depois da pressão da mão de Azrael.[9] Teria o sonâmbulo, de fato, durante a última parte de seu discurso, falado comigo diretamente a partir da região das sombras?

9. O arcanjo da morte nas tradições hebraica e islâmica.

[sobre o conto]

"Mesmeric Revelation" foi primeiramente publicado em *Columbian Lady's and Gentleman's Magazine*, em agosto de 1844, e depois incluído, com longas inserções, em *Tales of the Grotesque and Arabesque* (1845).

Colocado em transe mesmérico pelo narrador, um doente às portas da morte responde a questões sobre o pós-vida e a natureza material do espírito e de Deus.

Em julho de 1845, Poe publicou um artigo afirmando que o texto era pura ficção, do começo ao fim. Apesar do esclarecimento, dois meses depois o texto apareceu na *American Phrenological Journal*, uma revista acadêmica (a frenologia ainda era levada a sério por muita gente), como sendo um relato autêntico, apenas para ser repudiado na edição do mês seguinte. Ainda em 1845, ele volta a ser publicado, desta vez em Londres, novamente como descrição de um fato verídico, no *Popular Record of Modern Science*, com o título de "The Last Conversation of a Somnambule".

Poe tinha especial fascínio por esse estado de animação suspensa, a morte-em-vida (BEAVER, 1976), que aparece em outros contos como "A queda da casa de Usher", "O enterro prematuro" e nas outras duas narrativas mesméricas incluídas nesta antologia — "Os fatos no caso de Monsieur Valdemar" e "Um conto dos Montes Escarpados".

"Revelação mesmérica" é basicamente um veículo para a teoria cosmológica e metafísica que Poe posteriormente amplificaria em *Eureka* (KETTERER, 1974). Os mesmos termos empregados no conto para descrever a constituição do universo, a natureza da matéria e do pensamento, e a materialidade de Deus aparecem numa carta escrita em 2 de julho de 1844 para o escritor James Russell Lowell, na qual Poe ainda declarava não ter qualquer crença na espiritualidade:

> Não acredito em espiritualidade. Penso que a palavra é *apenas* uma palavra. Ninguém tem uma concepção real de espírito. Não somos capazes de imaginar aquilo que não é. [...] Mas a tudo associamos a noção de uma constituição por partículas — composição atômica. Por essa única razão acreditamos que o espírito é diferente; pois o espírito, dizemos, é não particulado, e *portanto* não é matéria. Mas está claro que, se levamos longe o bastante nossas ideias sobre rarefação, chegaremos a um ponto onde as partículas coalescem; pois, embora as partículas sejam infinitas, a infinita pequenez dos espaços entre elas é um absurdo. A matéria não particulada, permeando e impelindo todas as coisas, é Deus. Sua atividade é o pensamento de Deus — o qual cria. O homem, e outros seres pensantes, são individualizações da matéria não particulada. O homem existe como "pessoa" ao ser vestido com matéria (matéria particulada) que o individualiza. Vestido assim, sua vida é rudimentar. O que chamamos "morte" é a metamorfose dolorosa. [...] Na morte, a lagarta é a borboleta — ainda material, mas de uma matéria não reconhecida por nossos órgãos — reconhecida, ocasionalmente, talvez, por quem está em transe, diretamente, sem órgãos, através do meio mesmérico. Assim, alguém em transe pode ver fantasmas. Despido do revestimento rudimentar, o ser habita o *espaço* (aquilo que supomos ser o universo imaterial) passando em todos os lugares, e agindo [sobre] todas as coisas, por pura volição — ciente de todos os segredos exceto da natureza da volição de Deus — o movimento, ou atividade, da matéria não particulada.[10]

10. Carta de Edgar Allan Poe a James Russell Lowell — 2 jul. 1844 (LTR-179). Disponível em: https://www.eapoe.org/works/letters/p4407020.htm. Acesso em: 12 fev. 2025.

Neste conto, ainda, Poe recorre ao cenário da mesmerização — e da clarividência que costumava ser associada a ela — para expor as próprias teorias a respeito da natureza da mente. Ao contrário de "Valdemar" e de "Montes Escarpados", nos quais o autor usa a mesmerização para falar de estados suspensos entre a vida e a morte, o transe mesmérico de "Revelação" cria um cenário reconfortante: muito diferente do horror da decomposição de Valdemar ou da morte de Bedloe, o sr. Vankirk se vai com um sorriso nos lábios.

Cabe aqui a observação de que, assim como acontece em "Montes Escarpados", toda a introdução ao mesmerismo apresentada no primeiro parágrafo de "Revelação" poderia se aplicar com muito mais propriedade à hipnose. O mesmerismo constitui transmissão de energia; é a hipnose que implica a perda da volição e da ação do pensamento, que são substituídos pelo do hipnotizador.

Ketterer (1974), em seu estudo sobre os elementos de ficção científica na obra de Poe, considera "Revelação mesmérica" — ao lado de "Um conto dos Montes Escarpados" — uma história de ficção científica com temática de pseudociência. Já Falk (1969) situa o conto na tradição da "literatura profética clarividente", que floresceu na época de Poe e que incluiu inúmeros autores espiritualistas. Contudo, se normalmente os relatos produzidos sob indução mesmérica eram visões poéticas e vagas de utopias ou do Além, em Poe eles eram contados na linguagem prosaica da ciência ou da filosofia, apresentando um argumento coerente com a concepção do autor de que o magnetismo animal seria o princípio organizador que inspira a revelação.

Para Beaver (1976), o conto antecipa as técnicas hipnóticas do médico francês Jean-Marie Charcot e o subsequente desenvolvimento das técnicas clínicas do austríaco Sigmund Freud, ao ambientar o diálogo em algo equivalente ao divã de um analista.

OS FATOS NO CASO DE MONSIEUR VALDEMAR (1845)

Não fingirei achar, é claro, que foi inusitada a polêmica surgida em torno do extraordinário caso de Monsieur Valdemar. Teria sido um milagre se ela não ocorresse, em especial nas circunstâncias em que tudo se deu. Apesar de todos os envolvidos manifestarem desejo de que o caso ficasse longe do público, ao menos de momento ou até termos condições de aprofundar nossa investigação, uma versão distorcida e exagerada alcançou a sociedade, tornando-se objeto de interpretações equivocadas e, naturalmente, de boa dose de descrença.

Faz-se necessário, agora, que eu apresente os fatos, até onde posso entendê-los. De forma sucinta, são os que se seguem.

Minha atenção, nos últimos três anos, tem-se voltado repetidamente para o tema do mesmerismo. Uns nove meses atrás ocorreu-me, de súbito, existir uma notável e inexplicável omissão na série de experimentos feitos até a data: ninguém ainda fora mesmerizado em *articulo mortis.*[1] Ficava ainda por descobrir, primeiro, se o paciente nessa condição teria alguma suscetibilidade à influência magnética. Segundo, caso houvesse suscetibilidade, se era reduzida ou amplificada pela condição. Terceiro, até que ponto ou por quanto tempo o avanço da Morte podia ser retardado pelo processo. Havia outros pontos a serem testados, mas esses eram os que mais

1. "No momento da morte", em latim no original.

atiçavam minha curiosidade, em especial o último, pela imensa importância de suas consequências.

Procurando entre minhas relações alguém com que testar tais questões, veio-me à mente meu amigo Monsieur Ernest Valdemar, o conhecido compilador da *Bibliotheca Forensica*, autor (sob o *nom de plume*[2] de Issachar Marx) das versões de *Wallenstein* e *Gargântua* em polonês. Monsieur Valdemar, que morava no Harlem, Nova York, desde o ano de 1839, é (ou era) particularmente notável por sua extrema magreza — seus membros inferiores pareciam-se muito com os de John Randolph[3] — e pela alvura de suas suíças, em violento contraste com a cabeleira preta, que muito comumente era tomada por uma peruca. Seu temperamento era bastante agitado, tornando-o um bom paciente para experimentos mesméricos. Em duas ou três ocasiões eu o pusera para dormir sem dificuldade, mas desapontara-me quanto a outros resultados que havia esperado em vista de sua constituição peculiar. Sua vontade em nenhum momento esteve inteiramente sob meu controle, e quanto à clarividência não consegui nada que fosse confiável.[4] Sempre atribuí o fracasso nesses pontos a sua saúde enfermiça. Alguns meses antes de nos conhecermos, os médicos haviam confirmado sua condição de tísico. Ele costumava, porém, falar com tranquilidade sobre sua dissolução iminente, como algo que não devia ser evitado ou lamentado.

Ao me ocorrerem as ideias que já mencionei, foi muito natural que pensasse em Monsieur Valdemar. Eu conhecia

---

2. "Pseudônimo", em francês no original.

3. John Randolph de Roanoke (1773-1833), político estadunidense de comportamento excêntrico, agravado por enfermidades, pela bebida e pelo ópio. Suas posições políticas devem ter atraído Poe: ele declarava "Sou um aristocrata. Amo a liberdade e odeio a igualdade" (BEAVER, 1976). De acordo com descrições da época, tinha pernas longas e muito finas.

4. A associação entre mesmerismo e clarividência foi proposta em 1748 pelo Marquês de Puységur, nobre francês, seguidor de Franz Mesmer.

seus firmes princípios filosóficos o suficiente para não recear objeções de sua parte. Ele tampouco tinha parentes nos Estados Unidos que pudessem interferir. Falei-lhe com franqueza sobre o assunto e, para minha surpresa, ele pareceu demonstrar um vivo interesse. Minha surpresa vinha do fato de que, embora sempre tivesse consentido com meus experimentos, nunca antes ele dera mostras de real interesse pelo que eu fazia. Sua enfermidade era do tipo que permite calcular com precisão a época de seu desfecho em morte. Por fim, combinamos que ele mandaria alguém me avisar cerca de vinte e quatro horas antes do momento previsto pelos médicos para seu passamento.

Faz agora pouco mais de sete meses que recebi, do próprio Monsieur Valdemar, a nota abaixo:

Meu caro P.,

Tenha a bondade de vir. D. e F. concordaram que não devo resistir além da meia-noite de amanhã. E penso que o cálculo deles é bastante preciso.

Valdemar

Recebi a nota meia hora após ter sido escrita, e em quinze minutos cheguei ao quarto do moribundo. Fazia dez dias que não o via, e fiquei assombrado com a temível alteração que aquele breve intervalo lhe trouxera. A face tinha um tom plúmbeo, os olhos estavam totalmente baços e a emaciação era tão severa que a pele fora perfurada pelos ossos malares. Sua expectoração era excessiva. O pulso era quase imperceptível. No entanto, ele mantinha de forma notável tanto suas faculdades mentais quanto certo grau de força física. Falava com clareza, tomava sem ajuda alguns remédios paliativos e, quando entrei em seus aposentos, estava ocupado escrevendo uma nota em uma caderneta. Estava recostado na cama, escorado por travesseiros. Os doutores D. e F. o acompanhavam.

Depois de cumprimentar Valdemar, chamei de lado ambos os cavalheiros e obtive deles um relato detalhado da condição do paciente. Havia dezoito meses que o pulmão esquerdo exibia um estado semiósseo ou cartilaginoso, e estava claro que era inteiramente inútil para qualquer propósito de manutenção da vida. O pulmão direito, em sua porção superior, estava também ossificado em parte, se não de todo, enquanto a parte inferior era apenas uma massa de tubérculos purulentos, colados uns aos outros. Havia várias perfurações extensas, e em um ponto ocorrera adesão permanente às costelas. As ocorrências no lobo direito eram relativamente recentes. A ossificação avançara com rapidez incomum; não havia sinais delas um ano antes, e a adesão fora observada nos últimos três dias. Além da tísica, suspeitava-se que o paciente tivesse um aneurisma da aorta mas no estado em que se encontrava, os sintomas ósseos tornavam impossível um diagnóstico exato.[5] Era a opinião de ambos os médicos que Monsieur Valdemar morreria por volta da meia-noite seguinte (domingo). Eram agora sete da noite do sábado.

Ao se afastarem do leito do inválido para conversar comigo, os doutores D. e F. deram-lhe o adeus final. Não tinham intenção de retornar. Mas atendendo a meu pedido, concordaram em fazer uma visita ao paciente por volta das dez da noite seguinte.

Depois que eles se foram, falei abertamente com Monsieur Valdemar sobre sua iminente dissolução e sobre o experimento que eu propunha. Ele se declarou ainda disposto e até mesmo ansioso para levá-lo avante, e pediu-me que começas-

5. Para Beaver (1976), talvez nem um raio X moderno pudesse revelar tantos detalhes da condição interna de Monsieur Valdemar. Poe deve ter compilado vários relatos de autópsias para escrever esse diagnóstico.

se de imediato. Havia um casal de enfermeiros cuidando dele, mas não senti plena liberdade para dedicar-me à tarefa sem testemunhas mais confiáveis que aquelas, para o caso de um acidente súbito. Assim, adiei as operações até a noite seguinte. Por volta das oito horas, a chegada de um estudante de medicina conhecido meu, o sr. Theodore L...l, desobrigou-me de maiores embaraços. Eu havia planejado esperar pelos médicos, mas fui levado a dar prosseguimento ao trabalho, em primeiro lugar pelas súplicas urgentes de Monsieur Valdemar e, segundo, por minha convicção de que não havia um momento a perder, pois era evidente que ele se consumia depressa.

O sr. L...l teve a bondade de atender a meu pedido de tomar notas de tudo, e faço este relato baseado em seus apontamentos, condensando alguns trechos e copiando outros *verbatim*.

Faltavam cerca de cinco para as oito quando, tomando a mão do paciente, pedi-lhe que declarasse ao sr. L...l, com a maior clareza possível, que ele, Monsieur Valdemar, desejava de própria vontade que eu procedesse ao experimento de mesmerizá-lo na condição em que se encontrava.

Ele respondeu de forma débil, mas bastante audível.

— Sim, é esse meu desejo. — E acrescentou em seguida: — Temo que o senhor tenha adiado demais a mesmerização.

Enquanto ele falava, dei início aos passes que já sabia serem os mais eficientes para dominá-lo. Ele foi influenciado, de forma clara, pelo primeiro toque lateral de minha mão por sua testa. Embora eu usasse todo meu poder, porém, nenhum outro efeito perceptível foi observado até a chegada dos doutores D. e F., pouco depois das dez, conforme havíamos combinado. Expliquei meus planos de modo sucinto, e eles não fizeram objeções, declarando que o paciente já estava na agonia da morte. Continuei sem hesitação, mas substituí os passes laterais por passes descendentes, fixando meu olhar firmemente no olho direito do paciente.

Por essa altura, seu pulso era imperceptível e a respiração estertorosa, com intervalos de meio minuto.

Tal condição prosseguiu, quase inalterada, por um quarto de hora. Ao fim desse período, um suspiro natural e muito profundo escapou do peito do moribundo, e a respiração deixou de ser estertorosa. Os intervalos não diminuíram. As extremidades do paciente estavam frias como gelo.

Cinco minutos antes das onze, percebi sinais inequívocos da influência mesmérica. O olhar vítreo dera lugar à expressão de inquieto exame interno, só vista durante o transe mesmérico e impossível de confundir. Com alguns rápidos passes laterais fiz suas pálpebras estremecerem, como no sono incipiente, e com mais alguns fiz com que se fechassem de todo. Eu não estava satisfeito com isso, porém, e prossegui as manipulações com muito empenho e à custa de grande esforço da vontade, até que consegui retesar por completo os braços e pernas do paciente, depois de acomodá-los em posições que me pareciam mais confortáveis. As pernas estavam totalmente esticadas; os braços estavam quase estendidos, repousando na cama a pouca distância dos quadris. A cabeça estava muito levemente levantada.

Quando consegui isso, já era meia-noite, e pedi aos cavalheiros presentes que examinassem a condição de Monsieur Valdemar. Depois de alguns testes, eles admitiram que o paciente estava num estado anormalmente perfeito de transe mesmérico. Os dois médicos estavam bastante curiosos. De imediato, o dr. D. decidiu ficar com o paciente a noite toda, enquanto o dr. F. deixou-nos, prometendo retornar ao nascer do dia. O sr. L...l e os enfermeiros ficaram.

Não incomodamos Monsieur Valdemar até umas três da manhã, quando me aproximei e vi que apresentava a mesma condição do instante em que o dr. F. se fora. Ele jazia na mesma posição, o pulso era imperceptível e a respiração suave (e mal se notava, salvo ao aproximar um espelho a seus lábios); os olhos estavam fechados com naturalidade e os membros estavam rígidos e frios como mármore. Ainda assim, a aparência geral não era de morte.

Aproximando-me de Monsieur Valdemar, passei meu braço com suavidade sobre ele, de um lado a outro, na tentativa pouco esperançosa de influenciar seu braço direito a seguir o meu. Nunca antes obtivera sucesso total com esse paciente em tal experimento, e não tinha muita expectativa em obtê-lo agora, mas para meu espanto seu braço seguiu, de forma débil mas imediata, a direção indicada pelo meu. Resolvi arriscar alguma conversação.

— Monsieur Valdemar — disse eu —, está dormindo?

Ele não respondeu, mas notei um tremor em seus lábios e repeti a pergunta de novo e de novo. À terceira repetição, todo o seu corpo foi percorrido por um tremor suave. As pálpebras abriram-se até revelarem a linha branca do globo ocular. Os lábios moveram-se devagar e, dentre eles, num murmúrio quase inaudível, saíram as palavras:

— Sim. Dormindo agora. Não me desperte, deixe-me morrer assim!

Nesse ponto, apalpei seus membros e senti-os ainda rígidos. O braço direito obedeceu às instruções de minha mão, como antes. Interroguei de novo o paciente em transe.

— Ainda sente dor no peito, Monsieur Valdemar?

A resposta foi desta vez imediata, mas ainda menos audível que a anterior.

— Sem dor. Estou morrendo.

Não achei aconselhável perturbá-lo mais naquele momento. Nada mais foi dito ou feito até a chegada do dr. F., que veio um pouco antes do nascer do sol e expressou espanto ilimitado ao encontrar o paciente ainda vivo. Depois de sentir seu pulso e aplicar um espelho a seus lábios, ele me pediu que conversasse de novo com o paciente. Eu o fiz, dizendo:

— Monsieur Valdemar, ainda está dormindo?

Como antes, alguns minutos se passaram até haver uma resposta, e durante o intervalo o moribundo pareceu reunir energia para falar. À quarta repetição da pergunta, ele disse com muita fraqueza, e quase não se ouvia:

— Sim, ainda dormindo. Morrendo.

Os médicos manifestaram então a opinião, ou antes o desejo, de que Monsieur Valdemar não fosse incomodado e permanecesse na presente condição de aparente tranquilidade até sobrevir a morte, concordando entre si que isso ocorreria em poucos minutos. Decidi, porém, falar com ele uma vez mais e apenas repeti minhas questões anteriores.

Enquanto eu falava, ocorreu uma grande mudança na expressão do paciente. Os olhos abriram-se devagar, rolando para cima até que as pupilas desaparecessem. Toda a sua pele assumiu um tom cadavérico, lembrando mais o papel branco que um pergaminho, e as manchas hécticas circulares,[6] até então bem definidas no centro de cada face, apagaram-se de repente. Uso tal verbo porque o modo súbito como sumiram me fez pensar no extinguir de uma vela por um sopro de respiração. Ao mesmo tempo, o lábio superior retraiu-se e expôs os dentes, antes totalmente cobertos, enquanto a mandíbula abriu-se com um tranco audível. A boca ficou escancarada, deixando em plena vista a língua, inchada e enegrecida. Creio que a todos os presentes eram bem familiares os horrores do leito de morte. Naquele instante, porém, a aparência de Monsieur Valdemar era tão horrenda, de uma forma tão além da concepção, que todos recuaram, afastando-se de sua cama.

Sinto que cheguei a um ponto da narrativa em que todos os leitores devem estar tomados de total descrença. É meu ofício, entretanto, apenas seguir adiante.

6. Manchas vermelhas na face, resultantes de uma febre recorrente, diária, devida à tuberculose.

Já não havia em Monsieur Valdemar o menor sinal de vitalidade. Concluindo que estivesse morto, íamos entregá-lo aos cuidados dos enfermeiros quando observamos um forte movimento vibratório de sua língua, que continuou por talvez um minuto. Emanou então, das mandíbulas distendidas e imóveis, uma voz tal que seria loucura tentar descrever. Há, de fato, dois ou três epítetos que talvez fossem parcialmente aplicáveis. Eu poderia dizer, por exemplo, que o som era áspero e entrecortado e cavo, mas no todo era indescritível, pela simples razão que jamais um som tão horrível feriu os ouvidos humanos. No entanto, pareceu-me então, e ainda me parece, que se poderia afirmar que dois detalhes caracterizavam a entonação, e de forma um tanto adaptada podem dar uma ideia de sua peculiaridade sobrenatural. Primeiro, a voz parecia atingir nossos ouvidos, ao menos os meus, vinda de uma distância enorme, ou de alguma caverna profunda no interior da Terra. Segundo, dava-me uma impressão – e temo ser impossível fazer-me compreender – como aquela que uma matéria gelatinosa ou glutinosa causa ao tato.

Usei ambas as palavras, som e voz. Quis dizer que o som estava claramente separado em sílabas, de forma espantosa e aterrorizante. Monsieur Valdemar *falou*, e era óbvio que respondia à pergunta que eu lhe fizera minutos antes. Eu perguntara, como já relatei, se ainda dormia. Ele agora disse:

– Sim. Não. Eu *estava* dormindo, mas agora... agora *estou morto*.

Nenhum dos presentes sequer tentou evitar ou reprimir o horror indizível que essas poucas palavras, ditas assim, conseguiram causar. O sr. L...l desmaiou. Os enfermeiros deixaram o quarto na mesma hora, e nada pôde convencê-los a voltar. Nem tentarei tornar inteligíveis ao leitor minhas próprias impressões. Por quase uma hora ocupamo-nos em silêncio, sem emitir uma palavra, dos esforços para reviver o sr. L...l. Quando ele voltou a si, dedicamo-nos novamente a examinar a condição de Monsieur Valdemar.

Sob todos os aspectos, ele continuava da forma como o descrevi da última vez, exceto que o espelho não mais dava evidências de respiração. Uma tentativa de fazer seu braço sangrar falhou. Devo mencionar, aliás, que esse membro já não se submetia a minha vontade. Em vão tentei que seguisse a direção de minha mão. A única indicação real da influência mesmérica era a vibração da língua cada vez que eu dirigia uma pergunta a Monsieur Valdemar. Ele parecia se esforçar para responder, mas já não tinha volição suficiente. Parecia totalmente insensível a perguntas feitas por outras pessoas, embora eu houvesse conseguido colocar cada um dos presentes em *rapport* mesmérico com ele.

Creio ter relatado o suficiente para o entendimento do estado do paciente naquele momento. Outros enfermeiros foram chamados, e às dez da manhã deixei a casa, em companhia dos dois médicos e do sr. L...l.

De tarde, fomos chamados de novo para ver o paciente. Sua condição era precisamente a mesma. Discutimos então a conveniência e a exequibilidade de despertá-lo, mas concordamos sem dificuldade que isso não serviria para nenhum propósito útil. Estava claro que, até então, a morte (ou o que em geral é chamado de morte) fora detida pelo processo mesmérico. Parecia-nos claro que despertar Monsieur Valdemar apenas garantiria sua instantânea dissolução, ou iria ao menos apressá-la.

Desde então, e até mais ou menos o fim da semana passada — *um período de quase sete meses* —, continuamos a fazer visitas diárias à casa de Monsieur Valdemar, acompanhados, vez por outra, por médicos e outros amigos. Durante todo o tempo, o paciente permaneceu *exatamente* como em minha última descrição. As atenções dos enfermeiros eram contínuas.

Foi na última sexta-feira que resolvemos, afinal, fazer o experimento de despertá-lo, ou de tentar despertá-lo. E foi o (talvez) desafortunado resultado dessa última experiência que gerou tanta discussão em círculos privados e uma comoção popular que não posso deixar de considerar despropositada.

Fiz uso dos passes costumeiros, com o propósito de libertar Monsieur Valdemar do transe mesmérico. Durante algum tempo foram malsucedidos. A primeira indicação de revivificação foi a descida parcial da íris. Num fato notável, o abaixamento da pupila foi acompanhado do vazamento abundante de um líquido amarelado, saído de baixo das pálpebras, com cheiro pungente e muito desagradável.

Sugeriram-me que tentasse influenciar o braço do paciente, como fizera antes. Tentei e falhei. O dr. F. pediu-me então que fizesse uma pergunta. Eu a fiz, como se segue:

— Monsieur Valdemar, poderia dizer-nos o que sente ou o que deseja agora?

Os círculos hécticos voltaram de imediato a suas faces. A língua tremeu, ou antes, moveu-se com violência dentro da boca, embora as mandíbulas e os lábios permanecessem rígidos como antes, e por fim a mesma voz hedionda que já descrevi irrompeu:

— Pelo amor de Deus! Depressa, depressa! Façam-me dormir! Ou depressa, despertem-me, depressa! *Estou lhes dizendo que estou morto!*

Eu estava totalmente abalado, e por um instante não soube o que fazer. Primeiro tentei restaurar o estado mesmérico e falhei, pela total ausência da vontade do paciente. Então voltei atrás e empenhei-me em despertá-lo. De imediato percebi que o conseguiria, ou pelo menos imaginei que teria sucesso completo, e com certeza todos ali no quarto estavam preparados para ver o paciente despertar.

Mas é totalmente impossível que qualquer ser humano pudesse estar preparado para o que de fato aconteceu.

Enquanto eu fazia com rapidez os passes mesméricos, entre exclamações de "morto! morto!", que definitivamente vinham da língua e não dos lábios do paciente, seu corpo inteiro, de uma só vez e no espaço de um único minuto ou até menos, encolheu, desfez-se, *decompôs-se* por completo sob minhas mãos. Sobre seu leito, ante todos os presentes, restou uma massa quase líquida de repugnante e detestável podridão.

[sobre o conto]

"The Facts in the Case of M. Valdemar" foi publicado no *Broadway Journal*, em dezembro de 1845. No mesmo mês, com o título de "The Facts in M. Valdemar's Case", saiu também no *American Review*.

No conto, o narrador identificado como P. aplica o mesmerismo a um doente terminal e o mantém vivo, quando, de acordo com os médicos, deveria ter morrido muito tempo antes. Meses se passam até que, a pedido do enfermo, ele o tira do transe mesmérico, e de imediato o corpo já morto se decompõe de forma horrenda.

Uma das fontes de inspiração de Poe seria uma carta que recebeu, como editor do *Broadway Journal*, de um médico nova-iorquino que relatava uma cirurgia realizada em um paciente em "sono magnético". O final do conto foi tirado de *Die Seherin von Prevorst* ("A vidente de Prevorst", 1829), um relato de Justinus Kerner, traduzido do alemão para o inglês em 1845.

Além de recorrer a fontes verídicas, Poe usou outros artifícios para dar credibilidade ao conto: o distanciamento e a frieza clínica do narrador, a linguagem de artigo científico do século 18, o uso de testemunhas confiáveis (dois médicos, um casal de enfermeiros e um estagiário), a afirmação de que o narrador se baseou nas notas do estagiário. Publicado sem um esclarecimento de que se tratava de ficção, o conto foi recebido como descrição científica de um evento real. A repercussão foi grande, e Poe recebeu inúmeras cartas de leitores perguntando sobre a veracidade do episódio. Em 1846, sem o conhecimento do autor, o conto foi publicado na Inglaterra como se fosse um relato autêntico, tanto numa revista de divulgação científica, *The Popular Record of Modern Science*, como em um panfleto, intitulado *Mesmerism, In Articulo Mortis*.

Embora pareça estranho, hoje em dia, que uma obra de ficção fosse tomada por um texto científico, na época de Poe não era raro que os periódicos mesclassem textos literários e artigos técnicos. Não havia uma clara distinção entre as disciplinas científicas e as humanidades, e os cientistas ainda lutavam por estabelecer sua autoridade frente às opiniões leigas (TRESCH, 1997). Além disso, o interesse público pela ciência estava em alta, sobretudo quanto a questões filosóficas ou metafísicas.

Para diversos críticos e especialistas em literatura, esse é o conto mais assustador e horrendo escrito por Poe. O horror é amplificado pelas descrições de situações e processos repugnantes, e boa parte se deve ao recurso de acelerar um processo que naturalmente é demorado, de forma que Valdemar apodrece de súbito em sua cama (MARTIN, 1966).

Comparando-o a outros contos contemporâneos sobre mesmerismo, percebe-se que Poe não abordou o tema da forma usual à época, em que a aplicação do transe geralmente decorria da má intenção de alguém, fosse o mesmerizador, fosse o mesmerizado. Pondo de lado a abordagem folhetinesca, Poe dota seus personagens de uma atitude científica e da disposição em investigar mais a fundo um aspecto que despertaria o interesse do público: por quanto tempo a morte poderia ser detida ou retardada por meio do mesmerismo?

Ketterer (1974) considera "Os fatos no caso de Monsieur Valdemar", ao lado de "Um conto dos Montes Escarpados" e "Revelação mesmérica", como ficção científica baseada em pseudociência, conforme já mencionamos. Segundo ele, a revitalização de um moribundo em *Matias Sandorf* (1855), romance de Jules Verne, foi diretamente inspirada na leitura deste texto de Poe.

Outro importante autor de literatura fantástica influenciado por "Monsieur Valdemar" foi o estadunidense H. P. Lovecraft, que declarou ser esta uma de suas histórias favoritas de Poe. Seu relato "Ar frio" (1926) é declaradamente inspirado nele.

Adaptações literárias, cinematográficas, radiofônicas e teatrais deste conto foram feitas ao longo dos séculos 20 e 21, em diversos países, incluindo Estados Unidos, Inglaterra, Argentina, Itália e Espanha. Em 1962, "Os fatos no caso de Monsieur Valdemar" foi adaptado para o cinema como um episódio de *Muralhas do pavor*, dirigido por Roger Corman. Uma nova adaptação foi dirigida por George Romero em 1989, em um dos dois episódios do filme ítalo-estadunidense *Dois olhos satânicos*.

3

PARTE 3

O jornalismo insólito de Poe

Nos Estados Unidos da década de 1830, o rápido crescimento da população urbana fez com que os jornais se tornassem verdadeiramente meios de comunicação de massa. Ao mesmo tempo, assuntos como as viagens de balão, as narrativas de explorações e diários de viajantes, as descobertas científicas e a importância cada vez maior da tecnologia estavam no centro da vida cultural estadunidense (MARTINEZ, 2011). O papel da ciência na sociedade e sua profissionalização estavam ganhando contornos mais definidos, fato que se refletia no surgimento de um jornalismo científico popular, transformando os jornais no veículo de divulgação por excelência dos avanços científicos e tecnológicos.

A combinação de um vasto público leitor, ávido por novas descobertas, com o desejo de vendagens cada vez maiores, criou o cenário ideal para o surgimento dos "*hoaxes*", as fraudes jornalísticas que alavancavam as vendas e que hoje seriam chamadas de *fake news*.

O jornalismo teve tremenda relevância na vida de Poe, uma vez que a escrita foi seu meio de sobrevivência quando perdeu o apoio financeiro da família. Ele estudou a fundo o mercado de jornais e revistas, conhecimento que usou para orientar sua escrita, empreendendo pelo resto da vida a busca pelas formas, estilos e temas que lhe garantissem maior sucesso editorial.

Não surpreende, portanto, que também tenha se deixado levar por uma espécie de pseudojornalismo científico. Poe aplicou de forma magistral os artifícios já empregados anteriormente para iludir os leitores, com o objetivo declarado de aumentar as vendas do jornal e, assim, sua própria renda. Nos dois contos que aqui apresentamos, ele utilizou a estrutura, a retórica e o estilo que os leitores esperavam de uma notícia científica: a promessa de maravilhas científicas, citação de conhecidas autoridades europeias e abundância de detalhes técnicos (TURNER, 2007). Deste modo, Poe empregou um método que, mais tarde, iria se tornar caro à ficção científica: partir de uma premissa verdadeira para chegar a um resultado fantástico, tornado mais crível pelo uso de detalhes reais.

É interessante observar que, numa ambiguidade muito característica de Poe, a realidade fictícia por ele criada dialogava com a realidade de fato: em "A fraude do balão" ele sugere, ao final, que não existe motivo nenhum para que o feito por ele descrito não pudesse ser colocado em prática. Já em "A descoberta de Von Kempelen", ele expressou o desejo de que o texto fosse levado a sério a ponto de alterar o curso da história dos Estados Unidos.

A FRAUDE DO BALÃO (1844)

NOTÍCIA EXTRAORDINÁRIA POR EXPRESSO, VIA NORFOLK!

ATLÂNTICO ATRAVESSADO EM TRÊS DIAS!

TRIUNFO DA MÁQUINA VOADORA DO SR. MONCK MASON!

CHEGADA À ILHA DE SULLIVAN, PERTO DE CHARLESTON, CAROLINA DO SUL, DOS SRS. MASON, ROBERT HOLLAND, HENSON, HARRISON AINSWORTH E QUATRO OUTROS, NO DIRIGÍVEL VICTORIA, DEPOIS DE UMA TRAVESSIA DE SETENTA E CINCO HORAS, DE TERRA A TERRA!

TODOS OS DETALHES DA VIAGEM!

[O *jeu d'esprit*[1] que se segue, com o cabeçalho acima em espetaculares maiúsculas, todo pontuado com notas de admiração, foi publicado originalmente como notícia verídica, no jornal diário *New York Sun*, cumprindo assim o propósito de criar alimento indigerível para os novidadeiros, durante as poucas horas de intervalo entre dois correios de Charleston.[2] A procura pelo "único jornal que trazia as notícias" foi algo

1. "Brincadeira", "pilhéria", em francês no original.

2. À época, a comunicação tardava muito em ser feita, pois o telégrafo elétrico ainda não estava em operação comercial nos Estados Unidos. No mês seguinte à publicação da fraude, Samuel Morse convenceu o congresso estadunidense de sua eficiência na transmissão de mensagens a distância, e as primeiras linhas foram instaladas em 1845, saindo de Nova York para várias cidades.

além do prodigioso. E se, na verdade, como afirmam alguns, o *Victoria não* realizou em absoluto a viagem anunciada, será difícil apontar algum motivo pelo qual *não poderia* tê-la feito.]

O grande problema finalmente foi solucionado! O ar, da mesma forma que a terra e o oceano, foi conquistado pela ciência, e deverá transformar-se em uma via de circulação muito conveniente para a humanidade. *O Atlântico foi finalmente atravessado em um balão*, sem grande dificuldade, sem grandes perigos aparentes, com completo controle da máquina e no período extremamente curto de setenta e cinco horas, de costa a costa. Com a colaboração de um agente em Charleston, Carolina do Sul, somos capazes de fornecer ao público um relato detalhado dessa viagem extraordinária, realizada entre o sábado, dia 6 passado, às 11 da manhã, e as duas horas da tarde da terça-feira, dia 9 passado, por sir Everard Bringhurst; o sr. Osborne, sobrinho de lorde Bentick; o sr. Monck Mason[3] e o sr. Robert Holland,[4] conhecidos aeronautas; o sr. Harrison Ainsworth,[5] autor de *Jack Sheppard* e outros; o sr. Henson,[6] projetista de uma máquina voadora malsucedida, e dois marinheiros de Woolwich – no total, oito pessoas. Os detalhes abaixo devem ser encarados como autênticos e acurados em todos os aspectos, tendo sido, com uma pequena exceção, copiados *verbatim* dos diários conjuntos do sr. Monck Mason e do sr. Harrison Ainsworth, a cuja gentileza nosso agen-

---

3. Referência a Thomas Monck Mason (1803-1889), escritor e balonista irlandês.

4. Personagem baseado em Robert Hollond (1808-1877), balonista e político inglês que patrocinou e tomou parte da viagem do balão *Great Nassau*, junto com Mason.

5. William Harrison Ainsworth (1805-1882), escritor inglês. Seu romance *Jack Sheppard*, baseado na vida do criminoso de mesmo nome que viveu no século 18, publicado em 1839, foi um best-seller imediato. No outono desse mesmo ano houve oito adaptações teatrais, e no auge do sucesso chegou a ser mais popular do que *Oliver Twist*, de Charles Dickens. Poe criticou duramente a obra, acusando-a de incitar o crime e considerando-a como “uma mácula em nossa literatura e uma maldição a nossa terra”.

6. William Samuel Henson (1812-1888), engenheiro aeronáutico inglês.

te é muito grato pela abundante informação verbal quanto ao próprio balão, sua construção e outros assuntos de interesse. A única alteração no manuscrito recebido foi feita com o propósito de conferir uma forma conexa e inteligível ao relato apressado de nosso agente, o sr. Forsyth.

O BALÃO

Dois recentes fracassos, do sr. Henson e de sir George Cayley,[7] contribuíram muito para diminuir o interesse do público pelo tema da navegação aérea. A princípio considerado factível mesmo pelos homens da ciência, o artefato do sr. Henson baseava-se no princípio de um plano inclinado e partia do alto de uma elevação, impulsionado por uma força extrínseca que era continuada pela revolução de pás giratórias, de forma e número semelhantes aos de um moinho de vento. Os experimentos realizados com modelos na Adelaide Gallery[8] revelaram, porém, que as pás não apenas não propelem a máquina como impedem seu voo. A única força propulsora exibida foi o mero impulso adquirido com a descida pelo plano inclinado, e esse impulso carregava a máquina a uma distância maior com as pás em repouso do que em movimento, fato suficiente para demonstrar a inutilidade delas. Na ausência da propulsão, que também é a força de *sustentação*, o artefato necessariamente cairia. Essa consideração levou sir George Cayley a pensar na simples adaptação de um propulsor a uma máquina que tivesse força de sustentação por si só – em uma palavra, um balão. No entanto, a ideia de sir George só era ori-

7. Sir George Cayley (1773-1857), engenheiro inglês de grande importância na história da aeronáutica.

8. Oficialmente, National Gallery of Practical Science. Inaugurada em 1832, em Londres, dedicava-se à divulgação científica.

ginal quanto ao modo de sua aplicação em termos práticos. Ele exibiu no Polytechnical Institution[9] o modelo que inventou. O princípio propulsor, ou força, também aqui estava a cargo de superfícies descontínuas, ou pás, colocadas em rotação. Tais pás, em número de quatro, mostraram-se inteiramente incapazes de mover o balão ou de aumentar a força de ascensão. O projeto todo foi, assim, um fracasso.

Foi nesse ponto que o sr. Monck Mason (cuja viagem de Dover a Weilburg, no balão *Nassau*, causou furor em 1837[10]), concebeu a ideia de usar o Parafuso de Arquimedes[11] como hélice, para obter propulsão através do ar, corretamente atribuindo o fracasso do sr. Henson e de sir George Cayley à superfície descontínua das pás independentes. Ele fez o primeiro experimento público em Willis's Rooms,[12] mas depois levou seu modelo para a Adelaide Gallery.

Seu balão era, como o de sir George Cayley, um elipsoide.[13] Tinha um comprimento de quatro metros e dez centímetros e uma altura de dois metros. Continha cerca de nove mil litros de gás que, se fosse hidrogênio puro, sustentaria nove quilos e meio quando recém-inflado, antes que

9. Instituição fundada em 1838, em Londres, tinha por objetivo "divulgar diversas artes e ramos da ciência". Entre as atrações ao público estavam exposições, palestras, máquinas e modelos. Ficou conhecida por suas apresentações de "lanterna mágica", a predecessora do cinema.

10. Em 1836, Charles Green, Thomas Monck Mason e Robert Hollond percorreram, no balão *Royal Vauxhall*, a distância recorde de 770 quilômetros, partindo de Vauxhall Gardens, em Londres, e aterrissando no ducado de Nassau, na Alemanha. O balão foi rebatizado como *Great Nassau*, e seu recorde não foi batido até 1907.

11. De criação atribuída ao matemático e inventor grego Arquimedes (século 3 a.C.), é um mecanismo constituído por um parafuso no interior de um tubo oco, que ao girar eleva água de um plano mais baixo a outro mais elevado. Com o nome de bomba parafuso, é usado no mundo todo para elevar água de irrigação e esgotos.

12. Fundado em 1765, era o principal local de encontro da sociedade londrina.

13. Segundo Beaver (1976), este e os três parágrafos seguintes foram copiados literalmente de um artigo de 1843, que seria de autoria de Monck Mason.

o gás tivesse tempo de deteriorar-se ou escapar. O peso do artefato era de sete quilos e meio, deixando uma folga de cerca de dois quilos. Sob o centro do balão havia uma estrutura de madeira leve, com cerca de dois metros e meio de comprimento, presa ao próprio balão pela costumeira rede. Deste arcabouço pendia um cesto de vime, ou carro.

A hélice consiste em um eixo oco de latão, com meio metro de comprimento, através do qual, seguindo uma semiespiral com inclinação de quinze graus, passa uma série de arames radiais de aço com sessenta centímetros de comprimento, projetando-se, portanto, trinta centímetros de cada lado. As pontas de tais raios estão ligadas por duas cintas feitas com arame aplanado. O conjunto forma o arcabouço da hélice, que é completada por uma cobertura de seda encerada, cortada em gomos e bem esticada, compondo uma superfície bastante uniforme. Em cada ponta do eixo, a hélice é sustentada por hastes ocas de latão que descem da armação. Na extremidade inferior, as hastes têm orifícios em cujo interior giram os pivôs do eixo. Da ponta do eixo mais próxima ao carro, parte uma haste metálica que conecta a hélice à engrenagem de um mecanismo de mola, fixo no carro. Com a ação desse mecanismo, a hélice gira a grande velocidade, transferindo a todo o conjunto um movimento para diante. Por meio do leme, o artefato podia ser facilmente dirigido para qualquer direção. A mola tinha grande força com relação a seu tamanho, podendo erguer vinte quilos em um cilindro de dez centímetros de diâmetro, após a primeira volta, aumentando gradualmente à medida que era tensionada. Pesava no total três quilos e oitocentos gramas. O leme era uma armação leve de varetas revestida com seda, na forma aproximada de uma raquete, com cerca de noventa centímetros de comprimento e trinta centímetros em sua maior largura. Pesava cerca de sessenta gramas. Além de inclinar-se para a esquerda e para a direita, podia ficar em posição horizontal, e dirigido para cima ou para baixo. Com isso, permitia ao aeronauta transferir para a direção que quisesse a resistência ao ar gerada pelo leme em posição inclinada, dessa forma orientando o balão na direção oposta.

Esse modelo (que, por falta de tempo, necessariamente tivemos de descrever de modo imperfeito) foi colocado em ação na Adelaide Gallery, onde obteve uma velocidade de oito quilômetros por hora. No entanto, por estranho que pareça, provocou pouco interesse em comparação à complexa máquina antes apresentada pelo sr. Henson, tão resoluto é o mundo em desprezar qualquer coisa que carregue o ar da simplicidade. Para concretizar a navegação aérea, em geral supunha-se necessária uma aplicação muito complexa de algum profundo princípio incomum em dinâmica.

O sr. Mason ficou tão satisfeito com o êxito de sua invenção que decidiu construir, se possível de imediato, um balão de capacidade suficiente para testar a questão por meio de uma viagem extensa – a ideia original era cruzar o Canal da Mancha, como fizera antes no balão *Nassau*. Para tanto, ele solicitou e obteve o patrocínio de sir Everard Bringhurst e do sr. Osborne, cavalheiros conhecidos por suas habilidades científicas, em especial por seu interesse no progresso da aerostação. A pedido do sr. Osborne, o projeto foi mantido em profundo segredo. Estavam a par dele apenas as pessoas envolvidas na fabricação da máquina, a qual foi construída, sob a supervisão do sr. Mason, sr. Holland, sir Everard Bringhurst e o sr. Osborne, na propriedade deste último, perto de Penstruthal, em Gales. O sr. Henson, juntamente com seu amigo, o sr. Ainsworth, foi admitido para uma exibição particular do balão, no último sábado, quando ambos fizeram as negociações finais para participarem na aventura. Não se sabe a razão pela qual os dois marinheiros foram incluídos no grupo, mas em um ou dois dias traremos a nossos leitores mais detalhes sobre essa viagem extraordinária.

O balão é feito de seda, envernizada com goma líquida de caucho.[14] Exibe enorme dimensão, contendo mais de 1,1 milhão de litros cúbicos de gás. Tendo, porém, sido usado gás de carvão[15] em vez de hidrogênio, mais caro e inconveniente, sua capacidade de sustentação, quando inteiramente cheio e logo após o enchimento, não é superior a 1130 quilos. O gás de carvão não só é muito mais barato como é mais fácil de obter e manipular.

O uso corriqueiro desse gás com propósitos da aerostação deve-se ao sr. Charles Green. Até sua descoberta, o processo de enchimento não só era muito caro como também impreciso. Com frequência gastavam-se dois ou até três dias em tentativas vãs de obter hidrogênio suficiente para encher um balão, do qual ele escapava com facilidade por ser extremamente fino e com grande afinidade pela atmosfera circundante. Um balão de qualidade suficiente para reter seu conteúdo de gás de carvão inalterado, em quantidade ou volume, por seis meses, não conseguiria reter por seis semanas, com pureza semelhante, a mesma quantidade de hidrogênio.

Com a capacidade de sustentação estimada em 1130 quilos, e o peso total do grupo elevando-se a apenas 540, havia uma folga de 590, dos quais 540 eram constituídos por lastro, disposto em sacos de vários tamanhos e cada um com seu peso inscrito, cordame, barômetros, telescópios, barris com provisões para uma quinzena, água, casacos, sacos de viagem e vários outros itens indispensáveis, incluindo uma cafeteira que aquecia o café por

14. Caucho é a borracha natural, produzida a partir do látex da seringueira (*Hevea brasiliensis*), árvore originária da região amazônica. A borracha sintética, produzida a partir do petróleo, somente seria inventada no início do século 20.

15. Gás inflamável, produzido pelo aquecimento do carvão a uma temperatura muito elevada, na ausência de oxigênio. Teve muito uso, tanto doméstico quanto industrial, até a descoberta do gás natural.

meio de cal extinta,[16] prescindindo totalmente de fogo, caso fosse necessário. Toda essa bagagem, salvo o lastro e alguns itens menores, foi suspensa na armação, acima do cesto.[17] O carro é proporcionalmente menor e mais leve que aquele do modelo. É feito com um vime mais leve, sendo extremamente forte para algo de aparência tão frágil. Tem uma borda com cerca de um metro e vinte de altura. O leme também é maior, em proporção, que o do modelo, e a hélice é bem menor. O balão está munido, ainda, com um arpéu à guisa de âncora, e uma corda-guia, essa última de inestimável importância. Algumas palavras de explicação são aqui necessárias aos leitores não familiarizados com os detalhes da aerostação.

Tão logo deixa terra, o balão passa a sofrer a influência de vários fatores que lhe alteram o peso, aumentando ou diminuindo sua capacidade de ascensão. Por exemplo, devido à deposição de orvalho, o peso da seda pode chegar a várias centenas de quilos, devendo haver descarte de lastro para que a máquina não perca altura. Tendo sido descartado o lastro, quando o calor do sol evapora o orvalho, e ao mesmo tempo expande o gás do balão, o artefato sobe rapidamente. Para controlar a subida, o único recurso é (ou era, antes da invenção da corda-guia, pelo sr. Green) deixar escapar o gás pela válvula. Mas a perda do gás leva à perda proporcional de capacidade de ascensão, de modo que até o mais bem construído balão forçosamente exaure seus recursos a médio prazo e deve descer à terra. Era esse o grande obstáculo para viagens de longo percurso.

A corda-guia supera tal dificuldade da forma mais simples possível. Ela é apenas uma longa corda que pende do carro e cujo papel é evitar variações apreciáveis na altitu-

16. A adição de água à cal resulta na formação de cal extinta ou cal hidratada, e na liberação de calor.

17. Essa descrição foi baseada no relato de Monck Mason (1836).

de do balão. Assim, se há deposição de orvalho na seda e por conta disso a máquina começa a descer, não é preciso descartar lastro para compensar o aumento de peso, pois ele é neutralizado de forma precisa pela deposição, no solo, da extensão de corda que for necessária. Por outro lado, se alguma circunstância causa leveza indevida e a consequente ascensão, elas são compensadas de imediato pelo peso adicional da corda que se ergue do solo. Assim, o balão não pode subir ou descer, exceto dentro de limites estreitos, e seus recursos de lastro e de gás permanecem intactos. Ao passar sobre uma extensão de água, torna-se necessário usar barriletes de cobre ou madeira, cheios de lastro líquido mais leve que a água. Estes flutuam e têm o mesmo papel que a corda simples em terra. Outra função importante da corda-guia é indicar a *direção* tomada pelo balão. Em terra ou no mar, a corda é *arrastada* enquanto o balão está livre. Portanto, quando ocorre deslocamento ele está sempre adiante dela, e a comparação da posição relativa dos dois objetos, por meio da bússola, sempre indicará o *curso* seguido. Da mesma forma, o ângulo formado pela corda com o eixo vertical da máquina indica a *velocidade*. Quando não há ângulo, isto é, quando a corda pende perpendicularmente, o aparelho está estacionário; mas quanto maior o ângulo, ou seja, quanto mais longe o balão estiver da ponta da corda, maior a velocidade.[18]

Como o plano original era cruzar o Canal da Mancha e pousar o mais perto possível de Paris, os viajantes prepararam-se com passaportes para todo o continente, como fora feito na viagem do *Nassau*, especificando a natureza da expedição e permitindo aos viajantes a dispensa das formalidades costumeiras. Eventos inesperados, porém, tornaram os passaportes desnecessários.

---

18. Este parágrafo e o anterior foram copiados quase na íntegra do artigo de Monck Mason (1836).

O enchimento do balão foi iniciado ao nascer do sol da manhã de domingo, às 6h, no pátio de Weal-vor House, residência do sr. Osborne, a cerca de um quilômetro e meio de Penstruthal, em Gales do Norte. Às 11h07, estando tudo pronto para a largada, o balão foi solto, subindo de forma suave mas constante, num rumo quase sul. Na primeira meia hora não foram usados nem a hélice, nem o leme. Seguimos agora com o diário, da forma como foi transcrito pelo sr. Forsyth a partir do manuscrito conjunto dos srs. Monck Mason e Ainsworth. O corpo do diário foi escrito pelo sr. Mason e um P.S. foi adicionado a cada dia pelo sr. Ainsworth, que está preparando um relato da viagem mais pormenorizado e sem dúvida muito interessante, o qual em breve trará a público.

O DIÁRIO

Sábado, 6 de abril. Adiantamos durante a noite todos os preparativos possíveis e demos início ao enchimento nesta manhã, ao nascer do sol. Devido a um denso nevoeiro, que se condensava como umidade nas dobras da seda, dificultando sua manipulação, o procedimento não foi concluído senão perto das 11h. Cheios de ânimo, soltamos as amarras e ascendemos de forma suave e constante, com uma leve brisa de norte, que nos levou rumo ao Canal da Mancha. A força ascendente era maior do que esperávamos; à medida que subíamos, ultrapassando as escarpas e expondo-nos mais aos raios do sol, a ascensão ficou rápida demais. Eu não queria, porém, soltar o gás tão no início da aventura e decidi continuar subindo. A corda-guia logo se ergueu totalmente do solo, e ainda assim ganhávamos altura depressa. O balão estava muito estável e parecia portar-se bem. Cerca de dez minutos depois do início, o barômetro indicava uma altitude de 4500 metros. O tempo estava muito bom, e a vista da terra lá embaixo — extremamente romântica, sob qualquer aspecto — era agora especialmente sublime. As ravinas, numerosas e profundas, tinham a aparência de lagos, por estarem repletas de neblina, e os picos e penhascos a sudeste, aglomerados numa confusão inextrincável, davam a exata impressão das cidades gigantes das lendas orientais. Aproximávamo-nos depressa das montanhas a sul, mas nossa elevação era mais do que suficiente para que as sobrevoássemos com segurança. Em poucos minutos passávamos com elegância sobre elas, e tanto o sr. Ainsworth como os marinheiros surpreenderam-se por parecerem tão baixas quando vistas de cima, pois com a grande elevação do balão a tendência é que as desigualdades da superfície reduzam-se e pareçam quase planas.[19] Às 11h30, ainda rumando para sul, tivemos a primeira visão do Canal de Bristol, e quinze minutos depois a linha de arrebentação na costa apareceu diretamente sob nós, e vimo-nos sobre o mar. Decidimos então liberar gás suficiente para que a corda-guia, com as boias afixadas, tocasse a água. Isso foi feito de imediato, e começamos uma descida gradual. Em cerca de vinte minutos a primeira boia flutuou e, com o contato da segunda, nossa altitude se estabilizou. Estávamos agora ansiosos para testar a eficiência da hélice e do leme, e pusemos os dois em ação, com o propósito de alterar nossa direção mais para leste, na rota para Paris. Usando o leme, efetuamos a mudança de direção necessária, e nosso curso foi fixado num ângulo quase reto com o do vento. Colocamos em movimento o mecanismo de mola da hélice, e ficamos satisfeitos em ver que nos impulsionava como desejávamos. Assim, demos nove vivas entusias-

19. O mesmo fenômeno pode ser observado durante viagens de avião.

mados e jogamos ao mar uma garrafa, que levava em seu interior um pergaminho com a descrição sucinta do princípio de nossa invenção. Mal havíamos comemorado, porém, quando ocorreu um acidente que nos desanimou muito. Por conta da oscilação do carro, causada pela movimentação de um dos marinheiros, a haste que ligava o mecanismo de mola ao propulsor saiu do lugar, na extremidade mais próxima do carro, e num instante estava pendurada pelo pivô do eixo da hélice, fora de alcance. Enquanto nossa atenção estava totalmente absorvida na tarefa de resgatá-la, fomos envolvidos por um forte vento de leste, que nos carregou, com força sempre crescente, rumo ao Atlântico. Logo rumávamos para mar aberto, a uma velocidade certamente não inferior a oitenta ou cem quilômetros por hora, de modo que chegamos à altura de Cape Clear,[20] cerca de 65 quilômetros a norte, antes que pudéssemos alcançar a haste e tivéssemos tempo para pensar sobre nossa localização. Foi quando o sr. Ainsworth fez a sugestão extraordinária, que não me pareceu despropositada ou quimérica, e que de imediato foi apoiada pelo sr. Holland, de aproveitar o vento forte que nos levava e, em vez de voltar à rota para Paris, tentar alcançar a costa da América do Norte. Depois de alguma reflexão, concordei de bom grado com a ousada proposta, que, por estranho que pareça, encontrou objeção apenas da parte dos dois marinheiros. Éramos maioria, porém, e sem levar seus receios em conta mantivemos resolutos nosso curso. Dirigimo-nos para oeste, mas o arrasto das boias freava sensivelmente nosso avanço. Como podíamos controlar à vontade a ascensão e a descida do balão, primeiro soltamos vinte quilos de lastro, e então

20. Ilha de Cape Clear, situada no extremo sudoeste da Irlanda.

recolhemos, com um molinete, corda suficiente para erguê-la acima da água. Sentimos de imediato o efeito da manobra, com o aumento de nossa velocidade. Com o aumento da força do vento, voamos a uma velocidade quase inconcebível, a corda-guia balançando atrás de nós como a bandeira de uma embarcação. Desnecessário dizer que em pouquíssimo tempo perdemos a costa de vista. Passamos por navios de vários tipos, alguns deles tentando bordejar, mas a maioria entregando-se ao vento. Provocávamos grande agitação a bordo deles, para nosso deleite, e em especial para nossos dois marinheiros. Agora, sob a influência de um gole de gim, ambos pareciam decididos a deixar de lado quaisquer escrúpulos e medos com respeito ao vento. Muitos dos navios dispararam armas de sinalização, e todos nos saudaram com sonoros vivas, que ouvíamos com clareza surpreendente, e acenando bonés e lenços. Mantivemo-nos assim o dia inteiro, sem incidentes de monta, e, quando as sombras da noite nos envolveram, fizemos uma estimativa aproximada da distância percorrida. Não poderia ser inferior a oitocentos quilômetros, e provavelmente fora muito mais. O propulsor foi mantido em operação constante, e sem dúvida contribuiu muito para nosso progresso. Quando o sol se pôs, a ventania transformou-se num verdadeiro furacão, e o oceano lá embaixo era perfeitamente visível, por conta de sua fosforescência. O vento soprou de leste a noite toda, trazendo-nos os melhores presságios de êxito. Sofremos muito com o frio, e a umidade da atmosfera era desagradável, mas o amplo espaço no carro permitiu-nos deitar, e por meio de casacos e alguns cobertores nos arranjamos bastante bem.

P.S. [do Sr. Ainsworth] As últimas nove horas foram, sem dúvida, as mais excitantes de minha vida. Não consigo imaginar nada mais sublime do que o perigo e a novidade tão insólitos de uma aventura como esta. Permita-nos Deus ter sucesso! Não peço sucesso pela mera segurança de minha insignificante pessoa, mas pelo bem do conhecimento da humanidade e pela grandiosidade da conquista. E no entanto esta façanha é tão obviamente factível que a única coisa que causa espanto é que o homem não a tenha tentado antes. Basta uma só ventania como esta que agora nos é favorável. Deixe-se uma tempestade assim empurrar um balão adiante, por quatro ou cinco dias (muitas vezes tais ventanias são mais longas), e nesse tempo um viajante será carregado de costa a costa com facilidade. Em vista de tal vendaval, o amplo Atlântico torna-se um mero lago. Neste momento, o fenômeno que mais me impressiona é o silêncio supremo que reina no mar sob nós, a despeito de sua agitação.[21] As águas não lançam voz alguma aos céus. O imenso oceano flamejante contorce-se e é torturado sem queixas. Os vagalhões montanhosos sugerem a ideia de hostes de demônios silenciosos, debatendo-se em agonia impotente. Para mim, em uma noite como esta, um homem *vive*, e vive um século inteiro de vida comum. Eu não trocaria este delicioso arrebatamento por um século inteiro de vida corriqueira.

Domingo, 7 de abril. [Manuscrito do sr. Mason.] Nesta manhã, por volta das dez, o vento arrefeceu e transformou-se em uma brisa de oito ou nove nós (para um navio no mar), levando-nos a, talvez, cinquenta quilômetros por hora ou mais. No entanto, ele virou bem para norte e agora, ao pôr do sol, estamos mantendo nosso curso para oeste principalmente por meio da hélice e do leme, que cumprem seus papéis de modo admirável. Considero o projeto um sucesso total, e a navegação aérea em qualquer direção (não só a favor do vento) não é mais um problema. Não teria sido possível irmos

21. O comentário sobre o silêncio do mar consta do relato de Monck Mason (1836).

contra o vento de ontem, mas caso tivesse sido necessário talvez pudéssemos sair de sua influência ganhando altura. Tenho certeza de que, contra uma brisa vigorosa, podemos seguir adiante com o propulsor. Hoje ao meio-dia subimos até uma altitude de 7500 metros, desfazendo-nos de lastro. Fizemos isso em busca de um vento mais direto, mas não achamos nenhum tão favorável como o de agora. Temos quantidade de gás suficiente para carregar-nos de um lado a outro desta pequena poça, mesmo que a viagem dure três semanas. Não tenho o menor receio quanto ao resultado. As dificuldades têm sido estranhamente exageradas e mal interpretadas. Posso escolher minha corrente de vento, e mesmo que *todas* sejam contrárias, posso conseguir um avanço bastante tolerável usando o propulsor. Não temos incidentes dignos de registro. A noite promete ser tranquila.

P.S. [do sr. Ainsworth]. Pouco tenho a registrar, exceto pelo fato (para mim bastante surpreendente) de que, a uma elevação equivalente à do Cotopaxi,[22] não experimentei nem frio intenso, nem dor de cabeça e nem dificuldade para respirar. O mesmo se deu com o sr. Mason, sr. Holland e sir Everard. O sr. Osborne queixou-se de constrição do peito, que logo passou. Voamos a grande velocidade ao longo do dia, e já devemos ter cruzado metade do Atlântico. Sobrevoamos uns vinte ou trinta navios de vários tipos, e todo mundo parece deliciosamente surpreso. Cruzar o oceano num balão não é um feito tão difícil, afinal de contas. *Omne ignotum pro magnifico.*[23] Obs.: a 7500 metros de elevação o céu parece quase preto, e as estrelas são cla-

22. Situado nos Andes, no Equador, é o mais alto vulcão ativo do mundo, com 5896 metros de altitude.

23. “Tudo que não se conhece é tido como magnífico”, citação do historiador romano Públio Cornélio Tácito (55-120 d.C.), em latim no original.

ramente visíveis, e o mar não parece convexo, como seria de se esperar, mas absoluta e inequivocamente *côncavo*[1].

Segunda-feira, 8 de abril. [Manuscrito do sr. Mason.] Nesta manhã, novamente tivemos problemas com a haste do propulsor, que deverá ser inteiramente remodelada, para evitar sérios acidentes – refiro-me à haste de aço, não à hélice em si. Esta última não poderia ser melhor. O vento soprou de nordeste sem cessar e com força, o dia inteiro, e até o momento a boa sorte parece nos favorecer. Um pouco antes de clarear, todos ficamos um tanto alarmados com alguns ruídos e golpes estranhos no balão, acompanhados por uma aparente subsidência de toda a máquina. Tais fenômenos foram causados pela expansão do gás, devido ao aquecimento da atmosfera, com o consequente rompimento de diminutas partículas de gelo que se incrustaram nas redes durante a noite.[24] Jogamos várias garrafas para os navios que sobrevoamos. Vimos que uma foi recolhida por um grande navio, aparentemente da linha de paquetes de Nova York. Tentamos ver seu nome, mas não pudemos certificar-nos. Com o telescópio, o sr. Osborne leu algo como *Atalanta*. Agora são as doze da noite, e ainda seguimos para oeste, a grande velocidade. O mar está particularmente fosforescente.

P.S. [do sr. Ainsworth] São agora duas da manhã e, tanto quanto posso julgar, a calma parece quase total, mas é difícil dizer, uma vez que nos movemos *com* o ar. Não dormi desde que saímos de Wheal-Vor, mas não consigo mais resistir e preciso tirar uma soneca. Não devemos estar longe da costa americana.

24. A fonte de Poe para o fenômeno e para sua explicação é o artigo de Monck Mason (1836).

Terça-feira, 9 de abril. [Manuscrito do sr. Ainsworth.] *Uma da tarde. Estamos em plena vista da costa baixa da Carolina do Sul.* O grande problema foi superado. Cruzamos o Atlântico, de forma tranquila e *fácil*, em um balão! Deus seja louvado! Quem poderá dizer, daqui em diante, que qualquer coisa é impossível?

O diário termina aqui. No entanto, alguns detalhes da descida foram fornecidos ao sr. Forsyth pelo sr. Ainsworth. A calmaria era quase total quando os viajantes avistaram a costa, que foi reconhecida de imediato pelos marinheiros e pelo sr. Osborne. Este último tem conhecidos em Fort Moultrie, e decidiu descer em suas vizinhanças. O balão foi conduzido até a praia. A maré estava baixa e a areia dura e lisa mostrava-se admiravelmente adequada para a descida, e o arpéu foi lançado, prendendo-se de imediato. É claro que os habitantes da ilha e do forte saíram em massa para ver o balão, mas foi muito difícil convencê-los quanto à verdadeira viagem efetuada – *a travessia do Atlântico*. O arpéu ancorou exatamente às 14h,[25] e assim a viagem foi completada em 75 horas, ou pouco menos, considerando-se o percurso de praia a praia. Nenhum acidente sério ocorreu e nenhum perigo real chegou a ser detectado em momento algum. O balão foi esvaziado e protegido sem problemas, e quando o manuscrito a partir do qual se compilou esta narrativa foi despachado de Charleston, o grupo ainda estava em Fort Moultrie.[26] Seus planos futuros não são conhecidos, mas certamente podemos prometer a nossos leitores informações adicionais na segunda-feira ou no mais tardar ao longo do dia seguinte.

---

25. Eis uma incongruência de Poe: seriam 14h pelo horário de Greenwich, mas não pelo horário local, que forçosamente seria seguido pelo sr. Forsyth, o agente local que transcreveu as informações do sr. Monck Mason (BEAVER, 1976).

26. Ao servir o exército, Poe ficou estacionado em Fort Moultrie, na ilha Sullivan, de 1827 a 1828.

Este é, sem dúvida, o feito mais estupendo, interessante e importante já alcançado ou mesmo tentado pelo homem. Que eventos magníficos virão a seguir, é inútil de momento tentar imaginar.

NOTA DO AUTOR[27]

[1] O sr. Ainsworth não tentou explicar este fenômeno que, no entanto, é bastante suscetível de explicação. Uma linha pendente de uma elevação de 7500 metros, perpendicular à superfície da terra ou do mar, formaria a reta perpendicular de um triângulo retângulo, cuja base se estenderia desde o ângulo reto até o horizonte, com a hipotenusa estendendo-se do horizonte até o balão. Mas os 7500 metros de altitude seriam pouco ou nada em comparação com a extensão da perspectiva. Em outras palavras, a base e a hipotenusa desse suposto triângulo seriam tão longas quando comparadas à perpendicular, que as duas poderiam ser consideradas quase paralelas. Desta maneira, o horizonte do aeronauta pareceria estar *em nível* com o carro. Entretanto, como o ponto imediatamente sob ele parece estar, e está, a uma grande distância para baixo, ele parece, é claro, a uma grande distância abaixo do horizonte. Daí a impressão de *concavidade*, e essa impressão deve permanecer até que a elevação seja tão grande proporcionalmente à extensão da perspectiva, que o paralelismo aparente da base e da hipotenusa desapareça, e então a real convexidade da Terra torna-se visível.

---

27. Esta nota provém, textualmente, de "Hans Pfaall — Um conto", de Poe. Wylie (1946), que questionou o grande conhecimento matemático de Poe, citando imprecisões matemáticas e erros lógicos em vários textos, disse sobre este trecho que, de todas as aplicações literárias da matemática feitas por Poe, esta é a mais lisonjeira a seu conhecimento, "sendo muito bem feita e bem eficiente em manter o ar pretendido de precisão científica no desenvolvimento da narrativa". Mas ele acrescenta: "Se é original de Poe, demonstra que seu aprendizado limitado em geometria certamente não foi perdido de todo".

[sobre o conto]

"The Balloon-Hoax" foi publicado pela primeira vez como uma notícia verídica no jornal *New York Sun*, de 13 de abril de 1844, ocupando uma página extra da edição do meio-dia. A publicação da "notícia" causou sensação. O jornal foi vendido a preço elevado, e a edição se esgotou tão depressa que aparentemente o próprio Poe não conseguiu adquirir uma cópia. De vertente sensacionalista, o *Sun* era classificado como *penny journal* (periódico vendido a um *penny*, algo como um centavo).

A retratação do jornal, reconhecendo a possibilidade de uma fraude, foi publicada dois dias depois, em 15 de abril de 1844. De autoria desconhecida, aventa-se ter sido escrita pelo próprio Poe.

A publicação de fraudes nos jornais não era nenhuma novidade na época. Uma outra fraude, publicada no mesmo jornal nove anos antes (em 1935), obteve bastante êxito – esta teve particular interesse, tanto por sua repercussão quanto pelo significado para o próprio Poe. "A fraude da Lua", como ficou conhecida, relatava a descoberta de vida exuberante e a existência de uma civilização avançada no satélite terrestre. Ambas as supostas constatações teriam se dado por meio de observações por telescópio e registradas por Richard Adams Locke (editor à época). Poe indignou-se com a notícia, que para ele não passava de uma pilhéria baseada em seu conto "Hans Pfaall", publicado três semanas antes. Assim, a publicação da "Fraude do balão" foi, para ele, uma espécie de revanche.

Um dos elementos que contribuíram para o sucesso dessa grande brincadeira foi a injeção de uma dose maciça de termos técnicos no relato, que terminam por transformar a tecnologia na protagonista principal. Assim, a descrição quase hermética foi fundamental para produzir "a magia potente da verissimilitude" (TRESCH, 1997).

Já havia muitos anos, o inglês Charles Green aventava a ideia de cruzar o Atlântico em um balão, chegando a realizar testes com um protótipo construído em 1840. Poe ficou fascinado com a ideia (BEAVER, 1976). Depois da publicação de sua própria fraude, ele escreveu:

> Não há nada no relato do balão que não esteja em completo acordo com o que se sabe sobre aeronáutica, e que não pudesse realmente haver ocorrido [...] De minha parte, não ficaria nem um pouco surpreso se soubesse, no decorrer do próximo mês, ou do seguinte, que um balão realmente fez a viagem descrita de modo tão minucioso pelo fraudador. A viagem poderia ser feita até em menos de 75 horas, o que daria uma velocidade de apenas cerca de 65 quilômetros por hora.[28]

A despeito das previsões otimistas de Poe, a travessia do Atlântico permaneceu um desafio inconquistável por muitas décadas mais. Havia sérios problemas a serem contornados na viagem: os primeiros motores não eram confiáveis, tendo autonomia reduzida, e havia dificuldades na navegação ao sobrevoar milhares de quilômetros de mar aberto, sem pontos de orientação. Além disso, no caso do Atlântico Norte, o clima é imprevisível, muitas vezes com tempestades violentas.

O primeiro voo transatlântico direto foi realizado não por um balão, mas por um avião, em 1919. Um bombardeiro Vickers

28. Edgar Allan Poe, "Doings of Gotham [Carta II]", Columbia Spy (Columbia, PA), v. XV, nº 5, 25 maio 1844. p. 3, col. 2. Disponível em: https://www.eapoe.org/works/misc/gothamb2.htm. Acesso em: 12 fev. 2025.

Vimy da Primeira Guerra Mundial modificado, com pilotos britânicos, percorreu 3040 quilômetros, da Terra Nova à Irlanda, em pouco menos de dezesseis horas; a primeira travessia por um dirigível ocorreu no mesmo ano, quando um R34 britânico voou da Escócia até Long Island, nos Estados Unidos, percorrendo cerca de 4800 quilômetros em 108 horas (DOMANSKI, 2023). A primeira travessia por um balão sem propulsão não ocorreria senão em 1978, quando o balão Double Eagle II percorreu em 137 horas os 5 mil quilômetros entre o Maine, nos Estados Unidos, e os arredores de Paris, na França (DOMANSKI, 2023).

Ketterer (1974) classifica "A fraude do balão" como uma fraude em forma de ficção científica. Segundo ele, o conto teria servido de inspiração para o francês Jules Verne, em um de seus livros mais conhecidos, *Cinco semanas em um balão* (1863); também *A volta ao mundo em oitenta dias* (1873), do mesmo autor, poderia ter se inspirado de algum modo no conto de Poe.

Dentro da tradição de fraudes jornalísticas na qual "A fraude" se insere, o caso que se tornou mais conhecido e é lembrado até hoje foi a transmissão radiofônica de Orson Welles, feita em 30 de outubro de 1938, na qual ele narrava o desenrolar de uma pretensa invasão da Terra por marcianos. O texto, na verdade uma adaptação do romance *A guerra dos mundos* (1898), do escritor inglês H. G. Wells, assustou centenas de milhares de pessoas nos Estados Unidos e lançou Welles à fama.

A DESCOBERTA DE VON KEMPELEN (1849)

Tendo em vista o artigo minucioso e elaborado escrito por Arago,[1] e ainda a síntese publicada no *Silliman Journal*,[2] com o detalhado depoimento recém-divulgado do tenente Maury,[3] obviamente eu não pretenderia, nestes breves comentários, abordar sob um ponto de vista científico a descoberta de Von Kempelen. Meu intuito é, primeiro, dizer algumas palavras sobre o próprio Von Kempelen (com quem tive a honra de manter um breve contato pessoal, anos atrás), já que, neste momento, qualquer coisa que lhe diga respeito é necessariamente de interesse; e, segundo, traçar um panorama especulativo e geral dos resultados de sua descoberta.

Antes, porém, parece-me adequado apresentar uma contestação veemente da opinião, que a julgar pelos jornais é geral, de que a descoberta, inquestionavelmente espantosa, tenha sido imprevista.

Consultando o *Diário de sir Humphrey Davy* (Cottle & Munroe, Londres, 150 p.),[4] vê-se, às páginas 53 e 82, que o ilustre

---

1. François Jean Dominique Arago (1786-1853), cientista e político francês. Teve papel decisivo na abolição da escravatura africana em todas as colônias francesas.

2. Nome pelo qual era conhecido à época o *American Journal of Science*, periódico científico fundado em 1818 e administrado por Benjamin Silliman. Voltado para as ciências naturais, em especial a geologia, é publicado até hoje, sendo a mais antiga revista científica dos Estados Unidos.

3. Matthew Fontaine Maury (1806-1873), cientista e cartógrafo estadunidense.

4. Sir Humphrey Davy (1778-1829) foi um químico e inventor britânico, descobridor de vários elementos químicos. Segundo Levine e Levine (1990), o *Diário* é uma invenção de Poe.

químico não só concebeu a ideia em questão, mas também obteve um sucesso experimental significativo, exatamente na mesma linha trazida à luz de forma tão triunfal por Von Kempelen. Este, sem qualquer dúvida (e afirmo-o sem hesitar, podendo provar se necessário) deve ao *Diário* ao menos a primeira pista para seu próprio feito, apesar de não fazer a menor alusão a isso.

Confesso que, por vários motivos, parece-me um tanto apócrifo o parágrafo do *Courier and Enquirer*,[5] de ampla repercussão na imprensa, que atribui a invenção a um tal sr. Kissam, de Brunswick, Maine, embora não haja nele nada impossível ou muito improvável. Não preciso entrar em detalhes; minha opinião sobre o parágrafo fundamenta-se em seu tom. Ele não soa verdadeiro. Quando as pessoas relatam um fato, raramente são tão detalhistas como sr. Kissam quanto a dia, horário e a localização precisa. Além do mais, se sr. Kissam de fato fez a descoberta na época em que afirma – há quase oito anos –, por que não tomou de imediato alguma iniciativa para desfrutar dos imensos benefícios que o mais simplório camponês saberia colher a partir dela, se não para o mundo todo, ao menos para si? Parece-me inverossímil que qualquer homem de inteligência mediana pudesse descobrir o que sr. Kissam afirma haver descoberto, para em seguida agir do modo pueril e obtuso como ele admite ter agido. Aliás, quem é sr. Kissam? E não parece todo o parágrafo do *Courier and Enquirer* uma armação com o intuito de "dar o que falar"? Deve-se confessar que ele tem um espantoso sabor de "fraude da Lua"[6] e, em minha humilde opinião, é muito pouco confiável. E se já não soubesse, por

---

5. Jornal semanal publicado em Nova York (1834-1861), com visão conservadora e voltada para o mundo financeiro.

6. A fraude da Lua está detalhada em nosso comentário sobre "A fraude do balão".

experiência, da facilidade com que os homens da ciência se deixam enganar quanto a temas fora de seu espectro de investigação, eu teria ficado bastante assombrado ao ver um químico eminente como o professor Draper[7] discutir em tom tão sério as pretensões de sr. Kissam (ou seria sr. Quizzem?) à descoberta.

Voltando ao *Diário* de sir Humphrey Davy, esse texto não havia sido escrito para se tornar público, mesmo após a morte do autor, como qualquer pessoa familiarizada com a escrita pode constatar por meio de uma breve análise de estilo. Um exemplo: com referência a suas pesquisas com o protóxido de azoto,[8] lê-se na página 13, mais ou menos na metade: "Como a respiração prosseguia, em menos de meio minuto houve uma atenuação gradual, e foram seguidas pelo que parecia uma suave pressão em todos os músculos".[9] Não foi a respiração que sofreu uma "atenuação gradual", como fica claro pelo contexto subsequente e também pelo uso do plural "foram seguidas". A sentença, sem dúvida, deveria ser: "Como a respiração prosseguia, em menos de meio minuto houve uma atenuação gradual [dessas sensações] e [elas] foram seguidas pelo que parecia uma [sensação de] suave pressão em todos os músculos". Uma centena de casos assim serve para demonstrar que o manuscrito, publicado com tamanha falta de consideração, não era mais que um caderno de notas destinado apenas aos olhos do autor, e

---

7. John W. Draper (1811-1882), cientista e historiador inglês. Embora a princípio admirasse seu livro *Elements of Chemistry*, Poe acabou por desprezá-lo, daí a menção pouco lisonjeira no conto; refere-se a ele, nesse mesmo ano, como "um homem meramente perceptivo [...] sem poder de generalização – em suma, um pomposo ninguém" (BEAVER, 1976).

8. Óxido nitroso, ou gás hilariante.

9. Segundo Beaver (1976), a citação, um tanto distorcida, é do artigo *Researches, Chemical and Philosophical, chiefly concerning Nitrous Oxide and its Respiration* (1799), de Davy, incluído em seus *Collected Works*.

basta uma inspeção do livro para convencer quase qualquer ser pensante da verdade de minha sugestão. O fato é que sir Humphrey Davy seria uma das últimas pessoas no mundo a arriscar-se em discussões científicas. Não só ele sentia aversão fora do comum pelo charlatanismo, como tinha um medo mórbido de parecer empírico. Assim, por mais que tivesse total certeza de estar no rumo certo nas investigações em questão, jamais ele faria qualquer pronunciamento até ter tudo muito bem preparado para uma demonstração prática. De fato, creio que teria sofrido uma angústia miserável em seus últimos momentos, caso suspeitasse que seu desejo de queimar o *Diário* (cheio de especulações cruas) seria desrespeitado, como desconfio que foi. Refiro-me a "seu desejo", pois creio que não há qualquer dúvida de que tencionava que esse caderno estivesse entre a miscelânea de papéis a serem queimados. Se foi boa ou má sorte o caderno ter escapado às chamas, é algo que ainda não se sabe. Não questiono, em absoluto, que as passagens acima citadas, e outras semelhantes, inspiraram Von Kempelen. Repito, porém, que ainda não se sabe até mesmo se esta descoberta, extraordinária sob qualquer circunstância, será um serviço ou um desserviço à humanidade. Quanto a Von Kempelen e seus amigos mais próximos, será tolice duvidar, por um instante que seja, de que usufruirão de uma colheita abundante. Teriam de ser muito tolos para não levarem a cabo, em seu devido tempo, a aquisição de casas e terras, e de outros bens com valor intrínseco.

Na breve biografia de Von Kempelen publicada pelo *Home Journal*,[10] e muito reproduzida depois, o tradutor parece ter cometido vários equívocos de interpretação do original ale-

---

10. Jornal de Nova York, fundado em 1846 como *The National Press*. Em 1901 foi rebatizado como *Town & Country*, nome sob o qual é publicado até hoje.

mão. Ele afirma ter obtido o texto em um número antigo do *Presburg "Schnellpost"*. Como costuma ocorrer, "*Viele*" foi obviamente mal compreendido, e o que o tradutor expressa como "pesar" é provavelmente "*Leiden*", que em sua correta acepção, "sofrimento", daria significado distinto a todo o texto. Mas, claro, muito disso é mera suposição minha.

Von Kempelen, no entanto, não é de modo algum "um misantropo", ao menos em aparência. Meu contato com ele foi casual, e não posso afirmar conhecê-lo bem, mas nos dias de hoje não é pouca coisa ter visto e conversado com alguém com uma notoriedade tão *prodigiosa* como ele alcançou, ou em breve *alcançará*.

O *The Literary World*[11] assevera que nasceu em Presburg[12] (talvez induzido a erro pelo texto do *Home Journal*). Para mim é um prazer, porém, ser capaz de afirmar *sem hesitação*, pois soube por seus próprios lábios que nasceu em Utica, estado de Nova York, embora creia que seus pais tenham ascendência de Presburg. Sua família tem alguma relação com Mäelzel, conhecido por seu autômato enxadrista. Fisicamente, Von Kempelen é baixo e atarracado, com olhos azuis *saltados*, cabelo e suíças ruivos, uma boca larga mas agradável, bons dentes e penso que um nariz romano. Um de seus pés tem algum problema. É de trato direto e franco, e seus modos são notavelmente afáveis. Na aparência, comportamento e forma de falar, é tão "misantropo" quanto qualquer outro homem que eu já tenha conhecido. Estivemos hospedados no Earl's Hotel, em Providence, Rhode Island, na mesma época, por cerca de uma semana, seis anos atrás. Conversei com ele em várias ocasiões, no todo por umas três ou quatro horas. Seus assuntos principais eram

---

11. Semanário dedicado à resenha de livros, editado entre 1847 e 1853.

12. Nome alemão de Bratislava, capital da Eslováquia.

os fatos do dia, e nada disse que me levasse a suspeitar de seus interesses científicos. Ele deixou o hotel antes de mim, planejando ir para Nova York e daí para Bremen. Foi nessa última cidade que veio a público sua grande descoberta. Ou melhor, foi aí que surgiu a suspeita de que a tivesse feito. Esse é todo o conhecimento pessoal que tenho do agora imortal Von Kempelen. Mas pareceu-me que mesmo esses poucos detalhes seriam de interesse público.

Pouca dúvida pode haver de que a maioria dos assombrosos rumores difundidos sobre o caso são pura invencionice, tão dignos de crédito quanto a história da lâmpada de Aladim. No entanto, num caso assim fica claro que a verdade pode ser mais estranha que a ficção, como também ocorre com as descobertas na Califórnia. Ao menos a anedota que se segue pode ser aceita sem questão, pois sua autenticidade foi bem estabelecida.

A situação financeira de Von Kempelen sempre foi precária enquanto morou em Bremen. Era sabido que, com frequência, devia recorrer a artimanhas extremas para poder obter quantias insignificantes. Quando a firma de Gutsmuth & Cia. foi vítima de falsificação, episódio que gerou grande comoção, as suspeitas recaíram sobre Von Kempelen, por conta de sua aquisição de uma valiosa propriedade na rua Gasperitch, e por ele ter se recusado a explicar, em interrogatório, a origem dos fundos que usara. Ele chegou a ser preso, mas não se apurou nada decisivo contra ele, que no final foi posto em liberdade. No entanto, a polícia manteve seus movimentos sob estrita vigilância e descobriu que ele saía frequentemente da casa, fazendo sempre o mesmo trajeto e invariavelmente despistando os perseguidores no labirinto de passagens estreitas e tortuosas conhecido pelo nome vistoso de Dondergat. Até que por fim, à custa de muita perseverança, três policiais conseguiram segui-lo até o sótão de uma velha casa de sete andares, num beco chamado Flatzplatz,[13] abordando-o de surpresa. Encontraram-no, como esperado, entregue a suas atividades de falsificação. Diz-se que ficou tão nervoso que os policiais nem sequer duvidaram de que fosse culpado. Depois de algemá-lo, vasculharam seus aposentos, que pareciam ocupar toda a mansarda da casa.

Adjacente ao recinto onde o capturaram, havia uma câmara de três metros por dois e meio, onde estava um equipamento químico cuja finalidade não foi então determinada. Num canto da câmara, uma pequena fornalha estava com o fogo aceso, e sobre ela havia uma espécie de cadinho duplo, ou seja, dois cadinhos conectados por um tubo. Um dos cadinhos estava quase cheio de chumbo fundido, que não chegava à abertura do tubo, situada perto da borda. O outro continha um líquido que, quando os policiais entraram, parecia estar evaporando furiosamente. Eles relataram que Von Kempelen, vendo-se capturado, agarrou os cadinhos nas mãos, envoltas em luvas que mais tarde revelaram-se de amianto, e derramou o conteúdo no piso ladrilhado. Foi então que o algemaram. Antes de vasculhar os aposentos, eles o revistaram, mas não havia nada de incomum em suas roupas, salvo um pacote de papel que estava no bolso do casaco. Ele continha o que mais tarde foi identificado como uma mistura de antimônio e uma substância desconhecida, em proporções quase iguais. Até o momento, todas as tentativas de analisar essa substância desconhecida falharam, mas não há dúvida de que ela terminará por ser analisada.

Deixando a câmara, os policiais e o prisioneiro cruzaram uma espécie de antessala, onde nada importante foi achado, e passaram para o quarto de dormir. Examinaram algumas gavetas e caixas, encontrando apenas papéis sem importância

13. Os nomes Gasperitch, Dondergat e Flatzplatz foram inventados por Poe.

e algumas moedas autênticas de prata e de ouro. Por fim, sob a cama viram um grande baú, sem dobradiças, trinco ou fechadura, displicentemente tampado. Ao tentarem arrastá-lo de debaixo da cama, mesmo unindo suas forças, os três fortes policiais "não conseguiram movê-lo uma polegada". Surpreso com isso, um dos policiais entrou debaixo da cama e, olhando o baú, exclamou:

— Não admira que não possamos movê-lo. Está cheio até em cima com pedaços de latão!

Firmando os pés na parede, para ter um bom ponto de apoio, ele empurrou com toda força o baú enquanto seus colegas o puxavam. Com muita dificuldade, o baú foi arrastado de debaixo da cama e seu conteúdo foi examinado. O suposto latão de que estava cheio consistia em peças pequenas e lisas, de tamanho variando entre o de uma ervilha e o de um dólar, de formato irregular, mas sempre mais ou menos achatadas, "parecendo chumbo derretido que é jogado no chão e então endurece". Bom, nenhum dos policiais suspeitou, por um momento sequer, que o metal *não fosse* latão. A ideia de que pudesse ser *ouro* jamais passou por seus cérebros, claro; quem *poderia* ter uma ideia tão maluca? E imaginem como ficaram assombrados quando, no dia seguinte, toda Bremen soube que a "sucata de latão", que tão casualmente eles haviam levado para a central de polícia, sem pensarem em pegar um pedacinho sequer, não só era ouro, ouro de verdade, mas um ouro mais puro que aquele usado para cunhar moedas. Ouro puro, virgem, sem o menor vestígio de liga.

Não preciso dar os detalhes da confissão e da libertação de Von Kempelen, que são de conhecimento público. Ninguém, em pleno domínio da sanidade, pode duvidar que ele, de um modo ou de outro, concretizou a antiga quimera da pedra filosofal. O parecer de Arago merece, sem dúvida, grande consideração, mas ele não é de forma alguma infalível, e o que diz do bismuto, no relato que fez à Academia, deve ser tomado *cum grano salis.*[14] A verdade nua é que, até o momento, todas as análises falharam. Até que Von Kempelen se decida a revelar a chave para seu enigma, o mais provável é que a questão permaneça sem resposta durante anos. Pelo que sabemos até agora, tudo que se pode dizer é que "ouro puro pode ser produzido à vontade, e muito prontamente, a partir da combinação de chumbo com certas outras substâncias, de identidade e quantidades desconhecidas".

Há intensa especulação, claro, quanto aos resultados imediatos e futuros da descoberta, que poucas pessoas pensantes deixarão de relacionar ao interesse crescente por tudo que diga respeito ao ouro, gerado pelos acontecimentos recentes na Califórnia. É inevitável que tal reflexão nos leve à outra: o momento extremamente inoportuno da descoberta de Von Kempelen. Antes, muita gente já havia desistido de aventurar-se na Califórnia, pois o temor de uma queda no valor do ouro, por conta de sua abundância na região, alimentava dúvidas quanto ao acerto de ir tão longe em busca de algo tão duvidoso. Agora, que reação pode-se esperar daqueles que estão prestes a emigrar e, sobretudo, daqueles que já estão na região minerária, como reflexo da divulgação da assombrosa descoberta de Von Kempelen? Não se deve supor que Von Kempelen consiga manter seu segredo por muito tempo. Assim, de forma muito clara, sua descoberta decreta que, salvo pelo valor intrínseco (qualquer que seja) para fins de manufatura, o ouro terá agora (ou terá em breve) um valor equivalente ao do chumbo e muito inferior ao da prata. É de fato extremamente difícil especular sobre as consequências futuras da descoberta, mas uma coisa pode ser afirmada com

14. "Com um grão de sal", isto é, com desconfiança, em latim no original. O ataque de Poe à credibilidade de Arago possivelmente decorre das posições políticas do francês, favorável à democracia e defensor do fim da escravidão.

certeza: se o anúncio da descoberta tivesse sido feito seis meses atrás, teria tido uma influência significativa na colonização da Califórnia.

Na Europa, até o momento, o resultado mais notável foi o aumento de duzentos por cento no preço do chumbo, e de quase vinte e cinco por cento no preço da prata.

[sobre o conto]

"Von Kempelen and His Discovery" foi publicado primeiramente em *The Flag of Our Union*, em abril de 1849.

O nome do personagem Von Kempelen é uma referência direta ao inventor húngaro Wolfgang Von Kempelen (1734-1804), que construiu "O Turco", um autômato pretensamente capaz de jogar xadrez. Apresentado em 1769 perante a Corte austríaca, o artefato fez sucesso pela Europa. O enxadrista autômato chegou aos Estados Unidos em 1826, levado pelo alemão Johann Nepomuk Maelzel (1772-1838), e continuou a chamar atenção. Em 1836, Poe denunciou a fraude (coisa que já fora feita várias vezes antes, desde 1821) no ensaio "Maelzel's Chess Player" ("O enxadrista de Maelzel"), no qual repetia sem pudores argumentos e conclusões apresentados pelo matemático e inventor escocês sir David Brewster (1781-1868) em um artigo de 1832 (WIMSATT, 1939).

Segundo Beaver (1976), essa imitação de artigo científico sobre a suposta descoberta de um meio de transformar chumbo em ouro foi a "homenagem" de Poe aos *forty-niners*, os imigrantes que acorreram em 1849 à Califórnia, em plena Corrida do Ouro.

A Corrida do Ouro da Califórnia, que teve início em janeiro de 1848, atraiu cerca de 300 mil pessoas dos Estados Unidos e do exterior. Como resultado, as cidades se expandiram (em particular São Francisco), e a infraestrutura e a agricultura da região se desenvolveram com força. Mas o progresso não esteve livre de grandes impactos negativos; houve grande violência contra indígenas, que acabaram expulsos de suas terras, além de imensos danos ambientais. A Corrida do Ouro resultou na organização política da Califórnia, que em 1850 tornou-se o 31º estado do país.

Poe usa como ponto de partida para esse conto a mítica "pedra filosofal" dos alquimistas, cuja busca é empreendida desde a Idade Média. Entre as inúmeras qualidades da pedra filosofal, estaria a capacidade de permitir a seu possuidor a transmutação de outros metais em ouro. No conto, o ideal alquímico é transformado no objeto de uma pesquisa científica, e para conferir credibilidade à narrativa o autor usa sem moderação o nome de inúmeros cientistas da época, como se estivessem envolvidos no processo.

Poe parte do mote de que uma descoberta científica acontecida em um local distante dos Estados Unidos (como Bremen, na Alemanha) poderia ter efeitos políticos imensos na consolidação da Califórnia. O texto foi concebido como uma paródia, mas também havia a intenção de perpetrar uma fraude jornalística, como "A fraude do balão".

Poe esperava que o texto tivesse nos leitores o mesmo efeito que sua bem-sucedida fraude anterior. Em carta a um editor, ele afirmou não haver na história "uma palavra de verdade do início ao fim", mas tinha a expectativa de que o público a levasse a sério e acreditasse ser possível a criação de ouro por processos químicos. Acrescentou, ainda, que seu intuito era colocar um freio, ao menos temporário, na febre do ouro (MARCHAND, 1934), mas a afirmação talvez fosse apenas um estratagema para convencer o editor a publicar o texto (HALL, 1968).

Pela forma como Poe descreve a queda do preço do ouro no mercado mundial em consequência da invenção de Von Kempelen, e especula o efeito disso sobre a colonização da Califórnia, pode-se conceber este conto como um dos precursores das narrativas de história alternativa, ou ucronia, um subgênero dentro da ficção científica. Considera-se que o primeiro conto de história alternativa em língua inglesa foi "P.'s Correspondence", de Nathaniel Hawthorne, de 1845 (SCHMUNK, 2010).

4

PARTE 4

A filosofia de
Poe em diálogos

Entre os contos pouco conhecidos de Poe estão três curiosos textos em forma de diálogos travados por espíritos. Na sociedade em que o escritor viveu, a preocupação com a morte, que sempre permeou todas as culturas humanas, resultou no desenvolvimento de uma literatura "visionária" de cunho religioso, que buscava retratar cenas e diálogos passados no Paraíso bíblico. Longe de serem macabros, tais textos tinham efeito reconfortante, pois prometiam uma existência para além da vida terrena.

A versão de Poe para essa ficção do além-túmulo pode ser encontrada em três contos, por vezes chamados de "diálogos angelicais". Apresentando uma roupagem religiosa e estrutura à moda dos diálogos filosóficos de Platão, à primeira vista tais contos parecem não ter qualquer relação com a ciência. No entanto, serviram de meio para Poe expor suas concepções filosóficas e crenças quanto à natureza da matéria e do espírito. O feito se deu a partir de uma síntese que incorpora aspectos científicos como física, astronomia, sinestesia e a hoje refutada frenologia.

Assim, em "A conversação entre Eiros e Charmion", ele dá ao fim do mundo uma explicação calcada em fatos, sem menção a uma redenção ou a outros aspectos morais do cristianismo. "O colóquio de Monos e Una" apresenta uma descrição clínica e objetiva do pós-morte, com uma linguagem cuidadosamente científica. Já "O poder das palavras" expressa a ideia de que a felicidade da alma é o aprendizado eterno, o que vai ao encontro da visão dos cientistas de que a Ciência constitui uma busca permanente, de que o conhecimento pleno jamais é alcançado e conceitos e teorias são constantemente revistos à luz de novas descobertas.

Para Poe, esse "poder das palavras" não era apenas um conceito filosófico. Em seus escritos, ele dava especial atenção à linguagem, empregando termos líricos e pouco usuais para acentuar o efeito que desejava causar no leitor. Um exemplo é *Aidenn*, grafia poética para Éden, o Paraíso bíblico, que ele utiliza para reforçar o tom etéreo de "A conversação entre Eiros e Charmion" e "O poder das palavras"; o termo aparece também no poema "O corvo", talvez sua obra mais afamada.

A CONVERSAÇÃO ENTRE EIROS E CHARMION[1] (1839)

Πυρ σοι προσοισω.
Atear-te-ei fogo.

Eurípedes, *Andrômaca*

Eiros: Por que você me chama de Eiros?

Charmion: Daqui em diante, é assim que sempre se chamará. E também você deve esquecer meu nome terreno. Trate-me por Charmion.

Eiros: Isso de fato não é um sonho!

Charmion: Não podemos mais sonhar,[2] mas desses mistérios trataremos em breve. Alegro-me por ver você agindo de forma racional e com a aparência de uma pessoa viva. O véu da sombra já se foi de seus olhos. Seja valente e não tenha medo. Seu quinhão de dias de apatia terminou e, amanhã, serei eu quem vai iniciar você nas alegrias e delícias desta nova existência, em toda sua plenitude.

Eiros: É verdade, não sinto mais apatia alguma. A náusea incontrolável e a terrível escuridão se foram, e não escuto mais aquele som enlouquecido, turbulento e horrendo, que parecia

1. Os nomes Eiros e Charmion foram inspirados nas criadas de Cleópatra, que, segundo o historiador grego Plutarco (na biografia de Marco Antônio, em *Vidas paralelas*) chamavam-se Iras (ou Eiras) e Charmion (MABBOTT, 2000). Poe volta a usar ambos os nomes em sua peça teatral inacabada "Politian".

2. Essa ideia retorna em "O poder das palavras" (pp. 203-208).

a “voz das grandes águas”.[3] E, contudo, meus sentidos estão congestionados, Charmion, com a percepção do novo.

Charmion: Em poucos dias tudo isso terminará. Mas entendo perfeitamente e apiedo-me de você. Faz agora dez anos terrestres que passei pelo que acaba de passar, mas a lembrança de tudo ainda persiste. Contudo, você já passou por toda a dor a ser sentida em Aidenn.

Eiros: Em Aidenn?

Charmion: Em Aidenn.

Eiros: Ah, Deus! Tenha piedade de mim, Charmion! Sobrecarrega-me a grandiosidade de tudo, do desconhecido agora conhecido, do Futuro hipotético amalgamado ao Presente augusto e certo.

Charmion: Não se perca agora em tais pensamentos. Falaremos disso amanhã. Sua mente divaga, e o alívio para essa agitação está no exercício das lembranças. Não olhe ao redor, nem para diante, mas para trás. Estou ardendo de curiosidade para ouvir os detalhes do estupendo evento que lançou você em nosso meio. Fale-me sobre ele. Vamos conversar de coisas familiares, no velho e familiar idioma do mundo que acaba de perecer dessa maneira tão assustadora.

Eiros: Sim, assustadora, muito assustadora! Isto de fato não é um sonho.

Charmion: Os sonhos não existem mais. Prantearam-me muito, ó Eiros?

Eiros: Se prantearam você, Charmion? Ah, sim, profundamente. Até o último instante, uma atmosfera de tristeza intensa e devotado pesar pairou sobre sua residência.

Charmion: E esses últimos instantes... fale-me deles. Lembre-se de que, para além da verdade crua da catástrofe

---

3. Citação do Salmo 93,4: “Porém, mais poderoso que a voz das grandes águas, mais poderoso que os vagalhões do mar, mais poderoso é o Senhor nas alturas do céu”.

em si, nada sei. Se bem me lembro, na época em que, saindo do seio da humanidade, penetrei na Noite através do Túmulo, a calamidade que tanto o impressionou não era sequer imaginada. Mas, na verdade, pouco sei sobre a filosofia especulativa de então.

Eiros: Essa calamidade em si foi, como diz, totalmente imprevista, mas infortúnios análogos há muito têm sido tema de discussão entre os astrônomos. Não preciso lhe dizer, Charmion, que, à época em que nos deixou, os homens haviam concordado que as passagens em que as escrituras sagradas falavam da destruição final de todas as coisas pelo fogo faziam referência apenas ao orbe terrestre. Quanto ao causador imediato da destruição, porém, desde aquela época a especulação estava equivocada, pois o conhecimento astronômico despojava os cometas dos terrores das chamas. A baixa densidade desses corpos era um fato bem-estabelecido. Os cometas foram observados passando por entre os satélites de Júpiter, sem causarem quaisquer alterações perceptíveis, seja nas massas desses planetas secundários, seja em suas órbitas. Há muito considerávamos tais andarilhos como corpos gasosos de inconcebível tenuidade, incapazes de causar dano a nosso globo tão sólido, mesmo em caso de um contato. Mas o contato não suscitava receio, pois os elementos de todos os cometas eram conhecidos com precisão. De longa data era uma ideia inconcebível buscar entre eles o agente da temível destruição pelo fogo. Nos derradeiros dias, porém, assombros e desvarios foram curiosamente abundantes entre a humanidade. E, ainda que apenas alguns ignorantes se deixassem de fato dominar pela apreensão quando os astrônomos anunciaram o novo cometa, de forma geral tal anúncio foi recebido com uma certa agitação e desconfiança.

Os elementos do estranho orbe foram de imediato calculados, e de imediato todos os observadores concordaram que sua rota, no periélio,[4] iria trazê-lo para muito perto da Terra. Houve dois ou três astrônomos de importância secundária que afirmaram, resolutos, que o contato seria inevitável. Não consigo exprimir com precisão o efeito que essa informação teve nas pessoas. Por alguns dias, elas se recusaram a admitir a ideia, que seus intelectos, acostumados a se ocupar unicamente com questões mundanas, não conseguiam conceber. Logo, porém, a verdade por trás daquele fato tão vital conseguiu penetrar até nas mentes mais impermeáveis à compreensão. Finalmente, todos os homens aceitaram que o conhecimento astronômico não mentia, e teve início a espera pelo cometa. A princípio, ele pareceu se aproximar devagar, e nada havia de incomum em sua aparência. Era de um vermelho opaco, sem uma cauda muito perceptível. Por sete ou oito dias não houve um aumento substancial de seu diâmetro aparente, ocorrendo alguma alteração de coloração. Enquanto isso, as pessoas deixaram de lado seus afazeres cotidianos e cada vez mais o interesse concentrou-se na discussão, conduzida pelos filósofos, sobre a natureza do cometa. Até os mais completos ignorantes devotaram a tais considerações suas morosas capacidades. Os eruditos agora não voltavam seus intelectos e almas à atenuação dos temores ou à defesa das teorias de sua predileção. O que buscavam, ansiosos, eram os pontos de vista corretos, enquanto clamavam pelo conhecimento perfeito. A verdade aflorou na pureza de sua força e no esplendor de sua grandeza, e os doutos se curvaram para venerá-la.

A ideia de que o temido contato pudesse causar danos materiais a nosso globo ou a seus habitantes era uma opinião que a cada hora perdia terreno entre os sábios. Estes, agora, dispunham de plena liberdade para conduzir a razão e a imaginação das massas. Demonstrou-se que a densidade do núcleo do cometa era mais tênue do que nosso gás mais rarefeito. A

4. Ponto da órbita na qual um planeta ou cometa mais se aproxima do Sol.

passagem inócua de um corpo celeste semelhante por entre os satélites de Júpiter foi um fato bastante explorado e muito útil para amenizar o terror. Com uma veemência alimentada pelo medo, teólogos insistiam em profecias bíblicas, expondo-as ao povo de maneiras tão claras e simples como nunca antes se viu. A destruição final da Terra ocorreria por meio de fogo, afirmava-se por todo lado, com vigorosa convicção; mas todos agora sabiam que a natureza dos cometas não era ígnea, e essa verdade trazia aos homens uma boa dose de alívio, diminuindo a apreensão com os vaticínios de grande calamidade. De modo notável, ideias que sempre surgiam a cada aparição de cometa, como os preconceitos populares e os equívocos comuns quanto a pestilências e guerras, eram agora totalmente desconhecidas. Como que em um repentino esforço convulsivo, a razão destronara de uma vez a superstição. O mais débil intelecto se fortalecera a partir do interesse excessivo.

Os males menores que poderiam advir do contato passaram a merecer um questionamento elaborado. Os eruditos falavam de leves perturbações geológicas, de prováveis alterações climáticas que teriam reflexos na vegetação, de possíveis influências magnéticas e elétricas. Muitos sustentavam que não haveria, de modo algum, qualquer efeito visível ou perceptível. Enquanto prosseguiam as discussões, o objeto do qual tratavam chegava mais e mais perto, crescia em diâmetro aparente e adquiria maior brilho. A humanidade empalidecia à medida que se aproximava. Todas as atividades humanas foram suspensas.

Quando, por fim, o cometa superou em tamanho todos que o antecederam, houve um momento marcante na evolução do sentimento geral. Abandonando qualquer resquício de esperança de que os astrônomos estivessem errados, as pessoas experimentaram toda a certeza do mal. O aspecto quimérico do horror se fora. Até o coração dos mais intrépidos de nossa raça bateu mais forte dentro do peito. Pouquíssimos dias foram necessários, porém, para que até mesmo esses sentimentos se transformassem em sensações ainda mais intoleráveis. As formas costumeiras de pensamento já não podiam ser aplicadas ao estranho orbe. Seus atributos históricos haviam desaparecido, e ele nos oprimia com odiosas emoções inéditas. Nós o víamos não como um fenômeno astronômico nos céus, mas como um íncubo sobre nossos corações e uma sombra sobre nossa mente. Ele havia assumido, com rapidez inconcebível, a aparência de um manto gigantesco de estranhas labaredas, que se estendia de horizonte a horizonte.

Um dia, contudo, os homens respiraram com maior liberdade. Estava claro que já nos encontrávamos sob a influência do cometa, e ainda assim permanecíamos vivos. Até mesmo exibíamos agilidade de corpo e vivacidade mental extraordinárias. A consistência absolutamente tênue do objeto de nossos temores era evidente, pois através dele todos os corpos celestes podiam ser vistos com grande nitidez. Enquanto isso, nossa vegetação mudara a olhos vistos, e tal circunstância reforçou nossa fé, pois fora antevista pela presciência dos sábios. Uma exuberância selvagem da folhagem, nunca vista antes, aflorou em cada ser vegetal.

Outro dia mais e o mal ainda não estava sobre nós. Evidenciava-se que o núcleo do cometa estava a ponto de nos atingir. Abateu-se uma violenta mudança sobre todas as pessoas, e a primeira sensação de *dor* desencadeou uma lamentação e um horror generalizados. Essa primeira sensação de dor consistiu numa forte constrição do peito e dos pulmões, e uma secura insuportável da pele. Era inegável que nossa atmosfera havia sido afetada de forma radical. A composição atmosférica e as possíveis alterações que poderia estar sofrendo eram agora os tópicos de discussão. O resultado dessa especulação transmitiu um impulso elétrico do mais intenso terror através do coração universal do homem.

Já se sabia havia muito que o ar que nos envolvia era um composto dos gases oxigênio e nitrogênio, na proporção de vinte e uma partes de oxigênio e setenta e nove de nitrogênio em cada cem de atmosfera.[5] O oxigênio, que era o princípio da combustão e veículo do calor, era absolutamente necessário para sustentar a vida animal, constituindo o mais poderoso agente na natureza. O nitrogênio, pelo contrário, era incapaz de sustentar a vida animal ou as chamas. Um excesso artificial de oxigênio resultaria, já fora comprovado, numa elevação do vigor animal, como a que vínhamos experimentando. Eram o desenrolar e a extensão dessa ideia que causavam pasmo. Que resultado teria a extração total do nitrogênio? Uma combustão incontrolável, onipresente e imediata. A concretização plena, em seus mais diminutos e terríveis detalhes, das denúncias ardentes e aterrorizantes contidas nas profecias da Bíblia Sagrada.[6]

Que necessidade teria eu de descrever, Charmion, o frenesi desgovernado da humanidade? A constituição rarefeita do cometa, que antes nos inspirara esperança, agora era a fonte da amargura do desespero. Em sua natureza gasosa impalpável divisávamos com nitidez a consumação do Destino. Enquanto isso, mais um dia se passou, levando consigo a última sombra de Esperança. Arfávamos com a rápida modificação do ar. O sangue rubro lançava-se turbulento através de seus estreitos canais. Um delírio furioso possuiu todos os homens, que estendiam seus braços rígidos em direção ao céu ameaçador, enquanto tremiam e urravam. Mas o núcleo do agente de destruição estava agora sobre nós. Mesmo aqui, em Aidenn, estremeço ao contar. Serei breve, breve como a destruição que se abateu. Por um momento viu-se uma luz intensa e vívida, banhando todas as coisas e penetrando-as. E então — curvemo-nos, Charmion, ante a imensa majestade do grande Deus! —,

5. Esses números estão bem próximos da composição real da atmosfera, com 78% de nitrogênio e 21% de oxigênio.

6. As ideias desse parágrafo vieram do livro *The Christian Philosopher* (1826), do reverendo Thomas Dick (MABBOTT, 1978).

então sobreveio um som retumbante e insidioso, como que da própria boca d'ELE, enquanto toda a massa de éter na qual existíamos explodiu de uma só vez numa espécie de chama intensa, de brilho tão incomparável e calor tão fervente que sequer os anjos do mais alto Céu do conhecimento puro têm nome para designá-los. Assim terminou tudo.

[sobre o conto]

"The Conversation of Eiros and Charmion" foi publicado pela primeira vez em *Burton's Gentleman's Magazine*, em dezembro de 1839, sendo posteriormente incluído em *Tales of the Grotesque and Arabesque*, volume 2, em 1840.

O conto é um diálogo entre dois espíritos no céu, depois da destruição cataclísmica da Terra. Esta ocorre quando um cometa passa pela Terra e extrai o nitrogênio da atmosfera, aumentando a concentração de oxigênio no ar, de forma que a oxidação acelerada resulta na combustão de todo o planeta (TATE, 1952). Apesar de sua estrutura ao estilo de um diálogo platônico, em vez de argumentação e contra-argumentação lógica, o que Poe nos apresenta é especulação e pedantismo. Ele racionaliza o apocalipse, combinando profecia bíblica com os avanços científicos recentes em física e química, e equipara os sábios a profetas (BEAVER, 1976). Não há qualquer menção, porém, à salvação pela fé religiosa.

Uma das inspirações de Poe para essa história parece ter sido um trecho de *The Christian Philosopher* (1826), do reverendo Thomas Dick (1774-1857), que em seus livros combinava ciência e cristianismo, eliminando pontos de atrito entre ambos (MABBOTT, 1978). Em um capítulo da obra, o reverendo discorre sobre todas as vantagens de Deus ter criado a atmosfera da forma como é, transparente, embora não de todo, e capaz de sustentar a vida; a seguir, explica o que aconteceria se Deus privasse dela o planeta. Dick finaliza a explanação dizendo que, segundo a Bíblia, aproxima-se um período em que "os elementos fundir-se-ão com um calor fervente, e também a Terra, e tudo o que há então queimará", descrevendo como, na ausência do nitrogênio atmosférico, o oxigênio por si seria capaz de levar a cabo a profecia bíblica. Poe fez bom uso da ideia, combinando-a com outro tema de interesse à época: os cometas.

Desde tempos imemoriais os cometas eram considerados sinais celestiais, em geral de mau augúrio. Deveu-se a Isaac Newton, em 1687, a determinação de que eram corpos compactos e sólidos, que se moviam em órbitas oblíquas, e cujas caudas eram finos jatos de vapor emitidos pelo núcleo e inflamados pelo sol.

Em 1832, por ocasião da passagem do cometa Biela pela órbita terrestre, sir John Herschel afirmou que a cauda desse corpo celeste quase se encontrara com a Terra, e que tal encontro poderia ter sido perigoso. Em 1835, a passagem do cometa Halley gerou artigos na imprensa, que Poe teria lido (BEAVER, 1976); foi durante essa passagem que pela primeira vez as estruturas de um cometa foram estudadas em detalhes. A visão moderna quanto a tamanho e constituição físico-química desses corpos celestes só se estabeleceu a partir de 1950, com o envio de sondas que passavam próximas deles, culminando com a missão Rosetta que, em 2014, pela primeira vez pousou em um (KELLER; KÜHRT, 2020).

Como Poe menciona no conto, à época supunha-se que o núcleo dos cometas era gasoso. A observação de tais astros levava a crer que "longe de serem corpos incandescentes, são massas de fluido transparente tendo densidade muito baixa", ensina Walter Hamilton, num almanaque científico de 1827. Sabe-se hoje que o núcleo dos cometas é sólido — uma mistura de gelo, poeira, material rochoso particulado e gases congelados —, podendo medir de poucas centenas de metros a dezenas de quilômetros. Quando o núcleo se aproxima do Sol e o gelo começa a se vaporizar, gases e partículas de poeira são liberados, criando uma cauda que pode se estender por milhões de quilômetros e ser vista da Terra.

Ao descrever os efeitos do aumento do oxigênio na atmosfera, Poe certamente fez uso de sua imaginação, pois o estudo científico dos efeitos tóxicos desse gás no organismo humano teve início em 1878, décadas depois de sua morte (ZHU *et al.*, 2016).

A maioria dos sintomas de superoxigenação descritos por Poe são fictícios: agilidade de corpo e vivacidade mental extraordinárias; alteração visível na vegetação, com uma exuberância selvagem da folhagem; uma secura insuportável da pele; e um delírio furioso. Poe acerta ao descrever a dificuldade para respirar e sensação de dor, mas de forma geral os efeitos reais da exposição a concentrações elevadas de oxigênio, em pressão normal, são diferentes do que ele imaginou: ocorrem desorientação e contrações musculares; os problemas respiratórios incluem respiração espasmódica e ofegante, tosse, dor ao respirar; há alterações visuais, como perda de campo visual, ocorrência de miopia e sangramento; exposição prolongada a altas concentrações acarreta problemas oxidativos às membranas celulares, colapso dos alvéolos dos pulmões, descolamento da retina e convulsões (WIKIPEDIA, 2024a).

No conto, os "eruditos" discutem perturbações geológicas, alterações climáticas que teriam reflexos na vegetação, possíveis influências magnéticas e elétricas. Tudo isso cria um cenário curiosamente análogo à situação que vivemos hoje, com as discussões sobre a emergência climática global.

"A conversação entre Eiros e Charmion" é um dos contos de Poe que mais se encaixam na categoria de ficção científica, inaugurando uma vertente apocalíptica do gênero; antes dele, jamais a Terra havia sido destruída na ficção de forma tão consistente do ponto de vista astronômico e científico (MOSKOWITZ, *apud* KETTERER, 1974).

O conto de H. G. Wells, "A estrela" (1897), guarda semelhanças com este de Poe. Uma estrela, atraída pelo Sol, passa perto da Terra, causando degelo e inundações, erupções e tsunâmis, destruindo boa parte da humanidade. Os contos de Poe e Wells deram origem a um subgênero dentro da ficção científica em que a Terra sofre a ameaça de colisão com corpos celestes.

Durante a aproximação do cometa Halley em 1910, os astrônomos detectaram cianogênio (CN)2 em sua cauda, e houve quem afirmasse que, quando a Terra a cruzasse, a vida no planeta seria extinta. Apesar da histeria coletiva — houve pessoas procurando máscaras de gás e até "pílulas para cometas", para uma pretensa proteção contra o cianogênio —, a Terra atravessou incólume a cauda do cometa, pois a quantidade de gás nela presente era ínfima, e totalmente inócua. Alguns anos antes do episódio, Wells havia escrito o romance *Os dias do cometa* (1906), em que a passagem da Terra pela cauda do Halley e pelo "gás verde" leva à instauração de uma utopia no planeta. Na noveleta "The Poison Belt" (1913), de sir Arthur Conan Doyle, a passagem da Terra por um cinturão de "éter venenoso" (uma substância hipotética existente no espaço) traz o caos ao planeta, mas a história tem um final bem mais feliz que a de Poe.

O COLÓQUIO DE MONOS E UNA (1841)

Μελλοντα ταυτα.
Essas coisas estão no futuro.
Sófocles, *Antígona*

Una: “Nascer de novo”?

Monos: Sim, bela e amada Una, “nascer de novo”. Foi sobre o sentido místico dessas palavras que por tanto tempo meditei, rejeitando as explicações eclesiásticas, até seu segredo ser-me revelado pela própria Morte.

Una: A Morte!

Monos: De que estranha forma, doce Una, você ecoa minhas palavras! Percebo, ainda, uma hesitação em seus passos, uma alegre inquietação em seu olhar. Você está confusa e angustiada pela novidade magnífica da Vida Eterna. Sim, é à Morte que me refiro. E como soa peculiar, aqui onde estamos, essa palavra que no passado costumava levar o terror a todos os corações, cobrindo cada prazer com um manto de bolor!

Una: Ah, a Morte, o espectro que se farta em todos os festins! Quantas vezes, Monos, nos perdemos em especulações quanto a sua natureza! Com quanto mistério ela representava um empecilho à alegria humana, dizendo-lhe “até aqui, e não mais!”. Aquele ávido amor mútuo que ardia em nosso seio, meu querido Monos, como nos alegrávamos em vão, sentindo felicidade quando ele brotava, acreditando que sua força revigoraria nossa bem-aventurança! Mas, oh!, quanto mais ele crescesse, mais crescia em nossos corações o medo pela hora maligna que ligeira vinha a nosso encontro, para separar-nos por todo o sempre. O ódio teria sido, então, misericordioso.

Monos: Não fale mais desses pesares, Una querida que agora é minha, minha para sempre!

Una: Mas a recordação do sofrimento passado, não é ela a alegria do agora? Tenho ainda muito a dizer sobre as coisas que se foram. Mais que tudo, anseio saber como foi a sua própria passagem pelo lúgubre Vale das Sombras.

Monos: E quando é que a radiante Una pede alguma coisa em vão a seu Monos? Meu relato será minucioso. Mas em que ponto devo dar início a minha estranha narrativa?

Una: Em que ponto?

Monos: Você o disse.

Una: Eu o compreendo, Monos. Na Morte, ambos nos demos conta da propensão que o Homem tem para definir o indefinível. Não direi, então, comece pelo momento em que a vida cessou, mas por aquele momento tão triste em que, tendo sido abandonado pela febre, você mergulhou em um torpor exânime e inerte, e com os dedos apaixonados do amor cerrei suas pálidas pálpebras.

Monos: Antes, minha Una, uma palavra sobre a condição geral do Homem naquela época. Deve lembrar-se que, entre nossos ancestrais, um ou dois sábios — sábios de fato, embora não aos olhos do mundo — ousaram duvidar do acerto no uso do termo "progresso", quando aplicado aos avanços de nossa civilização. Houve períodos, em cada um dos cinco ou seis séculos anteriores a nossa dissolução, nos quais surgiram intelectos vigorosos, defensores audazes de princípios cuja verdade revela-se agora tão óbvia, ante nossa razão desimpedida. Princípios que deveriam ter ensinado nossa raça a se submeter às leis naturais, em vez de tentar controlá-las. De tanto em tanto, a longos intervalos, surgiam mentes brilhantes que revelavam ser cada avanço das ciências práticas um retrocesso em sua verdadeira utilidade. Às vezes o intelecto poético – intelecto esse que agora nos parece ter sido o mais elevado de todos, pois aquelas verdades que nos pareciam de permanente importância somente eram alcançadas por meio de *analogias* que falassem à imaginação, sem peso diante da razão desarmada –, esse mesmo intelecto poético ia um passo além no desenvolvimento da concepção vaga dos filósofos, encontrando na parábola mística sobre os frutos proibidos e fatais da árvore do conhecimento a clara indicação de que o conhecimento não seria apropriado ao Homem, dada a condição infantil de sua alma. Tais homens, os poetas, viveram e morreram em meio ao desprezo de "utilitários" arrogantes e grosseiros,[1] que tomavam para si um título somente merecido por aqueles que menosprezavam. Esses homens, os poetas, divagavam, sonhadores mas sábios, sobre os dias de outrora, em que as necessidades eram tão simples como intenso era o divertimento, dias em que a palavra *alegria* era desconhecida, tão profundamente solene era o significado da felicidade. Dias sagrados, augustos e bem-aventurados, quando rios azuis corriam, livres de barragens, por entre colinas virgens do arado, rumo à solidão das florestas remotas, primevas, odorosas e inexploradas.

Mas essas nobres exceções ao desregramento generalizado serviram apenas para, por contraponto, acirrá-lo. Ah, havíamos caído nos mais sombrios de todos os sombrios dias. O grande "movimento" – era esse o termo em voga – prosseguia, uma doentia agitação física e moral. As Artes

1. Referência aos adeptos do Utilitarianismo, corrente filosófica que prega que o valor moral de uma ação é determinado apenas por sua utilidade em gerar felicidade. Poe tinha profunda aversão ao movimento, atacando-o e a seus fundadores repetidas vezes; volta a fazê-lo em "Mellonta Tauta" (pp. 285-308).

ergueram-se supremas e, uma vez entronizadas, acorrentaram o intelecto que as alçara ao poder. O Homem, que não podia senão reconhecer a grandiosidade da Natureza, caiu em uma exultação infantil ante o recém-adquirido e ainda crescente domínio sobre os elementos. Enquanto perseguia um Deus de sua própria criação, foi tomado por uma imbecilidade imatura. Como seria de esperar, dada a origem de seu distúrbio, cada vez mais ele foi infectado com sistemas e abstrações. Emaranhou-se em generalidades. Entre outras estranhas ideias, aquela da igualdade universal ganhou terreno. A despeito das analogias e de Deus, a despeito da altissonante voz de alerta das leis da *gradação* que permeiam tão claramente todas as coisas da Terra e do Céu, procedeu-se a insensatas tentativas de uma Democracia onipresente. Esse mal, porém, foi uma decorrência inevitável do mal maior, o Conhecimento. O Homem não poderia saber e ao mesmo tempo ceder. Nesse ínterim, imensas e incontáveis cidades enfumaçadas surgiram. As folhas verdes murcharam diante do hálito ardente das fornalhas. A bela face da Natureza foi deformada como se atingida por alguma doença odiosa. E penso, doce Una, que podemos ter sido mantidos nessa situação por nosso embotado senso de afetação e exagero. Mas parece-me agora que construímos nossa própria destruição, ao pervertermos nosso *gosto*, ou melhor, ao negligenciarmos cegamente seu cultivo nas academias. Pois, em verdade, apenas o gosto – essa faculdade que, por situar-se a meio caminho entre o intelecto puro e o senso moral, jamais poderia ter sido negligenciada –, apenas o gosto poderia ter-nos conduzido com suavidade através dessa crise, de volta à Beleza, à Natureza e à Vida. Mas ai do puro espírito contemplativo e da magnífica intuição de Platão! Ai da μουσική,[2] por ele encarada, de forma tão acertada, como uma educação autossuficiente para a alma! Ai dele, o gosto,

2. "Música", em grego no original.

e ai dela, a música, que foram esquecidos por completo ou menosprezados justamente quando mais desesperadamente eram necessários.[1]

Pascal, o filósofo que ambos amamos, disse, de forma tão verdadeira, "*que tout notre raisonnement se rèduit à céder au sentiment*",[3] e não é impossível que, tivesse o tempo permitido, a sensação do natural houvesse recuperado sua antiga ascendência sobre o frio raciocínio matemático da academia. Mas não era esse o destino. Induzida prematuramente pela destemperança do conhecimento, a velhice do mundo se aproximava, e a massa da humanidade não se apercebia ou, em sua vida cheia de volúpias mas infeliz, fingia não ver. Quanto a mim, porém, os registros da Terra faziam-me esperar pela mais ampla destruição como o preço a ser pago pela mais elevada civilização. Eu adquirira uma presciência de nosso Destino a partir da comparação com a simples e duradoura China, com a Assíria arquiteta, com o Egito astrólogo e com a Núbia, a mais criativa de todos, a mãe turbulenta de todas as Artes. Na história[2] dessas regiões encontrei um vislumbre do futuro. As artificialidades individuais das três últimas foram enfermidades pontuais na face da Terra, e na derrocada de cada uma houve a aplicação de medicamentos tópicos. Mas para a infecção que se espalhava pelo mundo eu não via regeneração possível, exceto pela morte. Para que o Homem não se extinguisse como raça, eu via que deveria "nascer de novo".

Foi quando, minha bela e amada, ambos passamos a envolver em sonhos nossos espíritos, diariamente. Ao crepúsculo, discorríamos sobre os dias vindouros, em que a superfície da Terra, marcada pelas cicatrizes da Arte, sofreria aquela

3. "Que todo o nosso raciocínio se reduz a ceder ao sentimento", em francês no original. Blaise Pascal, *Pensamentos*, p. 474 (1670).

purificação,[3] a única capaz de apagar suas obscenidades retangulares, para de novo vestir-se com verde e, com paradisíacas encostas e águas risonhas, tornar-se por fim uma morada adequada para o Homem. Para o Homem purgado pela Morte, para o Homem cujo intelecto agora elevado não mais seria envenenado pelo conhecimento, para o Homem redimido, regenerado e bem-aventurado, agora imortal, mas ainda material.

Una: Bem me lembro dessas conversações, caro Monos. Mas o tempo da destruição incandescente não estava tão próximo como imaginávamos, e como nos levava a crer, de forma convincente, toda a podridão que acaba de mencionar. Os homens viviam e morriam individualmente. Mesmo você adoeceu e se foi para o túmulo, e sua fiel Una depressa o seguiu. Um século se passou desde então, e seu término mais uma vez nos une, e, apesar de nossos sentidos entorpecidos não terem sido torturados pela impaciência da demora, ainda assim, meu Monos, ela foi de um século.

Monos: Digamos que seria antes um ponto no vasto infinito. Sem dúvida, foi na senilidade da Terra que morri. Saturado até a alma com angústias nascidas do tumulto e decadência generalizados, sucumbi à violenta febre. Depois de alguns dias de dor, e muitos de delírios oníricos repletos de êxtase — cujas manifestações você tomava por dor enquanto eu ansiava, impotente, por tranquilizá-la —, depois de alguns dias sobreveio-me, como você disse, um torpor exânime e inerte, que foi chamado de *Morte* por aqueles que me rodeavam.

As palavras são coisas vagas. Minha condição não me privava dos sentidos. Ela não me parecia muito diferente da quiescência extrema daquele que, após jazer imóvel e prostrado, num sono longo e profundo, durante um dia de verão, aos poucos volta à consciência apenas por já ter dormido o suficiente, e sem ser despertado por perturbações externas.

Eu não respirava mais. A pulsação aquietara-se. O coração havia parado de bater. A vontade não se fora, mas estava impotente. Os sentidos estavam anormalmente ativos, mas agiam de forma excêntrica, e um assumia ao acaso a função de outro. O paladar e o olfato estavam irremediavelmente mesclados, tornando-se um sentido único, anormal e intenso. A água de rosas, com que você ternamente umedeceu meus lábios até o fim, causava-me suaves fantasias de flores. Flores fantásticas, muito mais adoráveis que qualquer uma da velha Terra, mas cujos protótipos temos aqui desabrochando a nossa volta. As pálpebras, transparentes e exangues, não impediam por completo a visão. Como a vontade estava dormente, os globos não podiam girar nas órbitas, e todos os objetos ao alcance do hemisfério visual eram vistos mais ou menos distintamente; os raios que recaíam sobre a retina externa, ou no canto do olho, produziam um efeito mais vívido que aqueles que atingiam a parte anterior ou a superfície interna. O resultado era tão anômalo que eu o percebia apenas como *som*, suave ou discordante conforme as substâncias que surgiam a meu lado fossem claras ou escuras em tonalidade, curvas ou angulares em silhueta. Enquanto isso, a audição também se exacerbava, embora mantendo sua função, e interpretava os sons com precisão e sensibilidade exageradas. O tato sofrera uma modificação mais peculiar. As impressões táteis tardavam a ser recebidas, mas ficavam retidas de forma persistente e resultavam sempre em grande prazer físico. Assim, a pressão de seus doces dedos sobre minhas pálpebras era a princípio reconhecida apenas pela visão, mas passado algum tempo, bem depois de eles se afastarem, deliciava de modo incomensurável todo o meu ser, com um prazer sensorial. *Todas* as minhas percepções eram puramente sensoriais. Os materiais que os sentidos forneciam ao cérebro passivo não eram, de modo algum, moldados pela compreensão, já morta. Dor, havia alguma; prazer, muito. Mas de dor ou de prazer moral, nada havia. Assim, seus soluços desesperados flutuavam com todas suas cadências fúnebres em meus ouvidos, que apreciavam cada variação em seu tom lamurioso, mas eram delicados sons musicais e nada mais que isso. Eles não transmitiam à razão extinta nenhuma insinuação do pesar que os originava. Enquanto isso, as lágrimas grandes e constantes que caíam em minha face, e que revelavam a todos os presentes um coração partido, enchiam unicamente com êxtase cada fibra de meu ser. Esta era, em verdade, a *Morte* à qual todos ali se referiam com respeito, em sussurros contidos – e você, doce Una, soluçante e em altos brados.

Ataviaram-me para o caixão, três ou quatro figuras sombrias que esvoaçavam diligentes, de um lado a outro. Quando cruzavam minha linha direta de visão, pareciam-me apenas *formas*, mas ao passarem a meu lado suas imagens apareciam-me como gritos, gemidos e outras horrendas expressões de terror, de horror, de infortúnio. Apenas você, vestindo uma túnica branca, passava musicalmente por mim, em todas as direções.

O dia declinou e, à medida que a luz esmaecia, fui possuído por uma vaga inquietação. Uma ansiedade como a de alguém que, adormecido, ouve sons tristes e reais, como o soar distante de sinos solenes, a intervalos longos porém constantes, e entremeados com sonhos melancólicos. A noite chegou, e com suas sombras veio um grande desconforto, que oprimia meus membros com a pressão de um peso morto e era palpável. Havia também um som lamurioso, como a reverberação distante da arrebentação das ondas, mas contínuo, que tivera início ao escurecer e se intensificara com a escuridão. De repente, foram trazidas luzes para o aposento, e a tal reverberação passou a ser interrompida, de forma frequente e irregular, por rompantes do mesmo som, mas menos lúgubres e menos distintos. A poderosa opressão foi sensivelmente aliviada. Saindo da chama de cada uma das muitas lamparinas, emanava ininterrupto, para meus ouvidos, um fluxo de monótona melodia. E então, querida Una, quando você se aproximou da cama onde eu jazia e sentou-se suavemente a meu lado, exalando perfume de seus doces lábios, que pressionou em minha testa, surgiu trêmulo em meu peito, mesclado às sensações físicas que as circunstâncias produziam, algo semelhante a um sentimento – uma sensação que em parte reconhecia e em parte respondia a seu amor e seu pesar genuínos. Mas esse sentimento, mais sombra que realidade, não se enraizou no coração inerte e depressa esvaiu-se, primeiro em quietude extrema, a seguir no puro prazer sensorial de antes.

Então, a partir dos destroços e caos dos sentidos usuais, pareceu surgir dentro de mim um sexto sentido, perfeito. Exercendo-o, senti um intenso prazer, ainda físico, sem que a compreensão tomasse parte nele. O movimento no corpo animal cessara de todo. Nenhum músculo vibrava, nenhum nervo estremecia, nenhuma artéria pulsava. Mas no cérebro parecia haver brotado algo que palavra alguma poderia traduzir, ainda que do modo mais difuso, para a mera inteligência humana. Vou chamar de pulsação pendular mental. Era a materialização moral da ideia humana abstrata do *Tempo*. Pela absoluta equalização deste movimento, ou de algum outro como ele, foram ajustados os ciclos dos próprios orbes do firmamento. Por meio dele consegui detectar as irregularidades do relógio sobre a lareira, e dos relógios de bolso dos presentes. O tique-taque deles chegava sonoramente a meus ouvidos. Os menores desvios da verdadeira proporção – e tais desvios são onipresentes – afetavam-me da mesma forma como violações da verdade abstrata costumavam, na

Terra, afetar o senso moral. Embora não houvesse no aposento dois relógios que marcassem os segundos exatamente ao mesmo tempo, eu não tinha dificuldade em fixar minha mente em seus tons e nos erros momentâneos de cada um. E a existência deste sentido de *duração*, acurado, perfeito e autoexistente, independentemente de qualquer sucessão de eventos e que homem nenhum seria capaz de conceber, este sexto sentido que emergia dos restos mortais, era o primeiro passo evidente e irrefutável dado pela alma atemporal através do umbral da Eternidade temporal.

Era meia-noite e você ainda estava sentada a meu lado. Todos os demais haviam deixado a câmara da Morte. Tinham-me depositado no caixão. As lamparinas queimavam, tremeluzentes; isso eu sabia pelo tremular das melodias monótonas. Mas, de repente, essas melodias diminuíram em nitidez e volume, e por fim cessaram. O perfume em minhas narinas morreu. As formas não mais afetavam minha visão. A opressão da Escuridão ergueu-se de meu peito. Um choque seco, como de eletricidade, percorreu meu corpo e foi seguido pela perda total da noção de contato. Tudo o que o Homem denominara sentido foi amalgamado na consciência única da entidade, e na sensação única e persistente da duração. O corpo mortal, por fim, fora golpeado pela mão da mortífera *Decomposição*.

Ainda assim, nem toda a capacidade de sentir se esvaíra, pois a consciência e as sensações ainda supriam algumas funções por meio de uma intuição letárgica. Eu percebia a horrenda mudança que sobrevinha à carne e, assim como quem sonha pode às vezes dar-se conta da presença física de alguém debruçado sobre ele, eu ainda a sentia, doce Una, de forma embotada, sentada a meu lado. Do mesmo modo, na metade do segundo dia eu não estava inconsciente dos movimentos que a tiraram de junto de mim, que me encerraram no caixão, que me depositaram no carro fúnebre, que me levaram à sepultura, que me baixaram no interior dela, que jogaram a pesada terra sobre mim e que em seguida me abandonaram, na escuridão e na putrefação, em meu triste e solene descanso junto aos vermes.

E aqui, nesta prisão que poucos segredos tem a revelar, desenrolaram-se os dias e semanas e meses, e a alma observou atenta cada segundo enquanto ele transcorria, registrando sem esforço sua passagem – sem esforço e sem objetivo.

Um ano se passou. A consciência de *ser* tornou-se hora a hora mais indefinida, sendo em grande parte substituída pela da mera *localização*. A noção de entidade aos poucos fundiu-se à de *local*. O espaço exíguo em volta do que fora o corpo transmutava-se agora para ser o corpo em si. Por fim, como costuma acontecer com quem dorme (apenas pelo sono e seus domínios pode a *Morte* ser imaginada) – como às vezes acontecia na Terra com alguém profundamente adormecido que uma luz fugidia trazia a um estado semidesperto, mas ainda envolto em sonhos –, da mesma forma chegou-me, no abraço apertado da *Sombra*, a única luz que por si teria o poder de despertar, a luz do *Amor* duradouro. Homens vieram e reviraram a cova onde eu jazia em trevas. Removeram a terra úmida. Sobre meus ossos que se desfaziam desceu o caixão de Una.

E agora, de novo, tudo era vazio. A luz nebulosa extinguira-se. A débil excitação vibrara até aquietar-se. Muitos lustros[4] sobrevieram. O pó retornou ao pó. Os vermes não mais tinham comida. A sensação de *ser* finalmente desaparecera por completo, e em seu lugar reinavam, substituindo tudo o mais, dominantes e perpétuos, os autocratas *Lugar* e *Tempo*. Para *aquilo* que *não era*, aquilo que não tinha forma, pensamento, consciência ou alma, de que a matéria não fazia parte,

4. Um lustro equivale a cinco anos.

para todo esse nada e, ainda assim, para toda essa imortalidade, o túmulo era ainda um lar, e as horas, corrosivas, ainda companheiras.

NOTAS DO AUTOR

[1] "Será difícil descobrir um [método de educação] melhor do que aquele já descoberto pela experiência de tantas eras, e que pode ser resumido com ginástica para o corpo e *música* para a alma." *República*, livro 2. "Por esta razão uma educação musical é da maior importância, uma vez que ela faz o Ritmo e a Harmonia penetrarem nos recônditos da alma, firmando-se dentro dela, enchendo-a de *beleza* e fazendo a mente humana voltar-se para o *belo*. Ele idolatrará e admirará o *belo*, recebê-lo-á com alegria na alma, alimentar-se-á dele e *por meio dele assimilará sua própria condição*." *Ibidem*, livro 3. Entre os atenienses, contudo, a música (μουσική) tinha um significado mais amplo do que entre nós. Incluía não só as harmonias de tempo e de tom, como também a dicção, o sentimento e a criação poéticos, cada um em sua acepção mais ampla. Para eles, o estudo da *música* era, na verdade, o cultivo geral do gosto, daquilo que reconhece o belo, em contraposição à razão, que lida apenas com a realidade.

[2] "História", de ἱστορειν, contemplar.

[3] A palavra *purificação* parece ser usada aqui com referência a sua raiz no grego, πυρ, fogo.

[sobre o conto]

"The Colloquy of Monos and Una" foi primeiro publicado no *Graham's Lady's and Gentleman's Magazine*, em agosto de 1841, e posteriormente incluído em *Tales of the Grotesque and Arabesque* (1845).

Nesta conversa entre dois espíritos, Monos faz a Una uma descrição dos estados posteriores à morte. A narrativa impessoal e isenta de sentimentos ou implicações morais talvez fosse reconfortante para os leitores (e quem sabe para o próprio Poe), ao "provar" que havia vida, ou ao menos consciência, depois da morte (LEVINE; LEVINE, 1990).

Os nomes Monos e Una remetem à *unidade*, e podem referir-se ao fato de ambos estarem juntos de novo após a morte e agora pela eternidade. Mas também podem ser uma referência a uma vibração universal, que permeia a tudo no universo — o sentido de *duração* que Monos descreve, perfeito e autoexistente, que independe da consciência humana. Outra referência dos nomes, ainda, seria à *sinestesia*, assunto pelo qual Poe parecia ter grande interesse e ao qual atribuiu grande importância ao longo do conto.

A sinestesia (do grego *syn*, junto, e *aisthesis*, sensação) é um fenômeno em que a estimulação de um órgão do sentido provoca uma resposta simultânea e involuntária em outro, ou, como diz Poe, em que um sentido assume a função de outro. Há uma ampla variedade de tipos de sinestesia, e um dos mais comuns é aquele em que cada letra ou número é percebido como tendo uma cor própria. Por meio do discurso de Monos, Poe descreve a morte como uma passagem para uma percepção aumentada, uma progressão sensual através da sinestesia até a dissolução da identidade (BEAVER, 1976). Poe abordaria o tema da sinestesia de forma mais explícita em sua *Marginalia*,[5] em que descreve como o zumbido de um mosquito estava associado, para ele, à cor laranja (POE, 1844).

Uma vez mais Poe mostra-se um precursor. Depois dele, também os poetas franceses Arthur Rimbaud e Charles Baudelaire se interessaram pela sinestesia (PIETRYKOWSKI; RENKER, 2011; VIGNES, 2017). Em suas *Correspondências*, de 1857, Baudelaire introduziu a noção de que os sentidos podem e devem mesclar-se. Rimbaud escreveu *Voyelles*, em 1871, e popularizou o conceito a ponto de, mais tarde, proferir, orgulhoso: "Eu inventei a cor das vogais!".

Poe também introduz nesse conto ideias relacionadas à frenologia, outro assunto pelo qual tinha grande interesse. Frenologia é a análise de aspectos emocionais, intelectuais e criativos das pessoas por meio do estudo da forma do crânio, na suposição de que cada atributo mental se alojava em um "órgão", ou "protuberância", no cérebro. Criada por Franz Joseph Gall (1758-1828), desenvolveu-se no início do século 19 como uma ciência séria, mas já na década de 1840 começou a cair em descrédito. Elementos da frenologia, porém, tiveram forte influência sobre a neurociência do século 19, em especial a noção de que diferentes funções mentais se localizavam em áreas específicas do cérebro (SIMPSON, 2005). Após ter o interesse pela frenologia despertado, em 1836, Poe passou a empregar sua terminologia e conceitos tanto em textos de ficção quanto na crítica literária. Em "O colóquio de Monos e Una", os sentidos de tempo e de localização referidos por Monos remetem à concepção frenológica de que órgãos cerebrais precisos seriam responsáveis por cada um deles, e a

5. *Marginalia* (1844-1849), coleção dos escritos críticos de Poe sobre literatura e atividade literária.

referência aos múltiplos relógios foi inspirada em um texto de Joseph Gall (HUNGERFORD, 1930).

Em suas apologias, Poe não se limita a exaltar os assuntos que lhe parecem importantes: ele aproveita para expor todo o seu desagrado com pessoas, ideias e movimentos sociais, fazendo isso com desenvoltura, paixão e língua ferina.

O personagem de Poe afirma que talvez a Terra tivesse se salvado se o ser humano tivesse se deixado liderar por poetas e por seu senso estético, isto é, se tivesse procurado beleza em vez de conhecimento (JACOBS, 1960). Segundo Levine e Levine (1990), para Poe é o intelecto poético, a imaginação, que permite apreender a verdade, pois a razão em si não pode fazê-lo; o "progresso" é uma ilusão, e ao criticar as "Artes", Poe refere-se não às belas artes, mas à capacidade humana de impor-se sobre a natureza através da tecnologia e de outras formas de conhecimento geradas pela razão.

Para Marchand (1934), existe um paradoxo na visão que Poe tinha da ciência, ou mais propriamente da tecnologia. Ao mesmo tempo que se sentia fascinado pela tecnologia e invenções mecânicas, ele via um mal indizível nos efeitos práticos delas sobre a sociedade: a destruição da beleza da natureza, a vulgarização de todos os aspectos da vida humana, o incentivo a uma sórdida busca pelo lucro. Essa visão fica bastante clara na descrição que Monos faz da última era vivida pela Terra.

Ao mesmo tempo que vitupera contra a tecnologia, Poe também se volta contra a democracia. Ele parece ser contrário a qualquer alteração do *status quo*: assume uma postura de observador e filósofo, para quem as mudanças devem vir das ideias, e não dos atos. Não se pode esquecer de que Poe foi criado e educado como parte da elite sulista estadunidense, vindo daí seus valores elitistas, avessos ao utilitarismo, ao industrialismo e ao igualitarismo (BEAVER, 1976).

Talvez o que mais caracterize "O colóquio de Monos e Una" como ficção científica seja a forma organizada e científica como são descritos os estados posteriores à morte, usando elementos que à época eram objeto de discussão científica, como a sinestesia e a frenologia.

A sinestesia fez sua estreia na literatura fantástica justamente no romance considerado o pioneiro da ficção científica: em *Frankenstein* (1818), da inglesa Mary Shelley, o célebre monstro descreve como, logo após sua criação, era incapaz de distinguir as informações derivadas dos vários sentidos. Apesar do início promissor, de seu grande potencial ficcional e de ter recebido atenção de autores influentes como Poe, Rimbaud e Baudelaire, a sinestesia não se firmou como um tema relevante na literatura clássica de ficção científica. Uma breve menção aparece no premiado romance *Tiger! Tiger!* (1956), de Alfred Bester, em que o protagonista passa a experimentar sinestesia como resultado de uma concussão.

A ausência da sinestesia na literatura especulativa talvez tenha conexão com a perda do interesse da Ciência pelo tema, justamente quando se iniciava a Época de Ouro da ficção científica, na década de 1930. O estudo foi retomado pelas neurociências apenas na década de 1980, e este início do século 21 testemunha uma infinidade de abordagens: surgem análises sobre o papel da sinestesia nas artes, sua possível conexão com o autismo, e uma linha de pesquisa sugere até mesmo implicações para a natureza do pensamento e a origem da linguagem (RAMACHANDRAN; HUBBARD, 2003). Por conta disso, o fenômeno tem sido mencionado em séries de tevê, quadrinhos e romances, às vezes com papel de destaque na trama.

O PODER DAS PALAVRAS (1845)

Oinos: Perdoe, Agathos, a fraqueza de um espírito recém-revestido de imortalidade!

Agathos: Você nada disse, ó Oinos, que precise ser perdoado. Nem mesmo aqui o conhecimento nasce da intuição. Peça aos anjos o quanto quiser por sabedoria, para que ela possa lhe ser dada.

Oinos: Mas eu sonhava que, nesta existência, de súbito conheceria todas as coisas e que assim, de súbito, seria feliz, por saber tudo.

Agathos: Ah, a felicidade não está no conhecimento, mas em sua aquisição! A eterna sabedoria é uma bênção eterna; mas saber tudo seria uma maldição digna de um demônio.

Oinos: Mas o Altíssimo não conhece todas as coisas?

Agathos: Isso (posto que ele é o Sumamente Feliz) deve ser uma incógnita até para ele.

Oinos: Mas se ficamos mais sábios a cada hora que passa, ao final não deveremos conhecer todas as coisas?

Agathos: Contemple as distâncias abismais! Tente forçar o olhar através das infindáveis paisagens das estrelas, enquanto lentamente passamos entre elas assim... e assim... e assim! Mesmo a visão espiritual não é, em cada ponto, interrompida pelas contínuas muralhas douradas do Universo? Por muros de miríades de corpos cintilantes, cujo mero número parece fundir-se na unidade?

Oinos: Percebo claramente que a infinitude da matéria não é um sonho.

Agathos: *Não* existem sonhos em Aidenn. Mas costuma-se dizer que, desta infinitude da matéria, o *único* propósito é prover fontes infinitas onde a alma pode saciar sua sede de *saber*, a qual é eternamente insaciável, uma vez que saciá-la seria extinguir a própria alma. Pergunte-me, pois, Oinos, livremente e sem medo. Venha! Deixemos à esquerda a sonora harmonia[1] das Plêiades[2] e vaguemos para longe, para os prados estrelados além de Órion, onde existem, em lugar de amores-perfeitos e violetas, canteiros de sóis triplos e tricolores.

Oinos: E agora, Agathos, enquanto seguimos adiante, ensine-me! Use as palavras familiares da Terra. Não compreendo o que insinuou, há pouco, sobre o mecanismo ou método daquilo que, durante a mortalidade, costumávamos chamar de Criação. Quer dizer que o Criador não é Deus?

Agathos: Quero dizer que a Deidade não cria.

Oinos: Explique.

Agathos: Ele criou somente no início. As criaturas aparentes, que hoje existem espalhadas pelo universo, perpetuamente renovando-se, podem ser consideradas apenas derivadas ou indiretas, e não resultado direto ou imediato do Divino poder de criação.

Oinos: Entre os homens, Agathos, essa ideia seria considerada herética ao extremo.

Agathos: Entre anjos, Oinos, ela parece ser apenas verdadeira.

Oinos: Compreendo, até aqui, que certas operações daquilo a que chamamos Natureza, ou leis naturais, sob certas

---

1. Referência à "música das esferas", ou *musica universalis*, conceito metafórico da Grécia Antiga, que diz respeito à harmonia perfeita do movimento dos corpos celestes.

2. Grupo de estrelas situado na constelação de Touro. De grande visibilidade, as Plêiades estão repletas de significados simbólicos em várias culturas do mundo. Poe volta a referir-se a elas, por exemplo, em "Mellonta Tauta" (pp. 285-308).

circunstâncias dão origem a algo que tem toda a *aparência* de criação. Pouco antes da derrocada final da Terra houve, bem me lembro, muitos experimentos bem-sucedidos os quais os filósofos, em sua fraqueza, ousaram chamar de Criação de animálculos.[3]

Agathos: Esses casos que menciona foram, na verdade, instâncias de criação secundária, único tipo de criação a ocorrer desde que a primeira palavra criou a primeira lei.

Oinos: Não existem mundos estrelados que, saídos do abismo da não existência, a cada instante irrompem nos céus?[4] Não são essas estrelas, Agathos, trabalho imediato do Rei?

Agathos: Permita-me conduzi-lo passo a passo, ó Oinos, até o conceito que quero expor. Sabe bem que, assim como nenhum pensamento perece, ato algum está livre de consequências infinitas. Quando habitávamos a Terra, ao movermos as mãos fazíamos vibrar a atmosfera circundante. Tal vibração transmitia-se indefinidamente, até afetar cada partícula de ar da Terra, que, daí em diante e por todo o sempre, sofreria a ação daquele movimento da mão. Este fato era bem conhecido pelos matemáticos de nosso mundo. Na verdade, os efeitos criados no fluido por impulsos especiais foram objeto de cálculos muito precisos, de modo que era fácil determinar

3. Referência a Andrew Crosse (1784-1855), cientista amador inglês, pioneiro no estudo da eletricidade. Em 1836, durante um experimento com a aplicação de uma corrente elétrica a um mineral por um longo tempo, ele observou alguns “insetos” na amostra. Então enviou amostras para um museu, que não conseguiu identificar os animais. O caso saiu na imprensa, e, embora Crosse jamais tenha declarado ter criado os animais (na verdade, ácaros, que haviam contaminado os instrumentos), foi acusado por grupos religiosos de tentar criar a vida e equiparar-se a Deus. Note-se que, até o início do século 19, os cientistas que se dedicavam a experimentos em física e química eram chamados de filósofos naturais (a palavra cientista não existia).

4. Referência à Hipótese Nebular, proposta em 1734 pelo sueco Emanuel Swedenborg para o sistema solar e desenvolvida em 1755 por Immanuel Kant. Pierre-Simon Laplace propôs uma teoria semelhante em 1796, que persistiu durante todo o século 19.

em que momento, exatamente, um determinado impulso circundaria o planeta, marcando (para sempre) cada átomo da atmosfera terrestre. Revertendo os cálculos, os matemáticos não tinham dificuldade em determinar a intensidade do impulso original gerador de um dado efeito, sob circunstâncias precisas. Eles perceberam, assim, que os efeitos de qualquer impulso eram absolutamente infinitos e que parte deles podia ser traçada com precisão pela análise algébrica, e perceberam, ainda, como era fácil fazer o cálculo reverso. Esses homens se deram conta de que o potencial de progressão intrínseco a esse tipo de análise era indefinido, sem limites concebíveis de desenvolvimento e aplicabilidade, salvo pelo intelecto de quem a usasse. Mas nesse ponto os matemáticos se detiveram.

Oinos: E por que, Agathos, deveriam eles ter seguido adiante?

Agathos: Porque mais adiante jaziam considerações do mais profundo interesse. A partir do que já era sabido, podia-se deduzir que um ser de compreensão infinita, para quem a perfeição da análise algébrica se revelasse sem segredos, não teria dificuldade alguma para rastrear cada impulso aplicado ao ar – e ao éter[5] através do ar – até suas mais remotas consequências, em qualquer época infinitamente remota no tempo. De fato, é possível demonstrar que cada impulso *aplicado ao ar* deve, *ao final*, afetar cada partícula individual que existe *dentro do universo*. E o ser de compreensão infinita, esse ser que criamos em nossa imaginação, poderia rastrear as ondulações mais remotas provocadas por um impulso; rastrear as influências de um impulso em todas as partículas de toda a matéria, para cima e para

5. O éter, segundo a ciência antiga, seria a substância formadora do universo, um meio perfeitamente amoldável, que preencheria todo o Espaço.

diante, pela eternidade; rastrear as modificações provocadas em velhas formas – ou, em outras palavras, a criação do novo – até vê-las refletidas, finalmente sem efeito algum, pelo trono da Mente Divina. E esse ser não apenas seria capaz de fazê-lo como, a qualquer momento, qualquer que fosse o resultado apresentado a sua inspeção – por exemplo, algum desses inumeráveis cometas –, ele não veria dificuldade alguma em determinar, pela regressão analítica, qual impulso primitivo lhe dera origem. Este poder de regressão, em sua plenitude e perfeição absolutas, esta capacidade de relacionar, a *qualquer* momento, *qualquer* efeito a *qualquer* causa, obviamente é prerrogativa exclusiva da Deidade, mas tal poder é exercido, em todas suas variações de grau, salvo a perfeição absoluta, por toda a hoste de inteligências angelicais.

Oinos: Mas está se referindo apenas aos impulsos no ar.

Agathos: Ao falar do ar, referia-me apenas à Terra, mas a proposição geral diz respeito aos impulsos no éter, uma vez que ele, e somente ele, permeia todos os espaços, constituindo assim a principal substância da *criação*.

Oinos: Então todo movimento, qualquer que seja sua causa, cria?

Agathos: Necessariamente, sim. Mas uma filosofia verdadeira há muito ensinou que a fonte de todo movimento é o pensamento... e a fonte de todos os pensamentos é...

Oinos: Deus.

Agathos: Eu lhe falei, Oinos, como o faria a uma criança da bela e já extinta Terra, dos impulsos na atmosfera terrestre.

Oinos: Assim foi.

Agathos: E enquanto eu assim falava, não lhe cruzou a mente nenhum pensamento acerca do poder físico das palavras? Não é cada palavra um impulso no ar?

Oinos: Mas por que, Agathos, está chorando? E por que, por que suas asas descaem enquanto pairamos sobre esta bela estrela, que é a mais verde[6] e ainda assim a mais terrível que encontramos durante nosso voo? Suas flores esplendorosas parecem um sonho encantado, mas seus vulcões incandescentes lembram as paixões de um coração turbulento.

Agathos: E são! E são! Esta estrela indomável – faz agora três séculos desde que, de mãos postas e olhos marejados, aos pés de meu amor eu a pronunciei, com umas poucas sentenças apaixonadas, e dei-a à luz. Suas flores brilhantes são os mais doces dos sonhos não realizados, e seus vulcões furiosos são as paixões do mais turbulento e profano dos corações.

---

6. Na verdade, não existem estrelas verdes. Cada estrela emite luz em uma ampla gama de comprimentos de onda (isto é, de cores). O comprimento de onda com maior emissão de luz é o que determina a cor que vemos, embora a estrela emita também muita luz em outros comprimentos de onda. De forma geral, estrelas mais frias parecem-nos vermelhas e estrelas mais quentes parecem-nos azuis, com intermediárias nas cores laranja, amarela e branca. Uma estrela com pico de emissão de luz em comprimentos de onda que interpretaríamos como verde produz, na verdade, quase a mesma proporção de luz vermelha, e nossos olhos interpretam essa combinação como branca. Para que enxergássemos uma estrela como verde, ela teria de emitir apenas luz verde, o que não acontece.

[sobre o conto]

"The Power of Words" foi publicado pela primeira vez no *United States Magazine and Democratic Review*, em junho de 1845, e reimpresso no *Broadway Journal*, em novembro do mesmo ano.

Dois espíritos, Agathos e Oinos, protagonizam este conto. Em grego, "Agathos" significa algo "bom", transmitindo ideia de virtude, e Oinos é "vinho", mas este último pode também ser uma forma arcaica de *unus*, ou "um", em latim; ainda, uma das fontes consultadas por Poe iguala Oinas ao "intérprete junto ao homem da vontade dos deuses" (LEVINE; LEVINE, 1990).

Em seu diálogo, os espíritos abordam a origem da Criação, e um explica ao outro que Deus criou todas as coisas, e que tudo o que veio depois decorre de uma criação não divina, ou "secundária". Em seguida, expõe a noção de que cada ação tem uma força criativa, e ao final revela-se, de forma dramática, que isso também se aplica às palavras (CARLSON, 1996).

Segundo Beaver (1976), essa ideia deriva do filósofo e matemático francês Blaise Pascal (1623-1662), que diz que os menores movimentos afetam toda a natureza, e que a menor ação afeta tudo o que se segue. Assim, tudo é importante. Poe ateve-se às implicações físicas desse conceito, aplicando-o à criação de seres animados ou inanimados, embora Pascal vá adiante e apresente as implicações morais dessa ideia: em cada ato, devemos observar, para além do ato em si, nosso presente, passado e futuro, e os outros que serão afetados, e perceber a interação entre tudo isso. E assim nos refrearemos em nossos atos. Poe detém-se antes das implicações morais.

Poe expõe as atividades do espírito humano em um estado "aperfeiçoado", que se segue à morte, e que já havia sido mencionado em "Revelação mesmérica" e "O colóquio de Monos e Una". Especialmente evidente é a ênfase na busca pelo conhecimento, já que mesmo esse estado mais perfeito, pós-morte, não traz o conhecimento total, que seria prerrogativa de Deus. É interessante notar que, segundo Agathos, a felicidade é a aquisição do conhecimento, e que essa certamente era a concepção do próprio Poe.

Um detalhe curioso em "O poder das palavras" é a forma como os dois espíritos, Oinos e Agathos, movem-se através do universo, por distâncias tremendas, de forma quase instantânea e sem qualquer esforço, como num estado precursor do teletransporte, que seria inventado pela ficção científica mais de um século depois.

Poe, no entanto, nunca deixa claro como seria o mecanismo pelo qual ambos viajam. A chave para a capacidade dos dois espíritos de percorrer o universo pode estar em uma carta que o autor escreveu para James Russell Lowell, datada de 2 de julho de 1844:

> Despido do revestimento rudimentar, o ser habita o *espaço* (aquilo que supomos ser o universo imaterial) passando em todos os lugares, e agindo [sobre] todas as coisas, por pura vontade — ciente de todos os segredos, exceto o da natureza da vontade de Deus —, o movimento, ou atividade, da matéria não particulada.[7]

7. Carta de Edgar Allan Poe a James Russell Lowell, datada de 2 jul. 1844. Disponível em: https://www.eapoe.org/works/letters/p4407020.htm. Acesso em: 12 fev. 2025.

Para Poe, assim, no estado pós-morte, em que se livra de seu "revestimento rudimentar" — ou seja, a matéria, o corpo —, um ser teria o dom da ubiquidade, bastando para isso sua vontade. Oinos e Agathos parecem viajar na forma de pensamentos.

5

PARTE 5

O humor satírico de Poe

Um aspecto subestimado na obra de Edgar Allan Poe é o elemento cômico, embora, surpreendentemente, mais da metade de seus contos seja formada por comédias, sátiras e fraudes (GALLOWAY, 1967). Suas formas favoritas de humor eram a ironia e a sátira, com abundantes críticas e a ridicularização de tudo aquilo que ele reprovava – pessoas, acontecimentos, ideias, comportamentos, modismos, filosofias, religiões, arquitetura etc. Seu humor não era sofisticado e elegante, mas tendia sempre ao extravagante, ao exagerado e ao grotesco.

Durante um bom tempo houve uma percepção generalizada de que Poe havia vivido em um mundo à parte, alheio aos problemas políticos e sociais de sua época. Já no século 20, entretanto, ele foi reconhecido como um afiado crítico social; seus escritos satíricos passaram a receber maior atenção, e muitos dos alvos do escritor foram identificados pelos estudiosos de sua obra. Não que isso tornasse mais engraçadas as histórias, mas nos permitiu uma melhor compreensão não só dos contos em si, como também da mente do escritor.

Por meio de seu humor ácido e cheio de referências contemporâneas, que apenas uma análise cuidadosa permite reconhecer nos dias de hoje, Poe retratava uma sociedade regida por heróis, ídolos e lideranças delirantes ou irresponsáveis, incensados por uma população idiotizada e sem qualquer senso crítico. Ele, aliás, nutria profundo desprezo pelas massas, e um dos alvos costumeiros de sua zombaria era a democracia estadunidense de então, com sua profunda fé no progresso e na tecnologia.

Quatro contos satíricos de Poe contêm elementos de ficção científica, e por isso figuram nesta antologia: "O homem que foi consumido", "O milésimo segundo conto de Sherazade", "Conversa com uma múmia" e "Mellonta Tauta". Neles, a crença firme de que tecnologia e democracia promoveriam o avanço da sociedade, enchendo os estadunidenses de orgulho e confiança no futuro, sofre um profundo abalo quando confrontada com personagens assertivos e cheios de opiniões... nem sempre bem fundamentadas.

O HOMEM QUE FOI CONSUMIDO (1839)

Um relato da recente campanha contra os bugabus e kikapus

Pleurez, pleurez, mes yeux, et fondez-vous en eau!
La moitié de ma vie a mis l' autre au tombeau.

Corneille, *O Cid*[1]

Não consigo me lembrar, assim de momento, de quando ou onde travei conhecimento com aquele sujeito bem-apessoado, o brigadeiro-general Honorário John A. B. C. Smith. Fui apresentado ao cavalheiro por *alguém*, tenho certeza – em alguma reunião pública, bem o sei – motivada por algo de grande importância, sem dúvida – em algum lugar ou outro, estou convencido –, cujo nome inexplicavelmente esqueci. A verdade é que a apresentação se deu, de minha parte, num estado de grande constrangimento nervoso, cujo efeito foi impedir-me de registrar quaisquer impressões precisas de data ou local. Tenho uma natureza nervosa – em meu caso, é um mal de família, não posso evitar. Em especial, a mais tênue sugestão de mistério – de qualquer aspecto que eu não possa compreender por completo – lança-me de imediato em um lamentável estado de agitação.

1. "Chorem, chorem, olhos meus, e em lágrimas deixem-se afundar!/ Metade de minha vida ao sepulcro levou a outra", em francês no original. Citação da peça *O Cid*, de Pierre Corneille (1606-1684), dramaturgo francês.

Havia algo, por assim dizer, extraordinário – sim, *extraordinário*, embora o termo seja insuficiente para expressar tudo o que pretendo – em tudo o que dizia respeito ao personagem em questão. Ele teria, talvez, um metro e oitenta de altura, e sua presença era de uma imponência singular. Um ar de distinção permeava por completo aquele homem, denotando uma boa educação e sugerindo uma fina estirpe. Quanto a este tópico – a aparência pessoal de Smith –, sinto certa satisfação melancólica em ser minucioso. Sua cabeleira teria feito justiça a Brutus; nada poderia ser mais basto, ou exibir brilho mais intenso. Era de um preto luzidio, que era também a cor ou, com mais exatidão, a não cor de seus bigodes inimagináveis. Note que não consigo esconder o entusiasmo ao mencionar esses últimos; não é exagero dizer que era o mais belo par de bigodes sob o sol. De qualquer modo, eles rodeavam, e por vezes eclipsavam parcialmente, a boca também inigualável. Nela estavam os dentes mais regulares e do branco mais refulgente que se pode conceber. Por entre eles, e sempre na ocasião apropriada, emanava uma voz de clareza, melodia e força notáveis. Também no que dizia respeito aos olhos, meu conviva era soberbamente dotado. Cada componente de tal par bem valia por dois dos órgãos oculares comuns. Eram de um castanho profundo, muito grandes e lustrosos; e notava-se neles, vez por outra, a dose exata de obliquidade que torna interessante e sugestiva a expressão.

O busto do general era, sem dúvida alguma, o mais impecável que eu já vira. Por nada deste mundo seria possível detectar a menor falha em suas proporções maravilhosas. Esta peculiaridade rara acentuava de forma esplêndida um par de ombros que teria trazido um rubor de envergonhada inferioridade às feições da estátua de Apolo. Tenho uma fixação por bons ombros, e posso afirmar que jamais vi semelhante perfeição antes. Da mesma forma, tinha braços modelados de modo admirável, e não menos soberbos eram os membros inferiores. Eram, de fato, o *ne plus ultra*[2] das pernas bem constituídas. Todo e qualquer *connoisseur*[3] desse tema concordaria que as pernas dele eram bem constituídas. Não havia carne demais nem de menos, não eram nem grosseiras, nem frágeis. Eu não podia imaginar uma curva mais graciosa que a do *os femoris*,[4] e na face posterior da fíbula observava-se a proeminência suave e exata que confere proporções corretas à conformação da panturrilha. Quisera Deus que meu jovem e talentoso amigo Chiponchipino, o escultor, tivesse ao menos relanceado os olhos pelas pernas do brigadeiro-general Honorário John A. B. C. Smith.

No entanto, embora homens tão absolutamente bem-apessoados não sejam tão abundantes quanto as razões, ou quanto as amoras,[5] nem assim eu me convenceria de que aquele algo *extraordinário* ao qual me referi há pouco — aquele curioso ar de *je ne se quoi*[6] que pairava sobre meu novo conhecido — devia-se inteiramente, ou ao menos em parte, à suprema excelência de seus dotes físicos. Talvez decorresse de seus *modos*, mas tampouco quanto a isso fingirei ter certeza. Havia de fato um aprumo em seu porte, talvez até certa rigidez, conferindo a cada movimento uma precisão calculada, e mesmo retangular, se posso assim me expressar, que numa pessoa de menor porte traria ao mundo um sabor mínimo de afetação, pompa ou comedimento, mas que em um cavalheiro de sua indubitá-

2. "Suprassumo", o máximo, em latim no original.

3. "Conhecedor", em francês no original.

4. "Fêmur", em latim no original.

5. Citação da peça *Henrique IV, parte 1*, de William Shakespeare (1564-1616): "Ainda que os motivos fossem tão abundantes quanto as amoras, sequer um eu apresentaria sob coação".

6. "Não sei o quê", em francês no original.

vel magnitude era de imediato atribuída à circunspecção e a uma altivez meritórias, em suma, a tudo que é próprio de uma dignidade de proporções colossais.

O amável amigo que me apresentou ao general Smith sussurrou-me ao ouvido algumas palavras sobre o homem. Era um homem *extraordinário* – um homem *muito* extraordinário – de fato, um dos homens *mais* extraordinários da época. Também gozava de especial predileção entre as mulheres, sobretudo por conta de uma elevada reputação por sua coragem.

– *Nesse* aspecto é inigualável; na verdade é um temerário completo, um verdadeiro traga-fogo, sem dúvida – disse meu amigo, baixando em demasia a voz e fascinando-me com seu tom misterioso.

– Um verdadeiro traga-fogo, sem dúvida. E *demonstrou* isso, na minha opinião muito bem, naquela tremenda batalha nos pântanos sulinos com os índios bugabus e kikapus. [Aqui, meu amigo arregalou os olhos.] Por minha alma! Violência, drama e tudo o mais! Verdadeiros *prodígios*! Ouviu falar dele, é claro. Sabe que ele é o homem...

– Homem de Deus, como *está*? Caramba, como *vai* você? É um *tremendo* prazer vê-lo! – interrompeu nesse ponto o próprio general, que segurou a mão de meu acompanhante ao se aproximar, fazendo uma mesura rígida, mas profunda, enquanto eu lhe era apresentado. Pensei então (e ainda penso) que jamais ouvira uma voz mais sonora ou potente, e que nunca contemplara uma dentição mais perfeita: mas *devo* dizer que lamentei a interrupção naquele momento, pois os sussurros e insinuações já mencionados haviam aguçado meu interesse pelo herói da campanha dos bugabus e kikapus.

No entanto, a saborosa e luminosa conversa do brigadeiro--general Honorário John A. B. C. Smith logo dissipou por completo tal mágoa. Meu amigo nos deixou de imediato, e com isso tivemos um longo *tête-à-tête* e que não só foi agradável como *muito*... instrutivo. Nunca ouvi alguém com fala tão fluente, ou um homem com tamanha cultura geral. Com elegante modéstia, porém, ele se absteve de abordar o tema que naquele instante mais me interessava – a saber, as circunstâncias misteriosas que cercavam a batalha dos bugabus – e, de minha parte, o que considero ser um senso apropriado de cortesia impediu-me de tocar no assunto. Não obstante, a bem da verdade estive extremamente tentado a fazê-lo. Percebi, ainda, que o galante soldado preferia tópicos de interesse filosófico, e que sentia especial deleite ao discorrer sobre o célere avanço das invenções mecânicas. De fato, qualquer que fosse o rumo tomado pela conversa, era a este ponto que ele invariavelmente retornava.

– Não existe nada que se assemelhe a isto – ele dizia. – Somos um povo maravilhoso, e vivemos em uma época maravilhosa. Paraquedas e estradas de ferro, armadilhas dentadas e armas de mola! Nossos barcos a vapor cruzam todos os mares, e o balão-paquete *Nassau*[7] em breve fará uma rota regular (tarifa de apenas vinte libras esterlinas por percurso) entre Londres e Tombuctu. E quem poderá calcular a imensa influência na vida social, nas artes, no comércio, na literatura, que resultará de imediato dos grandes princípios do eletromagnetismo! E tampouco isso é tudo, permita-me assegurar-lhe! Não há de fato um ponto final para a escalada das invenções. As aparelhagens mecânicas mais maravilhosas, mais engenhosas, e deixe-me acrescentar, sr... sr... Thompson, creio ser seu nome... deixe-me acrescentar, mais úteis, realmente mais úteis, todos os dias surgem como cogumelos, se posso assim me expressar, ou, de modo mais figurado, como... ah... gafanhotos... como gafanhotos, sr. Thompson... diante de nós e ah... ah... ah... à nossa volta!

---

7. Sobre o balão *Great Nassau*, ver o conto "A fraude do balão" (pp. 135-152).

Thompson, é claro, não é meu nome; mas é desnecessário dizer que me despedi do general Smith com um interesse exacerbado por ele, com uma elevada opinião quanto a seus poderes de conversação e uma percepção profunda dos privilégios valiosos de que gozamos, vivendo nesta era das invenções mecânicas. Minha curiosidade, porém, não havia sido satisfeita de todo, e decidi proceder a uma investigação imediata entre meus conhecidos acerca do brigadeiro-general Honorário, em particular no que se referia aos tremendos eventos *quorum pars magna fuit*,[8] durante a campanha dos bugabus e kikapus.

A primeira oportunidade que se apresentou, e que (*horresco referens*[9]) não tive o menor escrúpulo em agarrar, ocorreu na Igreja do Reverendo Doutor Drummummupp, onde em um domingo encontrei-me instalado, à hora exata do sermão, não apenas no mesmo banco de minha respeitável e comunicativa amiga, senhorita Tabitha T., mas logo ao lado dela. Assim localizado, parabenizei a mim mesmo, e com muita razão, por aquela posição tão favorável. Se havia alguma pessoa que saberia algo sobre o brigadeiro-general Honorário John A. B. C. Smith, eu não tinha dúvida de que essa pessoa era a senhorita Tabitha T. Telegrafamo-nos alguns sinais e logo estabelecemos, *sotto voce*,[10] um vivaz *tête-à-tête*.

– Smith! – disse ela, em resposta a minha indagação ansiosa. – Smith! Quem, o general John A. B. C.? Deus me abençoe, achei que o senhor *soubesse* tudo o que aconteceu a *ele*! Esta é uma era de invenções maravilhosas! Um caso horrendo, aquele! Que tremendo bando de miseráveis, os kikapus! Lutou como um herói! Verdadeiros prodígios! Renome imortal. Smith! brigadeiro-general Honorário John A. B. C.! Ora, o senhor sabe, ele é o homem...

---

8. "Nos quais ele desempenhou um papel importante", em latim no original.

9. "Estremeço ao contar", em latim no original.

10. "Em voz baixa", em italiano no original.

— O homem... — interrompeu então o doutor Drummummupp, a plenos pulmões, dando no púlpito um murro que quase o jogou sobre nós. — ... o homem que nasce de uma mulher não tem senão um curto tempo de vida; ele viceja e então é ceifado como uma flor! — Com o susto, afastei-me até a ponta do banco e percebi, pelo olhar agitado do clérigo, que a fúria que quase fora fatal ao púlpito havia sido desencadeada pelos sussurros entre mim e a dama. Não havia o que fazer; assim, calei-me, obediente, e ouvi, imerso no martírio de um silêncio digno, a sensatez daquele discurso de importância tão capital.

Na noite seguinte, vi-me chegando um tanto atrasado ao Teatro Rantipole, onde tinha certeza de conseguir satisfazer *incontinenti* minha curiosidade, bastando adentrar o camarote daqueles adoráveis exemplos de afabilidade e onisciência, as senhoritas Arabella e Miranda Cognoscenti. O excelente ator de tragédias, Climax, representava Iago diante da casa totalmente lotada, e tive alguma dificuldade em fazer com que elas entendessem o que eu desejava, sobretudo devido a nosso camarote situar-se perto das laterais das galerias, justo em cima do palco.

— Smith? — disse a senhorita Arabella, quando por fim compreendeu o teor de minha indagação. — Smith? Quem, o general John A. B. C.?

— Smith? — inquiriu Miranda, pensativa. — Por Deus, alguma vez o senhor viu tão bela figura?

— Nunca, madame, mas, por favor, diga-me...

— Ou uma graça tão inimitável?

— Nunca, palavra! Mas rogo-lhe que me conte...

— Ou uma compreensão tão precisa dos efeitos de cena?

— Madame!

— Ou uma percepção mais delicada das verdadeiras belezas de Shakespeare? Tenha a bondade de reparar naquela perna!

— Diabos! — E voltei-me de novo para sua irmã.

— Smith? — disse ela. — Quem, o general John A. B. C.? Um caso horrendo, aquele, não é? Grandes miseráveis, aqueles bugabus. Selvagens e assim por diante. Mas vivemos em uma era de invenções maravilhosas! Smith! Ah, sim! Grande homem! Um temerário completo. Renome imortal. Verdadeiros prodígios! *Nunca ouviu falar*! [Isto foi dito em um grito.] Deus me perdoe! Ora, ele é o homem...

— *... ó mandrágora*
Nem todas as poções soníferas do mundo
Jamais te induzirão a um doce sono
Como o que ontem tiveste!

rugiu Climax nesse instante, bem em minha orelha, sacudindo o punho em minha face o tempo todo, de uma forma que eu não *podia* tolerar e que não *iria* tolerar. Deixei as senhoritas Cognoscenti de imediato, fui direto para os bastidores e apliquei àquele infeliz sem-vergonha uma surra tal que ele vai se lembrar dela até o dia de sua morte.

Na recepção oferecida pela adorável viúva, a senhora Kathleen O'Trump, eu estava confiante que não teria uma decepção semelhante. Deste modo, nem bem me sentei à mesa de carteado com minha bela anfitriã, para uma conversinha *vis-à-vis*, apresentei-lhe as questões cujas respostas haviam se tornado tão essenciais para minha paz.

— Smith? — disse minha parceira. — Quem, o general John A. B. C.? Um caso horrendo, aquele, não é? Ouros, foi o que disse? Terríveis miseráveis, aqueles kikapus! Queira desculpar, sr. Tattle, estamos jogando *uíste*... No entanto, esta é uma era de invenções, com certeza a era, pode-se dizer, a era *par excellence*... fala francês? Oh, um herói e tanto. Um temerário completo! *Sem copas*, sr. Tattle? Não posso crer! Renome imortal e tudo o mais! Verdadeiros prodígios! *Nunca ouviu falar!* Ora, que Deus me perdoe, ele é o homem...

— Oh, Mann? O Capitão Mann? — gritou alguma enxeridinha, na outra ponta da sala. — Está falando do Capitão Mann e seu duelo? Oh, *preciso* ouvir. Por favor, conte. Prossiga, sra. O'Trump! Prossiga agora! – E foi o que a sra. O'Trump fez. Contou tudo sobre um tal Capitão Mann, que foi fuzilado ou enforcado, ou que deveria ter sido tanto fuzilado como enforcado. Sim! A sra. O'Trump prosseguiu, e eu desisti. Não houve meio de saber mais nada naquela noite a respeito do brigadeiro-general Honorário John A. B. C. Smith.

Procurei consolar-me, refletindo que minha maré de má sorte não poderia durar para sempre, e resolvi fazer uma tentativa ousada de informar-me no sarau daquele ser encantador e angelical, a graciosa sra. Pirouette.

– Smith? – disse a senhora P., enquanto rodopiávamos juntos em um *pas de zephyr.*[11] – Smith? Quem, o general John A. B. C.? Coisa horrível, aquilo com os bugabus, não é? Criaturas terríveis, esses índios! Aponte os pés para fora! Estou envergonhada pelo senhor. Um homem de muita coragem, pobre sujeito! Mas esta é uma era maravilhosa de invenções. Oh, Deus, estou sem fôlego. De fato, um temerário. Verdadeiros prodígios. Nunca ouviu falar... não posso crer. Terei de sentar-me e informá-lo. Smith! Ora, ele é o homem...

– Oh, Man-*Fred*, eu lhe digo! – gritou então, categórica, a senhorita Bas-Bleu, enquanto eu levava a senhora Pirouette até um assento. – Quem já ouviu algo assim? Pois afirmo que é Man-*Fred*, e de forma alguma Man-*Friday*. – E nesse momento a senhorita Bas-Bleu acenou chamando-me de modo peremptório; e fui obrigado, bem a contragosto, a deixar a senhora P. com a finalidade de mediar uma discussão quanto ao título de um determinado drama poético de Lorde Byron. Embora eu prontamente declarasse que o título verdadeiro era Man-*Friday*, e de forma alguma Man-*Fred*, ainda assim,

11. "Passo de Zéfiro", um passo de dança. Em francês no original.

ao retornar em busca da sra. Pirouette, não consegui achá-la, e deixei a casa em um amargo estado de animosidade contra toda a estirpe de Bas-Bleus.[12]

As coisas tinham assumido agora um aspecto muito sério, e decidi visitar de imediato meu amigo muito próximo, o sr. Theodore Sinivate, pois eu sabia que desta forma poderia obter alguma informação mais consistente.

— Smith? — disse ele, com seu peculiar e bem-conhecido hábito de alongar as sílabas. — Smith? Quem, o general John A. B. C.? Selvagem, aquele caso com os kikapuuuus, não é? Por Deus! Não concorda comigo? Um temerário completo. Uma tremenda lástima, palavra de honra! Esta é uma era de invenções maravilhoooosas! Verdadeeeeiros prodígios! Falando nisso, já ouviu falar o que aconteceu com o Capitão Maaaan?

— Maldito seja o Capitão Mann! — disse eu. — Por gentileza, prossiga com sua história.

— Hã! Ora, bem! Por mim é *la même chooose*,[13] como dizemos na França. Smith, hein? O brigadeiro-general John A. B. C.? Por Deus, [e aqui o senhor S. julgou apropriado colocar um dedo na lateral do nariz], o senhor não está querendo insinuar agora, honesta e conscienciosamente, que não conhece o caso de Smith tão bem quanto eu, está? Smith? John A. B. C.? Ora, que Deus me abençoe, ele é o homeeem...

— *Senhor* Sinivate — disse eu, suplicante. — Ele *é* o homem emascarado?[14]

---

12. *Bas-bleu* ("meia azul", em francês): termo pejorativo usado em meados do século 19 na França, para designar mulheres cultas, com aspirações literárias. Derivado do inglês *bluestockings*, estava associado a um estereótipo de deselegância e aludia ao uso de meias de lã azuis, mais quentes e de uso caseiro, em vez de meias pretas de seda, socialmente recomendáveis. O trocadilho reflete a profunda aversão de Poe aos movimentos de valorização social da mulher.

13. *La même chose*, "a mesma coisa", "dá no mesmo". Em francês no original.

14. Referência ao Homem da Máscara de Ferro, misterioso personagem mantido prisioneiro por Luís XVI durante 34 anos, até morrer, em 1703, na Bastilha. Sua face ficava oculta por uma máscara de veludo negro, e nunca se soube sua identidade.

— Nãããão! — respondeu ele, com um olhar de esperteza. — Nem o homem embasbacaaaado.

Tomei a resposta como um insulto claro e declarado, e deixei a residência furibundo, com a firme resolução de desafiar meu amigo, o senhor Sinivate, para um rápido acerto de contas por sua conduta nada cavalheiresca e malcriada.

Nesse ínterim, porém, eu não estava disposto a continuar privado da informação desejada. Restava-me um último recurso. Eu iria direto à fonte. Faria, de imediato, uma visita ao próprio general e, com termos explícitos, exigiria uma solução para esse mistério abominável. Ao menos dessa forma não deveria haver qualquer chance de equívoco. Eu seria direto, incisivo e peremptório, certeiro como uma flecha, conciso como Tácito ou Montesquieu.

Era cedo quando cheguei a sua casa, e o general estava se vestindo. Mas aleguei assuntos urgentes, e de imediato fui admitido em seu quarto de dormir por um velho criado negro, que ali permaneceu de serviço durante toda minha visita. Ao entrar no aposento, olhei ao redor, claro, procurando por seu ocupante, mas não o localizei de pronto. Havia uma grande trouxa, de formato muito estranho, jogada no chão próximo a meus pés, e como eu não estava no melhor dos humores, chutei-a para fora do caminho.

— Hã! Ahã! Muito cortês de sua parte, eu diria! — falou a trouxa, numa das vozes mais finas, e também mais engraçadas, algo entre um guincho e um silvo, que eu já ouvira em toda minha existência. — Ahã! Muito cortês, com efeito.

Soltei um belo grito de terror, e escapuli numa tangente até a extremidade mais afastada do cômodo.

— Valha-me Deus, meu caro amigo — de novo silvou a trouxa. — O quê... o quê... o quê... oras, qual o *problema*? Creio que de fato não está me reconhecendo.

O que *poderia* eu dizer de tudo isso, o *quê*? Cambaleei até uma poltrona e, de olhos esbugalhados e queixo caído, esperei pela solução daquele assombro.

— Estranho que não me reconheça, não é? — voltou a guinchar aquela massa disforme, a qual eu agora percebia estar executando sobre o piso alguma manobra inexplicável, muito assemelhada a calçar uma meia. No entanto, uma única perna era visível.

— Estranho que não me reconheça, não é? Pompey, traga-me aquela perna! — Então Pompey entregou à trouxa uma soberba perna postiça, já vestida, que foi rosqueada num instante; e então a trouxa ficou de pé, bem diante de meus olhos.

— E foi de fato um episódio muito sangrento — continuou a coisa, como num solilóquio. — Mas de qualquer modo, ninguém deve combater os bugabus e os kikapus achando que vai se safar com um simples arranhão. Pompey, agradeço-lhe se agora me trouxer o braço. Thomas [voltando-se para mim] é decididamente o melhor artesão de pernas postiças; mas se algum dia precisar de um braço, meu amigo, deve permitir-me apresentá-lo a Bishop. — Aqui, Pompey atarraxou um braço. — Foi um trabalho bastante difícil, pode ter certeza. Agora, seu cão, encaixe meus ombros e meu peito! Pettitt faz os melhores ombros, mas para o peito deve-se procurar Ducrow.

— Peito! — disse eu.

— Pompey, você nunca vai aprontar essa peruca? Ser escalpelado é algo brutal, afinal de contas; mas pode-se obter uma peruca magnífica em De L'Orme.

— Peruca!

— Agora, seu crioulo, meus dentes! Para obter um belo conjunto deles, é melhor ir direto até a loja de Parmly; preços elevados, mas o trabalho é excelente. Engoli uns bons exemplares deles, porém, quando o grande bugabu me aplicou aqueles golpes com a coronha de seu rifle.

— Coronha! Golpes! Por meu olho!

— Ah, sim, por falar nisso, meu olho... Aqui, Pompey, seu imprestável, venha rosqueá-lo! Aqueles kikapus não são nada lerdos para arrancar olhos; mas no fim das contas, o dr. Williams merece muito mais crédito do que lhe dão. O senhor não imagina como enxergo bem com os olhos que ele fabrica.

Eu agora começava a perceber que o objeto diante de mim era nada mais, nada menos que meu recém-apresentado amigo, o brigadeiro-general Honorário John A. B. C. Smith. As manipulações executadas por Pompey tinham feito, devo confessar, uma notável diferença na aparência pessoal do homem. A voz, porém, ainda me intrigava, e muito; mas mesmo esse aparente mistério foi depressa elucidado.

— Pompey, seu negro folgado — guinchou o general. — Tenho certeza de que você me deixaria sair sem o palato.

Com isto, o negro, resmungando uma desculpa, foi até o patrão, abriu-lhe a boca com o ar experiente de um cavalariço e de modo muito destro ajustou ali um mecanismo de aspecto singular, que não consegui entender de todo. Contudo, a mudança na expressão do rosto do general foi instantânea e surpreendente. Quando ele voltou a falar, sua voz havia recuperado toda a rica melodia e a potência que eu notara ao sermos apresentados.

— Malditos sejam aqueles vagabundos! — disse ele, num tom tão claro que me assombrei de fato com a mudança. — Malditos sejam aqueles vagabundos! Eles não apenas arrebentaram o céu de minha boca, mas se deram ao trabalho de cortar fora pelo menos sete oitavos de minha língua. Nesses quesitos, porém, não há nos Estados Unidos quem se iguale a Bonfanti para artigos de real qualidade. Posso recomendá-lo ao senhor com segurança [aqui, o general fez uma mesura] e asseguro-lhe que o faço com o maior prazer.

Agradeci sua gentileza com meus melhores modos e despedi-me de imediato, com uma compreensão plena do verdadeiro estado das coisas, com um entendimento total do mistério que por tanto tempo me perturbara. Estava evidente. Era uma situação clara. O brigadeiro-general Honorário John A. B. C. Smith era o homem... era *o homem que foi consumido.*

[sobre o conto]

"The Man that Was Used Up", que às vezes traz o subtítulo "A Tale of the Late Bugaboo and Kickapoo Campaign", foi publicado pela primeira vez em 1839, na edição de agosto da *Burton's Gentleman Magazine*, da qual Poe era editor. Posteriormente, foi incluído em *Tales of the Grotesque and Arabesque* (1840), *Prose Romances of Edgar Allan Poe* (1843) e no periódico *The Broadway Journal* (agosto de 1845), também enquanto Poe foi editor.

Compreendido por estudiosos do autor como sátira política (LEVINE; LEVINE, 1990) ou ainda texto cômico (MOONEY, 1962), o conto chegou a ser avaliado por alguns como inconsequente e sem propósito; Stern (1977), por exemplo, considera-o "não apenas de mau gosto como ofensivamente cruel". Levine e Levine (1996) afirmam que "esta história é opaca para a maioria dos leitores modernos", pelas inúmeras referências a fatos e pessoas então em evidência.

No conto, Poe satiriza o culto a heróis militares e ao progresso tecnológico. Seu personagem central, o popular brigadeiro-general Honorário John A. B. C. Smith é um defensor fervoroso do progresso e da era das máquinas. Ele próprio é um milagre composto de próteses, um rejuntado de partes artificiais – membros, dentes, palato, ombros, olhos, língua, peruca –, um produto de uma época das máquinas que ele mesmo tanto exalta (BEAVER, 1976).

É possível que Poe tenha baseado seu personagem no general Winfield Scott, veterano de guerra aparentado à segunda mulher de John Allan, pai adotivo de Poe, com o qual Smith guardava algumas semelhanças: era popular entre as mulheres, devido aos ferimentos sofridos em conflitos com povos indígenas, e dependente de um criado negro (WIKIPEDIA, 2024b). Scott lutou contra indígenas na década de 1830 (quando Poe escreveu o conto), tendo participado de uma batalha em que os kikapus estiveram envolvidos. Para alguns estudiosos, porém, Poe parodiava de forma negativa o então vice-presidente Richard M. Johnson, que, em 1813, teria matado um poderoso chefe indígena, durante um embate em que ele mesmo foi ferido (MOONEY, 1962).

Os kikapus são um povo originário da região estadunidense dos Grandes Lagos, mas hoje ocupam o centro-sul dos Estados Unidos (estados de Kansas, Oklahoma, Arkansas e Texas) e o estado de Coahuila, no nordeste do México (INPI, 2017). Em 1838-1839, colonos texanos confrontaram os kikapus; tal conflito estava em andamento enquanto Poe escrevia "O homem que foi consumido", e talvez a isso se deva sua menção a eles (ALEKNA, 1979). Já os bugabus são fictícios, e Poe se utiliza de forma satírica da palavra, que em inglês, grafada como *bugaboo*, refere-se a algo que causa um medo obsessivo e em geral exagerado, mais ou menos como um "bicho-papão".

Para muitos estudiosos, o conto traz uma crítica à política governamental de extermínio das populações indígenas (KENNEDY, 2006). Ainda, a forma pouco respeitosa como Smith trata seu criado negro contrasta com o fato de estar totalmente à mercê dele, o que indicaria uma crítica de Poe ao racismo.

O texto está carregado de referências jocosas a temas do momento, trocadilhos muitas vezes intraduzíveis e jogos de palavras. Poe cria nomes curiosos, como Chiponchipino, um trocadilho que brinca com a sonoridade italiana (*to chip* é o ato de retirar lascas, como um escultor entalhando seu material); Rantipole, que em inglês significa barulhento ou desordeiro; Cognoscenti, que em italiano significa "os que sabem" (um nome muito apropriado para fofoqueiras!); Drummummupp e Pirouette.

Há referência a uma personagem real, o capitão Daniel Mann, cujo julgamento pelo envolvimento em um escândalo financeiro foi noticiado insistentemente pelos jornais em 1839, com grande interesse do público. Poe publicou o conto antes da conclusão do processo, o que explicaria o fato de o narrador não saber se Mann foi enforcado ou fuzilado. Está ali, ainda, um jogo de palavras entre *Manfred*, poema dramático de Lorde Byron (1788-1824), e Man Friday, nome do devotado serviçal nativo (em português, Sexta-Feira) no romance *Robinson Crusoé*, de Daniel Defoe (c. 1659-1731). A expressão "man Friday" passou a ser aplicada a um ajudante ou empregado muito dedicado e com grande responsabilidade.

Entre os nomes dos especialistas em próteses mencionados por Smith, constam alguns que, na época, realmente se dedicavam a isso, como [John F.] Thomas, que manufaturava membros artificiais e [L. S.] Parmly, que publicou um tratado sobre os dentes.

Poe cultivava um interesse crítico pelos avanços tecnológicos e, neste conto em que ele imagina a forma como o engenho humano poderia criar substitutos para partes do corpo humano, um detalhe adicional revela que o autor se mantinha atualizado quanto a essa área. O brigadeiro-general Honorário John A. B. C. Smith mostra-se empolgado com o eletromagnetismo, à época objeto de grande atenção. Poucos anos antes, em 1831, o cientista inglês Michael Faraday (1791-1867) conseguira gerar movimento mecânico contínuo a partir do magnetismo e da eletricidade. De imediato as óbvias aplicações práticas de suas descobertas atraíram as atenções de outros cientistas e inventores, o que levou, nas décadas seguintes, a inovações tecnológicas como o dínamo elétrico e o motor elétrico, que transformariam a sociedade e lançariam as bases do mundo moderno (AL-KHALILI, 2015). Por meio das palavras de seu personagem, Poe foi verdadeiramente profético.

O pesquisador Ketterer (1974) vê neste texto uma semelhança com os androides e ciborgues da moderna ficção científica, descrevendo o conto como "uma sátira política grotesca, na qual a natureza ilusória da realidade e a 'natureza inventiva' da época são tipificadas por um general cujas aparência imponente e reputação dependem de membros artificiais e outros aparatos mecânicos". Poe parece sugerir que está havendo um declínio da humanidade, à medida que as máquinas se tornam mais avançadas; assim, logo será difícil distinguir o ser humano das máquinas. "O homem que foi consumido" poderia ser considerado como um precursor de histórias de robôs.

Outros androides e ciborgues do século 19 incluem Olímpia, do conto "O homem de areia" (1816), de E. T. A. Hoffmann; o humanoide criado pelo dr. Victor Frankenstein, em *Frankenstein* (1818), de Mary Shelley; e Hadaly, a mulher mecânica construída por Thomas Edison no romance *A Eva futura* (1886), de Auguste Villiers de l'Isle-Adam, obra que popularizou a palavra "androide".

O MILÉSIMO SEGUNDO CONTO DE SHERAZADE (1845)

A verdade é mais estranha que a ficção.

Ditado antigo

Há pouco tempo, durante algumas investigações orientais, tive oportunidade de consultar o *Dizmejá Éassimöunão*, obra que mesmo na Europa é tão pouco conhecida quanto o *Zohar*, de Simeão Jochaides,[1] e que, até onde sei, nunca foi citada por nenhum estadunidense (exceto, talvez, pelo autor das *Curiosidades da Literatura Estadunidense*).

Enquanto folheava esse livro tão excepcional, com grande assombro descobri o profundo erro em que caía o mundo literário quanto ao destino descrito em *As mil e uma noites* para Sherazade, a filha do vizir. E mais, se o desenlace narrado não é de todo incorreto, o texto pode ao menos ser acusado de não ter ido até o fim.

Para maiores informações sobre tão interessante tema, remeto o leitor ao próprio *Éassimöunão*. Nesse ínterim, porém, permitam-me apresentar um resumo de suas revelações.

Devem lembrar-se de que, na versão tradicional, certo monarca, tendo bons motivos para sentir ciúme de sua rainha, não só manda que a matem como faz um voto, por sua barba e pelo profeta, de desposar a cada noite a mais bela donzela de seus domínios, entregando-a ao carrasco na manhã seguinte.

1. O *Zohar* é a obra central da cabala, escola de pensamento voltada para o aspecto místico do judaísmo. Sua autoria foi atribuída ao rabino Shimon bar Yochai ou Simeão Jochaides (século 2 d.C.).

Após cumprir seu voto ao pé da letra por muitos anos, com pontualidade religiosa e uma diligência que atestava grande devoção e excelentes princípios, certa tarde foi interrompido (sem dúvida durante as orações) pela visita de seu grão-vizir, cuja filha tivera uma ideia.

Sherazade, assim chamava-se ela, tinha decidido que iria livrar seu país daquele pesado imposto que ceifava suas beldades ou que, como era moda para as heroínas de então, pereceria tentando.

Assim, ela incumbiu o pai, o grão-vizir, de oferecer sua mão ao rei (e, ao que se saiba, não era um ano bissexto, o que torna ainda mais meritório o sacrifício[2]). O rei aceitou-a *incontinenti*, pois já havia decidido pedi-la, coisa que vinha adiando fazer por temer a reação do vizir. Ao fazê-lo, porém, deixou bem claro que, grão-vizir ou não grão-vizir, não tinha a mínima intenção de abrir mão de seu voto ou de seus privilégios. Assim, quando a bela Sherazade foi adiante e casou-se com o rei, ignorando os sábios conselhos de seu pai, que a exortava a não cometer semelhante tolice, ela o fez com seus belos olhos escuros tão abertos quanto possível.

No entanto, parece que a donzela tão politizada (que sem dúvida andara lendo Maquiavel) tinha em mente um planozinho bem engenhoso. Na noite de núpcias, tanto fez que conseguiu, não lembro com que pretexto, que sua irmã se acomodasse em um leito próximo o suficiente para que pudessem conversar. Pouco antes do cantar do galo, ela deu um jeito de despertar o bom monarca, seu marido (que não deixava de estimá-la só porque iria estrangulá-la pela manhã); conseguiu despertá-lo, como ia dizendo (a despeito de ele dormir pro-

2. Segundo uma tradição dos países de fala inglesa, as mulheres podem pedir os homens em casamento somente em anos bissextos ou, numa outra variante, apenas no dia extra do ano bissexto.

fundamente, embalado pela consciência tranquila e por uma boa digestão), por meio de uma história de imenso interesse (sobre um rato e um gato preto, acho) que ela contava (sempre à meia-voz, claro) a sua irmã. O dia rompeu e o relato ainda não terminara, de tal sorte que Sherazade não poderia concluí-lo, pois já devia levantar-se para ser garroteada – algo quase tão desagradável quanto ser enforcada, mas um tantinho mais elegante.

Lamentavelmente, a curiosidade do rei sobrepujou até mesmo seus sólidos princípios religiosos, e só dessa vez ele foi induzido a adiar para a manhã seguinte o cumprimento de seus votos, com o propósito e a esperança de descobrir naquela noite o que aconteceria, afinal, com o gato preto (acho que era preto) e o rato.

Chegada a noite, a dama Sherazade não só colocou um ponto final no gato preto e no rato (que era azul) como, antes que se desse conta do que fazia, encontrou-se mergulhada numa narrativa complexa, que dizia respeito (se não estou enganado) a um cavalo cor-de-rosa (de asas verdes), brutalmente movido a corda e posto em funcionamento por uma chave de cor índigo. A história enlevou o rei ainda mais que a anterior e, como o dia clareou antes de seu desfecho (apesar dos esforços da rainha para concluí-la a tempo para ser garroteada), ele não viu outro remédio senão adiar a cerimônia por mais vinte e quatro horas. Na noite seguinte, ocorreu um acidente semelhante, com resultado semelhante, e então na próxima, e de novo na seguinte, de modo que o bom monarca viu-se irremediavelmente impedido de manter seu voto por não menos que mil e uma noites. No final, ou se esquece do voto por expiração de prazo, ou se faz absolver dele pelos meios usuais, ou simplesmente o quebra, junto com a cabeça de seu padre confessor (o que é mais provável). De qualquer modo, Sherazade – que, como descendente direta de Eva, deve ter herdado desta todos os sete cestos de conversa que ela, como se sabe, colheu sob as árvores do Jardim do Éden – ao final triunfou, e o imposto sobre a beleza foi banido.[3]

Pois bem, tal desenlace (que está registrado na história) sem dúvida é adequado e bastante agradável, mas infelizmente, como acontece com muitas coisas agradáveis, é mais agradável que verdadeiro, e tenho uma dívida para com o *Éassimöunão*, por me permitir corrigir o equívoco. *Le mieux*, diz um provérbio francês, *est l'ennemi du bien*,[4] e ao mencionar que Sherazade herdara os sete cestos de conversa, eu devia ter acrescentado que ela os colocou a juros compostos até que somassem setenta e sete.

– Minha querida irmã – disse ela, na milésima segunda noite (e aqui uso as palavras exatas do *Éassimöunão*) –, agora que superamos aquela questão de menor importância referente ao garrote, sinto-me culpada por não ter partilhado com você e com o rei (o qual, lamento dizer, ronca, coisa que cavalheiro algum faria) o final completo de Simbad, o marujo. Este senhor enfrentou muitas outras aventuras, bem mais interessantes do que as que contei, mas a verdade é que eu estava com sono na noite em que deveria relatá-las, e cedi à tentação de abreviá-las – uma conduta censurável, pela qual posso apenas esperar que Alá me perdoe. Mas ainda não é tarde demais para remediar minha negligência, e tão logo eu tenha dado um beliscão ou dois no rei, para que ele deixe de fazer esse barulho horrível, poderei entretê-la (e a ele, se ele o desejar) com a continuação dessa história tão notável.

Ante tal oferta, a irmã de Sherazade, pelo que informa o *Éassimöunão*, não expressou nenhum entusiasmo particularmente intenso, mas o rei, tendo sido beliscado o suficiente, por fim parou de roncar e disse *Hum!*, e depois *Ah!*, de modo

---

3. Poe faz uma síntese razoavelmente precisa de *As mil e uma noites*, exceto pela menção ao gato, ao rato e ao cavalo cor-de-rosa.

4. "O ótimo é inimigo do bom", em francês no original.

que a rainha, entendendo que tais palavras (sem dúvida, em árabe) significavam que ele era todo atenção e que faria o possível para não roncar mais, e estando satisfeita com o modo como as coisas tinham se acomodado, retomou de imediato a história de Simbad, o marujo:

– Com o tempo, já em idade avançada [estas são palavras do próprio Simbad falando ao califa, conforme recontadas por Sherazade] e depois de gozar muitos anos de tranquilidade em casa, de novo fui tomado pelo desejo de visitar terras estrangeiras. Um dia, sem que minha família soubesse de minhas intenções, preparei pacotes com mercadorias preciosas e pouco volumosas e, chamando um carregador para levá-los, desci até a praia, planejando esperar a chegada de algum navio que me levasse a alguma região que eu ainda não tivesse explorado.

"Depositando os fardos na areia, sentamo-nos sob algumas árvores e ficamos olhando o oceano na esperança de vislumbrar algum navio, mas por várias horas nada apareceu. Então pareceu-me ouvir um ruído singular, como um zumbido ou murmúrio, e daí a pouco o carregador afirmou que também o ouvia. O barulho foi ficando mais e mais forte, e não tivemos dúvida de que o objeto que o produzia aproximava-se de nós. Avistamos na linha do horizonte uma mancha escura que depressa cresceu em tamanho, até constatarmos ser um monstro colossal, que nadava com boa parte do corpo acima da linha d'água.[5] Veio em nossa direção com velocidade inconcebível, levantando com o peito imensas ondas de espuma, e atrás de si iluminava as águas com uma longa linha de fogo que se perdia na distância.

"Enquanto aquilo se aproximava, pudemos vê-lo em detalhes. Em comprimento igualava três das mais altas árvores

5. Em 23 de abril de 1838, logo depois que Poe se estabeleceu em Nova York, aportou na cidade o primeiro navio a vapor a cruzar o Atlântico, o *Great Western*, em sua viagem inaugural, proveniente de Bristol, Inglaterra (BEAVER, 1976).

que existem, e era tão largo como o grande salão de audiências de seu palácio, ó mais sublime e munificente dos califas. Seu corpo, que não se parecia com o de nenhum peixe comum, era sólido como rocha e de um breu total em toda a extensão emersa, exceto por uma estreita faixa vermelho-sanguínea que o circundava por completo. A barriga, que ficava sob a superfície, aparecendo de relance quando o monstro subia e descia com as ondas, estava revestida de escamas metálicas, da cor da lua em meio à neblina. O dorso era chato e quase branco, e dele se elevavam seis espinhas, com cerca de metade do comprimento do corpo.

"A horrenda criatura não tinha uma boca que pudéssemos ver. Como que para compensar essa deficiência, apresentava ao menos quatro conjuntos de olhos, que se arregalavam em suas órbitas como os da libélula verde, dispostos ao longo de todo o corpo em duas fileiras, uma sobre a outra e paralelas à linha vermelha, que parecia funcionar como sobrancelha. Dois ou três desses olhos assustadores eram muito maiores que os outros e tinham a aparência de ouro puro.

"Embora a besta tivesse chegado, como já disse, a grande velocidade, devia mover-se por necromancia, pois não tinha nem nadadeiras como um peixe, nem pés palmados como um pato, nem velas como o molusco que navega ao vento como um barco;[6] tampouco serpenteava para diante como as enguias. Cabeça e cauda tinham forma parecida, exceto que, perto da última, havia dois pequenos orifícios que serviam como narinas e através dos quais o monstro expirava seu hálito denso com prodigiosa violência, com um guincho desagradável.

"Nosso tremendo terror ao contemplar aquela coisa medonha foi suplantado pelo assombro, quando, vendo-a mais

---

6. Poe se refere aos sifonóforos, que não são moluscos, mas parentes das águas-vivas. Conhecidos como *caravelas*, são seres coloniais em que um dos membros forma uma grande bolha com uma espécie de vela, permitindo que toda a colônia flutue no mar e seja impulsionada pelos ventos.

de perto, divisamos sobre seu dorso uma hoste de animais mais ou menos do tamanho e forma de homens. Na verdade, pareciam-se muito com homens, exceto por não usarem vestimentas (como usam os homens) e estarem dotados (pela natureza, sem dúvida) de um revestimento feio e desconfortável. Este até parecia tecido, mas estava tão colado à pele que deixava os pobres infelizes comicamente desajeitados, e parecia causar-lhes forte dor. No alto da cabeça traziam caixas quadradas, que à primeira vista pensei fazerem as vezes de turbantes. Logo descobri serem muito pesadas e sólidas, e concluí que seu peso servia para manter a cabeça dos animais firme e segura sobre os ombros. O pescoço das criaturas era circundado por coleiras pretas (símbolos de servidão, sem dúvida), como a que usamos nos cães, só que mais largas e rígidas, de forma que era impossível àquelas pobres vítimas moverem a cabeça em qualquer direção sem virar o corpo junto; e assim eles estavam condenados à perpétua contemplação de seus narizes – uma visão batatuda e atarracada, em um grau assombroso, para não dizer realmente horrendo.

"O monstro estava quase chegando à praia onde estávamos quando, de repente, projetou um de seus olhos bem para fora, e dele emitiu um terrível raio de fogo, acompanhado por uma densa nuvem de fumaça e por um ruído que não posso comparar senão ao do trovão. Quando a fumaça se dissipou, vimos um dos estranhos animais-homens em pé, perto da cabeça da enorme besta, com uma trombeta nas mãos. Levando-a à boca, ela a usou para dirigir-se a nós, com sons fortes, ásperos e desagradáveis que poderíamos ter tomado por alguma linguagem se não fossem emitidos pelo nariz.

"Eu obviamente fora interpelado, mas não fazia ideia de como responder, pois não podia entender o que tinha sido dito. Ante tal dificuldade, voltei-me para o carregador, quase fora de si de pânico, e perguntei-lhe que tipo de monstro parecia-lhe ser aquele, que intenção teria e que espécie de seres eram aqueles que enxameavam em seu dorso. Tanto quanto seu terror lhe permitia, ele respondeu que uma vez ouvira falar desse monstro marinho, um demônio cruel com entranhas de enxofre e sangue de fogo, criado por espíritos malignos para infligir sofrimento à humanidade. As coisas em seu dorso eram parasitas, como os que costumam infestar cães e gatos, só que um pouco maiores e mais selvagens. Tinham sua utilidade, por mais perversa que fosse, pois com suas mordidas e picadas impunham tal tortura à besta que esta atingia a fúria suficiente para rugir e cometer atrocidades, cumprindo assim os desígnios vingativos e perversos dos gênios malignos.

"Tal relato me levou a erguer-me e, sem olhar para trás uma só vez, correr a toda velocidade para as colinas. O carregador correu com igual rapidez, mas numa direção quase oposta, de forma que no final ele conseguiu escapar carregando meus pacotes, dos quais sem dúvida fez excelente uso — embora eu não possa ter certeza, pois não me lembro de alguma vez voltar a vê-lo.

"Quanto a mim, fui perseguido de forma tão acirrada por uma horda de parasitas-homens, que haviam vindo à praia em barcos, que logo fui alcançado, atado de mãos e pés, e carregado para a besta, que imediatamente nadou de volta para o meio do mar.

"Àquela altura eu me arrependia amargamente pela tolice de abandonar o conforto do lar para arriscar minha vida em aventuras como esta. Mas o arrependimento era inútil, e fiz o melhor uso de minha condição, esforçando-me para garantir a boa vontade do animal-homem portador da trombeta, que parecia ter alguma autoridade sobre seus companheiros. Saí-me tão bem que, em poucos dias, o ser cumulou-me de provas de sua amizade, dando-se mesmo ao trabalho de ensinar-me os rudimentos daquilo que tinha a petulância de chamar de linguagem. Assim, algum tempo depois eu conseguia conversar com ele, e revelei meu desejo ardente de ver o mundo.

"– Maxixe esquaxixe guincho, Simbad, oi bilu bilu, ronca tutu grunhe, chia, cicia, xisss – disse-me ele um dia, depois da ceia.

"Mil desculpas, esqueci que vossa majestade não é fluente no dialeto dos Cock-neighs[7] (assim eram chamados os animais-homens). Com sua permissão, farei a tradução. *Maxixe esquaxixe* e assim por diante, quer dizer: *Fico feliz em ver, meu caro Simbad, que você é um sujeito formidável. No momento, fazemos o que se chama circum-navegação do globo. E já que quer tanto ver o mundo, vou ser camarada e dar-lhe uma carona nas costas da besta.*"

Quando a dama Sherazade chegou a esse ponto, conta o *Éassimöunão*, o rei virou-se, deitando sobre seu flanco direito, e disse:

– É mesmo surpreendente, minha cara rainha, que tenha omitido, até agora, essas últimas aventuras de Simbad. Sabe que elas parecem extremamente interessantes e estranhas?

Tendo o rei se manifestado dessa forma, somos informados, a bela Sherazade deu continuidade à história, com as palavras que se seguem.

– Simbad assim prosseguiu em sua narrativa ao califa: "Agradeci ao animal-homem por sua bondade, e logo sentia-me em casa na besta. Ela nadava a uma velocidade prodigiosa através do oceano, cuja superfície naquela parte do mundo não é plana, mas esférica como uma romã, de forma que o tempo todo íamos, por assim dizer, ladeira acima ou ladeira abaixo".

– Isso me parece bastante peculiar – interrompeu o rei.

– E no entanto é a pura verdade – respondeu Sherazade.

– Tenho minhas dúvidas – replicou o rei. – Mas, por favor, tenha a bondade de continuar.

– Continuarei – disse a rainha. – "A besta", prosseguiu Simbad para o califa, "nadou ladeira acima e ladeira abaixo

---

7. Em inglês, *cock* é "galo", e *neigh* é "relincho". Trocadilho intraduzível com *cockney*, dialeto do inglês, típico das classes trabalhadoras de Londres.

até que finalmente chegamos a uma ilha, que tinha um perímetro de muitas centenas de quilômetros. No entanto, ela havia sido construída no meio do mar por uma colônia de pequeninos seres parecidos com lagartinhas.[1]"

— Hum — disse o rei.

— "Deixando aquela ilha", contou Simbad (pois Sherazade, deve-se aclarar, não percebera a exclamação mal-educada de seu marido), "fomos para outra, onde as florestas eram de rocha sólida, tão dura que reduziam a estilhaços os mais bem temperados machados com que tentávamos cortá-las.[2]"

— Hum! — disse o rei de novo. Mas Sherazade, sem lhe dar atenção, continuou com a narrativa de Simbad.

— "Indo além dessa última ilha, chegamos a um país onde existia uma caverna que percorria uma distância de cinquenta ou sessenta quilômetros pelas entranhas da Terra, e que continha palácios mais numerosos e muito mais espaçosos e magníficos do que todos os que existem em Damasco e Bagdá. Dos telhados dos palácios pendiam incontáveis gemas, parecidas com diamantes mas maiores que um homem. Entre as ruas de torres e pirâmides e templos, fluíam rios imensos, negros como o ébano e repletos de peixes sem olhos.[3]"

— Hum! — disse o rei.

— "Então navegamos por um mar onde encontramos uma montanha altaneira, por cujos flancos escorriam torrentes de metal fundido, algumas das quais tinham vinte quilômetros de largura e cem de comprimento.[4] De um abismo no topo emanava tal quantidade de cinzas que o sol desapareceu por completo dos céus, e fez-se uma escuridão mais profunda que a meia-noite mais escura, de tal modo que, mesmo distantes 250 quilômetros da montanha, era impossível ver o mais alvo objeto, por mais próximo que estivesse dos olhos.[5]"

— Hum! — disse o rei.

— "Depois de deixar a costa, a besta seguiu viagem até chegarmos a uma terra onde a natureza das coisas parecia invertida, pois vimos um grande lago em cujo fundo, mais de trinta metros abaixo da superfície, florescia em todo esplendor uma floresta de árvores altas e luxuriantes.[6]"

– Ha! – disse o rei.

– "Algumas centenas de quilômetros mais nos levaram a um clima onde a atmosfera era tão densa que sustentava o ferro ou o aço da mesma forma que a nossa sustenta uma pena.[7]"

– Ora, vamos – disse o rei.

– "Prosseguindo ainda na mesma direção, chegamos à mais magnífica região do mundo todo. Era percorrida por um rio glorioso, com vários milhares de quilômetros de extensão. Era um rio de indizível profundidade, mais transparente que o âmbar. Tinha entre cinco e dez quilômetros de largura, e suas margens, que de ambos os lados se erguiam perpendicularmente a 350 metros, estavam coroadas com árvores de floração perpétua e permanente fragrância suave, que transformavam o território todo num maravilhoso jardim. Mas o nome dessa terra luxuriante era Reino do Horror, e penetrá-la significava morte inevitável.[8]"

– Humpf! – disse o rei.

– "Deixamos esse reino com muita pressa e, depois de alguns dias, chegamos a outro, onde observamos, assombrados, uma infinidade de animais monstruosos, com chifres semelhantes a foices no alto da cabeça. Essas bestas horríveis escavam para si extensas covas no chão, em forma de funil, enfileirando rochas ao longo de suas bordas. As rochas ficam dispostas umas sobre as outras, de forma tal que desmoronam quando outros animais sobem por elas, precipitando-os para dentro do covil do monstro, onde o sangue deles é sugado de imediato. Depois, as carcaças são atiradas, com grande desprezo, a enorme distância dessas 'covas da morte'.[9]"

– Bah! – disse o rei.

– "Continuando a jornada, avistamos um distrito onde havia plantas que cresciam não no solo, mas no ar.[10] Havia ainda as que brotavam da substância de outras plantas,[11] as que tiravam sua substância do corpo de animais vivos[12] e outras mais que brilhavam inteiras num fogo intenso.[13] Havia as que se moviam à vontade de um lado a outro[14] e, mais espantoso ainda, descobrimos flores que viviam, respiravam e moviam livremente suas pétalas e que, além do mais, compartilhavam com a humanidade a detestável paixão de escravizar outros seres, confinando-as em prisões horríveis e solitárias para que desempenhassem funções específicas.[15]"

– Pfff! – disse o rei.

– "Partindo dessa terra, logo chegamos a outra onde abelhas e aves têm tamanha genialidade e erudição matemática que todos os dias instruem na ciência da geometria os homens sábios do império. Tendo o rei do lugar oferecido uma recompensa a quem solucionasse dois problemas muito difíceis, eles de imediato foram solucionados, um pelas abelhas, o outro pelas aves. Mas o rei manteve as soluções em segredo, e foi com as mais exaustivas pesquisas e muito trabalho, e apenas depois de escrever uma infinidade de livros enormes, ao longo de muitos anos, que os matemáticos humanos chegaram, por fim, às mesmas soluções alcançadas *incontinenti* pelas abelhas e pelas aves.[16]"

– Ah, não! – disse o rei.

– "Mal tínhamos perdido de vista esse império quando nos vimos perto de outro, de cuja costa voou por sobre nossas cabeças um bando de aves, com um quilômetro e meio de largura e 390 quilômetros de extensão, de forma que, embora nos sobrevoasse à velocidade de um quilômetro e meio por minuto, levou não menos de quatro horas para que o bando todo passasse; ele era formado por vários milhões de milhões de aves.[17]"

– Ora, bolas! – disse o rei.

– "Nem bem nos livramos dessas aves, que nos causaram muito incômodo, fomos aterrorizados pela aparição de uma ave de outro tipo, infinitamente maior que o pássaro-roca com que me deparara em viagens anteriores, e maior que o maior dos domos de seu serralho,[8] ó mais munificente dos califas. Essa ave terrível não tinha uma cabeça que pudéssemos discernir, mas apenas uma barriga de prodigioso tamanho e muito redonda, feita de algo que parecia muito macio, liso e luzidio, e listrada com muitas cores. Em suas garras, o monstro carregava rumo a seu ninho celestial uma casa da qual arrancara o telhado, em cujo interior conseguimos ver seres humanos, sem qualquer dúvida num estado de desesperado terror pelo horrendo destino que os aguardava. Gritamos com toda a nossa força, na esperança de espantar a ave e fazê-la largar sua presa, mas ela só bufou, como que irritada, e largou sobre nossas cabeças um grande saco, que descobrimos estar cheio de areia!"

— Bobagem! — disse o rei.

— "Foi logo após essa aventura que encontramos um continente de incalculável extensão e prodigiosa solidez, e que, sem embargo, sustentava-se unicamente sobre o dorso de uma vaca azul-celeste, que não tinha menos de quatrocentos chifres.[18]"

— Nisso agora acredito — disse o rei —, pois uma vez li algo parecido em um livro.

— "Passamos imediatamente por baixo desse continente (navegando por entre as pernas da vaca) e, depois de algumas horas, vimo-nos numa região realmente maravilhosa. Fui informado pelo animal-homem tratar-se de sua terra natal, habitada por coisas de sua própria espécie. O fato elevou-o bastante em minha estima; na verdade, passei a envergonhar-me pela familiaridade cheia de desdém com que o tratara até então, pois descobri que os animais-homens constituíam, de modo geral, uma nação de magos poderosos, que viviam com vermes no cérebro,[19] cujas contínuas contorções serviam, sem dúvida, para estimulá-los aos mais miraculosos esforços de imaginação!"

8. Palácio de um sultão.

— Tolice! — disse o rei.

— "Os magos haviam domesticado animais peculiares, de inúmeros tipos. Por exemplo, havia um enorme cavalo com ossos de ferro e água fervente como sangue. Em vez de milho, ele comia pedras escuras e, a despeito dessa dieta sólida, era tão forte e rápido que podia puxar uma carga mais pesada que o mais grandioso templo desta cidade, a velocidade maior que a do voo da maioria das aves.[20]"

— Disparate! — disse o rei.

— "Também vi, entre esse povo, uma galinha sem penas, mas maior que um camelo. Em vez de carne e osso ela tinha ferro e tijolo, e seu sangue, como o do cavalo (com o qual, de fato, ela guardava um parentesco bem próximo), era água em ebulição. Como ele, ela não comia nada além de madeira e pedras escuras. Por dia, essa galinha costumava gerar centenas de pintinhos, que depois de nascerem moravam no estômago da mãe por muitas semanas.[21]"

— Blá-blá-blá! — disse o rei.

— "Um dos habitantes dessa nação de poderosos feiticeiros criou um homem de bronze, madeira e couro, e dotou-o de tão grande engenho que ele poderia vencer no xadrez a toda a raça humana, com exceção do grande califa Haroun Alraschid.[22] Outro desses magos construiu, com material idêntico, uma criatura que faria sombra até mesmo à genialidade de seu criador, tendo tamanha capacidade de raciocínio que em um segundo realizaria cálculos colossais, que teriam exigido o trabalho conjunto de 50 mil homens de verdade durante um ano.[23] Mas um bruxo ainda mais prodigioso elaborou para si uma coisa poderosa, que não era homem ou animal, com um cérebro de chumbo entremeado a uma matéria preta como piche, e dedos tão velozes e destros que não teria dificuldade em escrever vinte mil cópias do Corão em uma hora, com tão grande precisão que, em todas as cópias, não se poderia achar uma que diferisse da outra pela espessura do mais fino cabelo. Essa coisa tinha uma força estupenda e podia erigir e destruir os mais poderosos impérios de um único sopro, mas seus poderes eram usados tanto para o bem como para o mal."[9]

— Ridículo! — disse o rei.

— "Nessa nação de necromantes havia também um em cujas veias corria o sangue de salamandras,[10] e que não tinha escrúpulos em sentar-se para fumar seu *chibouc*[11] num forno aquecido ao rubro, até que sua ceia estivesse bem assada sobre a chapa.[24] Outro tinha a faculdade de converter metais comuns em ouro, sem nem mesmo olhar para eles durante o processo.[25] Outro tinha tanta delicadeza no toque que produziu um filamento que era tão fino a ponto de ser invisível.[26] Outro tinha a percepção tão rápida que pôde contar todos os movimentos separados de um corpo elástico que saltava para a frente e para trás à velocidade de novecentos milhões de vezes por segundo.[27]"

— Absurdo! — disse o rei.

— "Outro desses mágicos empregava um fluido que ninguém jamais viu e podia fazer os corpos de seus amigos acenar com os braços, mover as pernas, debater-se e até mesmo levantar e dançar à sua ordem.[28] Outro havia cultivado a voz com tanto empenho que podia fazer-se ouvir de um extremo a outro do mundo.[29] Outro tinha um braço tão longo que ele podia estar sentado em Damasco e escrever uma carta em Bagdá, ou de fato em qualquer lugar que fosse.[30] Outro podia ordenar ao relâmpago que viesse dos céus até ele a seu bel-prazer, e fazia dele um brinquedo. Outro pegava dois sons fortíssimos e com eles produzia silêncio. Outro construiu

---

9. Referência ao poder da imprensa em influenciar a opinião das pessoas.

10. Desde a Grécia Antiga, o folclore europeu associa a salamandra ao fogo. A crença de que o animal nasce das chamas originou-se da observação de salamandras saindo de dentro de troncos (nos quais buscaram abrigo com a chegada do frio) quando usados como combustível em fogueiras e lareiras.

11. Também *chibouk* ou *chibouque*, um tipo de cachimbo da Turquia, com tubo longo e fornilho de argila vermelha.

uma escuridão profunda com duas luzes brilhantes.[31] Outro fez gelo numa fornalha incandescente.[32] Um outro pediu ao Sol que pintasse seu retrato, e ele o fez.[33] Um outro tomou esse corpo celeste, junto com a lua e os planetas, e depois de pesá-los com escrupulosa precisão, sondou suas profundezas e determinou a solidez da substância com a qual eram feitos. Mas a nação inteira é, de fato, provida de tão surpreendente habilidade necromante que nem suas crianças, ou os gatos e cães mais comuns, têm qualquer dificuldade em enxergar objetos inexistentes, ou que foram varridos da Criação 20 milhões de anos antes do surgimento da nação.[34]"

— Despropósito! — disse o rei.

— "As esposas e filhas desses magos incomparavelmente grandes e sábios — continuou Sherazade, em nada incomodada com as interrupções frequentes e pouco cavalheirescas da parte de seu marido — são tudo o que há de melhor e mais refinado. E também seriam tudo o que há de mais interessante e belo, se não fosse por uma infeliz fatalidade que as castigava, e da qual nem os poderes miraculosos de seus maridos e pais podiam salvá-las. As fatalidades manifestam-se sob diversas formas, e esta à qual me refiro manifestava-se na forma de uma obsessão."

— Uma o quê? — disse o rei.

— Uma obsessão — disse Sherazade. — "Um dos gênios perversos, que estão sempre de sobreaviso para infligir o mal, havia metido na cabeça dessas excelentes damas que aquilo que definimos como beleza pessoal depende totalmente da protuberância da área localizada pouco abaixo da área dos rins. A perfeição da graça, dizem elas, tem uma relação direta com a extensão das ancas. Estando por muito tempo possuídas pela ideia, e sendo as almofadas muito baratas naquele país, perderam-se em um passado distante os dias em que era possível distinguir uma mulher de um dromedário..."[12]

12. A aversão de Poe à moda feminina da época, com suas anquinhas e armações volumosas, volta a manifestar-se em "Mellonta Tauta" (pp. 285-308).

— Pare! — disse o rei. — Não posso e não vou tolerar mais. Você já me deu uma dor de cabeça horrenda com essas suas mentiras. Ademais, vejo que o dia já está raiando. Por quanto tempo estivemos casados? Minha consciência volta a importunar-me. E esse detalhe do dromedário, então... Acha que sou tolo? Depois de tudo isso, o melhor que pode fazer é levantar-se e ser estrangulada.

Essas palavras, sou informado pelo *Éassimöunão*, causaram tanto espanto quanto consternação a Sherazade. Mas sabendo que o rei era um homem de escrupulosa integridade, e nada propenso a faltar com a palavra, submeteu-se a seu destino de boa vontade. No entanto, ela obteve grande consolo (enquanto o garrote estava sendo apertado) com a reflexão de que boa parte da história permanecia por contar, e que a arrogância do bruto do seu marido rendera-lhe a mais apropriada retribuição, privando-o de ouvir muitas aventuras inconcebíveis.

NOTAS DO AUTOR[13]

[1] Os corais.[14]

[2] "Uma das mais notáveis curiosidades naturais do Texas é um bosque petrificado, próximo à cabeceira do rio Pasigno. Ele consiste em várias centenas de árvores em posição ereta, todas transformadas em pedra. Algumas delas, que ainda crescem, estão parcialmente petrificadas. Esse fato é surpreendente para os filósofos naturais, e deve levá-los a modificar a atual teoria da petrificação." — Kennedy.

Este relato a princípio não foi levado a sério, mas subsequentemente foi corroborado pela descoberta de um bosque totalmente petrificado, perto das nascentes do rio Cheyenne, ou Chienne, que tem sua origem nas Black Hills da cadeia Rochosa.

---

13. Muitas das 34 notas de Poe para este conto foram tiradas do livro *Course of Lectures* (1842), de Dionysus Lardner (1793-1859), autor irlandês de livros de popularização da ciência (LEVINE; LEVINE, 1990). Em muitos casos, a citação de Poe é literal, sem menção à fonte. Apesar de famoso à época, Lardner cometeu erros de cálculo grosseiros em várias ocasiões em que fora chamado para emitir pareceres técnicos.

14. No original, o autor usa o termo *coralites*, aparentemente criado por ele.

Do ponto de vista geológico e paisagístico, poucos espetáculos tão notáveis devem existir na superfície do globo quanto o bosque petrificado próximo ao Cairo. Depois de passar pelas tumbas dos califas, situadas pouco além dos portões da cidade, o viajante dirige-se para sul, quase em ângulo reto com a estrada que cruza o deserto rumo a Suez. Seguindo cerca de quinze quilômetros por um vale baixo e descampado, coberto de areia, cascalho e conchas marinhas como se a maré houvesse recuado ontem, ele percorre uma crista de dunas baixas, que por um bom trecho correm paralelas ao caminho. A cena que tem então diante de si é única e desolada. Uma massa de fragmentos de árvores transformadas em pedra, que ressoam como ferro fundido sob os golpes dos cascos do cavalo, estende-se por quilômetros e quilômetros ao redor, na forma de uma floresta decrépita e prostrada. A madeira tem tonalidade marrom-escura e conserva sua forma com perfeição, em pedaços entre trinta centímetros e cinco metros de comprimento, e de quinze centímetros a um metro de espessura, tão próximos uns dos outros, até onde a vista alcança, que um jumento egípcio mal pode seguir seu caminho entre eles. A aparência é tão natural que, fosse na Escócia ou na Irlanda, a região passaria tranquilamente por um imenso pântano drenado, em que as árvores exumadas apodrecem ao sol. As raízes e os rudimentos de galhos estão, muitas vezes, quase perfeitos. Em alguns, reconhecem-se de imediato os buracos de broca sob a casca. Os mais delicados vasos de seiva, e todas as estruturas mais delicadas do cerne da madeira, estão perfeitamente íntegros, e podem ser examinados com uma lente de aumento potente. O conjunto está tão silicificado que pode riscar o vidro, e é possível dar-lhe alto grau de polimento." *Asiatic Magazine.*[15]

[3] A Caverna do Mamute, no Kentucky.

[4] Na Islândia, 1783.[16]

[5] "Durante a erupção do Hecla, em 1766, nuvens desse tipo produziram tal escuridão que, em Glaumba, a mais de cinquenta léguas da montanha, as pessoas tinham de tatear para achar seu caminho. Durante a erupção do Vesúvio, em 1794, em Caserta, as pessoas a quatro léguas de distância só conseguiam caminhar à luz de archotes. No primeiro de maio de 1812, uma nuvem de cinzas vulcânicas e areia, vinda de um vulcão na ilha de Saint Vincent, cobriu Barbados por completo, espalhando uma escuridão tão densa que, ao meio-dia, ao ar livre, não se viam as árvores ou outros objetos ao redor, sequer

---

15. Florestas petrificadas existem em vários locais do mundo. Na Patagônia argentina ocorrem árvores fósseis com mais de 3 metros de diâmetro e 30 metros de comprimento. No Brasil, há importantes depósitos de madeira fóssil no Rio Grande do Sul (geoparque da Paleorrota). No Egito, a área mencionada na nota de Poe, ao longo da estrada Cairo-Suez, está hoje protegida. Nos Estados Unidos, destaca-se o Petrified Forest National Park, no Arizona.

16. Em 1783-1784, uma erupção do vulcão Laki, no sul da Islândia, durou oito meses e resultou na morte de metade do rebanho islandês; com isso, um quarto da população do país morreu de fome. As consequências da erupção foram sentidas ao redor do mundo.

um lenço branco colocado a uma distância de quinze centímetros dos olhos." Murray, p. 215, *Phil. edit.*[17]

[6] "No ano de 1790, durante um terremoto em Caracas, uma parte do solo granítico afundou e formou um lago com setecentos metros de diâmetro e de oitenta a cem metros de profundidade. Junto com o solo, afundou uma parte da floresta de Aripao, e as árvores permaneceram verdes por vários meses sob as águas." Murray, p. 221.[18]

[7] O mais duro aço já manufaturado pode, sob a ação de um maçarico, ser reduzido a um pó impalpável, que flutua com facilidade no ar atmosférico.[19]

[8] A região do Niger. Veja o *Colonial Magazine*, de Simmonds.[20]

[9] O *Myrmeleon* ou formiga-leão. O termo "monstro" é aplicável tanto a pequenas coisas anormais quanto a grandes, enquanto epítetos como "extenso" são meramente comparativos. A toca da formiga-leão é extensa em comparação com o buraco de uma formiga comum. Um grão de sílex também é uma "rocha".[21]

[10] O *Epidendron, Flos Aeris*, da família dos *Orchideae*, cresce tendo apenas a superfície das raízes fixa em uma árvore ou outra superfície, sem tirar dela qualquer nutriente e subsistindo a partir do ar.[22]

[11] As parasitas, como a assombrosa *Rafflesia Arnaldii.*[23]

---

17. O Hecla situa-se no sul Islândia e o Monte Vesúvio na baía de Nápoles, sul da Itália. O vulcão de Saint Vincent, uma ilha do Caribe, é o La Soufrière ("a sulfurosa").

18. Um relatório geológico de 1875 informa que em Caracas, durante um forte terremoto, o solo granítico de Arispao afundou, formando-se ali um lago de 80 metros de diâmetro e 30 de profundidade, mas não menciona as árvores (MATUTE, 1875).

19. Não conseguimos encontrar nenhum fato real que se assemelhe a isto.

20. A fonte de Poe é o relato de Richard Mouat sobre uma missão no rio Níger, em que grande número de tripulantes dos navios adoeceu e morreu (MOUAT, 1844). Embora Reino do Horror seja um apelido apropriado para o que Mouat enfrentou, Poe exagera, e a paisagem que descreve também é fruto de sua imaginação.

21. As formigas-leões são insetos neurópteros, e não são parentes próximos das formigas. Os adultos, alados, têm de 2 a 15 centímetros de envergadura. Poe descreve as larvas, e de modo geral suas informações quanto a aparência e comportamento são corretas; os "funis" têm cerca de 5 centímetros de profundidade por 8 de diâmetro na borda, e as presas mais frequentes são outros insetos.

22. Plantas que usam outras plantas apenas como substrato, sem usar seus nutrientes, são denominadas *epífitas*, e incluem não apenas orquídeas, mas também musgos, líquens, samambaias, cactos e bromélias. Elas obtêm nutrientes a partir do ar, da chuva e, às vezes, dos detritos que se acumulam à sua volta.

23. Poe tem razão ao chamar de assombrosa esta planta da Indonésia, cujo nome correto é grafado *Rafflesia arnoldii*: é a maior flor do mundo, com 1 metro de diâmetro e pesando até 10 quilos.

[12] *Schouw* advoga uma classe de plantas que cresce sobre animais vivos, a *Plantae Epizoae*. A esta classe pertencem os *Fuci* e *Algae*.

O sr. J. B. Williams, de Salem, Massachusetts, apresentou ao National Institute um inseto da Nova Zelândia, com a seguinte descrição: "O *Hotte*, uma larva ou verme, é encontrado roendo a raiz da árvore *rota*, com uma planta crescendo sobre sua cabeça. Este inseto peculiar e extraordinário sobe pelas árvores *rota* e *ferriri*, penetra nelas pelo alto e vai perfurando o tronco e abrindo caminho até chegar à raiz, onde morre ou fica dormente, enquanto a planta se propaga a partir de sua cabeça; o corpo permanece perfeito e íntegro, de uma substância mais dura do que quando vivo. Deste inseto, os nativos extraem uma tinta que usam para tatuar-se".[24]

[13] Em minas e cavernas naturais, encontramos uma espécie de fungo criptógamo que emite intensa fosforescência.[25]

[14] Orquídeas, *Scabiosa* e valisnéria.[26]

[15] "A corola dessa flor (*Aristolochia Clematitis*) é tubular e terminada numa sépala ligulada virada para cima, tendo sua base inflada numa forma globular. Internamente, a porção tubular está revestida com pelos rígidos, voltados para baixo. A região globular contém o pistilo, que consiste apenas do estilo e estigma, junto com os estames circundantes. Os estames, sendo mais curtos que o estilo, não conseguem fazer com que o pólen suba até o estigma, uma vez que a flor mantém-se ereta até ser polinizada. Sem ajuda externa, portanto, o pólen está fadado a depositar-se no fundo da flor. A ajuda que a natureza providenciou é dada pela *Tiputa Pennicornis*, um insetinho que penetra pelo tubo da corola em busca de néctar, desce até o fundo e passeia de um lado a outro até ficar todo coberto de pólen, mas não consegue sair novamente, devido aos pelos virados para baixo, que convergem como

---

24. Aqui Poe dá uma descrição bem fiel do ciclo de vida do fungo chamado de āwheto (*Ophiocordyceps robertsii*) pelos maoris. Ele se desenvolve no interior dos corpos de grandes lagartas de duas espécies de mariposas neozelandesas, devorando-as por dentro. A lagarta infectada morre no solo e o fungo então projeta a partir da cabeça dela sua estrutura reprodutiva, que emerge na superfície da terra. Os maoris recolhem os fungos, queimam-nos e com as cinzas fazem a tinta preta usada em tatuagens.

25. Os fungos bioluminescentes, conhecidos desde os tempos de Aristóteles (século 4 a.C.) e de Plínio, o Velho (23-79 d.C.), crescem sobre madeira em decomposição, sobretudo em regiões de clima temperado da Ásia, Oceania e Américas; em anos recentes, várias espécies foram descobertas no Brasil. A palavra "criptógamo" está mal empregada aqui; criptógamas são plantas (no sentido amplo do termo) que não produzem sementes, flores ou frutos, reproduzindo-se por esporos. Assim, qualquer fungo seria "criptógamo". Atualmente, os fungos não são considerados plantas de fato – estas pertencem ao reino *Plantae*, enquanto os fungos estão no reino *Fungae*.

26. Não parece haver nenhum fundamento nessa nota.

os arames de uma ratoeira. Impaciente com o confinamento, move-se sem parar e busca uma saída por todos os cantos, e nesse processo atravessa repetidamente o estigma, cobrindo-o com pólen suficiente para a polinização. Em consequência, a flor começa a fenecer e os pelos do tubo murcham, permitindo que o inseto passe com facilidade e escape". Reverendo P. Keith, *System of Physiological Botany.*[27]

[16] As abelhas, desde que são abelhas, constroem suas células com o mesmo número de lados, na mesma quantidade e na mesma inclinação que, como já foi demonstrado (num problema que envolveu os mais profundos princípios matemáticos) constituem o número exato de lados, a exata quantidade e a exata inclinação que proporcionam a essas criaturas o máximo de espaço compatível com a maior estabilidade da estrutura.

No final do último século, surgiu entre os matemáticos uma questão: "determinar a melhor forma para as velas de um moinho de vento, de acordo com sua distância a partir das hastes giratórias e a partir do centro de revolução". Esse é um problema por demais complexo, pois em outras palavras implica descobrir a melhor posição possível dentro de uma quantidade infinita de distâncias a partir da haste e em pontos infinitos na própria haste. Houve mil tentativas vãs de responder ao desafio, por parte dos mais ilustres matemáticos, e quando, por fim, uma resposta inegável foi descoberta, os homens descobriram que as asas das aves a haviam utilizado com precisão absoluta desde que a primeira ave cruzou os ares.

[17] Ele observou a passagem, entre Frankfort e o território de Indiana, de um bando de pombos que tinha ao menos um quilômetro e meio de largura; levou quatro horas para passar, o que daria, numa proporção de um quilômetro e meio por minuto, um comprimento de 390 quilômetros; calculando três pombos por jarda quadrada, isso daria 2.230.272.000 pombos. *Travels in Canada and the United States*, do Ten. F. Hall.[28]

[18] "A Terra é sustentada por uma vaca de cor azul, cujos chifres são em número de 400." Alcorão, de Sale.[29]

27. O livro citado foi publicado em 1816. O gênero *Aristolochia* existe no Brasil, onde é chamado de papo-de-peru, cipó-mil-homens e jarrinha. As espécies nacionais apresentam o mesmo mecanismo de polinização por moscas descrito por Poe.

28. O relato do tenente Francis Hall, publicado em 1818, refere-se ao pombo-passageiro (*Ectopistes migratorius*, em inglês *passenger pigeon*), e seus números estão corretos. Apesar de ter sido uma das aves mais comuns do mundo, essa espécie norte-americana extinguiu-se no início do século 20.

29. Esta citação parece ser mais uma das "liberdades poéticas" de Poe. A tradução do Alcorão, pelo inglês George Sale (1697-1736), foi publicada em 1734.

[19] "Os *Entozoa*, ou vermes intestinais, têm sido observados repetidamente nos músculos e na matéria cerebral humana." Veja a *Fisiologia*, de Wyatt, p. 143.[30]
[20] Na Great Western Railway, ferrovia que liga Londres e Exeter, foi alcançada a velocidade de 114 quilômetros por hora. Um trem pesando 90 toneladas viajou de Paddington a Didcot (85 quilômetros) em 51 minutos.
[21] O *Eccaleobion*.[31]
[22] O Enxadrista Autômato de Mäelzel.[32]
[23] A máquina de calcular de Babbage.[33]
[24] Chabert, e depois dele, uma centena de outros.[34]
[25] A eletrotipia.[35]
[26] Wollaston[36] produziu um fio de platina com a espessura de meio milímetros para ser usado no campo de visão de um telescópio. Ele só podia ser visto por meio de microscópio.
[27] Newton demonstrou que a retina, sob a influência do raio violeta do espectro, vibrava 900.000.000 de vezes por segundo.
[28] Pilha voltaica.[37]
[29] O eletrotelégrafo transmite informações instantaneamente — pelo menos no que se refere a qualquer distância sobre a Terra.[38]

---

30. O termo *Entozoa*, usado até inícios do século 20, incluía vários grupos de vermes parasitas, entre os quais nematódeos e platelmintos. Alguns deles, sobretudo a tênia, ou solitária, podem se instalar no cérebro, mas não apresentam "contorções contínuas", pois formam cistos (os cisticercos) e ficam imóveis.

31. Inventado por William Bucknell (1811-1890), o *Eccaleobion* era uma incubadora aquecida a vapor, mas era caro demais para ser bem sucedido comercialmente.

32. Sobre o assunto, ver comentário nosso após o conto "A descoberta de Von Kempelen" (pp. 157-166).

33. A "máquina diferencial de Babbage" era uma calculadora automática, destinada a calcular funções polinomiais. Foi inventada pelo cientista e engenheiro inglês Charles Babbage (1791-1871), considerado um dos pais da computação.

34. Ivan Ivanitz Chabert (1792-1859), conhecido como Rei do Fogo e Salamandra Humana, apresentou-se em Londres, de 1818 a 1830, bebendo óleo fervente, comendo carvão incandescente, inalando a chama de uma tocha, banhando os pés em chumbo derretido, entre outras proezas. Em 1831, foi para Nova York, onde não teve tanto êxito e acabou ganhando a vida como médico charlatão.

35. Processo semelhante à galvanoplastia, que é o revestimento de objetos com uma camada muito fina de metal, por meios eletroquímicos.

36. William Hyde Wollaston (1766-1828), químico e físico britânico, descobriu os elementos químicos paládio e ródio, fez importantes trabalhos com a eletricidade e inventou vários instrumentos ópticos.

37. Pilha voltaica ou galvânica, é a pilha comum, que converte a energia química em energia elétrica. Ver o uso que Poe faz desse invento em "Conversa com uma múmia" (pp. 261-282).

38. O eletrotelégrafo foi o primeiro meio elétrico de telecomunicação. Começou ser usado comercialmente em 1837 — à época em que este conto foi escrito, portanto, era tecnologia de ponta.

[30] O aparelho impressor por eletrotelégrafo.

[31] Experimentos corriqueiros em Filosofia Natural.[39] Se os raios de duas fontes luminosas são admitidos em uma câmara escura, incidindo em uma superfície branca, e seus comprimentos diferem em 0,0000258 de polegada, sua intensidade é duplicada; o mesmo ocorre se a diferença de comprimento for de qualquer múltiplo inteiro dessa fração. Um múltiplo de 2¼, 3¼ etc., resulta em intensidade igual à de um só raio. Mas um múltiplo de 2½, 3½ etc., resulta em escuridão total. Nos raios violeta, efeitos semelhantes ocorrem com diferenças de 0,000157 de polegada; com todos os outros raios, os resultados são semelhantes, a diferença variando com um aumento uniforme, do violeta para o vermelho. Experimentos análogos com o som produzem resultados análogos.[40]

[32] Coloque um cadinho de platina sobre uma espiriteira e aqueça-o ao rubro. Ponha nele um pouco de ácido sulfúrico, que embora seja uma das substâncias mais voláteis em temperatura normal, permanece completamente estável em um cadinho incandescente, sem evaporar uma gota sequer, pois está circundado por sua própria atmosfera e sequer chega a tocar os lados. Se algumas gotas de água forem adicionadas, o ácido entra de imediato em contato com os lados aquecidos do cadinho e eleva-se como vapor de ácido sulfuroso, e tão rápido é seu deslocamento que ele absorve todo o calor da água, que cai ao fundo do cadinho na forma de gelo; aproveitando o momento antes de ela derreter, pode-se retirar um pedaço de gelo de um recipiente incandescente.[41]

[33] O daguerreótipo.[42]

[34] Embora a luz viaje 167.000 milhas (cerca de 270.000 quilômetros)[43] em um segundo, a distância até 61 Cygni (única estrela cuja distância se conhece) é tão inimaginavelmente grande que seus raios demorariam mais de 10 anos para chegar à Terra.[44] Para estrelas mais distantes, vinte anos, ou mesmo mil anos, seriam estimativas moderada. Assim, se elas tivessem sido aniquiladas

39. Filosofia Natural era o termo empregado para designar a ciência empírica, antes que o termo *ciência* adquirisse seu sentido atual (antes, tinha o sentido de conhecimento ou estudo). O termo "cientista" só surgiu em 1834.

40. Fenômeno denominado *interferência*, descrito pelo físico, médico e egiptólogo britânico Thomas Young (1773-1829).

41. Em 1834, o inventor estadunidense Jacob Perkins (1766-1849) patenteou uma máquina de fazer gelo que funcionava por meio da evaporação de éter sulfúrico.

42. Primeiro processo fotográfico usado em larga escala. Desenvolvido pelo químico e artista Louis Daguerre (1778-1851), começou a ser usado em 1839. A imagem mais famosa do próprio Poe é uma foto feita com um daguerreótipo em 1848.

43. Na verdade, 299.792,46 quilômetros por segundo.

44. 61 Cygni é uma estrela binária situada a 11,3 anos-luz do Sol. A distância mencionada por Poe foi calculada em 1838 pelo astrônomo alemão Friedrich Wilhelm Bessel (1784-1846), que errou por muito pouco o valor correto.

vinte ou mil anos atrás, nós ainda as veríamos hoje, por meio da luz que partiu de sua superfície vinte ou mil anos no passado. Não é impossível, nem mesmo improvável, que muitas das estrelas que vemos todos os dias estejam de fato extintas.

[sobre o conto]

"The Thousand-and-Second Tale of Scheherazade" foi primeiramente publicado em *Godey's Lady's Book*, em fevereiro de 1845. No mesmo ano foi reimpresso no *Broadway Journal*.

Nesta versão corrigida de *As mil e uma noites*, Sherazade resolve, na milésima segunda noite, contar as mais maravilhosas aventuras de Simbad, que ela havia deixado de contar anteriormente. Dessa vez, Simbad parte para viajar ao redor do mundo a bordo de um monstruoso ser marinho, na verdade um navio a vapor britânico. Durante sua viagem, ele se depara com lugares assombrosos e com engenhos mais estranhos do que a imaginação pode conceber. O marido de Sherazade, o califa, escuta a tudo muito cético, e finalmente, quando considera que o despropósito passou dos limites, resolve estrangular Sherazade e acabar com aqueles absurdos de uma vez por todas.

Na verdade, a narrativa inclui elementos reais do século 19, mas apresentados sob a ótica de habitantes de uma era passada. Poe pretendeu mostrar quão inacreditáveis poderiam parecer aos olhos de pessoas da Antiguidade as invenções tecnológicas e descobertas de sua época. Assim, desfilam pela narrativa o navio a vapor, um balão dirigível, o trem de ferro, a impressora mecânica, a imprensa, o telégrafo, o daguerreótipo, entre outros artefatos. Poe acrescenta, ainda, fatos revelados pela pesquisa científica então recente, locais bizarros descobertos por exploradores e fenômenos naturais fora do comum.

A forma como ele os apresenta, porém, é fabulosa e repleta de exageros, a ponto de tornar quase irreconhecível e verdadeiramente inacreditável tudo o que Sherazade/Simbad relatam. Com isso, Poe consegue imprimir ao conto uma atmosfera surreal, aproximando-o de fato da narrativa de *As mil e uma noites* original.

Neste conto, Poe revela-se uma verdadeira esponja, sempre a par dos acontecimentos de sua época, capaz de incorporar ao texto fatos e eventos das mais diversas áreas e as novidades tecnológicas de então. Ao mesmo tempo, ele volta a aplicar seu estratagema recorrente — o de usar textos alheios — de modo a aparentar uma cultura científica muito maior do que a que de fato possuía — neste caso, por meio da cópia de notas de um livro de divulgação científica.

"O milésimo segundo conto de Sherazade" evoca as histórias de ficção científica em que alienígenas perplexos e intrigados descrevem a espécie humana e seus costumes. Por outro lado, em um ensaio pioneiro na crítica literária da ficção científica, Williams (1956) destaca o humor como uma das principais características do relato, assim como ocorre com os contos "Pictures Don't Lie" (1951), de Katherine MacLean, e "The Cerebrative Psittacoid" (1953), de H. Nearing.

Com a menção ao *Dizmejá Éassimöunão* (no original, *Tellmenow* Isitsöornot), o livro fictício no qual teria encontrado o verdadeiro final d'*As mil e uma noites*, Poe insere-se numa tradição literária trilhada, por exemplo, pelo autor francês François Rabelais, que em *Pantagruel* (1532) e *Gargântua* (1534) cita toda uma biblioteca de livros inexistentes.

Em 1924, o estadunidense H. P. Lovecraft criou o misterioso e maligno *Necronomicon*, livro fictício que daí em diante foi citado com tanta verossimilhança, inclusive por outros escritores de terror, que algumas pessoas têm certeza de sua existência. Alguns autores muito conhecidos mencionam vastas bibliografias imaginárias, como o argentino Jorge Luís Borges e seu admirador declarado, o italiano Umberto Eco. Na ficção científica, o livro fictício mais conhecido talvez seja *O guia do mochileiro das galáxias*, criado pelo inglês Douglas Adams no romance de mesmo nome, de 1979, que deu início a uma "trilogia de cinco volumes".

CONVERSA COM UMA MÚMIA (1845)

O festim da noite anterior havia sido um pouco demais para meus nervos. Estava com uma dor de cabeça horrorosa e sentia um sono terrível. Por isso, em vez de sairmos, como eu havia sugerido, pareceu-me que não haveria nada mais acertado a fazer do que degustar uma ceia frugal e ir direto para a cama.

Claro, uma ceia frugal. Gosto demais de Welsh Rabbit.[1] Mais de uma libra[2] de uma vez, porém, às vezes pode não ser aconselhável. Ainda assim, não se pode fazer nenhuma objeção séria a duas. E, realmente, entre duas e três a diferença é de uma mera unidade. Arrisquei-me, talvez, a quatro. Minha esposa afirma que foram cinco, mas ela obviamente confundiu duas coisas muito diferentes. Estou disposto a admitir o número abstrato, cinco, mas ele concretamente refere-se a garrafas de Brown Stout,[3] condimento sem o qual o Welsh Rabbit não deve ser consumido.

Tendo concluído minha refeição frugal e colocado meu gorro de dormir, com a serena esperança de desfrutá-lo até o meio-dia do dia seguinte, repousei a cabeça no travesseiro e, com a ajuda de uma consciência serena, caí logo num sono profundo.

Mas quando foi que as esperanças da humanidade se concretizaram? Não cheguei a completar o terceiro ronco quando a campainha da porta ressoou furiosa, acompanhada pelo

---

1. *Welsh rabbit*, ou *Welsh rarebit*, é um prato inglês, que consiste em molho de queijo derretido com outros ingredientes, sobretudo cerveja, servido quente sobre pão tostado.

2. Medida inglesa de massa, equivalente a cerca de meio quilo.

3. Tipo de cerveja escura.

golpear impaciente da aldrava, e me despertou de imediato. Um minuto depois, eu ainda esfregava os olhos quando minha esposa me enfiou na cara uma nota, escrita por meu velho amigo, o doutor Ponnonner. Ela dizia:

Meu bom e caro amigo, venha ver-me, sem falta, assim que receber esta mensagem. Venha regozijar-se conosco. Finalmente, após longa e perseverante negociação, consegui autorização da Diretoria do Museu da Cidade para examinar a múmia, e bem sabe qual. Tenho permissão para desenfaixá-la e, caso necessário, dissecá-la. Alguns amigos estarão presentes, e entre eles conto com você, é claro. A múmia encontra-se em minha casa, e vamos começar a desenrolá-la hoje às onze.

Um abraço,
Ponnonner

Quando cheguei a "Ponnonner", vi que já estava tão desperto quanto um homem precisa estar. Saltei da cama em êxtase, jogando longe tudo o que estivesse no caminho. Vesti-me com rapidez extraordinária e saí, a toda velocidade, rumo à casa do doutor.

Encontrei aí um grupo bastante ansioso. Estavam me esperando com grande impaciência. A múmia jazia sobre a mesa de jantar, e assim que entrei teve início seu exame.

Era uma das duas múmias trazidas, muitos anos antes, pelo capitão Arthur Sabretash, primo de Ponnonner, de uma tumba próxima a Eleithias, nas montanhas da Líbia,[4] a uma considerável distância de Tebas, Nilo acima. As grutas do local, embora menos suntuosas que os sepulcros de Tebas, são de grande interesse por exibirem numerosas imagens da vida

4. Localidade situada, na verdade, no vale do rio Nilo, no Egito, entre as atuais Isna e Edfu.

privada dos egípcios. A câmara de onde nosso espécime fora trazido era, dizia-se, muito rica em ilustrações, com paredes completamente revestidas com afrescos e baixos-relevos, enquanto estátuas, vasos e mosaicos de padrões complexos indicavam a grande riqueza do falecido.

O tesouro havia sido depositado no museu na mesma condição em que o capitão Sabretash o encontrara. Em outras palavras, o caixão não havia sido perturbado. Por oito anos assim permaneceu, com apenas a parte externa sujeita à vista do público. Agora, portanto, tínhamos a múmia completa a nossa disposição. Para aqueles que sabem como é raro que uma antiguidade intacta chegue a nossos portos, fica claro que tínhamos um bom motivo para nos alegrar por nossa boa fortuna.

Aproximando-me da mesa, vi sobre ela uma grande caixa, ou estojo, com uns dois metros de comprimento e talvez um de largura, por setenta e cinco centímetros de altura. Era oblonga, e não tinha forma de caixão. A princípio pensamos ser feita de madeira de sicômoro (*Platanus*),[5] mas ao ser cortada revelou ser de papelão ou, mais propriamente, de papel machê, feito de papiro. Era ricamente ornamentada com pinturas, representando cenas funerárias e outros temas fúnebres, intercaladas com séries de caracteres hieroglíficos, em várias posições, que sem dúvida registravam o nome do falecido. Por sorte, o sr. Gliddon[6] fazia parte de nosso grupo e traduziu sem qualquer problema as letras, que eram simplesmente fonéticas e formavam a palavra *Totalekívoco*.

Tivemos alguma dificuldade para abrir a caixa sem danificá-la. Quando por fim conseguimos, encontramos uma segunda, em forma de caixão e de tamanho bem menor que a externa, mas fora isso idêntica a ela. O espaço entre ambas

5. O sicômoro do gênero *Platanus* a que Poe se refere é uma árvore norte-americana; portanto, o sarcófago da múmia não poderia ser feito dessa madeira.

6. George Gliddon (1809-1857), egiptólogo estadunidense, defensor da teoria racista de que seria possível avaliar a capacidade intelectual de uma raça pelo volume interno do crânio.

estava preenchido com resina, que alterara um pouco as cores da caixa interna.[7]

Ao abrir a segunda caixa (coisa que fizemos com muita facilidade), chegamos a uma terceira, também em forma de caixão, sem grande diferença da anterior, exceto pelo material, que era cedro, e ainda emitia o odor dessa madeira, peculiar e muito aromático. Entre ambas as cápsulas não havia espaço algum, e a terceira encaixava-se perfeitamente na segunda.

Removendo e destampando a terceira cápsula, chegamos ao corpo e o retiramos. Tivéramos a expectativa de encontrá-lo, como de costume, todo enfaixado com bandagens de linho, mas em vez disso havia um tipo de envoltório feito de papiro e revestido com uma camada de gesso, densamente adornado com ouro e pintado. As pinturas representavam temas relacionados aos supostos deveres da alma, e a apresentação desta a diferentes divindades, com várias figuras humanas idênticas, que muito provavelmente retratavam as pessoas embalsamadas. Estendendo-se da cabeça aos pés havia uma inscrição colunar, ou perpendicular, em hieróglifos fonéticos, de novo informando o nome e os títulos da múmia, e os nomes e títulos de seus parentes.

Ao redor do pescoço que estava assim envolto, havia um colar de contas de vidro cilíndricas, de cores variadas, arranjadas de modo a formarem figuras de deidades, do escaravelho e do globo alado. Ao redor da cintura havia um colar ou cinturão semelhante.

Removendo o papiro, encontramos a carne em excelente estado de conservação, sem odor perceptível. A coloração era avermelhada. A pele era dura, lisa e luzidia. Dentes e cabelo estavam em boa condição. Os olhos pareciam ter sido removidos e substituídos por olhos de vidro, muito belos e pare-

7. A descrição de Poe corresponde de perto à realidade: as múmias são colocadas em caixões que vão dentro um do outro, e muitas vezes o espaço entre eles está preenchido por resina. Também as descrições que se seguem são bastante realistas.

cendo incrivelmente vivos, embora de olhar demasiadamente fixo. As unhas de mãos e pés tinham um revestimento dourado reluzente.[8]

O sr. Gliddon opinou que, pela vermelhidão da epiderme, o embalsamamento fora feito com asfalto. Mas raspando a superfície com um instrumento de aço e atirando no fogo o pouco do pó resultante, um cheiro de cânfora e outras gomas de odor adocicado tornou-se aparente.

Vasculhamos o corpo cuidadosamente, em busca das aberturas habituais por onde as entranhas são extraídas, mas para nossa surpresa não encontramos nenhuma. Nenhum dos presentes sabia, então, que não é difícil encontrar múmias íntegras, ou não abertas. O cérebro em geral era removido pelo nariz; os intestinos por uma incisão no flanco; a seguir, os pelos eram raspados e o corpo era lavado e salgado. Era posto de lado por várias semanas, até ter início o processo de embalsamamento propriamente dito.

Como não encontramos qualquer sinal de abertura, o dr. Ponnonner preparava seus instrumentos de dissecção, quando observei que já passava das duas da manhã. Assim, concordamos em adiar o exame interno até a noite seguinte, e estávamos a ponto de nos separar quando alguém sugeriu um ou dois experimentos com uma pilha voltaica.

A aplicação de eletricidade a uma múmia com pelo menos três ou quatro mil anos de idade era uma ideia, se não muito inteligente, ao menos original, e todos aderimos de imediato.[9] Com uma parte de seriedade e nove de galhofa, preparamos uma bateria no estúdio do doutor e para lá levamos o egípcio.

Foi apenas com muito esforço que conseguimos expor algumas porções do músculo temporal, que parecia não ter a

---

8. Alguns anos antes da publicação deste conto, o uso de ouro em múmias, inclusive nas unhas, havia sido relatado por Thomas Pettigrew (1834).

9. Experimentos em que se procedia à aplicação de eletricidade ("galvanismo") em cadáveres eram realizados desde o início do século 19.

mesma rigidez pétrea de outras partes do defunto. Como tínhamos previsto, porém, este não demonstrou a menor resposta galvânica quando tocado pelo fio. O primeiro teste pareceu-nos, de fato, definitivo, e rindo à larga de nossa ideia absurda, estávamos nos despedindo uns dos outros quando meu olhar recaiu por acaso sobre a múmia e grudou-se nela, espantado. A breve olhada tinha sido suficiente para assegurar-me de que os olhos, que havíamos suposto de vidro e que originalmente chamavam a atenção por seu aspecto um tanto arregalados, estavam agora cobertos pelas pálpebras, de forma que só uma pequena porção da *tunica albuginea*[10] permanecia visível.

Com um grito chamei atenção para o fato, e na hora todos o perceberam.

Não posso dizer que tivesse ficado alarmado com o fenômeno, pois, em meu caso, "alarmado" não seria bem o termo. No entanto, é possível que, não fosse a Brown Stout, eu talvez tivesse ficado um pouco nervoso. Quanto aos demais membros do grupo, não fizeram nenhum esforço para esconder o pavor que os dominou. O dr. Ponnonner estava num estado que dava dó. O sr. Gliddon, por algum processo peculiar, havia se tornado invisível. O sr. Silk Buckingham,[11] creio, não se atreverá a negar que se esgueirou, de gatinhas, para baixo da mesa.

Passado o primeiro choque, entretanto, resolvemos, é claro, conduzir novos experimentos. Nossas operações voltaram-se então para o dedão do pé direito. Fizemos uma incisão por fora do *os sesamoideus pollicis pedis*[12] externo, chegando assim à raiz do músculo abdutor. Reajustando a bateria, apli-

10. Camada de colágeno densa e branca que circunda uma estrutura anatômica. Aqui refere-se ao branco do olho. Em latim no original.

11. James Silk Buckingham (1786-1855), egiptólogo inglês, jornalista e prolífico autor de livros de viagem, ridicularizado mais de uma vez por Poe – ele volta a ser mencionado em "Mellonta Tauta" (pp. 285-308).

12. Osso sesamoide do dedão do pé. Em latim no original.

camos então o fluido elétrico aos nervos seccionados. Com um movimento que dava a exata impressão de vida, a múmia primeiro ergueu o joelho esquerdo quase até tocar o abdome e depois, estendendo a perna com força inconcebível, acertou um chute no dr. Ponnonner, com o que o cavalheiro foi projetado, como uma flecha em uma catapulta, através de uma janela e na rua lá embaixo.

Acorremos *en masse* para trazer de volta os restos desfigurados do infeliz, mas tivemos a felicidade de topar com ele já na escada, subindo com pressa inexplicável, cheio da mais ardente filosofia e mais do que nunca convencido da necessidade de prosseguir os experimentos, com vigor e diligência.

Assim, seguimos suas instruções e fizemos uma profunda incisão na ponta do nariz do paciente, enquanto o próprio doutor puxou de forma violenta o apêndice nasal, colocando-o em pleno contato com o fio.

Moral e fisicamente, figurativa e literalmente, o efeito foi eletrizante. Em primeiro lugar, o cadáver abriu os olhos e piscou rapidamente por vários minutos, como faz o sr. Barnes[13] na pantomima. Em segundo lugar, espirrou. Em terceiro, sentou-se. Em quarto, sacudiu o punho diante da face do dr. Ponnonner. Em quinto, voltando-se para o sr. Gliddon e o sr. Buckingham, falou-lhes em excelente egípcio:

— Devo dizer, senhores, que estou surpreso e mortificado com seu comportamento. Do dr. Ponnonner, não esperaria nada melhor. Ele é um pobre gorduchinho idiota que não faz nada direito. Tenho dó dele, e o perdoo. Mas os senhores Gliddon e Silk viajaram pelo Egito. Moraram lá tanto tempo que poderiam passar por nativos. Viveram tanto tempo entre nós que dominam o idioma egípcio tão bem, penso, quanto escrevem em sua própria língua. Vocês, que sempre conside-

13. John Barnes (1761-1841), ator inglês que imigrou para os Estados Unidos em 1816. Sua especialidade eram as comédias, e ele atuou nos palcos até pouco antes de sua morte.

rei serem amigos fiéis das múmias, de sua parte eu realmente esperava uma conduta mais cavalheiresca. Que devo pensar a seu respeito, parados aí, inertes, vendo que estou sendo tratado com tanta deselegância? Que devo supor, quando permitem que Fulano, Beltrano e Sicrano me arranquem de meus caixões e me desnudem neste horrível clima frio? Tendo tudo isso em vista, e indo direto ao ponto, como devo entender que estejam aí ajudando e incitando esse miserável vilãozinho, dr. Ponnonner, a me puxar pelo nariz?

É claro que seria de se esperar que, ouvindo tais palavras, em tais circunstâncias, todos nós corrêssemos para a porta, ou tivéssemos um violento ataque histérico ou sofrêssemos um desmaio coletivo. Qualquer uma dessas três reações seria, creio, esperada. E, palavra de honra, não sei como nem por que não foi nada do que fizemos. Mas talvez o verdadeiro motivo deva ser procurado no espírito da época, que se pauta sobretudo pela lei dos contrários, e que hoje costuma ser evocado como solução para qualquer situação envolvendo paradoxos e impossibilidades. Ou talvez o jeito tão natural e casual da múmia tenha destituído suas palavras de qualquer qualidade terrível. Como quer que fosse, os fatos são claros. Nenhum dos presentes demonstrou qualquer temor em particular, ou pareceu achar que alguma coisa tivesse dado muito errada.

De minha parte, estava convencido de que estava tudo bem, e apenas dei um passo para o lado, para fora do alcance do punho do egípcio. O dr. Ponnonner meteu as mãos nos bolsos das calças, olhou feio para a múmia e enrubesceu violentamente. O sr. Gliddon cofiou as suíças e ajeitou o colarinho da camisa. O sr. Buckingham baixou a cabeça e colocou o polegar direito no canto esquerdo da boca.

O egípcio olhou-o com expressão severa por alguns instantes, e por fim disse, com um muxoxo:

— Por que não diz nada, sr. Buckingham? Ouviu o que lhes perguntei ou não? Tire o dedo da boca!

O sr. Buckingham teve um ligeiro sobressalto, tirou o polegar direito do canto esquerdo da boca e, à guisa de compensação, inseriu o polegar esquerdo no canto direito da supracitada abertura.

Incapaz de conseguir uma resposta do sr. B., a figura voltou-se, impertinente, para o sr. Gliddon e num tom peremptório exigiu saber que pretendíamos todos nós.

Depois de um bom tempo, o sr. Gliddon respondeu, em linguagem fonética, e não fosse a deficiência das gráficas estadunidenses em termos da tipografia hieroglífica, ter-me-ia dado muito prazer registrar aqui, no original, a totalidade de sua excelente fala.

Aproveito para observar que toda a conversação subsequente em que a múmia tomou parte foi conduzida em egípcio antigo, por intermédio (no que diz respeito a mim e a outros integrantes não viajados do grupo) do sr. Gliddon e do sr. Buckingham, que serviram como intérpretes. Os cavalheiros falavam a língua materna da múmia com fluência e graça inimitáveis, mas não pude deixar de notar que os dois viajantes por vezes se viram obrigados a lançar mão de outros meios, na tentativa de transmitir certos significados. Isso se devia, sem dúvida, à menção de ideias inteiramente modernas e, é claro, totalmente inéditas para o estranho. Por exemplo, num dado momento, o sr. Gliddon não conseguiu fazer o egípcio entender o termo "política" até esboçar na parede, com um pedaço de carvão, um sujeitinho de nariz inchado, mal-ajambrado, de pé sobre um palanque, a perna esquerda recuada, com o braço direito estendido para diante e o punho cerrado, olhos revirados em direção ao céu e a boca aberta num ângulo de noventa graus.[14] Da mesma forma, o sr. Buckingham não

14. A partir de 1841, Poe esforçou-se para conseguir um cargo político, cujos proventos o tirariam de sua miséria crônica, mas, ao cabo de dois anos de tentativas vãs, as picuinhas e artimanhas dos políticos fizeram-no abandonar as esperanças. Vem daí sua aversão à política (MARCHAND, 1934).

conseguiu transmitir o conceito muito moderno de "peruca" senão quando, muito pálido, consentiu em remover a sua própria, seguindo uma sugestão do dr. Ponnonner.

É bem compreensível que o discurso do sr. Gliddon tenha se voltado sobretudo para o vasto benefício que a ciência obteria desembrulhando e estripando múmias, em vista disso pedindo desculpas por qualquer inconveniente que tivesse sido causado notadamente à múmia denominada Totalekívoco, e concluindo com a leve insinuação (pois não poderia ser considerada mais que isso) de que, com esses pequenos detalhes agora esclarecidos, seria conveniente dar seguimento às investigações planejadas. Nesse ponto, o dr. Ponnonner arrumou seus instrumentos.

Quanto às últimas sugestões do orador, Totalekívoco pareceu ter certos escrúpulos de consciência, cuja natureza não entendi bem. Mas declarou-se satisfeito com as desculpas apresentadas e, descendo da mesa, apertou a mão de todos os presentes.

Concluída a cerimônia, de imediato nos ocupamos em reparar os estragos feitos pelo bisturi em nosso objeto de estudo. Costuramos a ferida na têmpora, fizemos um curativo no pé e aplicamos seis centímetros quadrados de cataplasma à ponta de seu nariz.

Notou-se então que o conde (parecia ser esse o título de Totalekívoco) tinha um leve ataque de tremedeira, sem dúvida devido ao frio. De imediato o doutor se retirou rumo a seu guarda-roupa e logo voltou com uma elegante casaca preta, à melhor moda de Jennings, um par de calças de tecido xadrez azul-celeste com suspensórios, uma camisa rosa de algodão fino, um colete de brocado com abas, um sobretudo branco, uma bengala de cabo curvo, um chapéu sem abas, botas de verniz, luvas de camurça bege, um monóculo, um par de suíças e um lenço de pescoço. Dada a disparidade de tamanho entre o conde e o doutor (a proporção sendo de dois para um), houve alguma dificuldade em ajustar as vestimentas à pessoa do egípcio, mas ao terminarmos poder-se-ia dizer que estava vestido. Então o sr. Gliddon tomou-o pelo braço e levou-o até uma cadeira confortável perto da lareira, enquanto o doutor tocava uma campainha e mandava virem charutos e vinho.

A conversa logo ficou animada. Expressou-se muita curiosidade, claro, quanto ao fato um tanto surpreendente de Totalekívoco ainda estar vivo.

– Eu teria suposto que já seria tempo de que estivesse morto – observou o sr. Buckingham.

– Como assim? – respondeu o conde, muito surpreso. – Tenho pouco mais de setecentos anos de idade! Meu pai viveu mil anos, e não estava de modo algum senil ao morrer.

Seguiu-se uma vigorosa sessão de questões e cálculos, tornando-se evidente que houvera um erro grosseiro na estimativa da idade da múmia. Haviam-se passado cinco mil e cinquenta anos e alguns meses desde que ela fora depositada nas catacumbas de Eleithias.

– Mas meu comentário não dizia respeito a sua idade à época do sepultamento – prosseguiu o sr. Buckingham. – Asseguro-lhe que, de fato, ainda é um homem jovem. O que me espanta é a imensidão de tempo durante a qual, por suas próprias palavras, esteve envolto em asfalto.

– Em quê? – disse o conde.

– Em asfalto – persistiu o sr. B.

– Ah, sim, tenho uma vaga ideia do que quer dizer, talvez isso pudesse funcionar, sem dúvida, mas em minha época usávamos pouca coisa além de bicloreto de mercúrio.[15]

– O que não conseguimos entender, especificamente – disse o dr. Ponnonner –, é como pode ser que, tendo morrido e sido sepultado no Egito, há cinco mil anos, esteja aqui tão vivo e com aparência tão boa.

---

15. O asfalto, ou betume, não era usado no processo da mumificação, que envolvia basicamente a remoção das vísceras e a desidratação do corpo. Segundo Beaver (1976), o cloreto de mercúrio começou a ser usado para preservação na França, no século 18. No final do século 19 e começo do 20, era empregado na preservação de espécimes antropológicos e biológicos, e também no tratamento de dormentes de ferrovias.

— Se houvesse estado morto é mais provável que morto ainda estivesse — respondeu o conde. — Percebo que vocês ainda estão na infância do galvanismo, e não conseguem obter com ele os resultados que eram comuns entre nós, nos velhos tempos. O fato é que caí em catalepsia[16] e as pessoas que me eram mais caras acharam que estava morto, ou que deveria estar. Apressaram-se então em me embalsamar. Presumo que estejam a par do princípio geral do processo de embalsamamento.

— Bem, não exatamente.

— Ah, entendo. Uma condição de deplorável ignorância! Pois bem, não posso entrar em detalhes agora. Mas devo explicar que, no Egito, o embalsamamento propriamente dito consistia em deter por tempo indeterminado todas as funções animais sujeitas a esse processo. Nesse caso, a palavra "animal" tem seu sentido mais amplo, incluindo o ser físico e também o moral e o vital. Repito, o princípio geral do embalsamamento consistia, para nós, na interrupção imediata de todas as funções animais sujeitas a esse processo e sua manutenção num estado de perpétua latência. Em suma, fosse qual fosse a condição do indivíduo no momento do embalsamamento, naquela condição ele permaneceria. Pois bem, tendo a boa fortuna de ser do sangue do Escaravelho, fui embalsamado vivo, como me veem agora.

— O sangue do Escaravelho! — exclamou o dr. Ponnonner.

— Sim. O Escaravelho era a insígnia ou brasão de uma família muito nobre e distinta. Ser "do sangue do Escaravelho" significa apenas pertencer à família que o Escaravelho simboliza. Eu falei de modo figurado.

— Mas o que tem isso a ver com o fato de estar vivo?

— Bem, é costume geral no Egito remover do corpo, antes do embalsamamento, suas entranhas e seu cérebro. Apenas na

16. Condição nervosa caracterizada por rigidez muscular e imobilidade total, sem resposta a estímulos externos, e com redução da sensibilidade à dor. Poe abordou a catalepsia em "A queda da casa de Usher" (1839) e em "O sepultamento prematuro" (1844).

raça dos Escaravelhos esse costume não é seguido. Não fosse eu um Escaravelho, portanto, estaria sem entranhas nem cérebro. E é bem inconveniente viver sem qualquer um deles.

— Compreendo — disse o sr. Buckingham. — Suponho então que todas as múmias íntegras encontradas pertencem à raça dos Escaravelhos.

— Sem dúvida alguma.

— Eu pensava — disse o Sr. Gliddon, com muita humildade — que o Escaravelho fosse um dos deuses egípcios.

— Um dos *o que* egípcios? — exclamou a múmia, colocando-se de pé.

— Deuses! — repetiu o viajante.

— Sr. Gliddon, fico realmente estupefato ouvindo-o dizer esse tipo de coisa — disse o conde, retornando à sua cadeira. — Nenhuma nação na face da Terra jamais reconheceu mais do que um deus. O Escaravelho, o Íbis e outros eram para nós (como criaturas semelhantes foram para outros), os símbolos ou meios pelos quais venerávamos o Criador, magnífico demais para ser abordado de forma mais direta.

Fez-se silêncio. Por fim o colóquio foi retomado pelo dr. Ponnonner.

— Assim, pelo que explicou, não seria improvável existirem nas catacumbas próximas ao Nilo outras múmias da tribo dos Escaravelhos, em condição de vitalidade.

— Sem nenhuma dúvida — respondeu o conde. — Todos os Escaravelhos que por acidente foram embalsamados ainda com vida estarão vivos hoje. Talvez até mesmo alguns que foram embalsamados propositalmente nesse estado podem ter passado despercebidos a seus executores testamentários, e ainda estarem em suas tumbas.

— Poderia ter a bondade de explicar — disse eu — o que quer dizer com "embalsamados propositalmente nesse estado"?

— Com muito prazer — respondeu a múmia, depois de examinar-me com atenção através de seus óculos, pois era a primeira vez que eu me aventurava a dirigir-lhe uma pergunta direta.

— Com muito prazer — repetiu. — A duração normal da vida de um homem, em minha época, era de cerca de oitocentos anos. Poucos homens morriam, exceto por algum acidente inusitado, antes dos seiscentos anos, e poucos viviam mais que uma dezena de séculos, mas oito séculos eram tidos como a duração natural da vida. Após a descoberta do princípio de embalsamamento, que já lhes descrevi, ocorreu a nossos filósofos que seria possível satisfazer uma curiosidade muito saudável, ao mesmo tempo propiciando um avanço científico, se tal vida fosse vivida por etapas. No caso da História, inclusive, a experiência demonstrava ser indispensável algo desse gênero. Um historiador, por exemplo, ao atingir a idade de quinhentos anos, escreveria um livro de grande envergadura e então se faria embalsamar, deixando instruções a seus executores testamentários *pro tempore*[17] para que o revivessem após transcorrido um certo tempo, digamos cinco ou seis séculos. Findo esse período, ao retornar à existência ele invariavelmente encontraria seu grande trabalho convertido em uma colcha de retalhos, uma espécie de arena literária para suposições conflitantes, enigmas e picuinhas pessoais de hordas inteiras de debatedores exasperados. Essas suposições etc., que se fariam passar sob o nome de notas ou emendas, teriam embrulhado, distorcido e soterrado o texto de tal modo que o autor teria que sair por aí com uma lanterna para tentar encontrar seu próprio livro. Se o descobrisse, ele jamais valeria o trabalho gasto na procura. Depois de reescrevê-lo totalmente, considerava-se uma obrigação do próprio historiador lançar-se de imediato à correção, com base em seu conhecimento e experiência pessoais, das crenças correntes quanto ao período em que ele originalmente vivera. Este processo de reescrita e de retificação pessoal, realizado por vários sábios de tempos em tempos, tinha como resultado evitar que nossa história degenerasse numa fábula total.

17. "Temporários", em latim no original.

— Perdoe-me — disse o doutor Ponnonner nessa altura, pousando a mão de leve no braço do egípcio —, mas posso tomar a liberdade de interrompê-lo por um instante?

— Certamente, senhor — respondeu o conde, calando-se.

— Desejo apenas fazer-lhe uma pergunta — disse o doutor. — O senhor mencionou que o historiador se encarregava pessoalmente de corrigir as crenças referentes a sua própria época. Por favor, diga-me, em média, que proporção dessas interpretações esotéricas, dessa cabala, revelava-se correta?

— Essa cabala, como tão propriamente as chama, senhor, via de regra revelava estar em estrito acordo com os fatos constantes das próprias histórias ainda não reescritas. Ou seja, jamais se descobriu nelas uma vírgula que fosse, em qualquer circunstância, que não estivesse total e radicalmente equivocada.

— Uma vez que não resta dúvida de que pelo menos cinco mil anos se passaram desde seu sepultamento — prosseguiu o doutor —, tenho certeza de que as histórias de então, e talvez suas crenças, eram bem explícitas quanto a um tópico de interesse universal, a Criação, que, como deve saber, teve lugar apenas dez séculos antes.[18]

— Senhor! — disse o conde Totalekívoco.

O doutor repetiu suas observações, mas apenas à custa de muita explicação adicional o estrangeiro conseguiu compreendê-las. Depois de algum tempo, ele disse, hesitante:

— Confesso que as ideias que sugere são para mim novidade completa. Em minha época, nunca soube que houvesse ocorrido a alguém essa noção tão singular de que o universo (ou este mundo, se preferir) tivesse tido um princípio. Lembro-me de ter ouvido, uma vez, uma sugestão remota, feita por um homem cheio de especulações, quanto à origem da *raça humana*. Este

18. Segundo Levine e Levine (1990), a datação em geologia e arqueologia sofria profunda mudança na época, revelando idades muitíssimo maiores do que se supunha. Assim, uma vez mais Poe se refere aqui a um assunto que então estava na moda.

indivíduo usava essa mesma palavra *Adão* (ou Terra Vermelha) que o senhor usa. Mas ele a empregava de forma genérica, referindo-se ao brotamento espontâneo a partir do solo fértil (do mesmo modo que brotaram milhares de gêneros de criaturas inferiores) – o brotamento espontâneo, como disse, de cinco imensas hordas de homens, que se ergueram simultaneamente em cinco distintas regiões do globo.

Neste ponto, todos os presentes encolheram os ombros, e um ou dois de nós tocaram a testa com um ar bem significativo. O sr. Silk Buckingham, depois de olhar de soslaio para o occipício e depois para o sincipúcio[19] de Totalekívoco, disse:

– A longa duração da vida humana em sua época, aliada à prática ocasional de desfrutá-la por etapas, como nos explicou, deve ter resultado numa forte tendência ao desenvolvimento e consolidação do conhecimento. Assim, presumo que a notável inferioridade dos antigos egípcios em todos os particulares da ciência, em comparação com os povos modernos, em especial os ianques, deve ser atribuída à grande solidez do crânio egípcio.

– Confesso outra vez – respondeu o conde, com muita suavidade – que não consigo compreender totalmente o que diz. Por favor, a que particulares da ciência está se referindo?

Nesse ponto, todos unimos nossas vozes e detalhamos, em minúcias, as premissas da frenologia e as maravilhas do magnetismo animal.[20]

Depois de nos ouvir com atenção, o conde relatou algumas anedotas, evidenciando que os protótipos de Gall e Spurzheim[21] haviam florescido e declinado no Egito num passado tão distante que já tinham quase sido esquecidos, e que as manobras

19. Occipício é o termo anatômico para a parte de trás da cabeça, e sincipúcio é o alto da cabeça. Tais termos eram usados na frenologia (ver comentário nosso sobre "O colóquio de Monos e Una" [pp. 187-198]).

20. Espécie de fluido ou meio etéreo que existiria no corpo de seres animados, postulado por Franz Mesmer (ver nota mais adiante).

21. Franz Joseph Gall (1758-1828) e Johan Caspar Spurzheim (1776-1832), médicos alemães, criadores da frenologia.

de Mesmer[22] eram como truques insignificantes se comparadas aos verdadeiros milagres alcançados pelos sábios de Tebas, que criaram piolhos e inúmeras coisa similares.

Perguntei então se seu povo era capaz de calcular os eclipses. Ele sorriu com algum desdém e disse que sim.

Isso me deixou um pouco desnorteado, mas dei início a uma série de perguntas sobre seu conhecimento astronômico, quando um membro de nosso grupo, que até então não tinha aberto a boca, cochichou em meu ouvido que, para informações sobre esse tema, eu poderia consultar Ptolomeu (quem quer que tenha sido),[23] bem como um tal Plutarco *de facie lunae*.[24]

Passei a questionar a múmia sobre espelhos ustórios[25] e lentes, e sobre a manufatura de vidro em geral. Ainda não tinha terminado minhas perguntas quando nosso companheiro silencioso me tocou o ombro e me implorou pelo amor de Deus que desse uma olhada em Diodoro Sículo.[26] O conde, por sua vez, apenas perguntou-me, à guisa de resposta, se nós, modernos, tínhamos microscópios tais que nos permitissem entalhar camafeus ao estilo egípcio. Enquanto eu pensava na resposta a essa questão, o pequeno dr. Ponnonner manifestou-se de forma extraordinária.

---

22. Franz Mesmer (1734-1815), médico e astrólogo alemão, criador do mesmerismo. Ver as duas primeiras notas de "Um conto dos Montes Escarpados" (pp. 83-94), bem como nosso comentário ao final desse conto.

23. Claudius Ptolomeu (90-*c*.168 d.C.), matemático, astrônomo e geógrafo egípcio (mas cidadão romano), autor de tratados científicos. O fato de desconhecê-lo revela a grande ignorância do narrador sobre o tema, causando vergonha a seu amigo. Como se verá, sua incultura e falsa erudição é bastante abrangente.

24. Plutarco (*c*. 46-120 d.C.), historiador grego. De sua coleção de ensaios *Moralia* consta um denominado *De facie quae in orbe lunae apparet* (Sobre a face que aparece no orbe da Lua).

25. Espelhos curvos que refletem e concentram a luz do sol, de invenção atribuída ao matemático grego Arquimedes (século 3 a.C.); teriam sido usados para queimar à distância as embarcações romanas que sitiavam a cidade de Siracusa. Experimentos recentes demonstraram que são inviáveis para tal finalidade.

26. Diodoro Sículo (século 1 a.C.) historiador grego, autor da Biblioteca Histórica, coleção com quarenta livros que chegou incompleta aos dias de hoje.

— Veja nossa arquitetura! — exclamou, para a grande indignação dos dois viajantes, que o beliscaram, deixando-o roxo e preto, sem motivo nenhum.

— Veja a fonte de Bowling Green em Nova York! — gritou ele com entusiasmo. — Ou, se esta for uma contemplação por demais grandiosa, considere por um instante o Capitólio em Washington, D.C.!

E o homenzinho passou a detalhar, com muita precisão, as proporções da construção a que se referia. Explicou que somente o pórtico estava adornado com nada menos que vinte e quatro colunas, com um metro e meio de diâmetro e três metros de distância entre si.

O conde lamentou não conseguir lembrar-se, de momento, das dimensões precisas de qualquer dos edifícios principais da cidade de Aznac,[27] fundada no alvorecer dos Tempos e cujas ruínas ainda permaneciam em pé, à época de seu sepultamento, numa extensa planície arenosa a oeste de Tebas. Mas, falando em pórticos, ele se recordava de um que estava afixado a um palácio menor, numa espécie de subúrbio chamado Karnak,[28] que consistia em cento e quarenta e quatro colunas, com onze metros de circunferência e afastadas entre si sete metros e meio. O acesso a esse pórtico se dava, a partir do Nilo, por um caminho com três quilômetros de extensão, ladeado por esfinges, estátuas e obeliscos, com seis, dezoito e trinta metros de altura. O palácio, tanto quanto podia lembrar-se, tinha três quilômetros de comprimento, e devia ter bem uns onze quilômetros de perímetro. Seus muros estavam totalmente revestidos, por dentro e por fora, com hieróglifos ricamente pintados. Ele não queria *afirmar* que cinquenta ou sessenta dos Capitólios do doutor poderiam ter sido erigidos entre aqueles muros,

27. Aparentemente Aznac é uma invenção de Poe.

28. O complexo de templos de Karnak começou a ser construído no século 14 a.C., pelo faraó Ramsés II. Situa-se na margem direita do rio Nilo, cerca de 500 quilômetros ao sul do Cairo.

mas tampouco estava seguro de que uns duzentos ou trezentos deles não teriam cabido lá dentro com alguma dificuldade. Mas aquele palácio em Karnak era só um edifício pequeno e insignificante. No entanto, ele (o conde) não poderia em plena consciência recusar-se a admitir a engenhosidade, magnificência e superioridade da fonte de Bowling Green, como descrita pelo doutor. Nada semelhante, era forçado a reconhecer, já fora visto no Egito ou em qualquer outro lugar.[29]

Perguntei então ao conde o que ele tinha a dizer sobre nossas ferrovias.

– Nada em particular – respondeu. Eram um tanto frágeis, mal planejadas e rejuntadas de qualquer maneira. Não se comparavam, claro, com as imensas estradas pavimentadas, retas e bem niveladas, e providas de canaletas revestidas de ferro, que os egípcios usavam para transportar templos inteiros e obeliscos maciços com quarenta e cinco metros de altura.

Falei sobre nossas gigantescas forças mecânicas.

Ele admitiu termos algum conhecimento quanto a isso, mas perguntou-me como eu teria feito para erguer as cornijas que sustentam os dintéis, mesmo em um palácio pequeno como o de Karnak.

Decidi não ouvir a questão, e perguntei-lhe se tinha ideia do que seriam poços artesianos,[30] mas ele só ergueu as sobrancelhas. O sr. Gliddon franziu o cenho para mim e disse, em voz baixa, que um desses poços fora descoberto recentemente pelos engenheiros encarregados de encontrar água no Grande Oásis.

---

29. Em 1844, Poe já manifestara ojeriza à fonte de Bowling Green em sua coluna "Doings of Gotham", no periódico *Columbia Spy*, dizendo que parecia "uma pequena cadeia de cidade do interior, debaixo de um pesado aguaceiro". Segundo Levine e Levine (1990), a fonte, situada no centro de Nova York, era motivo de chacota na imprensa da época.

30. Poço profundo, que chega até o aquífero e do qual a água jorra até a superfície por sua própria pressão. Há indícios de poços artesianos que já existiam na China, por volta de 500 a.C.

Então mencionei nosso aço.[31] O estrangeiro empinou o nariz e perguntou-me se nosso aço poderia ter permitido o minucioso trabalho de entalhe visto nos obeliscos, obtido com instrumentos cortantes de cobre.

Isso nos desconcertou tanto que achamos aconselhável desviar o ataque para a metafísica. Mandamos trazer uma cópia de um livro chamado *The Dial*[32] e lemos em voz alta um capítulo ou dois sobre algo não muito claro, que os bostonianos chamam de Grande Movimento do Progresso.

O conde limitou-se a dizer que Grandes Movimentos eram comuníssimos em sua época, e quanto ao Progresso, ele até chegou a ser um problema, mas nunca progrediu muito.

Então discursamos sobre a grande beleza e a importância da democracia, e nos empenhamos tentando impressionar o conde com a real magnitude das vantagens que desfrutávamos vivendo num lugar com voto livre e sem rei.[33]

Ele ouviu muito atento, e até pareceu divertir-se. Ao terminarmos, comentou que, muito tempo atrás, algo bastante parecido tinha ocorrido. Treze províncias egípcias[34] haviam decidido libertar-se de uma vez e estabelecer um exemplo magnífico para o resto da humanidade. Reuniram seus homens sábios e produziram a mais engenhosa constituição que se podia conceber. Por algum tempo deram-se muito bem; só

---

31. O aço era conhecido na Antiguidade; peças com cerca de 4.000 anos foram achadas na Turquia.

32. Periódico que circulou de 1840 a 1844, constituindo a principal publicação do movimento transcendentalista da Nova Inglaterra, que pregava a existência de um estado espiritual ideal, que transcendia o físico. Os transcendentalistas eram alvo constante do sarcasmo de Poe. Veja também "Mellonta Tauta" (pp. 285-308).

33. Outro assunto contra o qual Poe costumava vociferar. Veja também em "Mellonta Tauta" (pp. 285-308).

34. Referência aos treze estados que constituíram os Estados Unidos, declarando-se independentes da Inglaterra.

costumavam vangloriar-se demais. A coisa terminou, porém, com a consolidação dos treze estados, e mais alguns quinze ou vinte, no despotismo mais odioso e insuportável de que já se ouviu falar na face da Terra.

Perguntei qual era o nome do tirano usurpador.

Até onde o conde podia lembrar-se, era Turba.

Não sabendo o que dizer diante disso, ergui minha voz e deplorei a ignorância dos egípcios quanto ao vapor.

O conde olhou-me, atônito, mas não disse nada. O cavalheiro silencioso, porém, aplicou-me uma cotovelada violenta nas costelas, disse-me que eu já me expusera demais e perguntou se eu era tão idiota a ponto de não saber que o moderno motor a vapor derivou de uma invenção de Héron,[35] por meio de Salomon de Caus.[36]

Estávamos agora sob risco iminente de aniquilação. Quis a boa sorte, porém, que o dr. Ponnonner se recompusesse e viesse em nosso socorro, indagando se os habitantes do Egito realmente tinham a pretensão de rivalizar com os modernos na tão importante questão do vestuário.

Ao ouvir isso, o conde olhou para baixo, para os suspensórios de suas calças, e tomando nas mãos uma das caudas da casaca, ergueu-a até os olhos por alguns instantes. Deixando-a cair, por fim abriu a boca lentamente, de orelha a orelha, mas não lembro o que disse em resposta.

Assim, recuperamos o bom humor e o doutor, aproximando-se da múmia com dignidade, perguntou, honestamente, por sua honra como cavalheiro, se os egípcios haviam leva-

35. Héron de Alexandria (século 2 a.C.), matemático e físico grego, que residia no Egito, à época colônia romana. Inventou um artefato movido a vapor, a *eolípila*, que poderia ter sido a base de um motor a vapor, se não tivesse sido considerado apenas um objeto de entretenimento.

36. Salomon de Caus (1576-1626), engenheiro francês, considerado o precursor da máquina a vapor.

do a cabo, em algum período, a manufatura das pastilhas de Ponnonner ou das pílulas de Brandreth.[37]

Esperamos com profunda ansiedade por uma resposta, mas em vão. Ela não veio. O egípcio enrubesceu e baixou a cabeça. Nunca um triunfo foi tão consumado. Nunca a derrota foi recebida com tão pouca graça. Na verdade, não consegui suportar o espetáculo da mortificação da pobre múmia. Peguei meu chapéu, cumprimentei-o de forma rígida e parti.

Chegando em casa, descobri que passava das quatro da manhã, e fui imediatamente para a cama. Agora são dez da manhã. Estou de pé desde as sete, escrevendo estes memorandos destinados a minha família e à humanidade. Com esta última, não quero mais contato. Minha esposa é uma megera. A verdade é que estou farto desta vida e do século 19 em geral. Estou convencido de que tudo está dando errado. Além do mais, estou ansioso para saber quem será o presidente em 2045. Assim, nem bem me barbeie e tome uma xícara de café, irei até a casa de Ponnonner e me farei embalsamar por um par de séculos.

37. As "pílulas de Brandeth" eram um laxante que pretensamente purgava as toxinas do sangue, curando vários males. Produzidas por Benjamin Brandeth (1807-1880), chegaram a ser um dos medicamentos mais vendidos nos Estados Unidos. Além de Poe, também Herman Melville faz uma referência jocosa a elas, em *Moby Dick*.

[sobre o conto]

"Some Words with a Mummy" foi primeiramente publicado *no American Review: A Whig Journal*, de abril de 1845, e reimpresso no *Broadway Journal*, em novembro do mesmo ano.

Logo no começo do conto, o narrador relata ter comido demais antes de dormir. Para o leitor de então, essa abertura já deixa claro: a narração que se segue, cheia de absurdos, não passa de um sonho do personagem. À época, ainda, costumava-se associar o consumo exagerado de Welsh Rabbit à ocorrência de pesadelos.

O conto traz uma sátira ao grande interesse popular que havia então pela egiptologia. Nele, um grupo de homens, adultos e respeitáveis, age de forma infantil, em nome da ciência. A participação dos amigos mais próximos do dr. Ponnonner mostra que naquela época a ciência era uma atividade social, integrada à vida da elite econômica.

O narrador de Poe, que a princípio parece culto, pela forma como se refere a si mesmo, revela-se um ignorante total. É curioso que, de certa forma, o personagem reflita o próprio Poe, que trata de ciência com total intimidade, sem no entanto ter uma formação científica e dominando o assunto muito menos do que imagina. Aliás, segundo Levine e Levine (1990), pelo menos parte das descrições do acondicionamento e da preparação da múmia teria sido copiada do livro *Ancient Egypt*, publicado em 1843 pelo mesmo George Gliddon que Poe usa como personagem neste conto.

Contrapondo a múmia, encarnação da sabedoria e dos valores de sua época, aos representantes do conhecimento e dos valores da sociedade estadunidense do século 19, Poe satiriza também a confiança depositada pelo homem moderno na tecnologia, bem como o orgulho dos avanços tecnológicos. Totalekívoco, morto há milênios, tem plena consciência da realidade que o cerca, enquanto os cavalheiros modernos representam aqueles para quem o presente é sempre melhor que o passado, estando, eles sim, mumificados em seu próprio universo (SILVA, 2006). Mais uma vez percebe-se a ambivalência de Poe em relação à tecnologia: se por um lado lhe causa fascinação, por outro é cético quanto à sua capacidade de, de fato, trazer uma melhora real à humanidade (LEVINE; LEVINE, 1990).

A descrição do embalsamamento voluntário da "raça do Escaravelho", com o intuito de haver um despertar séculos depois, faz lembrar um lugar comum da ficção científica: o estado de hibernação em que são colocados os tripulantes de naves espaciais, em viagens de longa duração. Na literatura estadunidense, identificamos um predecessor dessa vertente no conto "Rip Van Winkle" (1819), de Washington Irving, no qual um homem indolente adormece e acorda vinte anos depois, encontrando tudo mudado em sua aldeia.

Em 1888, Edward Bellamy (1850-1898) publicou *Looking Backwards: 2000-1887*, uma utopia em que um jovem entra num sono hipnótico induzido e acorda 113 anos no futuro, em 2000, encontrando os Estados Unidos transformados em uma utopia socialista. Já no século 20, o inglês H. G. Wells escreveu o romance *The Sleeper Awakes* (1910; traduzido para o português como *O dorminhoco*), sobre um homem que, após dormir por 203 anos, acorda e descobre que, graças a seus investimentos, é o homem mais rico do mundo; o futuro descrito por Wells, porém, é sombrio e desumano. Ainda no início do século 20, o personagem Buck Rogers, surgido a partir de dois contos publicados em 1928-1929 pelo escritor estadunidense Philip Francis Nowlan, perde os sentidos num incidente com um gás tóxico, para voltar a si somente no século 25.

MELLONTA TAUTA[1] (1849)

Aos editores do *Livro das Senhoras*:

Tenho a honra de enviar-lhes, para publicação em sua revista, um artigo que espero que possam compreender com mais clareza do que eu próprio. É uma tradução, feita por meu amigo Martin Van Buren Mavis (às vezes chamado de "O Vidente de Toughkeepsie"),[2] de um manuscrito de aparência estranha que encontrei, há cerca de um ano, dentro de uma botija muito bem arrolhada, que flutuava no *Mare Tenebrarum*[3] – um mar bem descrito pelo geógrafo núbio,[4] pouco visitado hoje em dia, exceto pelos transcendentalistas e caçadores de ideias extravagantes.

Sinceramente,
Edgar A. Poe

1. Os erros gramaticais no conto são propositais.

2. Trocadilho envolvendo os nomes do 8º presidente dos Estados Unidos, Martin Van Buren (1782-1862), e o de Andrew Jackson Davis (1826-1910), clarividente estadunidense que vivia na cidade de Poughkeepsie.

3. Oceano Atlântico; ver a nota 4 de "Uma descida no Maelström" (pp. 55-74).

4. Possivelmente Idrisi (século 12), geógrafo, cientista e poeta árabe, autor de *Geographia Nubiensis*. Mencionado também em "Uma descida no Maelström" (pp. 55-74).

1º de abril, 2848

Agora, meu caro amigo, para pagar por seus pecados, você será submetido a uma longa carta, repleta de mexericos. Deixo bem claro que esta é uma punição pela impertinência de ser tão entediante, discursivo, incoerente e insatisfatório quanto possível. Além do mais, cá estou, encarcerada num balão imundo, com uma ralé de cem ou duzentas pessoas, reunidas para uma excursão de lazer (que ideia engraçada algumas pessoas têm do lazer!), sem perspectiva de tocar terra firme ao menos por um mês. Ninguém com quem conversar. Nada para fazer. Quando não se tem o que fazer, é uma boa hora para corresponder-se com os amigos. Creio que entende, portanto, por que lhe escrevo esta carta: por conta de meu tédio e de seus pecados.

Ajeite seus óculos e prepare a mente para aborrecer-se. Pretendo escrever-lhe a cada dia desta viagem odiosa.

Ah, quando irá alguma *Criatividade* visitar o pericrânio humano? Estaremos nós para sempre fadados às milhares de inconveniências de um balão? Será que ninguém vai inventar um meio de transporte mais eficiente? Para mim, este avanço aos trancos e barrancos não está longe de uma verdadeira tortura. Juro, não fizemos mais que cento e sessenta quilômetros por hora desde que partimos! Até as aves ganham de nós – pelo menos algumas. Garanto que não exagero, de jeito algum. Sem dúvida nosso deslocamento parece mais lento do que é, por não haver objetos a nossa volta pelos quais estimar a velocidade, e também por seguirmos com o vento. É certo que, sempre que encontramos outro balão, podemos perceber nossa velocidade, e nessas horas, admito, a coisa não parece tão ruim. Embora acostumada com este meio de transporte, não consigo evitar uma espécie de vertigem ao cruzarmos com algum balão que viaja numa corrente acima de nós. Sempre me dá a impressão de ser uma enorme ave de rapina, prestes a abater-se sobre nós e carregar-nos em suas garras. Um balão desses nos sobrevoou esta manhã, por volta do nascer do sol, e passou tão exatamente sobre nós que sua corda-guia[5] roçou a estrutura que sustenta nossa cesta, causando-nos séria apreensão. O capitão disse que, se o material do balão fosse a "seda" comum envernizada de quinhentos ou mil anos atrás, o dano seria inevitável. Ele me explicou que essa seda era um tecido feito com as entranhas de um tipo de minhoca. A minhoca era cuidadosamente alimentada com amoras, um tipo de fruta semelhante a uma melancia, e quando suficientemente gorda, era triturada em um moinho.[6] A pasta resultante chamava-se *papiro* em seu estado primário, e passava por uma série de processos até finalmente tornar-se "seda". Por mais estranho que pareça, já foi um material muito admirado para *roupas femininas*! Com ele também se construíam balões. Parece que depois descobriram um material melhor, na penugem que envolve as cápsulas de sementes de uma planta comumente conhecida como *eufórbio*, e naquela época chamada pelo

5. Ver descrição e utilidade dessa corda em "A fraude do balão"(pp. 135-152).

6. A explicação do capitão é caótica. A seda é secretada pela larva do bicho-da-seda (um inseto, e não uma minhoca, que se alimenta de folhas de amoreira, e não de melancia), para construir casulos nos quais se abriga para a metamorfose. Para a produção da seda, as larvas são mortas pelo calor e os fios são retirados dos casulos. É possível que a longa vituperação de Poe contra a seda tenha derivado da verdadeira febre de sericultura que invadiu os Estados Unidos na década de 1830; a mania descambou em uma bancarrota generalizada em 1837, reforçada por um rigoroso inverno que, em 1839, matou todas as amoreiras.

nome botânico de leiteiro.[7] Este último tipo de seda era chamada de seda-buckingham,[8] por conta de sua maior durabilidade, e geralmente era preparada para uso sendo envernizada com uma solução de goma de caucho – uma substância que em muitos aspectos deve assemelhar-se à guta percha,[9] hoje em uso comum. Esse caucho era ocasionalmente chamado de borracha da Índia, e era sem dúvida um de vários fungos.[10] Nunca mais me diga que não tenho alma de historiadora.

Falando de cordas-guia, parece que a nossa acaba de jogar um homem borda afora de um dos pequenos propulsores magnéticos[11] que pululam no oceano abaixo de nós, um barco de cerca de seis mil toneladas, vergonhosamente apinhado de gente. Essas barcas diminutas deviam ser proibidas de carregar além de um certo número de passageiros. É claro que não permitiram ao homem voltar a bordo, e logo ele se perdeu de vista, junto com seu salva-vidas. Alegro-me, querido amigo, por vivermos numa época tão iluminada em que não se espera que exista

---

7. *Euphorbia* é um gênero de plantas da família das euforbiáceas, que produz uma goma muito ácida; no original, Poe usa o nome popular *milkweed*, na época atribuído a algumas espécies de *Euphorbia* nativas dos Estados Unidos, e também à planta conhecida no Brasil como oficial-de-sala (*Asclepias* sp., da família das asclepiadáceas). Aparentemente, Pundita confunde as duas plantas, pois é a segunda que tem sementes envoltas numa espécie de paina.

8. No original, *silk-buckingham*. Trocadilho com o nome de James Silk Buckingham (1786-1855), egiptólogo inglês conforme explica a nota 11 de "Conversa com uma múmia" (p. 261-282).

9. A guta percha é o látex de um gênero de árvores asiáticas (*Palaquium* sp., da família das sapotáceas). Suas propriedades foram descobertas em 1842; em 1845, quando este conto foi escrito, a Grã-Bretanha utilizava-a como isolante para cabos de telégrafo, inclusive os primeiros cabos transatlânticos.

10. Caucho é a borracha natural, extraída da seringueira (*Hevea brasiliensis*), nativa da Amazônia. Diferente do que Pundita supõe, não tem nada a ver com fungos.

11. Segundo Carlton (2007), no século 19 conheciam-se os princípios da propulsão magnética de navios sem o uso de hélices ou remos, mas, apesar de algumas experiências de Michael Faraday, na Inglaterra, os avanços na área tiveram de aguardar a década de 1960.

nada que se assemelhe ao individual. É com a massa que a verdadeira Humanidade se importa. Aliás, falando da Humanidade, você sabe que nosso imortal Wiggins não é tão original em sua visão da Condição Social como creem seus contemporâneos? Pundit[12] garante que as mesmas ideias foram expostas quase da mesma forma, cerca de mil anos atrás, por um filósofo irlandês, que era chamado Furrier por ter uma loja de peles de gatos e outros animais.[13] Pundit sabe tudo, você sabe, não há como enganar-se acerca disso. É assombrosa a forma como vemos confirmar-se todos os dias as profundas observações do hindo Áries Trote (segundo as palavras de Pundit): "Devemos admitir que as mesmas opiniões correm em círculos entre os homens, não apenas uma ou duas vezes, mas em repetições quase infinitas."[14]

2 de abril

Hoje falou o operador da fresa magnética, encarregado da seção média dos cabos telegráficos flutuantes. Aprendi que, quando esse tipo de telégrafo foi colocado em operação pela primeira vez, por Morsa,[15] con-

12. Erudito brâmane, pessoa letrada (do sânscrito *pandita*). Em inglês, o termo *pundit* tem conotação um tanto pejorativa, no sentido de pessoa pedante, ou nerd.

13. Em inglês, *furrier* significa peleteiro. Trocadilho intraduzível com o nome de Charles Fourier (1772-1837), socialista utópico francês, cujas ideias eram populares nos Estados Unidos à época. Foi várias vezes alvo dos comentários jocosos de Poe. O autor faz ainda outra piada, ao chamá-lo de "irlandês"; à época, os irlandeses eram chamados humoristicamente de "franceses".

14. No original em inglês, *Aries Tottle*, trocadilho com o nome do filósofo grego Aristóteles (século 4 a.C.). A citação é de fato dele, de seu tratado *Meteorologica* (Livro 1, Parte 3).

15. Trocadilho com o nome de Samuel B. Morse (1791-1872), inventor estadunidense que desenvolveu o primeiro telégrafo, bem como o código telegráfico que recebeu seu nome e está ainda em uso.

siderava-se totalmente impossível estender os cabos sobre o mar.[16] Hoje em dia não dá para entender onde está a dificuldade em fazer isso! Assim gira o mundo. *Tempora mutantur*, perdoe-me pela citação etrusca.[17] Que faríamos sem o telégrafo atalântico (Pundit diz que o antigo adjetivo é atlântico)? Por algum tempo fizemos perguntas ao operador e soubemos, entre outras gloriosas notícias, que uma guerra civil assola a África, enquanto a peste faz um belo trabalho tanto na Ioropa quanto na Achia. Não é verdadeiramente notável que, antes que a humanidade lançasse sua luz extraordinária sobre a filosofia, o mundo costumasse considerar como calamidades a Guerra e a Pestilência? Sabia que chegavam a oferecer preces nos velhos templos, para que esses males (!) não recaíssem sobre a humanidade? Não é mesmo difícil entender os propósitos e interesses pelos quais nossos avós agiam? Seriam tão cegos a ponto de não perceber que a destruição de uma miríade de indivíduos é na verdade um ponto positivo para a massa?

3 de abril

É realmente uma diversão e tanto subir pela escada de corda que leva ao alto do balão, e daí observar o mundo que nos cerca. A partir da cesta a vista não é tão abrangente. Pouco se pode ver verticalmente. Mas aqui, onde escrevo isto, sentada na luxuosa *piazza* almofadada do alto, pode-se ver tudo em todas as direções. Neste instante vejo uma multidão de balões de

---

16. O primeiro cabo telegráfico submarino a funcionar com êxito foi instalado no leito do oceano Atlântico (e não na superfície, como descreve Pundita) em 1866, entre a Irlanda e a Terra Nova, no Canadá.

17. "Os tempos mudam", em latim no original.

aparência muito alegre, enquanto o ar ressoa com o murmúrio de milhões de vozes humanas. Ouvi afirmarem que, quando Yellow, ou (como *afirma* Pundit) Violet,[18] que se supõe tenha sido o primeiro aeronauta, demonstrou ser possível cruzar a atmosfera em todas as direções, pelo simples expediente de subir ou descer até encontrar uma corrente favorável, seus contemporâneos acharam que ele era só um maluco muito criativo e não lhe deram a mínima atenção, pois os filósofos (?) de então diziam que aquilo era impossível. Hoje me parece inexplicável que algo tão obviamente possível possa ter escapado à sagacidade dos sábios de outrora. Mas, em todas as épocas, os maiores obstáculos ao avanço da Arte foram criados pelos assim chamados homens da ciência. Com certeza os nossos homens da ciência não são dogmáticos como os de antes. Ah, vou lhe contar algo curioso sobre esse tema. Sabe, não faz mais de mil anos que os metafísicos decidiram libertar as pessoas do estranho conceito de que há apenas dois caminhos possíveis para chegar à Verdade! Acredite se quiser! Parece que há muito, muito tempo, na noite do Tempo, havia um filósofo turco (ou possivelmente hindo) chamado Áries Trote. Essa pessoa criou, ou pelo menos difundiu, o que foi chamado de modo de investigação dedutivo ou *a priori*. Ele começava com o que supunha serem axiomas, ou "verdades autoevidentes", e então prosseguia "logicamente" até os resultados. Seus maiores discípulos foram uns tais de Neuclides e Canto.[19]

18. Trocadilhos intraduzíveis. Talvez *Yellow* (amarelo em inglês) e *Violet* (violeta) sejam referências ao britânico Charles Green e ao francês Girond de Villette, ambos balonistas (LEVINE; LEVINE, 1990).

19. Trocadilhos com os nomes do matemático grego Euclides (século 3 a.C.) e do filósofo alemão Immanuel Kant (1724-1804).

Bom, Áries Trote floresceu supremo até o advento de um certo Porco,[20] apelidado o "Pastor de Ettrick", que pregava um sistema totalmente diferente, que ele chamou de *a posteriori* ou indutivo. Seu plano referia-se sobretudo à Sensação. Seu procedimento consistia em observar, analisar e classificar fatos – chamados afetadamente de *instantiae naturae*[21] – segundo leis gerais. Em suma, o modelo de Áries Trote baseava-se em *númenos*, e o de Porco, em *fenômenos*.[22] Bem, a admiração por esse último sistema foi tão grande que, após sua apresentação, Áries Trote caiu em desgraça. Mas ele por fim recuperou terreno e ganhou permissão para dividir o reino da Verdade com seu rival mais moderno. Os sábios agora afirmavam que os caminhos aristotélico e baconiano eram as únicas vias possíveis para o conhecimento. "Baconiano", você deve saber, foi um adjetivo inventado como equivalente de Porcino, mas mais eufônico e pomposo.

Asseguro-lhe, meu caro amigo, estar expondo o assunto de forma justa e com a mais sólida autoridade. Deve ser fácil para você perceber como uma noção tão claramente absurda pode ter contribuído para impedir o progresso do real conhecimento, que quase sempre avança por saltos intuitivos. As velhas ideias obrigavam a investigação a ir adiante engatinhando. Por centenas

20. Trocadilho com o nome de Francis Bacon (1561-1626), filósofo e ensaísta inglês, creditado como inventor do método científico. A brincadeira vai além: no original, Bacon (em inglês, "toucinho") é substituído por *Hog* (em inglês, "porco"), que Pundita confunde com James Hogg (1770-1835), poeta e escritor escocês, conhecido como Pastor de Ettrick (sua cidade natal).

21. "Casos da natureza", em latim no original. Bacon parece não ter usado a expressão.

22. "Númenos" são objetos deduzidos intelectualmente, em oposição a "fenômenos", objetos detectados pelos sentidos.

de anos, tão grande foi o fascínio, em especial por Porco, que virtualmente pôs-se um ponto final na própria capacidade de raciocínio. Homem nenhum ousava proferir alguma verdade tendo sua *Alma* como única base, nem mesmo se essa verdade pudesse ser demonstrada como tal, pois os sábios cabeças-duras de então só levavam em conta o caminho pelo qual fora alcançada. Eles nem olhavam para o resultado final. "Levemos em conta os meios!", bradavam, "os meios!" Se, examinandos os meios, eles não se encaixavam na categoria Áries (que significa *carneiro*) nem na categoria Porco, então os sábios não iam adiante, tachavam o "teorista" de tolo e ignoravam-no e à sua verdade por completo.

Não se pode sequer argumentar que, ao cabo de um longuíssimo período de tempo, o sistema de engatinhar resultaria em um maior volume de verdade, pois a repressão à imaginação era um mal que, nos antigos modos de investigação, não podia ser compensado por nenhuma certeza superior. O equívoco dos alimães, dos vronceses, dos igreses e dos amricanos (estes últimos, aliás, sendo nossos progenitores imediatos) era um equívoco muito semelhante ao do sabichão que acha que, quanto mais perto dos olhos segurar um objeto, necessariamente melhor o enxergará. Essas pessoas deixavam-se cegar pelos detalhes. Quando procediam de forma porcina, seus "fatos" nem sempre eram realmente fatos — o que não teria muita importância se eles não supusessem que eram fatos, e deviam ser fatos apenas porque pareciam sê-lo. Quando seguiam o caminho do Carneiro, seu curso era menos reto que o chifre deste, pois eles nunca tinham um axioma que fosse mesmo um axioma. Eles devem ter sido bem cegos para não verem isso, mesmo naquela época, pois mesmo então muitos axiomas bem "estabelecidos" tinham sido rejeitados. Por exemplo, *Ex nihilo nihil fit*,[23] "um corpo não pode agir onde não está", "não podem existir antípodas", "a escuridão não pode ser produzida pela luz", todas essas, e uma dúzia de propostas similares antes admitidas sem hesitação como axiomas, já na época a que me refiro foram vistas como indefensáveis. Que atitude absurda a dessas pessoas, então, continuar confiando nos "axiomas" como bases imutáveis da Verdade! E até com as palavras de seus maiores pensadores é fácil demonstrar como são fúteis e imponderáveis seus axiomas em geral. Quem era o maior de seus pensadores? Deixe-me ver! Vou perguntar a Pundit e volto em um minuto... Ah, aqui está! Tenho aqui um livro escrito há quase mil anos e traduzido há pouco do igrês, que aliás parece ter sido o rudimento do amricano. Pundit diz que, sem dúvida, é a mais inspirada obra antiga sobre esse tema, a Lógica. O autor (que parece ter sido bem conceituado em sua época) era um tal Miller, ou Mill,[24] e sobre ele está registrado, como algo um tanto importante, que foi proprietário de um cavalo chamado Bentham.[25] Mas vamos dar uma olhada em seu tratado!

Ah! "Habilidade ou inabilidade de conceber", diz o sr. Mill, com muita propriedade, "não deve ser considerada, em caso algum, como critério da verdade axiomática". Que pessoa de hoje, em sã consciência, pensaria em confrontar este truísmo? A única coisa surpreendente para nós é pensar que o sr. Mill tenha achado necessário mencionar

23. "Nada provém do nada", em latim no original. É a forma latina de uma expressão primeiro usada pelo filósofo grego Parmênides (séc. 5 a.C.), e associada à cosmologia grega. Nos dias de hoje, pode ser associada às leis de conservação de massa e energia.

24. John Stuart Mill (1806-1873), autor de *The System of Logic* e criador do utilitarismo, é confundido por Pundita com Joe Miller (1684-1738), compilador de um livro de anedotas.

25. Jeremy Bentham (1748-1832), filósofo que influenciou as ideias de Mill. Criou a ideia de "a maior felicidade para o maior número de pessoas", e foi um dos primeiros defensores dos direitos dos animais.

algo tão óbvio. Mas até aqui tudo bem, vamos para outra página. Que temos aqui? "Contradições não podem ser ambas verdadeiras, isto é, não podem coexistir na natureza." Aqui o sr. Mill quer dizer, por exemplo, que uma árvore deve ser uma árvore ou não ser — ela não pode ao mesmo tempo ser uma árvore e uma não árvore. Muito bem, então eu pergunto a ele por quê. Eis a resposta, e ele jamais finge ser algo que não isto: "Porque é impossível conceber que contradições possam ser ambas verdadeiras". Mas essa não é uma resposta, por sua própria definição, pois ele acaba de admitir como um truísmo que "Habilidade ou inabilidade de conceber não deve ser considerada, em caso algum, como critério da verdade axiomática".

Bom, minhas queixas sobre os antigos não decorrem tanto de sua lógica, que eles mesmos demonstram ser totalmente infundada, inútil e fantasiosa. Elas resultam, principalmente, do modo pomposo e imbecil como eles barram todos os caminhos até a Verdade, exceto aquelas duas vias tão ridículas, uma que rasteja e outra que se arrasta, às quais ousaram confinar a Alma, que mais do que tudo ama voar alto.

Aliás, meu caro amigo, não acha que esses antigos dogmáticos teriam se atrapalhado tentando definir qual das duas vias foi usada, de fato, para atingir a mais importante e sublime de todas suas verdades? Refiro-me à verdade da Gravitação. Newton deve-a a Kepler.[26] Kepler admitiu que suas três últimas leis — essas três leis supremas que levaram o grande matemático igrês a seu princípio, a base de todos os princípios físicos — surgiram de suposições e que, para po-

26. Sir Isaac Newton (1643-1727), sábio inglês que, entre as inúmeras e importantes contribuições à humanidade, propôs a lei da Gravitação Universal. Johannes Kepler (1571-1630), matemático e astrônomo alemão, que propôs as três Leis do Movimento Planetário.

dermos ver o que está por trás delas, precisamos penetrar no Reino da Metafísica. Kepler supôs, isto é, imaginou. Ele era essencialmente um "teórico", palavra hoje tão santificada e no passado usada com desprezo. Como ficariam confusas essas velhas toupeiras, ainda, ao ver explicado por qual dessas duas "estradas" um criptólogo decodifica um criptograma mais complexo que o habitual, ou por qual delas Champollion[27] levou a humanidade às verdades perenes e quase incontáveis que lhe permitiram decifrar os hieróglifos.

Só mais uma palavra sobre o tema, e paro de entediar você. Não é estranho que, com seu eterno blá-blá-blá sobre os caminhos para a Verdade, essas pessoas obtusas tenham ignorado o que hoje vemos, com tanta clareza, como a grande estrada – a da Consistência? Parece curioso que não tenham conseguido deduzir, a partir da obra de Deus, o fato vital de que a consistência perfeita deve ser uma verdade absoluta! Como tem sido fácil nosso progresso, desde que tal proposição foi anunciada! A investigação foi tirada das mãos das toupeiras e entregue, como uma missão, aos verdadeiros e únicos pensadores, os homens de imaginação ardente. Esses teorizam. Consegue imaginar com que brado de desprezo minhas palavras teriam sido recebidas por nossos antepassados, se fosse possível estarem agora olhando sobre meu ombro? Como dizia, esses homens teorizam, e suas teorias são corrigidas, reduzidas, sistematizadas – expurgadas, pouco a pouco, de todo vestígio de inconsistência – até finalmente aflorar uma consistência perfeita, que até o mais insensível deve reconhecer como verdade absoluta e inquestionável, porque é uma consistência.

---

27. Jean-François Champollion (1790-1832), filólogo e egiptólogo francês que decifrou os hieróglifos egípcios. Ao contrário dos demais nomes citados, Poe escreve corretamente os de Newton, Kepler e Champollion, indicando seu respeito pelo trabalho deles, talvez por usarem, em sua opinião, uma visão intuitiva.

4 de abril

O novo gás, em conjunção com a guta percha, faz maravilhas. Como são seguros, cômodos, manobráveis e convenientes, sob todos os aspectos, nossos balões modernos! Vem aí um imenso, que se aproxima de nós à velocidade de pelo menos 240 quilômetros por hora. Parece lotado de gente, talvez trezentos ou quatrocentos passageiros, e ainda assim eleva-se à altitude de um quilômetro e meio, olhando-nos de cima, com soberano desdém.[28] E ainda assim, 160 quilômetros (ou mesmo 300) é uma velocidade baixa. Lembra-se de nosso voo pela ferrovia, através do continente do Kanadaw?[29] Pelo menos 480 quilômetros por hora, *aquilo* era viajar.[30] Se bem que não havia nada para ver e nada para fazer, exceto flertar, festejar e dançar nos magníficos salões. Lembra-se da sensação estranha que experimentamos quando, por acaso, vislumbramos o que havia lá fora, enquanto as cestas estavam em pleno voo? Tudo parecia uma só massa. Por mim, teria preferido viajar num trem vagaroso, a 160 quilômetros por hora.[31] Nestes era permitido termos janelas de vidro, que até podiam ser abertas, e davam algo como uma visão clara do terreno que cruzávamos. Pundit diz que boa parte do trajeto da

28. Segundo Beaver (1976), a ideia original deste “ancestral do Jumbo” foi proposta em um panfleto de Étienne-Gaspard Robertson, *'La Minerve', vaisseau aerien, destiné aux découvertes* (1820), que poderia navegar por seis meses e atravessar oceanos sem escalas, levando sessenta passageiros; a aeronave teria plataformas de observação, alcançadas por meio de escadas.

29. Poe parece usar Kanadaw como nome genérico para as Américas, mas aqui refere-se à América do Norte.

30. A velocidade de cruzeiro dos aviões modernos é em média de cerca de 900 km/h.

31. Na época de Poe, a maior velocidade atingida por um trem foi de 114 quilômetros por hora; ver a nota 20 do próprio Poe, em “O milésimo segundo conto de Sherazade”.

grande ferrovia do Kanadaw[32] deve ter sido estabelecida uns novecentos anos atrás! Ele chega a dizer que restos da antiga estrada, que remontam a essa época tão remota, ainda podem ser vistos. Parece que os trilhos eram apenas duplos, enquanto os nossos, como sabe, têm doze vias, com mais três ou quatro em construção. Os trilhos antigos eram tão frágeis e dispostos tão próximos entre si que seriam frívolos pelos padrões modernos, e até perigosos ao extremo. Aliás, mal se considera segura a atual largura da via, quinze metros.[33] De minha parte, não tenho dúvida de que algum tipo de trilhos deve ter existido em tempos remotos, como assevera Pundit, pois parece-me muito claro que em algum período, há não menos que sete séculos, os continentes do Kanadaw do Norte e do Sul estavam com certeza unidos. Os kanadawenses, por necessidade, teriam sido forçados a construir uma grande ferrovia através do continente.

5 de abril

Estou sendo devorada pelo *tédio*. Pundit é a única pessoa a bordo com quem se pode conversar, e o pobre infeliz não fala de nada a não ser de antiguidades. Ele passou o dia todo tentando me convencer de que os antigos amricanos governavam a si mesmos! – será que alguém já ouviu maior absurdo? – e que eles viviam em um tipo de confederação "cada um por si", à moda dos

32. A primeira ferrovia transcontinental da América do Norte foi construída em 1869, 79 anos antes da estimativa de Pundit.

33. A bitola (isto é, largura entre os dois trilhos de uma ferrovia) mais usada no mundo é de 1,435 metro, embora haja variações entre 0,6 e 1,676 metro.

"cães-da-pradaria"[34] de que falam as fábulas. Diz ele que começaram com a estranhíssima ideia de que todos os homens nascem livres e iguais, e isso apesar das leis da *gradação*, impostas de forma tão clara a todas as coisas, tanto no universo moral quanto físico. Cada homem "votava", como se dizia então – isto é, intrometia-se nos assuntos públicos –, até que finalmente percebeu-se que o que é da responsabilidade de todos não é de ninguém, e que a "República" (assim se chamava essa coisa absurda) era algo totalmente desgovernado. Conta-se que a primeira circunstância a perturbar de fato a autocomplacência dos filósofos criadores dessa "República" foi a descoberta espantosa de que o sufrágio universal dava chance para esquemas fraudulentos. Por meio destes, qualquer número desejado de votos podia ser lançado a qualquer momento, sem possibilidade de prevenção ou mesmo de detecção, por qualquer partido, que só precisava ser perverso o suficiente para não sentir vergonha. Basta uma breve reflexão sobre tal descoberta para evidenciar suas consequências, ou seja, que a velhacaria deveria predominar – em outras palavras, que um governo republicano jamais seria senão um governo velhaco. Mas enquanto os filósofos estavam ocupados, ruborizando-se pela estupidez de não prever esses males inevitáveis e trabalhando na invenção de novas teorias, a questão foi decidida de repente por um sujeito chamado Turba. Ele tomou o assunto

34. Os cães-da-pradaria (*Cynomys* sp.) são roedores nativos das pradarias norte-americanas. Muito sociáveis, vivem em grandes colônias subterrâneas, também chamadas de cidades, formadas por uma extensa rede de túneis e câmaras. O nome vem do grito de alarme, semelhante a um latido. O escritor e historiador estadunidense Washington Irving (1783-1859) escreveu em seu relato de viagem *A Tour of the Prairies* (1835) um capítulo chamado "A Republic of Prairie Dogs", descrevendo suas observações sobre uma dessas colônias.

nas próprias mãos e estabeleceu um despotismo, perto do qual os governos lendários dos Zeros e Heliográficos seriam respeitáveis e agradáveis.[35] Parece que esse Turba (um estrangeiro, aliás), foi o homem mais odioso a pisar na Terra. Tinha estatura gigantesca, e era insolente, insaciável, imundo, atrevido como um boi, com coração de hiena e miolos de pavão. Ele acabou morrendo exaurido por sua própria energia. Apesar de tudo, teve seus usos, como tudo tem, por mais vil que seja. Ele ensinou à humanidade uma lição que até hoje não pode ser esquecida: nunca correr na direção contrária às analogias naturais. Não se pode encontrar na face da Terra qualquer analogia com o Republicanismo, exceto talvez os "cães-da-pradaria", e essa exceção parece demonstrar que a democracia é uma forma de governo admirável... para os cães.

6 de abril

Na noite passada, tive uma visão muito boa de Alfa Lira,[36] cujo disco compreendia um ângulo de meio grau, através da luneta de nosso capitão, lembrando em aparência nosso Sol, à vista desarmada e num dia nublado. Embora muito maior que nosso Sol, Alfa Lira é parecida com ele quanto a manchas, atmosfera e muitos outros detalhes. Diz Pundit que, antes deste último século, sequer suspeitava-se da relação biná-

35. Referência aos imperadores romanos Nero (37-68 d.C.) e Heliogábalo (203-222), que ficaram conhecidos como governantes tirânicos, dados a extravagâncias. Parte da má fama de que desfrutam até hoje talvez venha de calúnias e inverdades criadas por inimigos após suas mortes.

36. Vega, estrela mais brilhante da constelação da Lira e quinta estrela mais brilhante do céu, visível apenas no hemisfério norte. Relativamente próxima de nós, está situada a 25 anos-luz da Terra, sendo considerada a estrela mais importante no céu, depois do Sol.

ria que há entre ambos.[37] A movimentação evidente de nosso sistema pelos céus era atribuída, por estranho que pareça, à órbita ao redor de uma estrela hipotética no centro da galáxia. Afirmava-se que todos os corpos da Via Láctea revolviam em torno dessa estrela – ou, ao menos, de um centro de gravidade comum, supostamente situado perto de Alcíone, nas Plêiades – e que nosso próprio planeta realizava o circuito num período de 117 milhões de anos! É óbvio que, em nossas luzes atuais, com nossos telescópios avançadíssimos e assim por diante, achamos difícil entender o fundamento de uma ideia como essa. Seu primeiro proponente foi um tal de Mudler.[38] Devemos supor que ele foi induzido a essa hipótese maluca primeiramente pela analogia simples. Em sendo esse o caso, porém, ele devia ter ao menos continuado fiel à analogia ao desenvolver sua ideia. Um grande corpo central *foi*, de fato, sugerido; até aí Mudler era consistente. Esse corpo central, porém, deveria ser maior que todos os corpos circundantes juntos. A questão a ser levantada é: "Por que não o vemos?", especialmente nós, que estamos na região central do aglomerado, ou ao menos bem próximos de onde deveria situar-se esse inconcebível sol central.

---

37. Uma estrela binária é um sistema estelar formado por duas estrelas que giram em torno de um centro de massa comum. Segundo Beaver e Levine e Levine a relação binária de Vega com o Sol é uma invenção de Poe, à qual ele parecia apegado. Dez anos antes, ele já a citava em seu conto "Ligeia".

38. Trocadilho intraduzível com *muddler*, pessoa que cria confusão. Possivelmente uma referência a Johann H. von Mädler (1794-1874), astrônomo alemão que propôs que o Sol girava em torno do centro da galáxia, que estaria localizado nas Plêiades. A ideia de um corpo central na galáxia foi primeiro exposta em 1750, pelo astrônomo inglês Thomas Wright. Ao contrário do que Poe, pela boca de Pundita, dá a entender, a teoria de Mädler não foi aceita sem contestação na época. Por exemplo, Robert Grant (1852), em sua história da física, comenta as ideias de Mädler, dizendo "tais especulações estão muito adiante da astronomia prática, e devem ser encaradas como prematuras...". (LEVINE; LEVINE, 1996).

Nesse ponto, talvez o astrônomo tenha se refugiado na sugestão de não luminosidade, e a analogia foi abandonada de repente. Mas, ainda que admitisse um corpo central não luminoso, como poderia explicar que uma miríade incalculável de gloriosos sóis brilhando a toda sua volta não o tornasse visível? Sem dúvida, o que ele finalmente propôs foi um mero centro de gravidade comum a todos os corpos celestes que se moviam, mas de novo a analogia foi deixada de lado. Nosso sistema gira, sim, em torno de um centro de gravidade comum, mas faz isso em conexão com um sol material cuja massa mais do que compensa o resto do sistema. O círculo matemático é uma curva composta por uma infinidade de linhas retas; mas esta noção de círculo – que, em vista da geometria da Terra, consideramos meramente matemática, em oposição à ideia prática – é, de fato, a única concepção prática que conseguimos aplicar aos círculos titânicos com que devemos lidar, ao menos na imaginação, quando supomos que nosso sistema, com seus companheiros, orbita ao redor de um ponto no centro da galáxia. Nem mesmo a mais vigorosa imaginação humana conseguiria dar um único passo rumo à compreensão de um circuito tão inconcebível! Não seria paradoxal dizer que, se um raio de luz viajasse para sempre ao longo desse círculo inconcebível, ainda assim ele estaria para sempre viajando em linha reta. Não é sequer possível considerar a hipótese de que a percepção humana possa detectar o mais insignificante desvio, a partir de uma reta, do caminho percorrido por nosso Sol ao longo de tal circunferência – a direção de nosso sistema em sua órbita – mesmo em um milhão de anos. E, ainda assim, parece que esses antigos astrônomos foram levados a crer, de maneira absoluta, que uma curvatura decisiva havia ficado evidente durante o breve período de sua história astronômica — durante um mero ponto — durante o absoluto nada de dois ou três mil anos! É incompreensível que considerações como estas não lhes tenham indicado de imediato o verdadeiro estado de coisas: a revolução binária de nosso Sol e de Alfa Lira ao redor de um centro comum de gravidade!

7 de abril

Prosseguimos ontem à noite nossas diversões astronômicas. Consegui ver bem os cinco asteroides de Netuno,[39] e assisti com muito interesse a colocação de uma imensa cornija sobre um par de dintéis no novo templo de Dafne, na Lua. Foi divertido pensar que criaturas diminutas como os lunarianos, de aparência tão diferente dos humanos, demonstrem uma engenhosidade mecânica tão superior à nossa.[40] É difícil conceber, também, que as enormes massas com que esse povo lida tão bem sejam realmente tão leves quanto nossa própria razão diz que são.

8 de abril

Eureca! Pundit está na glória. Um balão do Kanadaw falou-nos hoje, e jogou-nos vários jornais atrasados; eles trazem informações muito curiosas quanto a antiguidades kanadawenses ou antes amricanas. Como deve saber, já faz alguns meses que os operários tra-

39. Netuno era uma novidade astronômica à época, tendo sido descoberto em 1846 por meio de cálculo matemático, e não por observação óptica. Sua única lua conhecida era Tritão, a maior delas; a segunda a ser descoberta foi Nereida, em 1949. Até o momento conhecem-se treze luas de Netuno.

40. Possível referência à série fictícia de artigos publicada em 1835, no *New York Sun*, conhecida como "A fraude da Lua", já referida nos comentários ao conto "A fraude do balão" (pp. 153-155).

balham na preparação do terreno para uma nova fonte em Paraíso, o principal jardim das delícias do Imperador. Parece que, literalmente falando, desde tempos imemoriais, Paraíso sempre foi uma ilha. Quer dizer, desde que se tem registro, seu limite norte era um riacho, ou melhor, um braço de mar muito estreito. Esse braço de mar foi sendo alargado aos poucos, até atingir a largura atual de um quilômetro e meio. O comprimento total da ilha é de quatorze quilômetros, e sua largura é bem variável. Segundo Pundit, há uns oitocentos anos toda a área era densamente ocupada com casas, algumas delas com mais de vinte andares de altura.[41] A terra, por alguma razão inexplicável, era considerada especialmente valiosa nessa vizinhança. Mas a cidade, quase grande o suficiente para não ser chamada de vila, foi arrasada de tal forma pelo desastroso terremoto de 2050, que mesmo o mais incansável historiador jamais pôde extrair do local informação suficiente (como moedas, medalhas ou inscrições) para obter ao menos um esboço de teoria quanto a hábitos, costumes etc., etc., etc., dos habitantes aborígenes. O que se sabe deles é que faziam parte da tribo Knickerbocker,[42] selvagens que infestavam o continente quando ele foi descoberto por Notário Riker,[43] um cavaleiro do Velo

41. Com Paraíso, Poe refere-se à ilha de Manhattan, em Nova York. Suas dimensões reais são 21,6 quilômetros de comprimento por 3,7 quilômetros de largura.

42. Apelido dado até hoje aos moradores de Manhattan. O nome deriva do autor fictício criado por Washington Irving, que publicou, em 1809, *A History of New-York from the Beginning of the World to the End of the Dutch Dinasty, by Diedrich Knickerbocker*. Em 1807, Irving deu a Nova York o apelido de *Gotham*, palavra do antigo inglês que significa "cidade das cabras".

43. Referência a Richard Riker (1773-1842), político da cidade de Nova York e contemporâneo de Poe.

de Ouro.[44] Eles não eram incivilizados, porém, e cultivavam várias artes e até algumas ciências. Diz-se que eram bastante perspicazes em muitos aspectos, mas tinham uma estranha obsessão por construir o que, em amricano antigo, chamava-se "igreja", um tipo de pagode destinado à veneração de dois deuses, que atendiam pelos nomes de Dinheiro e Moda. Consta que, no final, nove décimos da ilha estavam ocupados por igrejas. As mulheres aparentemente tinham uma deformação estranha, uma protuberância natural da região logo abaixo das costas e, de modo inexplicável, tal deformidade era considerada um grande atributo de beleza. Uma ou duas gravuras dessas mulheres peculiares foram preservadas, por milagre. Parecem bem esquisitas, como uma cruza de peru e dromedário.

Bem, esses poucos detalhes são quase tudo o que nos chegou sobre os antigos Knickerbockers. No entanto, parece que durante as escavações no centro do jardim do Imperador (que, como você sabe, ocupa toda a ilha), os trabalhadores desenterraram um bloco cúbico de granito, todo entalhado e pesando várias centenas de quilos. Estava bem preservado e parecia pouco danificado pela convulsão que o sepultou. Em uma das superfícies havia uma placa de mármore com (imagine só!) uma inscrição, que era legível. Pundit está em êxtase. Ao removerem a placa, encontraram uma cavidade, que continha uma caixa de chumbo com moedas, um longo pergaminho com nomes, vários documentos que parecem jornais e outros artigos de enorme interesse histórico! Não há dúvida de que são relíquias amricanas genuínas, pertencentes à tribo Knickerbocker. Os jornais atirados a bordo de nosso

44. Pundita parece confundir a história de Nova York no século 19 com os Cavaleiros da Távola Redonda e com os argonautas da mitologia grega, que junto com Jasão saíram em busca do Velo de Ouro.

balão estão repletos de fac-símiles das moedas, manuscritos, tipografias etc., etc. Para que se divirta, copio-lhe a inscrição Knickerbocker da placa de mármore:

Esta Pedra Fundamental do Monumento
em
Memória de
GEORGE WASHINGTON,
foi colocada com as cerimônias apropriadas
no dia
19 de outubro de 1847,
aniversário da rendição de
Lorde Cornwallis
ao General Washington em Yorktown,[45]
1781 D.C.,
sob os auspícios da
Associação Monumento de Washington,
da cidade de Nova York.

Esta transcrição que lhe envio é literal, feita pelo próprio Pundit, de modo que não há qualquer equívoco quanto a seu conteúdo. Das poucas palavras assim preservadas, podemos apreender informações importantes, como o fato de que, mil anos atrás, monumentos *de verdade* tinham caído em desuso – com muita razão – e as pessoas contentavam-se, como fazemos hoje, em indicar que, em algum momento no futuro, planejavam erigir um monumento.[46] Uma pedra fundamental, era assentada assim, "solitária e sozi-

45. A batalha de Yorktown foi a última da guerra da independência dos Estados Unidos. Culminou com a rendição do general britânico Charles Cornwallis (1738-1805) ao general George Washington (1732-1799).

46. Tal pedra fundamental foi de fato colocada, com grande solenidade, mas jamais houve um acordo quanto ao design do monumento, que não chegou a ser construído. Para Poe, o fiasco era uma amostra perfeita da volubilidade da democracia.

nha" (perdoe-me citar o grande poeta amricano Benton![47]), como garantia da magnânima intenção. A admirável inscrição também informa, com clareza, como e onde se deu e quem fez a grande rendição em questão. O lugar era Yorktown (onde quer que fosse), e quem rendeu foi o general Cornwallis (sem dúvida, alguém importante que trabalhava com milho[48]). A inscrição comemora a rendição — do quê e por quê?[49] — "de lorde Cornwallis". A única questão é: o que poderiam os selvagens querer que ele rendesse? Mas, ao lembrarmos que esses selvagens eram sem dúvida canibais, somos forçados a concluir que eles queriam era fazer linguiça com ele. Quanto ao *como* dessa rendição, não poderia estar mais explícito. Lorde Cornwallis rendeu-se (para linguiça) "sob os auspícios da Associação Monumento de Washington", sem dúvida uma instituição de caridade para a colocação de fundações.

Mas, Deus do céu, que acontece? Ah, sim, o balão colapsou, e vamos mergulhar no mar. Assim, só tenho tempo suficiente para acrescentar que, pelo que vejo rapidamente nos fac-símiles dos jornais etc., etc., os grandes homens entre os amricanos daquela época eram um tal de John, que era ferreiro, e um Zacchary, alfaiate.[50]

---

47. Referência ao senador estadunidense Thomas Hart Benton (1782-1858), que usou a expressão em um discurso, em 1837; o pleonasmo *solitary and alone* tornou-se um bordão nacional.

48. Trocadilho intraduzível com o nome de Cornwallis. Em inglês estadunidense, *corn* significa milho.

49. Trocadilho intraduzível. No original, é usado o verbo *surrender*, que pode significar tanto render-se quanto entregar. Assim, a frase poderia significar tanto "a rendição de lorde Cornwallis" quanto "a entrega de lorde Cornwallis".

50. Dois trocadilhos intraduzíveis com sobrenomes em inglês: ferreiro, em inglês, é *smith*, e alfaiate é *taylor*. "John Smith" equivale, em inglês, à expressão Zé Povinho. Para Levine e Levine (1990), sua menção por Pundita como figura importante estaria de acordo com o tom satírico de Poe ao tratar da democracia no conto. Zachary Taylor (1784-1850) era presidente à época em que o conto foi publicado.

Até logo, até que nos vejamos de novo. Pouco importa se algum dia receberá ou não esta carta, pois eu a escrevi mais para distrair-me. Vou colocar o manuscrito em uma garrafa, arrolhá-la bem e atirá-la ao mar.

Sempre sua,
Pundita

[sobre o conto]

"Mellonta Tauta" foi primeiramente publicado no *Godey's Lady's Book*, em fevereiro de 1849. A frase *Mellonta Tauta* é uma citação da peça *Antígona*, do dramaturgo grego Sófocles (século 5 a.C.). Significa "as coisas que deverão ser" ou, na tradução de Poe, "essas coisas estão no futuro". A frase também aparece na epígrafe de "O colóquio de Monos e Una".

No ano de 2848, Pundita, a personagem narradora, entediada a bordo de um balão, escreve uma longa carta-diário a um amigo, narrando a viagem e fazendo comentários sobre a história "antiga", filosofia e ciência, e sobre costumes da época. A consistência não é uma das qualidades da autora da carta, e a admiração que deposita na intuição como caminho para a verdade é minada pela forma equivocada como ela e o marido interpretam o passado (KETTERER, 1974).

O conto é um grande pastiche, que mostra de que modo a Era Vitoriana assimilou a literatura gótica e o impulso dado pela Revolução Industrial às artes e às ciências, somando-os à literatura de viagem e aos relatos de expedições marítimas (GABRIEL, 2016). Situado exatamente mil anos no futuro de Poe, é uma sátira sobre democracia, progresso e outros temas que o desagradavam. Ele usa um recurso que será usado por outros depois dele, como H. G. Wells, projetando os personagens no futuro e dando-lhes a oportunidade de criticarem a época em que o autor vivia. A questão da deturpação do passado já surgira brevemente em "Conversa com uma múmia", de 1845.

O intuito satírico já é deixado claro no cabeçalho da primeira entrada do diário de Pundita: *skylark*, em inglês, é o nome do pássaro cotovia (*Alauda arvensis*), mas também significa pregar peças, ou fazer piadas. Além disso, a carta é datada de 1º de abril, dia da mentira.

Para atingir seus efeitos satíricos, Poe não poupa recursos. Assim, Pundita embarcou no balão para uma viagem de lazer de um mês. Ela reclama que a velocidade não passou de 160 km/h; um mês a essa velocidade seria suficiente para percorrer cerca de 115 mil quilômetros, quase três vezes o diâmetro da Terra, de 40 mil quilômetros (LEVINE; LEVINE, 1990).

Neste conto, Poe mais uma vez investe contra alvos habituais: por exemplo, ele tinha profunda aversão ao transcendentalismo, movimento surgido na Nova Inglaterra no século 19, para o qual um estado espiritual ideal transcende o físico. Ridicularizou repetidas vezes os transcendentalistas (sobretudo no conto "Nunca aposte sua cabeça com o diabo", de 1841), da mesma forma que o periódico publicado pelo movimento, *The Dial*.

Ataca também os adeptos do utilitarianismo, que em "Monos e Una" já havia chamado de "pedantes grosseiros". Sobre o longo trecho em que vitupera contra Mill, proponente do utilitarianismo, Wylie (1946) afirma que este é um exemplo brilhante de reducionismo espúrio, mas eficiente, da argumentação de um adversário, e que revela a um só tempo a confusão das ideias de Poe e o fato de que ele não entendia de fato o que é um axioma.

Outros alvos recorrentes do sarcasmo de Poe são a democracia (um sujeito chamado "Turba", isto é, "multidão descontrolada", aproveitou-se das oportunidades de fraude oferecidas pelo sufrágio universal) e a moda feminina, com suas anquinhas e armações volumosas, contra a qual já abrira fogo no desfecho de "O milésimo segundo conto de Sherazade".

No entanto, o texto traz uma inconsistência bem evidente da parte de Poe: embora Pundita demonstre um conhecimento muito pouco confiável ao dizer asneiras sem fim sobre história e filosofia, ela ao mesmo tempo expõe as verdadeiras opiniões de Poe sobre democracia, o futuro dos Estados Unidos, pensamento científico etc. Em "Mellonta Tauta", Poe reproduz parágrafos inteiros de *Eureka* (1848), o "poema em prosa" científico em que apresenta suas crenças em termos de cosmogonia, filosofia e espiritualidade, colocando-as na boca de Pundita. Tal ambivalência era característica de Poe. Talvez, como sugere Kevin Brown (2023), fosse um mecanismo de defesa: ao falar dessas coisas de forma ambígua, caso sofresse críticas ele sempre poderia dizer que eram "liberdades literárias".

Curiosamente, enquanto Poe se queixa recorrentemente dos progressos tecnológicos da humanidade, Pundita clama por uma nova invenção, que represente um aperfeiçoamento dos balões. Sua reclamação quanto à lentidão desses veículos, logo no início do conto, faz pensar na futura invenção do avião.

Para Poe, os grandes cientistas eram também artistas e visionários. Scheick (1992) salienta que, em "Mellonta Tauta", Poe mais uma vez reafirma sua ideia de que existe um vasto terreno em comum entre o cientista e o artista, ao afirmar que Kepler usou da imaginação para alcançar leis que supôs apenas por força da intuição. Essa visão está presente também em "O colóquio de Monos e Una", e ainda em "A carta roubada" e "Os crimes da rua Morgue", em que o detetive Auguste Dupin, predecessor de Sherlock Holmes, resolve mistérios usando a intuição.

Ketterer (1974) considera "Mellonta Tauta" como ficção científica utópica: boa parte do conto segue o modelo de uma utopia, contrapondo as maravilhas do futuro — viagens velozes em balões e trens, a superpopulação, cabos telegráficos flutuantes, habitantes lunares, a destruição de Manhattan — ao conhecimento e comportamento primitivos do presente (isto é, a época de Poe).

Poe pode ter-se inspirado na tradição de ficção especulativa em francês, que remonta a 1770, e que já tinha inspirado textos nos Estados Unidos (BEAVER, 1976). A ficção especulativa anterior, porém, tinha uma visão iluminista e otimista, enquanto Poe projeta uma sociedade totalitária e superpovoada, sem espaço para os indivíduos e ansiosa por epidemias e guerras, importantes para o controle populacional. "Mellonta Tauta" remete a obras posteriores que criam um futuro distópico, com um mundo superpovoado e onde a vida humana vale pouco, como o filme *No mundo de 2020*, de 1973, baseado no livro de Harry Harrison *Make Room! Make Room!* (1966).

Deve-se ter em mente que, em "Mellonta Tauta", Poe estava menos interessado em prever o futuro do que em criticar seus contemporâneos. Ainda assim, é um conto especialmente importante na história da ficção científica, por ser o primeiro que se inicia diretamente no futuro, sem nenhuma descrição da transição do mundo do autor para a utopia. Seria precursor de uma tradição dentro da ficção científica que incluiria, por exemplo, *A máquina do tempo* (1895), de H. G. Wells, que reflete as visões socialistas do autor e a angústia da sociedade diante da industrialização.

POSFÁCIO

POE E A CIÊNCIA

Um semblante assimétrico, com metade da face que parece estar desabando, as sobrancelhas descaídas ensombrando um olhar perdido, emoldurado por olheiras profundas, como se o retratado tentasse curar uma ressaca existencial — o próprio Monsieur Valdemar em início de decomposição. Esse rosto mal diagramado, que transmite uma sensação de desalento e decadência, tornou-se a clássica imagem do "Mestre do Macabro", Edgar Allan Poe (1809-1849).

Embora existam vários outros retratos de Poe menos comprometedores, esse daguerreótipo de 1848, tirado em um momento particularmente difícil na vida do escritor — quatro dias depois de sua tentativa de suicídio por ingestão de láudano —, parece a tradução visual perfeita do obituário publicado no jornal *New York Tribune* dois dias após sua morte, que abria com "Edgar Allan Poe está morto. [...] Esta notícia surpreenderá a muitos, mas poucos a lamentarão". Em seguida, depois de informar que o poeta era conhecido tanto nos Estados Unidos como em vários países europeus, o texto acrescentava: "Mas tinha poucos, ou nenhum amigo; e o pesar por sua morte advirá principalmente da consideração de que a arte literária perdeu uma de suas estrelas mais brilhantes, ainda que errática".[1]

1. "Morte de Edgar Allan Poe", obituário no *New York Tribune*, 9 out. 1849. Disponível em: <https://en.wikisource.org/wiki/New_York_Tribune/1849/Death_of_Edgar_Allan_Poe>. Acesso em: 19 mar. 2025.

Tal obituário, como já referido no prefácio deste livro, foi redigido pelo editor e crítico literário Rufus Griswold, um velho desafeto que fora alvo recorrente das críticas de Poe. Griswold convenceu a tia de Poe, Maria Clemm, a entregar-lhe os escritos do sobrinho e produziu a primeira compilação, em quatro volumes, dos contos, poemas e ensaios do escritor. No terceiro volume, uma vez mais enxovalhou Poe, reduzindo-o a uma figura abjeta, um alcóolatra e usuário de drogas que andava pela rua gritando e discutindo com seres imaginários. Por ironia, essa fama de Poe como um bêbado depravado, drogado, delirante e imoral teve como efeito atrair o público e garantir que sua obra fosse lida.

Somente a partir de 1941, com a publicação da "biografia crítica" escrita por Arthur Hobson Quinn, Poe passa a ser visto como alguém que chegou a ser respeitado como editor, crítico e autor de poesia e prosa; que enfrentou as agruras de um mercado literário incipiente e difícil, para manter sua pequena família; e que escrevia de forma pensada, escolhendo palavras em função do efeito que almejava criar.

Contrariando a imagem negativa estabelecida a partir das acusações de Griswold, várias pessoas que conheceram Poe descreveram-no como alguém gentil, agradável (quando sóbrio), de postura digna, um interlocutor interessante e bom ouvinte. Outros relatos davam conta dos olhos expressivos e de sua voz agradável e sedutora ao ler poemas em voz alta. Na descrição de um colega da academia militar, que reencontrou Poe quando este iniciava a vida literária, o escritor "era um perfeito cavalheiro".

Apesar de tudo, a imagem do Poe macabro e esquisito perdura na imaginação popular. A figura do escritor acabou sendo confundida com os protagonistas atormentados de seus contos, a ponto de ele próprio tornar-se personagem recorrente de histórias em quadrinhos e filmes. O retrato de 1848 tornou-se um ícone da cultura pop e virou item de consumo presente em camisetas, pôsteres, chaveiros, canecas e tatuagens, em figuras às vezes mais horripilantes do que qualquer coisa que ele tenha escrito.

Com muita razão a imagem de Poe como mestre do terror se firmou ao redor do mundo — ele criou situações e motes que se tornaram clássicas em histórias, filmes e quadrinhos de terror, sendo repetidas, em infinitas variações, até os dias de hoje. De Batman a James Bond, de heróis dos seriados de aventura a vítimas dos filmes de assassinos psicóticos, de prisioneiros em celas com paredes que se aproximam para esmagá-los a donzelas enterradas vivas, todos tiveram de encarar alguma situação horrível originalmente nascida na mente do escritor. Entretanto, tal faceta terminou por ofuscar os demais aspectos de uma personalidade complexa e multifacetada.

O "revistista"

Adotado aos dois anos de idade por um casal da alta sociedade de Richmond, Poe foi criado como um membro da elite econômica do sul estadunidense, condição que ele imaginava manter pelo resto da vida. A relação conflituosa com o pai adotivo John Allan, porém, e seu desejo de ficar independente do auxílio financeiro dele levaram Poe a se alistar no exército como soldado aos 18 anos e, mais tarde, a cursar a academia militar de West Point como cadete.

Poe acabou abandonando a academia principalmente por causa de dívidas, que não tinha como pagar. Quando seu pai adotivo morreu, descobriu ter sido deserdado no testamento, e foi obrigado a buscar algum meio de sustentar-se sem qualquer auxílio externo. Depois de tentar várias ocupações, voltou-se para a arte que melhor dominava: a escrita. Fazendo valer a disciplina e o método adquiridos em West Point, analisou o mercado literário com a mente de um engenheiro, estudando a estrutura de produtos bem-sucedidos e o mecanismo de seu êxito. Acabou por desenvolver uma fórmula de escrita que aplicou a uma série de contos, os quais qualificou como uma "vitrine de espécimens" (TRESCH, 2021). Logo teve a chance de testar a validade de sua análise, ao participar de um concurso lançado pelo *Baltimore Saturday Visiter*, enviando seis contos e alguns poemas. Como resultado, ganhou o primeiro prêmio para ficção com "Manuscrito encontrado numa garrafa" e o segundo lugar na categoria poesia (SILVERMAN, 1991).

Em 1835, Poe foi apresentado a Thomas Willis White, criador da revista mensal *Southern Literary Messenger*. White tinha a ambição de criar uma revista que elevasse o nível intelectual do sul dos Estados Unidos e tornasse a região capaz de concorrer com o norte, cuja produção intelectual dominava o país. Para convencer White de que estava apto a colaborar com a revista, Poe lhe enviou o conto "Berenice", mas este parece não ter agradado muito o editor. Não era para menos: o relato coloca o leitor na mente de um narrador que desenvolve tal obsessão com os dentes de sua prima, que é levado a cometer um desatino. Esse conto exemplifica uma das características que viriam a consagrar Poe: a descrição, em primeira pessoa, de um estado mental perturbador. Nesse caso, a narrativa se baseava num conceito psicológico real, a monomania, descrita pouco tempo antes por Jean-Étienne Esquirol, psiquiatra francês. Reconhecendo o teor chocante do conto, Poe redigiu uma carta a White em que expunha os motivos para tê-lo escrito, explicitando a filosofia que viria a adotar em sua vida profissional:

> A história de todas as revistas mostra claramente que aquelas que se tornaram célebres o fizeram graças a textos de natureza semelhante à de "Berenice". [...] Deseja saber em que consiste tal natureza? No ridículo que é amplificado até se tornar grotesco; o temível que assume o aspecto do horrível; o sagaz que é exagerado até se tornar burlesco; o singular que é moldado como estranho e místico. Você pode afirmar que tudo isso é de mau gosto. [...] Mas pouco importa se os textos a que me refiro são ou não de mau gosto. Para que um texto seja

> avaliado, é preciso que seja *lido*, e invariavelmente tais características são procuradas com avidez. Se prestar atenção, são esses textos que aparecem em outras revistas e nos jornais e, dessa forma, cativando a mente do público, eles aumentam a reputação do veículo que os publicou.[2]

Finalizava a carta prometendo a White não voltar a mandar algo tão escabroso quanto "Berenice", mas propondo enviar-lhe todo mês um conto com as características descritas, cuja eficácia poderia ser avaliada com maior precisão, não por comentários sobre o conteúdo, mas por meio do aumento na circulação da revista: "Para tanto, porém, faz-se necessário que entre dois relatos não haja a menor semelhança, seja em conteúdo ou estilo, ao mesmo tempo que é mantido o caráter que mencionei". Acrescentava, ainda, que originalidade, grande atenção ao estilo e muito trabalho na composição eram essenciais, ou os contos poderiam "descambar para o pomposo ou para o absurdo".[3]

Em outras palavras, Poe defendia dar aos leitores das revistas aquilo que interessava a eles, e sua versatilidade advinha menos de um desejo de experimentar formas e temas diferentes do que de obter sucesso de vendas. É equivocado, portanto, julgar os escritos de Poe sem levar em conta o ângulo comercial, erro em que incorreram inúmeros críticos, especialmente no século 19 e início do 20. Igualmente enganoso seria supor que, por terem sido escritos com o propósito de aumentar as vendas, eles não refletiriam as verdadeiras inquietações existenciais e preocupações artístico-filosóficas do autor (LEVINE; LEVINE, 1976). Poe escrevia simultaneamente para dois públicos; assombro, suspense e humor eram desti-

2. Carta de Edgar Allan Poe a Thomas W. White, 30 abr. 1835. Disponível em: <https://www.eapoe.org/works/letters/p3504300.htm>. Acesso em: 10 mar. 2025.

3. Idem.

nados ao público geral, enquanto as considerações filosóficas e o cuidado artístico, esperava ele, seriam percebidos pelos leitores mais sofisticados.

Em junho de 1835, depois de publicar alguns escritos de Poe, White o contratou como editor-assistente, mas ele acabou sendo muito mais que isso, envolvendo-se até na tipografia e na diagramação da revista. Cada número da publicação trazia umas quinze páginas com resenhas e críticas, a maioria delas possivelmente escrita pelo próprio Poe, cobrindo tanto lançamentos de ficção e poesia quanto tratados de medicina, dicionários, almanaques, relatos de viagem e outras revistas. Inspirando-se em *Blackwood's* e outras revistas inglesas, Poe inaugurou na imprensa estadunidense um estilo de crítica exigente e mesmo mordaz, que logo chamou a atenção do público e dos escritores (SILVERMAN, 1991). À época, imperava no mundo literário estadunidense uma ação entre amigos: fale bem da minha obra que falarei bem da sua. Poe era contrário a essa filosofia, acreditando que só através da crítica honesta os Estados Unidos poderiam vir a produzir literatura de qualidade. Assim, apontava defeitos não só de conteúdo e concepção como de sintaxe, gramática e mesmo pontuação, chegando a extrair frases das obras criticadas e "consertá-las" para demonstrar como poderiam ser escritas com mais clareza, concisão e elegância (SILVERMAN, 1991).

A seu talento natural para a crítica e mente analítica somou-se outro componente: o *demônio da perversidade*, companheiro constante do escritor, descrito no conto do mesmo nome: aquela voz interna contrária à razão, que diz às pessoas para fazerem o que sabem que não devem — a voz que grita "salte!" quando o indivíduo está à beira do precipício, olhando para baixo e pensando na sensação que teria ao cair para a morte certa. Poe frequentemente se deixava levar por seu demônio de estimação e atacava quem, por prudência, deveria ter sido respeitado. Suas críticas com frequência extrapolavam o texto e alcançavam os escritores em si; até características físicas eram alvo de sua pena mordaz, o que terminou por lhe granjear várias inimizades.

Apesar desses excessos, com sua atuação no *Southern Literary Messenger* Poe estabeleceu sua fama de crítico sério. O jornal *Mirror*, de Cinncinatti, proclamou, "ai de quem cair sob a machadinha e a faca de escalpelamento" do crítico. As críticas impulsionaram o interesse pelo "homem da machadinha", aumentando as vendas do *Messenger*: sob a direção de Poe, a revista passou de 700 para 5.000 assinantes. Ao mesmo tempo em que se transformou num destacado "*magazinist*", ou "revistista", como se referia a si mesmo, Poe tornou o *Messenger* respeitado pela originalidade do material publicado, a eminência dos colaboradores e a coragem de suas críticas (SILVERMAN, 1991).

Poe deixou o *Southern Literary Messenger* em 1837. Posteriormente, viria a trabalhar em outras revistas, em Baltimore e Nova York, sempre elevando o nível literário e crítico — e as vendas — delas. Para Percy Boynton, "nenhum outro grande escritor nos Estados Unidos teve um lugar tão destacado na história das publicações periódicas" (BOYNTON, 1932). Apesar da reputação que chegou a adquirir como escritor e crítico, especialmente depois que a publicação de "O corvo" (1845) lhe abriu as portas dos salões literários, Poe nunca obteve sucesso financeiro duradouro. Os escritores eram mal pagos; como não existiam direitos autorais internacionais, para os editores era mais barato fazer edições piratas de autores ingleses do que pagar a escritores locais. Assim, o comum à época era que tivessem outros empregos. Poe foi um dos primeiros escritores estadunidenses a viver exclusivamente do ofício da escrita. Passou a vida acalentando o sonho de fundar uma revista sobre a qual pudesse ter total controle, mas o mais perto que chegou foi ser dono da *Broadway Journal*, que faliu pouco mais de dois meses depois de ter sido assumida por ele.

Poe percebeu que as revistas constituíam "o tom da época", e lançou-se em sua defesa quando foram acusadas de serem superficiais (SILVERMAN, 1991). Novas tecnologias na fabricação de papel, a impressora a vapor, o transporte ferroviário e o telégrafo permitiram a expansão de periódicos que, por sua vez, formaram um público com algum nível de educação e ávido por novidades, mas o corolário foi um aumento do interesse pelo fugaz. Poe percebeu que as pessoas já não tinham tempo para ler longos romances, e que a forma literária ideal era o conto — algo que podia ser lido de uma só vez, num espaço de uma ou duas horas. Ao aplicar à escrita de contos a teoria da *unidade de efeito* — de que, como num poema, todos os elementos usados deveriam contribuir para produzir no leitor um único efeito —, ele deu uma importante contribuição ao desenvolvimento do gênero como forma literária.

A "potente magia da verossimilhança"

Para um editor de revistas ou jornais da época, a ciência era importante porque atraía o público curioso por novidades científicas e tecnológicas. Além disso, no caso de Poe, devemos levar em conta os objetivos comerciais do escritor. Isso não equivale a dizer que seu interesse fosse *somente* comercial: desde jovem ele manifestou interesse pela ciência, especialmente a astronomia, e os nomes de estrelas tinham presença constante em sua ficção e poesia (ALLEN, 1926). Ao longo de toda sua atuação como editor de revistas, ele acompanhou as descobertas e avanços científicos e resenhou inúmeros tratados de várias áreas da ciência.

Além disso, Poe percebeu que o caminho para obter o que denominou "a potente magia da verossimilhança"[4] passava por descrições minuciosas e abundantes de fatos, verdadeiros ou não. Foi o método que empregou ao escrever "Hans Pfaal – Uma aventura sem paralelo", a história de um indivíduo que foge dos credores num balão, chegando até a Lua e encontrando os seres que aí viviam. Poe encontrou inspiração

4. *Marginalia*, CCXX. Disponível em: <https://www.eapoe.org/works/misc/margd05.htm>. Acesso em: 10 mar. 2025.

no tratado de astronomia de John Herschel, do qual copiou fatos (e inclusive alguns erros) para conferir realismo ao que era, em essência, uma fanfarronada ao estilo das histórias do Barão de Munchausen. A diferença crucial aportada por Poe foi a de adotar um tom científico, com grande atenção aos detalhes, como as experiências realizadas com aves e gatos a bordo e números muito exatos ("em 4 de abril o balão atingiu 7.254 milhas de altitude"), apesar de fictícios. Ao mesmo tempo deu um tom burlesco, satirizando as histórias de viagens à Lua, então em voga. O relato, portanto, era puxado em direções opostas por suas duas características básicas: o absurdo claramente impossível de uma viagem à Lua em balão em contraponto aos detalhes exatos e plausíveis da mesma (BEAVER, 1976). Se por um lado muitos críticos fazem pouco dessa novela, principalmente pelo tom farsesco e pelo final, que revela que tudo não passou de uma fraude, por outro, a parte central da narrativa — a jornada à Lua em si — é realista e detalhada. Como aponta o crítico Adam Roberts, diferente do tom grandiloquente da literatura gótica, em "Hans Pfaall" o tom é o mais prosaico possível, como se o autor descrevesse fatos corriqueiros. Roberts ressalta ainda que talvez tenha sido a primeira história a combinar viagem à Lua, nave espacial e alienígenas — três temas quintessenciais da ficção científica.[5] Não à toa esse relato de Poe serviu de inspiração para dois pioneiros da ficção científica: Jules Verne e H. G. Wells.

Três meses após ter início a publicação seriada de "Hans Pfaall" no *Southern Literary Messenger*, Richard Adams Locke causou uma enorme comoção pública e aumentou tremendamente as vendas do jornal *Sun* de Nova York ao publicar a "Fraude da Lua", dando descrições detalhadas da superfície lunar e de seus habitantes, supostamente flagrados pelo telescópio do astrônomo John Herschel. Com sua típica ambi-

5. Adam Roberts. "Edgar Allan Poe's Hans Pfaall". Disponível em: <https://www.infinityplus.co.uk/introduces/pfaall.htm>. Acesso em: 25 fev. 2025.

valência, Poe se queixou a um amigo que a ideia havia sido roubada dele, mas a elogiou publicamente, ficando fascinado pelas possibilidades comerciais; e, nove anos mais tarde, pouco depois de se mudar para Nova York com a tia e a mulher já tuberculosa, escreveu sua própria versão para o mesmo jornal: a "Fraude do balão", que obteve tremendo sucesso.

As novidades constantes haviam tornado o público crédulo e passível de manipulação. Comentando a reação pública ante a fraude que havia perpetrado, Poe observou que "os mais inteligentes acreditaram, enquanto a ralé, em sua maioria, rejeitou tudo com desdém. Há vinte anos, a credulidade era a característica do populacho e a incredulidade, o traço distintivo dos mais filosóficos; agora, os inteligentes não têm inclinação à *descrença* — e com razão" (TRESCH, 2021). A época era de tantas descobertas e invenções surpreendentes que o caminho mais sensato era acreditar primeiro e fazer perguntas depois.

Com as "descobertas" de Locke na Lua, Poe teve a confirmação de que, ao menos em parte, verdade e crença eram questões de estilo. O público estava disposto a acreditar, e portanto se tratava de uma questão de narrar os fatos numa linguagem objetiva, acompanhada de imagens vívidas. Publicidade e senso de ocasião também ajudavam bastante (TRESCH, 2021).

Uma mente lógica

A academia militar de West Point, que Poe frequentou como cadete por pouco menos de um ano, constituiu uma experiência que tinha como objetivo a criação de uma elite republicana estadunidense. Essa escola nacional de oficiais foi inaugurada em 1802 e meros dez anos depois demonstrou sua utilidade, fornecendo engenheiros para a guerra de libertação dos Estados Unidos contra o Império Britânico. Em 1817, um enviado especial da instituição à França visitou a *École Polytechnique* (escola de engenharia criada durante a Revolução Francesa e depois transformada em academia militar por Napoleão Bonaparte) e regressou aos Estados Unidos levando consigo inúmeros livros e um projeto de reforma (TRESCH, 2021).

West Point deu a Poe uma educação científica, que consistia numa combinação de matemática, geometria e engenharia. Um autor proeminente no currículo era o astrônomo e matemático francês Pierre-Simon Laplace, cujo *Tratado de mecânica celeste*, em cinco volumes (1799-1825), refinou o universo mecanicista de Newton, que propunha que o universo funciona como um relógio mecânico com engrenagens regidas pelas leis da física. Em outra de suas obras, Laplace desenvolvia a Hipótese Nebular proposta pelo filósofo Kant, que postulava a formação do Sistema Solar a partir de uma grande nuvem de gás e poeira que colapsou e originou o Sol e os planetas — uma teoria que incomodava muitos espíritos religiosos, por ser vista como um substituto para a história da criação no Livro de Gênesis. Como resumiu John Tresch, "Laplace fixou a imagem de um universo dirigido por leis mecânicas, perfeitamente apreensível pela razão e pela matemática, e em West Point os cadetes eram disciplinados a se alinhar com esse pensamento" (TRESCH, 2021).

Em seu *Ensaio filosófico sobre as probabilidades*, o filósofo francês afirmou que um intelecto que conhecesse todas as forças naturais e todas as posições de todos os itens constituintes da natureza num determinado momento conheceria não só o presente e o passado, mas também o futuro (LAPLACE, 1814). Ou seja, com conhecimento suficiente de um sistema, seria possível prever seu desenvolvimento. É nessa obra que Laplace introduz o cálculo de probabilidades, que viria a se tornar a base da ciência de probabilidades, e que Poe usaria como fundamento para seu conto detetivesco "O mistério de Marie Rogêt".

No Corpo de Engenharia do Exército, o treinamento analítico e padronizado preparava os cadetes para exercerem papéis fundamentais no desenvolvimento intelectual e industrial dos Estados Unidos. Fortalecia-se a parceria entre público e privado tão característica do país: no próprio Corpo de Engenheiros ou em companhias particulares, os cadetes formados construíam canais e estradas, traçavam mapas dos territórios do Oeste, sistematizavam a produção de ferro, tecidos e armas. Muitos foram trabalhar na construção de ferrovias, duplicando nas companhias privadas a administração e as estruturas disciplinares de West Point; vários enriqueceram e tornaram-se diretores de companhias.

É verdade que Poe abandonou a carreira militar, mas não por problemas de desempenho — terminou o primeiro período entre os melhores da turma —, nem por ser um esquisitão ostracizado pelos outros alunos como no filme *The Pale Blue Eye* (Scott Cooper, 2022). Era admirado pelos colegas, tanto por seu desempenho acadêmico quanto pelos poemas que escrevia, satirizando os instrutores. Se não tivesse abandonado a academia, angustiado pela falta do apoio financeiro de John Allan, poderia muito bem ter sido um membro da força-tarefa dedicada à ampliação das fronteiras estadunidenses, fabricando armamento e invenções que permitiram a expansão do país e a conquista de territórios em nome do progresso — exatamente os temas que viria a criticar em escritos como “O homem que foi consumido” e “Mellonta Tauta”, entre outros. No entanto, o treinamento recebido na academia perdurou pelo resto da vida dele. Sua mente, por natureza predisposta à lógica, adquiriu uma maneira moderna e mecanicista de pensar. E talvez não seja exagero dizer que o modo como defendeu suas ideias e atacou os inimigos no mundo literário tinha algo de militar — com a diferença de que suas armas eram agora o intelecto.

Essa mente lógica, tão afeita à racionalização, viria a constituir sua defesa contra o mundo e contra seu próprio caos emocional. Em seus escritos, Poe se desdobrou em alter egos como o protagonista de “O escaravelho de ouro”, que resolve um enigma criptografado, ou C. Auguste Dupin, o primeiro detetive particular da literatura, modelo seguido por todos que vieram daí em diante. No artigo "O jogador de xadrez de Maelzel", o pensador lógico aparece como a voz do próprio autor, que, por meio de deduções (a maioria delas copiadas de outro autor), desvenda em detalhes o funcionamento do suposto jogador mecânico, na verdade acionado por um homenzinho que se escondia em seu interior.

O ápice da tendência de Poe à racionalização foi o ensaio "A filosofia da composição", até hoje estudado em cursos de literatura, no qual ele detalha sua forma totalmente racional de escrever poesia e usa "O corvo" como exemplo. Poe examina o poema linha por linha, descrevendo as decisões totalmente conscientes com que determinou quais palavras usar. Ele não deixa espaço algum para a musa dos poetas românticos, a Inspiração; uma Inteligência Artificial não faria melhor. Estaria falando sério, ou seria mais uma de suas fraudes para zombar dos leitores, uma sátira ao domínio do pensamento mecanicista que se espalhava por vários domínios da sociedade estadunidense? Como de costume quando se trata de Poe, é difícil determinar. Escrito numa época em que seu comportamento autodestrutivo e irracional estava no auge, o ensaio pode também ser visto como mais um exemplo de sua necessidade de controlar as emoções pelo intelecto — de pacificar o demônio da perversidade, sempre à espreita.

A era das maravilhas

A vida de Edgar Allan Poe coincidiu com um dos períodos mais férteis em invenções e descobertas da história da humanidade: a primeira metade do século 19. Foi o grande momento da eletroquímica: eletrodos, garrafas de Leiden, capacitores, circuitos elétricos, baterias, geradores e dínamos; do isolamento de várias substâncias químicas como o potássio, o sódio, o cálcio e o magnésio, entre outras; da descoberta dos principais gases e da composição da água. Parecia que a natureza fundamental de toda a matéria era a eletricidade (BEAVER, 1976). Foi a época de invenções que mudaram a sociedade, como a primeira bateria elétrica (1800), a primeira luz elétrica (1809), a impressora a vapor (1810), a locomotiva a vapor (1814), os fósforos de cozinha (1827), o dínamo elétrico (1831), o revólver (1836), o telégrafo (1837), o daguerreótipo, precursor da fotografia (1839), a máquina de costura (1845), os antissépticos (1847), e por aí afora.[6] Os jornais e revistas estadunidenses das décadas de 1830 e 1840 estavam repletos de histórias de balões, viagens exóticas e autômatos. Foi também a era de grandes viagens de mapeamento de terras desconhecidas para os europeus, como a jornada do capitão Cook ao Oceano Pacífico (1768-1771) e a circum-navegação do mundo pelo *Beagle* (1831-1835), que levaria Charles Darwin a elaborar a teoria da evolução por seleção natural.

Lado a lado com avanços de astronomia, química e tecnologia, floresceu todo tipo de transcendentalismo: misticismo, espiritualismo, hipnotismo, transes mesméricos, ressuscitações galvânicas, frenologia. Da mesma forma como as forças naturais haviam sido dominadas e colocadas para uso dos seres humanos, as sobrenaturais também o seriam; o estudo da natureza seria complementado pela pesquisa da alma humana.

A revolução científica dos séculos 17 e 18, que consagrou os nomes de Copérnico, Galileu, Kepler, Descartes e Newton, estabeleceu um universo mecanicista e reducionista. Todos os fenômenos e entidades, até a vida e a moral, foram postos, no dizer do poeta inglês Samuel Taylor Coleridge, "dentro do círculo mágico das fórmulas matemáticas" (BEAVER, 1976). O século 19, muito em função de grandes descobertas da astronomia e da química, introduziu uma intensa carga de imaginação e excitação no trabalho científico e originou o que Coleridge denominou "a segunda revolução científica". A viagem de exploração, com frequência solitária e perigosa, se tornava

6. Mary Bellis. *The Most Important Inventions of the 19th Century.* Disponível em: <https://www.thoughtco.com/inventions-nineteenth-century-4144740>. Acesso em: 15 mar. 2025.

uma metáfora definidora para essa fase da ciência. O poeta William Wordsworth, um dos fundadores do Romantismo na Inglaterra, metamorfoseou Isaac Newton de sábio do Iluminismo em figura romântica, "viajando por estranhos oceanos do Pensamento, sozinho" (HOLMES, 2009).

Deu-se então a consolidação de concepções que ainda hoje persistem, como a do gênio solitário com sua sede insaciável de conhecimento e capaz de qualquer coisa para obtê-lo — personificado no Victor Frankenstein de Mary Shelley e no Fausto de Goethe — e que legaria um dos arquétipos mais icônicos da cultura de massa do século 20: o cientista louco. Ao mesmo tempo, o instante inspirado da invenção ou descoberta, simbolizado pelo suposto "*Eureka!*" que Arquimedes teria gritado ao descobrir o princípio da impulsão, se tornou o "fogo divino" do Romantismo: a inspiração que gera descobrimentos e avanços conceituais.

Em reação ao universo mecanicista, dominado por forças e colisões de objetos, impunha-se uma ciência menos *dura* e mais dinâmica, de poderes invisíveis e energias misteriosas, fluidos e transformações, crescimento e mudança orgânicos (HOLMES, 2009). Por isso o estudo da eletricidade e da química em geral mereceu tanto destaque no período. Por isso também floresceram o mesmerismo e outras pseudociências.

Foi na primeira metade do século 19 que as promessas de progresso universal e benefícios da ciência passaram a ser levadas a sério não só por acadêmicos e cavalheiros eruditos, mas também pelo cidadão comum e pelos políticos. Era uma época para amadores, quando "cavalheiros literários" ainda podiam falar como filósofos. O panorama mudaria na segunda metade do século, com o profissionalismo e o aumento da complexidade da pesquisa que atropelaria a todos, salvo os cientistas dedicados de fato. Em 1833, sentindo que os termos "filósofo da natureza" e "homem de ciência" eram vagos demais para dar conta da profissão que se delineava, o matemático inglês William Whewell propôs a palavra "cientista".

A compreensão científica estava se sedimentando e se transformando na linha de base da realidade (BEAVER, 1976).

Além disso, nessa época a ciência deixou de ser uma ocupação de elite, confinada a uma pequena comunidade internacional de sábios cuja língua comum era o latim, e passou a ter o compromisso de explicar e educar o público geral (HOLMES, 2009). Nasceram nessa época a divulgação científica, as palestras científicas públicas, as demonstrações de laboratório e os livros-texto introdutórios. No lugar de voltar-se somente a outros entendidos, a ciência agora adotava o compromisso de educar as massas.

Poe participava desse compromisso, e foi um dos primeiros "jornalistas científicos" dos Estados Unidos. Nas colunas que escreveu para revistas e jornais, noticiava avanços tecnológicos, resenhava textos científicos, apoiava os esforços do físico e topógrafo Alexander Bache e seus colaboradores de estabelecer bases mais rigorosas para a ciência estadunidense, e por vezes denunciava fraudes (ainda que se reservasse o direito de escrever as suas próprias).

As três grandes vertentes da ciência da primeira metade do século 19 — os balões, as viagens de exploração e a investigação da alma — estiveram muito presentes na obra do escritor. Como balonista, marinheiro ou mesmerista, Poe se aventurou nos ares, mares e até além da morte, mas, ao contrário dos escritores que o precederam, sempre fazia observações científicas adequadas.

Naturphilosophie e poesia

Toda ação gera uma reação oposta de igual intensidade, ensinou Newton. Ao mesmo tempo em que se consolidava essa ciência derivada do Iluminismo, preocupada com aspectos quantitativos e ênfase na experimentação e em colocar o mundo todo sob suas regras, uma outra corrente continuava vigorosa. Era uma corrente orgânica, vitalista e holística, surgida na Alemanha no final do século 18: a *Naturphilosophie*, também chamada de "Ciência Romântica". Muito calcada nas ideias do filósofo Friedrich Schelling, essa filosofia surgida como reação à ciência mecanicista e reducionista do Iluminismo preconizava um princípio ou força única subjacente ao cosmos, a "Alma do Mundo", que se desenvolve por meio da divisão e da multiplicação, criando todos os seres e entidades que compõem o universo. Estudar a natureza, portanto, era redescobrir a unidade original entre mente e o mundo, através da ciência e da arte. A observação e a análise matemática, porém, não bastavam para descobrir os segredos da natureza; em lugar de partir dos fatos observados para construir teorias, era preciso ter ideias-guia para direcionar a observação, como os padrões arquetípicos incorporados nos seres vivos e a unidade subjacente dos fluidos imponderáveis (luz, calor, eletricidade e magnetismo). O simbolismo e a poesia eram valorizados, porque podiam oferecer *insights* sobre os processos de devir do mundo (TRESCH, 2021).

Apesar da carga mística, a *Naturphilosophie* inspirou importantes avanços científicos: o dinamarquês Hans Christian Ørsted descobriu em 1820 que a eletricidade podia ser convertida em magnetismo, e o francês André-Marie Ampère demonstrou que a conversão também ocorria no sentido inverso. As constatações deram início ao estudo do eletromagnetismo, que viria a ser considerado uma das quatro forças básicas da natureza e a força dominante nas interações entre átomos e moléculas. Nos Estados Unidos, porém, apesar de ter influenciado alguns filósofos importantes como Ralph Waldo Emerson e outros Transcendentalistas, a *Naturphilosophie* foi ignorada pelos cientistas.

Poe, por outro lado, foi muito influenciado pelo Romantismo alemão. Não apreciava os homens de ciência que se limitavam a trabalhar com os processos de indução — partindo de fatos específicos para teorias — e dedução — partindo de teorias para deduzir fatos. Essas pessoas, "homens meramente científicos" que haviam se dedicado às ciências físicas à custa de excluir a matemática, a metafísica e a lógica, eram "ao mesmo tempo os mais intolerantes e os menos capazes de usar, generalizar ou decidir sobre os fatos que trazem à luz no curso de seus experimentos."[7]

Durante toda a vida, Poe considerou a si mesmo um poeta, mesmo se, premido pela necessidade de ganhar dinheiro, não tivesse sido capaz de se dedicar tanto à poesia quanto teria gostado. Para ele, a razão por si só era incapaz de desvendar os mistérios do mundo; a intuição era igualmente necessária. Esse princípio seria exposto de forma clara nos três contos protagonizados por Auguste Dupin, que Poe chamou de "contos de raciocínio" e que deram origem ao conto policial. Dupin aparece por primeira vez em "Os assassinatos da rua Morgue", em que desvenda um crime fora do comum porque, enquanto a polícia usa métodos puramente empíricos, ele usa a intuição. Em "A carta roubada", outro dos "contos de raciocínio", a polícia usa métodos semelhantes aos que Poe aprendeu em West Point: faz uma busca exaustiva de todo o local — mapeia o território, por assim dizer —, e fracassa em achar a carta. Dupin tem êxito porque se coloca no lugar do criminoso e intui a resposta: "se o [criminoso] não fosse mais que um matemático, o prefeito não teria necessidade de me pagar com esse cheque. Contudo, eu sabia tratar-se de um matemático e poeta, e minhas medidas se adaptaram a suas capacidades" (MARKOVIĆ; OKLOPČIĆ, 2016). É preciso um matemático e poeta para entender outro. Dupin usa um método *empático* — muito diferente das observações distanciadas e impessoais então advogadas pelos homens de ciência. Assim, Poe usou seu personagem para atacar o crescimento do empirismo na ciência. Os empíricos não estavam errados, eram só bitolados que confundiam a inteligência do Criador com a de um reles burocrata.

É desnecessário dizer que a ciência seguiu na direção contrária à que Poe gostaria: cada vez mais distante da poesia

7. Carta de Edgar Allan Poe a George Isbell, 29 fev. 1848. Disponível em: <https://www.eapoe.org/works/letters/p4802291.htm>. Acesso em: 15 mar. 2025.

e das outras artes, mais especializada, mais dependente do trabalho de grandes equipes de cientistas — em sua maioria, mais técnicos que poetas —, sustentada por grandes orçamentos e cada vez mais voltada para o lucro e o domínio da natureza, não para a poesia ou a busca da verdade. O conhecimento, como temiam os filósofos naturais do século 19, ficou segmentado, acessível apenas aos praticantes de cada área, e a visão do universo como algo vivo e sagrado foi relegada à religião ou à filosofia. O universo das forças e interações randômicas de partículas suplantou o universo vivo. Se acaso tivesse viajado no tempo até nosso presente, como a carta engarrafada de "Mellonta Tauta", Poe teria tecido comentários ainda mais ácidos sobre a ciência e a democracia atuais do que aqueles que colocou na missiva de seu personagem Pundita.

Ciência contra vigarice

A cidade de Filadélfia, nos anos 1830-1840, era o principal centro científico dos Estados Unidos, tendo Boston como única rival. Havia muito contato entre jornalistas, artesãos, artistas, cientistas e empreendedores, e era um centro de inovação, em que cientistas e trabalhadores colaboravam entre si. Foi aí que Poe passou grande parte de sua vida adulta, e foi alimentando-se com esse caldo de cultivo — a tensão entre o pensamento de elite e o apelo às massas, entre empirismo puro e simples e especulações intelectuais — que nutriu tanto seus artigos quanto sua ficção (TRESCH, 2021).

Era também em Filadélfia que vivia Alexander Dallas Bache, bisneto do célebre Benjamin Franklin, estadista e pioneiro dos experimentos com eletricidade. Bache também estudara em West Point, terminando o curso com distinção. Assim como Poe usou sua formação como engenheiro para analisar o mercado de revistas, Bache voltou sua atenção para a ciência estadunidense, encarando-a como um sistema a ser analisado e melhorado. Nos anos 1830-1840, urgia separar a ciência legítima da vigarice e das pseudociências que permeavam a sociedade estadunidense. Com aliados como o físico Joseph Henry e o matemático e astrônomo Benjamin Peirce, entre outros, Bache buscou estabelecer instituições federais bem-organizadas, destinadas à pesquisa e a formação acadêmica (TRESCH, 2021).

O problema que Bache e seus apoiadores enfrentavam é recorrente nas sociedades humanas: como distinguir informação confiável, obtida com bases experimentais, daquela gerada pelo sensacionalismo e puro desejo de obter vantagem? Na época, especialmente nos Estados Unidos, havia um forte componente de espetáculo nas atividades ligadas à ciência. As editoras e salões públicos que lucravam com a Fraude da Lua e o autômato de Maelzel também davam espaço para remédios patenteados, máquinas de movimento perpétuo, meteorologia astrológica e todo tipo de teoria bizarra, indo da arqueologia à zoologia.

Em 1829, o químico e mineralogista inglês James Smithson morreu e legou ao governo estadunidense meio milhão de dólares em barras de ouro, com a condição de que fosse empregado na criação de um "estabelecimento para o aumento e a difusão do conhecimento" em Washington. De olho nesse montante, em 1844 o Instituto Nacional para a Promoção da Ciência realizou sua primeira convenção pública, que qualificou como um "banquete intelectual", "do caráter mais popular possível" — que contou inclusive com a presença do presidente dos Estados Unidos, James K. Polk. Este encabeçou um cortejo popular que primeiro recebeu a bênção em uma igreja e depois compareceu a palestras sobre assuntos variados. Bache e seus aliados, que desconfiavam de qualquer "entretenimento científico" de caráter popular que sacrificasse o rigor em favor do espetáculo, não ficaram nada felizes. O balaio de gatos de apresentações — em que palestras sobre entomologia, meteorologia e a hipótese nebular dividiam o espaço com temas como "origem, duração e fim do mundo" –, a pompa cerimonial e a condução por parte de políticos conferiam à convenção um caráter populista e conflitavam com a visão que esses pesquisadores tinham da pesquisa como uma atividade séria e rigorosa. Bache argumentava que o que o país precisava era de maior atividade científica, não de eventos sensacionalistas, e enfatizava a necessidade de uma organização científica nacional para reprimir o charlatanismo (TRESCH, 2021).

Embora acreditassem que a ciência era uma atividade republicana, Bache e Henry defendiam que o instituto para promoção da ciência tivesse um governo "aristocrático" — uma coordenação central e hierarquizada — cuja gestão ficaria a cargo apenas de determinados membros, para evitar que diletantes tivessem o mesmo peso que os "sábios" de verdade. Nos Estados Unidos, existia um grande risco de que um instituto como esse fosse dominado por charlatães, e que palestras espetaculosas produzissem não reflexão, mas admiração e entusiasmo.

Dois indivíduos de grande sucesso ilustravam tal perigo: Dionysius Lardner e P. T. Barnum. Lardner dava palestras sobre astronomia e eletromagnetismo, motores a vapor e vida extraterrestre, verdadeiros shows em que usava ilustrações, lanternas mágicas, iluminação artificial de oxi-hidrogênio e dioramas que davam a ilusão de profundidade e movimento; posteriormente acrescentou às palestras o "Planetário", um modelo do tamanho de uma sala que simulava um panorama do sistema solar, ao som do *Messias* de Händel e das missas de Mozart, que adicionavam um sentimento religioso para realçar a mensagem de que as descobertas modernas da astronomia e física provavam a existência do "Divino Autor do Universo" (TRESCH, 2021).

Quanto a Barnum, a quem se atribuiu o dito "nasce um otário por hora" — frase que ele nunca proferiu, mas que se aplicava muito bem a sua filosofia —, ficou célebre por suas exposições e seu museu, que exibiam incontáveis "maravilhas", como espécimens geológicos, plantas raras, invenções, fósseis, demonstrações de história natural, química e astronomia, misturadas com albinos, gigantes, mágicos, autômatos, animais empalhados, a "mulher de 161 anos" e uma sereia criada a partir da metade superior de um macaco costurada a uma cauda de peixe. Barnum difundia conhecimento real misturado com empulhação, e deixava que o público julgasse por conta própria a realidade do que expunha, encorajando-o a crer que suas opiniões sobre temas científicos importavam. Tanto Lardner quanto Barnum fizeram muito dinheiro, e isso evidenciava o interesse do público por assuntos científicos — interesse que, Bache e seus colegas perceberam muito bem, se não fosse satisfeito por cientistas sérios, o seria por vigaristas e aproveitadores.

Em suas resenhas, Poe apoiou vários projetos científicos, inclusive de Bache, mas em outros momentos se aproximou de "artistas" como Lardner e Barnum, por exemplo ao escrever suas próprias fraudes. Ele notou que a combinação de música, luzes e efeitos especiais empregada pelo primeiro agia sobre a imaginação da plateia, permitindo-lhe influenciá-la como bem entendesse. Lardner não escapou à metralhadora giratória de Poe: no conto "Três domingos numa semana", ele aparece disfarçado como o doutor Dubble L. Dee, "palestrante de física fajuta". No entanto, Poe não viu problema algum em tirar de um livro dele a maior parte dos fatos extraordinários descritos em "O milésimo segundo conto de Sherazade" (LEVINE; LEVINE, 1976).

Em 1843, Bache foi nomeado superintendente da Pesquisa Costeira dos Estados Unidos e transformou essa agência governamental num dínamo de pesquisa, contratando colaboradores — muitos dos quais egressos de West Point ou do exército — para efetuar o mapeamento do litoral leste estadunidense. No processo, transformou a agência em um "projeto científico nacional", criando uma geração de pesquisadores dotados de sólida formação científica.

Em 1848, surgiu a Associação Americana para o Avanço da Ciência (AAAS), cujo estatuto exigia que candidatos a membros fossem indicados por um outro membro e aprovado por um comitê. Assim, a partir daí eram os "homens de ciência" que determinavam quem seriam seus pares. E, muito importante, passou a ser prerrogativa exclusiva da associação definir métodos, argumentos e autores e traçar a linha divisória entre temas legítimos e ilegítimos. A ciência estadunidense estava sendo forjada e uma nova profissão passava a marcar território na vida pública (TRESCH, 2021).

Com a autoridade que conquistara, Bache conseguiu que o Congresso usasse o ouro deixado por Smithson para fundar o Instituto Smithsonian. Este se tornou uma das instituições científicas mais respeitadas do mundo, e hoje engloba 21 museus de arte e ciência, 14 centros de educação e pesquisa e um zoológico. Bache e seus colegas conseguiram enfim separar a ciência da vigarice, mas também deram início ao divórcio entre a ciência e arte, filosofia e religião, que viria a acentuar-se nos séculos 20 e 21. Foi o começo do fim da era em que "cavalheiros bem informados" podiam acompanhar os avanços da ciência e dar seus palpites. Daí em diante, a ciência iria especializar-se mais e mais.

Poe não participou do otimismo expansionista que dominava a sociedade estadunidense. Ele viu o pensamento metódico e mecanicista estendendo seu domínio e reduzindo a realidade a questões de praticidade e lucratividade, escanteando a poesia, a intuição e a apreciação do Belo. No "Colóquio de Monos e Una" vaticinou um futuro sombrio, que veio a se concretizar: "Imensas e incontáveis cidades enfumaçadas surgiram. As folhas verdes murcharam diante do hálito ardente das fornalhas. A bela face da Natureza foi deformada como se atingida por alguma doença odiosa".

Como bem apontou Claude Delarue (1984), Poe viveu entre duas tendências opostas. De um lado, a paixão pela imaginação e pela beleza, derivada dos Românticos alemães; do outro, o espírito dedutivo, a vontade de compreender e unir tudo em um sistema impecável, herdada do Iluminismo. De um lado a poesia, do outro a ciência e a lógica. Em 1848, seu penúltimo ano de vida, produziria a obra que buscaria unir essas facetas num todo que explicasse a vida, o universo, e tudo o mais. Chamaria a essa obra, aludindo à famosa exclamação de Arquimedes, de "Eureka": "encontrei".

Eureka: o testamento intelectual de Poe

Numa noite tempestuosa de fevereiro de 1848, Poe proferiu numa biblioteca de Nova York uma palestra intitulada “O universo”. Na esperança de arrecadar algum dinheiro para finalmente conseguir concretizar seu sonho de lançar uma revista própria, o autor esperava a presença de 300 ou 400 pessoas, mas, talvez por conta do mau tempo, somente 60 compareceram. No mês de abril seguinte, ele começou a revisar o texto baseado em sua fala, ampliando-o e transformando-o numa monografia de 150 páginas, que apresentou, em junho do mesmo ano, ao editor George Putnam. Convencido de haver decifrado o enigma do universo e afirmando que o que propunha “revolucionará (em seu devido tempo) o mundo das Ciências Físicas e Metafísicas”,[8] pediu para que 50 mil exemplares fossem impressos. O prudente Putnam fez uma tiragem de apenas 500 (TRESCH, 2021).

Já no início da obra, que chamou de *Eureka – Um poema em prosa*, Poe estabelece o alcance cósmico de sua empreitada: “Desejo falar do Físico, do Metafísico e do Matemático — do Universo Material e Espiritual; de sua Essência, sua Origem, sua Criação, sua Atual Condição e seu Destino”.[9] O que ele se propunha a fazer era nada menos do que criar uma cosmologia baseada nos filósofos antigos e contemporâneos e nos astrônomos, combinando poesia, matemática e metafísica (VINCELETTE, 2008).

Na visão cosmológica de Poe, no início era o Nada, e a Vontade Divina criou uma “partícula primordial” que difundiu, sob a forma de átomos, em uma parte limitada do universo, o “Universo de Estrelas”. Matéria e espírito, na origem, eram a mesma coisa. Impelidos por uma tendência a readquirir sua unidade original,

8. Carta de Edgar Allan Poe a George Eveleth, 29 fev. 1848. Disponível em: <https://www.eapoe.org/works/letters/p4802290.htm>. Acesso em: 23 mar. 2025.

9. As citações de *Eureka* foram traduzidas do texto do original de 1848, incluído em Beaver (1976).

os átomos começaram a se juntar, criando aglomerados de matéria nebulosa. A condensação e rotação de um desses aglomerados formou nosso sistema solar, apenas um entre os muitos que existem. Após a difusão original, cada átomo começou a atrair todos os demais — os fragmentos buscando o retorno à condição original de união entre si e com o criador. Segundo Poe, um dia eles irão se congregar num número infinitamente menor de esferas que, sob a ação contínua dessa força de atração (a gravidade), terminarão por colapsar em um único globo final que, constituído de não-matéria, desaparecerá instantaneamente, restando Deus, uno em sua Totalidade. Nosso universo, portanto, estaria atualmente em estado de progressivo colapso, tendo como destino final a união com a Divindade. Mas o colapso será seguido da criação de um novo universo, e todo o processo se repetirá eternidade afora, com novos universos surgindo e desaparecendo a cada pulsação do Coração Divino (SILVERMAN, 1991; LE CLAWSON, 1972).

Nesse processo de desenvolvimento, parte da matéria que vai se individualizando adquire sensibilidade e a capacidade de pensar, atingindo o grau de consciência inteligente. Nosso sentimento de infinitude pessoal é o resíduo da unidade original entre nós e Deus, já que o universo consiste de fragmentos difusos da Divindade — "individualizações infinitas Dele próprio". Para nosso autor, Deus existe como o universo das estrelas, mas à medida que os aglomerados forem se reunindo, nos tornaremos mais cônscios de nossa identidade com Ele e finalmente nos uniremos em uma só entidade. Nossa percepção de identidades individuais progressivamente se fundirá na consciência geral. Nosso consolo pela perda da personalidade individual é que, no momento da condensação derradeira, nossa consciência será igual à divina: ao morrer, por fim nos tornaremos Deus (SILVERMAN, 1991). Poe chegava assim, como no cristianismo, à ideia da sobrevivência da alma após a morte, mas por um percurso muito diferente. Os bons cristãos ficaram escandalizados com o tom panteísta do ensaio, que tomaram como blasfêmia, e alguns vieram mesmo a cortar relações com o escritor.

Poe utilizou o recurso das analogias, à época uma importante ferramenta filosófica e científica; por exemplo, muitos argumentavam que a circulação do sangue permitiria entender a circulação da seiva nas árvores. Tal forma de argumentação reflete como a investigação científica havia passado a abordar fenômenos tais como a luz, o magnetismo e o calor que, não podendo ser observados diretamente, exigiam a proposição de hipóteses mais imaginativas, que prescindissem da observação direta preconizada por cientistas iluministas. As analogias também serviam para que Poe se comunicasse com o público leigo, usando uma "sequência gradual de descrições" que, a seu ver, ajudaria os leitores a passar progressivamente de visões mais simples às mais amplas e mais complexas, até chegar a uma "impressão individual" do universo como uma entidade única (SILVERMAN, 1991).

Na esteira da *Naturphilosophie*, Poe acreditava que os filósofos não só reconheciam na ordem natural a sabedoria e a racionalidade divinas, como também revelavam as chaves para a compreensão das leis ocultas que regiam as ações de Deus — eles eram criptógrafos que decifravam meticulosamente as obras da natureza. Mas ele foi além: estabeleceu o Criador como um escritor, e o universo como uma narrativa ("O universo é uma trama de Deus, e as tramas de Deus são perfeitas"). Segue-se daí que o universo é perfeito, apesar de tudo o que possa nos parecer errado — e Poe não ignora todo o lado destrutivo do cosmos; para ele, a destruição — os vulcões, terremotos, maelströms — constituía parte dos desígnios divinos. Mas, em sendo uma narrativa, e mais especificamente, um poema, o universo não poderia ser analisado somente pela Razão, pois precisaria da intuição e da apreciação estética para ser apreendido. E quem melhor do que um poeta-matemático para desvendar a trama do universo?

Eureka foi publicado no mesmo ano em que surgiu a Sociedade Americana para o Avanço da Ciência, e trazia exatamente o tipo de mistura de conceitos científicos com ideias metafísicas à qual a entidade se opunha. A obra encontrou fãs na França, como o poeta Paul Valéry, que escreveu: "Poe estava abrindo um caminho, criando uma doutrina profundamente sedutora em que uma espécie de matemática e uma espécie de misticismo se transformavam numa única coisa" (BEAVER, 1976). Já nos Estados Unidos foi, em boa parte, ignorada. O passar do tempo pouco contribuiu para sua aceitação. Enquanto escrevia a biografia de Poe, em 1940, Arthur Hobbs Quinn consultou algumas das mentes científicas mais destacadas desse momento a respeito de *Eureka*. O astrônomo Arthur Eddington sentenciou que era surpreendentemente precisa para a época em que foi escrita, mesmo por padrões científicos: "Poe parece ter tido a mente de um matemático, recusando formulações vagas, e fez uma tentativa crível de estabelecer um pensamento preciso" (MCCASLIN, 1973). Albert Einstein, por sua vez, opinou que enquanto a primeira metade era espirituosa e admirável, ao afirmar que a ciência só é possível através da combinação de experimentação sistemática e construção lógica, a segunda lembrava as cartas de malucos que recebia todos os dias. Talvez aquele não tivesse sido o melhor momento para consultar Einstein, que por então lutava contra princípios da nascente física quântica que não encaixavam em sua visão de mundo, entre eles as noções de que o observador influi na realidade observada e que o acaso desempenha um papel fundamental na constituição do universo — dois princípios que, a sua maneira, Poe defendeu em *Eureka* (TRESCH, 2021).

Posteriormente, alguns físicos e astrônomos expressaram opiniões mais favoráveis, elogiando certas percepções de Poe e ressaltando que a ideia de que o universo tivesse começado com a explosão e expansão rápida de uma partícula se assemelhava muito ao conceito do Big Bang, proposto em artigos publicados a partir de 1927 pelo padre e físico belga Georges Lemaître e ainda hoje aceito pela maioria dos cosmólogos.[10] Além disso, a ideia de que o universo passa por ciclos alternados de expansão e retra-

10. Paul Halpern. "The Cosmology of Poe". Disponível em: <https://aeon.co/essays/edgar-allan-poe-visionary-of-big-bang-cosmology>. Acesso em: 23 mar. 2025.

ção foi proposta por físicos do século 20 com o nome de "universo oscilante", e a noção de "uma ilimitada sucessão de universos" encontraria seu lugar na física do século 20 — e na cultura de massas do século 21 — como o conceito dos "multiversos".

Poe teve vários acertos científicos em seu "poema em prosa": ele questionou as bases da geometria euclidiana justamente quando matemáticos europeus estavam assentando as bases da geometria não-euclidiana (BEAVER, 1976), e ao propor um universo finito, com um número limitado de estrelas, solucionou o chamado "paradoxo de Olbers", que postulava que, se o universo é infinito, o céu noturno deveria ser tão luminoso quanto o diurno. Mas também defendeu equívocos como a existência do éter luminífero e, ao colocar Kepler no panteão dos pensadores intuitivos por ter "imaginado" as leis da mecânica celeste, ignorou que o astrônomo alemão havia trabalhado com observações empíricas dos planetas coletadas por seu colega dinamarquês Tycho Brahe.[11]

No entanto, reduzir a apreciação de *Eureka* à questão da exatidão do conteúdo científico ignora os propósitos do autor, que logo no prefácio afirmou: "É, contudo, tão somente como um Poema que desejo que esta obra seja julgada após minha morte". Mas não se trata de um poema qualquer, e sim de um poema cosmogônico, ou mito de criação, que segue a tradição da poesia de Hesíodo e outros poetas gregos da Antiguidade, os quais abordavam a criação do cosmos. Tradicionalmente, tal mito considera a experiência direta como um "ponto de origem" através do qual o mundo se expressa, valendo-se do recurso de falar da própria experiência sem se prender à linguagem conceitual que alija o indivíduo do contato direto com o mundo. Assim como outros poetas românticos, Poe desejava recuperar o antigo poeta que era a uma só vez profeta, oráculo e artista (LEVINE; LEVINE, 1990); em certos momentos, o narrador de *Eureka* fala diretamente

11. Idem.

do fundo de sua alma, que no caso é também o centro do mundo (MCCASLIN, 1973).

Eureka não representou uma ruptura com a obra anterior de Poe, mas sua culminação. O texto, que encapsulava sua crença na interconexão e unidade de todas as coisas, na natureza cíclica do universo e na transcendência da alma, pode também ser visto como uma forma de consolo para aplacar todas as perdas emocionais sofridas ao longo da vida do autor, e a aposta em um futuro reconfortante. Em "O colóquio de Monos e Una" Poe já havia apresentado a ideia de que não é possível perder a si mesmo, o lar ou as pessoas amadas (SILVERMAN, 1991), enquanto que em "Revelação mesmérica" afirmava que "Para sermos felizes, em algum momento deveremos ter sofrido em igual medida. Nunca sofrer seria nunca ser abençoado. [...] A dor da vida primitiva na Terra é a base única das delícias na vida última no Céu". Em *Eureka*, ele retoma e desenvolve tais ideias, agora sem colocá-las na boca de algum personagem, mas falando com sua própria voz. A presença de um longo trecho satírico no qual faz jogos de palavras e altera os nomes dos filósofos de quem não gostava (e que reutilizaria praticamente sem alterações em "Mellonta Tauta") levou alguns críticos a desconfiar que Poe estivesse, uma vez mais, sendo irônico. Como apontou a crítica Elizabeth Vincelette (2008), é a *religiosidade* do ensaio que permite levá-lo a sério — o que vai depender, em última análise, de uma aceitação da "voz oracular" do autor.

Para o escritor Julio Cortázar (1972), a obra pede um leitor especial: "Quem se obstina a seguir julgando *Eureka* por seu valor científico comete o mesmo erro de Poe, sem nenhum de seus atenuantes. Os bons leitores desse poema cosmogônico são aqueles que aceitam, num plano poético, o vertiginoso itinerário intuitivo e intelectual que Poe lhes propõe, e assumem esse ponto de vista *divino* a partir do qual ele pretendeu ver e medir a criação". Sim, *Eureka é* uma viagem; o leitor que aperte o cinto e se deixe levar numa peregrinação no espaço-tempo, do início ao fim do cosmos. O percurso é acidentado, mas vale o esforço, quando lido no espírito que Poe propôs ("para aqueles que sentem, em vez daqueles que refletem — para os sonhadores e aqueles que põem fé nos sonhos como sendo as únicas realidades").

Devido a essa peculiar mistura de ciência, metafísica e literatura, que desafia tentativas fáceis de classificação, *Eureka* caiu em um limbo e talvez esteja entre uma das obras menos lidas do escritor estadunidense, popular apenas entre seus apreciadores mais empedernidos. Para leitores interessados em fatos científicos, a obra tem muito de errôneo e peculiar; para leitores de ficção, parece demasiado ensaística. Mas, lida da forma como Poe sugeriu, ou seja, como uma obra imaginativa, deveria agradar ao apreciador de literatura fantástica. O terreno no qual arte e ciência se encontram — não é exatamente aí onde a ficção científica floresce?

Um ano depois de completar *Eureka*, Poe escreveu a Maria Clemm: "Não tenho desejo de viver desde que escrevi *Eureka*. Não poderia realizar mais nada". Exatos três meses depois, ele morreria.

Edgar Allan Poe passou a maior parte de sua vida adulta numa busca vã por respeito profissional e estabilidade financeira e emocional. Ao longo do percurso, assentou a crítica literária em bases mais sólidas, criou princípios poéticos e literários que influenciaram toda uma geração, lançou os alicerces para a ficção científica, criou o conto policial e reinventou o conto de horror, e legou um número de motes básicos que, com variações, são usados até hoje em histórias, filmes e quadrinhos de terror e de mistério — além de ter deixado um punhado de poemas ainda hoje apreciados por sua elegância, e de contos em todos os gêneros, entre os quais alguns que se tornaram parte do cânone literário mundial. Não é pouco, para alguém que viveu pouco mais de quarenta anos.

Humberto Moura Neto

BIBLIOGRAFIA

Prefácio

ALVES, Francisco Francimar de Sousa. "Poe: uma história de traduções, inspirações e popularidade". *Revista Tradterm*, n. 26, 2015, pp. 147-159. Disponível em: <https://www.revistas.usp.br/tradterm/article/view/113340>. Acesso em: 20 fev. 2025.

BAUDELAIRE, Charles. *Correspondance II* (1860-1866). Texto estabelecido, apresentado e anotado por Claude Pichois e Jean Ziegler. Paris: Gallimard, Bibliothèque de la Pléiade, 1999.

BAUDELAIRE, Charles. "Edgar Poe, sa vie et ses œuvres". In: POE, Edgar Allan. *Histoires extraordinaires*. Paris: Gallimard, 1973.

BAUDELAIRE, Charles. "Notes nouvelles sur Edgar Poe". In: POE, Edgar Allan. *Nouvelles histoires extraordinaires*. Tradução de Charles Baudelaire. Paris: Michel Lévy Frères Éditeurs, 1875.

BELLEI, Sérgio Luiz Prado. "Edgar Allan Poe: viagem ao Brasil, escala em Paris". *Itinerários*, Araraquara, n. 31, jul.-dez. 2010, pp. 131-143. Disponível em: <https://periodicos.fclar.unesp.br/itinerarios/article/view/3156/2883>. Acesso em: 20 fev. 2025.

BOTTMANN, Denise. "Tardio, porém viçoso: Poe contista no Brasil". TradTerm, v. 22, São Paulo, dez. 2013, pp. 89-106. Disponível em: <https://www.revistas.usp.br/tradterm/article/view/69119/71576>. Acesso em: 20 fev. 2025.

DAGHILIAN, Carlos. "A recepção de Poe na literatura brasileira". *Fragmentos*, n. 25, Florianópolis, jul.-dez. 2003, pp. 45-54.

DI MAIO, Mariella. “Jules Verne et le voyage au second degré, ou un avatar d’Edgar Poe”. *Revue Romantisme*, n. 67, 1990, pp. 101-110. Disponível em: <https://www.persee.fr/doc/roman_0048-8593_1990_num_20_67_5654>. Acesso em: 20 fev. 2025.

LAWLER, James. *Edgar Poe et les poètes français suivi d’une conférence inédite de Paul Valéry*. Paris: Julliard, 1989.

LÉMONNIER, Léon. *Les Traducteurs d’Edgar Poe en France de 1845 à 1875: Charles Baudelaire*. Paris: Presses Universitaires de France, 1928.

LIMA, Maria Antónia. *Terror na literatura norte-americana (Brown, Poe, Hawthorne e Melville)*. 2 volumes. Lisboa: Universitária Editora, 2008.

MEYER, Romain. “Edgar Poe par-delà Baudelaire”. *Le Temps*, Genebra, 2019. Disponível em: <https://www.letemps.ch/culture/livres/edgar=-poe-pardela-baudelaire?srsltid-AfmBOopGy4OCbGEM--YFJj3UgqwNVPgODrmggLaL--CBUYcwy4h-8mD2M>. Acesso em: 20 fev. 2025.

PEQUEÑO, Javier Rodríguez. “Jules Verne: de la odisea a la ciencia ficción”. *Revista Castilla. Estudios de Literatura*, n. 9, 2019, pp. 1-19.

ROAS, David. *A ameaça do fantástico: aproximações teóricas*. Trad. de Julián Fuks. São Paulo: Unesp, 2014.

SAFONT, Juan Marcos Bonet. “La ciencia en Verne y Poe: el caso Pym”. *Metode Science Studies* Journal, n. 6, 2016, pp. 6-12. Disponível em: <https://turia.uv.es/index.php/Metode/article/view/3315/5016>. Acesso em: 20 fev. 2025.

TAVARES, Bráulio (org.). *Páginas de sombra: contos fantásticos brasileiros*. Rio de Janeiro: Casa da Palavra, 2003.

TODOROV, Tzvetan. *Introdução à literatura fantástica*. Trad. Maria Clara Castello. São Paulo: Perspectiva, 2008.

WETHERILL, Peter Michael. *Charles Baudelaire et la poésie d’Edgar Allan Poe*. Paris: Nizet, 1962.

Contos

BEAVER, Harold (org.). *The Science Fiction of Edgar Allan Poe*. Harmondsworth: Penguin, 1976.

LEVINE, Stuart; LEVINE, Susan (orgs.). *The Short Fiction of Edgar Allan Poe*. Urbana: University of Illinois, 1990.

POE, Edgar Allan. *Edgar Allan Poe, poesia e prosa*. Trad. de Oscar Mendes e Milton Amado. [Rio de Janeiro]: Ediouro, sem data.

POE, Edgar Allan. *Histórias extraordinárias*. Trad. de Breno Silveira e outros. São Paulo: Abril, 1978.

POE, Edgar Allan. *The Complete Tales and Poems*. Nova York: Vintage Books, 1975.

POE, Edgar Allan. *The Works of Edgar Allan Poe, Volumes 1-5*. Disponível em: <www.gutenberg.org>. Acesso em: 10 out. 2024.

Comentários analíticos e posfácio

ALEKNA, Richard A. "Further Notes on Poe's Satirical Targets". *Poe Studies*, v. 12, n. 2, p. 36, 1979.

AL-KHALILI, Jim. "The Birth of the Electric Machines: a Commentary on Faraday (1832) 'Experimental Researches in Electricity'". *Philosophical Transactions of the Royal Society A*, v. 373, 2015. Disponível em: <http://dx.doi.org/10.1098/rsta.2014.0208>. Acesso em: 10 out. 2024.

ALLEN, Hervey. *Israfel – The Life and Times of Edgar Allan Poe*. Nova York: George H. Doran, 1926.

AUERBACH, Jonathan. "Poe's Other Double: The Reader in the Fiction". *Criticism*, v. 24, n. 4, p. 341-361, 1982.

BEAVER, Harold (ed.). *The Science Fiction of Edgar Allan Poe*. Harmondsworth: Penguin, 1976.

BOYNTON, Percy. "Poe and Journalism". *The English Journal*, v. 21, v. 5, p. 345-352, 1932.

BROWN, Kevin. "The Thought of a Thought — Edgar Allan Poe". *MathPages*, 2023. Disponível em: <https://www.mathpages.com/home/kmath522/kmath522.htm>. Acesso em: 10 out. 2024.

BROWNE, Malcolm W. "Deadly Maelstrom's Secrets Unveiled". *New York Times*, 2 set. 1997. Disponível em: <https://www.nytimes.com/1997/09/02/science/deadly-maelstrom-s-s-secrets-unveiled.html>. Acesso em: 10 out. 2024.

CARLSON, Eric, W. *A Companion to Poe Studies*. Westport: Greenwood, 1996.

CARLTON, John. *Marine Propellers and Propulsion*. 2. ed. Oxford: Butterworth-Heinemann, 2007. Disponível em: <https://maritimeexpert.files.wordpress.com/2018/03/marine-propellers-and-propulsion-carlton.pdf>. Acesso em: 10 out. 2024.

CORTÁZAR, Julio. "Prólogo". *In:* POE, Edgar Allan. *Eureka*. Madri: Alianza, 1972.

DELARUE, Claude. *Edgar Poe. Scènes de la vie d'un écrivain*. Paris: Balland, 1984.

DOMANSKI, Jacek. "Across the Ocean — Astonishing Stories of Transatlantic Flights". *Afterburner, The Aviation Magazine*, 26 jul. 2023. Disponível em: <https://afterburner.com.pl/across-the-ocean-astonishing-stories-of-transatlantic-flights/>. Acesso em: 10 out. 2024.

FALK, Doris V. "Poe and the Power of Animal Magnetism". *Publications of the Modern Language Association*, v. 84, n. 3, p. 536-46, 1969.

GABRIEL, Maria Alice Ribeiro. "Ciência e ceticismo em 'Mellonta Tauta', de Edgar Allan Poe". *Nonada: Letras em Revista*, v. 1, n. 26, p. 118-125, 2016. Disponível em: <https://www.redalyc.org/pdf/5124/512454190013.pdf>. Acesso em: 10 out. 2024.

GALLOWAY, David (ed.). *Comedies and satires*. Harmondsworth: Penguin, 1987.

GALLOWAY, David (ed.). *Selected Writings of Edgar Allan Poe*. Harmondsworth: Penguin, 1967.

GJEVIK, B.; MOE, H.; OMMUNDSEN, A. "Sources of the Maelstrom". *Nature*, v. 388, n. 6645, p. 837-838, 1997. Disponível em: <https://www.researchgate.net/publication/234309745_Sources_of_the_Maelstrom>. Acesso em: 10 out. 2024.

GRANT, Robert. *History of Physical Astronomy*. Londres: Robert Baldwin, 1852.

GUMMERE, John. *An Elementary Treatise on Astronomy*. 3. ed. Filadélfia: Kimber & Sharpless, 1842. Disponível em: <https://catalog.hathitrust.org/Record/009795860>. Acesso em: 10 out. 2024.

HALL, Thomas. "Poe's Use of a Source: Davy's Chemical Researches and 'Von Kempelen and His Discovery'". *Poe Newsletter*, v. 1, n. 2, p. 28, 1968.

HAMILTON, Walter. *Notes to Assist the Memory in Various Sciences*. 2. ed. Londres: John Murray, 1827.

HASTINGS, Warren. *Narrative of the Insurrection which Happened in the Zeemedary of Banaris in the Month of August 1781*. Calcutá, Governador Geral, 1782.

HOLMES, Richard. *The Age of Wonder*. Londres: HarperPress, 2009.

HUBACK, Rodrigo. "Mesmerismo: conheça a ciência do magnetismo animal usada na Hipnose". *IBDN*, 2022. Disponível em: <https://www.ibnd.com.br/blog/mesmerismo-conheca-a-ciencia-do-magnetismo-animal-usada-na-hipnose.html>. Acesso em: 10 out. 2024.

HUNGERFORD, Edward. "Poe and Phrenology". *American Literature*, v. 2, n. 3, p. 209-231, 1930.

INSTITUTO NACIONAL DE LOS PUEBLOS INDÍGENAS (INPI). "Etnografía del pueblo Kikapú (Kikaapoa) de Coahuila". *Gobierno de México*, 2017. Disponível em: <https://www.gob.mx/inpi/es/articulos/etnografia-del-pueblo-kikapu-kikaapoa>. Acesso em: 10 out. 2024.

JACOBS, Robert D. "Poe's Earthly Paradise". *American Quarterly*, v. 12, n. 3, p. 404-413, 1960.

KENNEDY, J. Gerald. "Unwinnable Wars, Unspeakable Wounds: Locating 'The Man that Was Used Up'". *Poe Studies/Dark Romanticism*, v. 39-40, n. 1-2, p. 77-89, 2006. Disponível em: <https://doi.org/10.1111/j.1754-6095.2006.tb00189.x>. Acesso em: 10 out. 2024.

KELLER, Horst Uwe; KÜHRT, Ekkehard. "Cometary Nuclei — From Giotto to Rosetta". *Space Science Reviews*, v. 216, n. 14, 2020. Disponível em: <https://doi.org/10.1007/s11214-20-0634-6>. Acesso em: 10 out. 2024.

KETTERER, David. "The SF Element in the Work of Poe: A Chronological Survey". *Science Fiction Studies*, v. 3, n. 1, 1974. Disponível em: <https://www.depauw.edu/sfs/backissues/3/ketter3bib.htm>. Acesso em: 10 out. 2024.

LAPLACE, Pierre-Simon. *Essai philosophique sur les probabilités*. Paris: Vourcier, 1814.

LE CLAWSON, Connye. *Eureka: A Touchstone for the Characteristic Motifs in the Tales of Edgar Allan Poe*. Tese de mestrado. University of Oklahoma, 1972.

LEVINE, Stuart; LEVINE, Susan F. "Comic Satires and Grotesques: 1836-1849", p. 129-148. *In*: CARLSON, Eric W. (ed.). *A Companion to Poe Studies*. Westport: Greenwood, 1996.

MABBOTT, Thomas Ollive (ed.). *Collected Works of Edgar Allan Poe*, v. 2. Cambridge, Londres: Belknap, 1978. Disponível em: <https://www.eapoe.org/works/mabbott/tom2t000.htm>. Acesso em: 10 out. 2024.

MABBOTT, Thomas Ollive (ed.). *Edgar Allan Poe. Complete Poems*. Urbana, Chicago: University of Illinois, 2000.

MARCHAND, Ernest. "Poe as Social Critic". *American Literature*, v. 6, n. 1, p. 28-43, 1934.

MARGOLIS, Stacey. "The Perversity of Public Opinion in Poe's Later Hoaxes and Satires" , p. 157-172. *In*: KENNEDY, J. Gerald; PEEPLES, Scott (eds). *The Oxford Handbook of Edgar Allan Poe*. Nova York: Oxford University, 2019.

MARKOVIĆ, Helena; OKLOPČIĆ, Biljana. "Edgar Allan Poe's Chevalier Dupin: The Use of Ratiocination in Fictional Crime Solving". *Hum: časopis Filozofskog fakulteta Sveučilišta u Mostaru*, v. 11, n. 15, 2016.

MARTIN, Terence. "The Imagination at Play: Edgar Allan Poe". *The Kenyon Review*, v. 28, n. 2, p. 194-209, 1966.

MARTINEZ, Carlo. "E. A. Poe's 'Hans Pfaall', the Penny Press, and the Autonomy of the Literary Field". *The Edgar Allan Poe Review*, v. 12, n. 1, p. 6-31, 2011.

MATUTE, Juan Ygnacio. *Informe que rinde la comisión sobre los temblores de febrero de 1875*. Guadalajara: 1875.

MCCASLIN, Susan. *Descent: Recovery of the Ground in Eureka, Poe's Cosmogonic Myth.* University of Washington, 1969. (Tese de Mestrado)

MONCK MASON, Thomas. *Account of the Late Aeronautical Expedition from London to Weilburg*. Londres: Westley, 1836.

MOONEY, Stephen L. "The Comic in Poe's Fiction". *American Literature*, v. 33, n. 4, p. 433-441, 1962. Disponível em: <https://doi.org/10.2307/2922610>. Acesso em: 10 out. 2015.

MOUAT, Richard. "A Narrative of the Niger Expedition". *Simmonds's Colonial Magazine*, v. 2, pp. 138-153, 311-324, 446-465, 1844. Disponível em: <https://books.google.co.bw/books?id=Fx_oKbNjfTwC&>. Acesso em: 10 out. 2024.

MUZALDA, Dayaram. "Struggle for Identity and Allegiance in the Nautical Fiction by Joseph Conrad". *International Research Journal of Management, Sociology & Humanities*, v. 11, n. 9, 2020.

PAVÃO, Antonio C. *et al.* "The Extinction of the *Ignis Fatuus*". *Química Nova*, v. 46, n. 2, p. 168-170, 2023. Disponível em: <http://dx.doi.org/10.21577/0100-4042.20230002>. Acesso em: 10 out. 2023.

PETTIGREW, Thomas Joseph. *A History of Egyptian Mummies*. Londres: Longmann, 1834.

PIETRYKOWSKI, William; RENKER, Elizabeth. "From Poe to Rimbaud: A Comparative View of Symbolist Poetry". *Juros*, v. 2, p. 39-47, 2011. Disponível em: <https://juros.osu.edu/index.php/juros/article/view/1691>. Acesso em: 10 out. 2024.

POE, Edgar Allan. "Marginalia, part 1". *Democratic Review*, novembro de 1844, v. 15, p. 484-494, 1844. Disponível em: <https://www.eapoe.org/works/misc/mar1144.htm>. Acesso em: 10 out. 2024.

RAMACHANDRAN, Vilayanur; HUBBARD, Edward. "Hearing Colors, Tasting Shapes". *Scientific American*, v. 288, n. 5, p. 52-59, 2003. Disponível em: <https://www.researchgate.net/publication/10800030_Hearing_Colors_Tasting_Shapes>. Acesso em: 10 out. 2024.

SCHEICK, William J. "An Intrinsic Luminosity: Poe's Use of Platonic and Newtonian Optics". *The Southern Literary Journal*, v. 24, n. 2, p. 90-105, 1992.

SCHMUNK, Robert B. "Oldest Alternate Histories". *Uchronia*, 2010. Disponível em: <http://www.uchronia.net/bib.cgi/oldest.html>. Acesso em: 10 out. 2024.

SILVA, Ana Maria Zanoni da. *Humor e sátira: a outra face de Edgar Allan Poe*. Araraquara: UNESP, Faculdade de Ciências e Letras, 2006. (Tese de Doutorado em Estudos Literários) Disponível em: <https://agendapos.fclar.unesp.br/agenda-pos/estudos_literarios/1031.pdf>. Acesso em: 10 out. 2024.

SILVERMAN, Kenneth. *Edgar A. Poe – Mournful and Never-ending Remembrance*. Nova York: HarperCollins, 1991.

SIMPSON, D. "Phrenology and the Neurosciences: Contributions of F. J. Gall and J. G. Spurzheim". *ANZ Journal of Surgery*, v. 75, p. 475-82, 2005.

STERN, Philip van Doren (ed.). *The Portable Poe*. Nova York: Penguin, 1977.

STUDNIARZ, Slawomir. "Edgar Allan Poe and the Tradition of Western Mysticism: a Study of a Selection of his Short Stories". *Revista de Estudios Norteamericanos*, v. 22, p. 275-304, 2018.

SWEENEY, Gerard M. "Beauty and Truth: Poe's 'A Descent into the Maelstrom'", *Poe Studies*, v. 6, n. 1, p. 22-25. 1973. Disponível em: <https://www.eapoe.org/pstudies/ps1970/p1973108.htm>. Acesso em: 15 jan. 2025.

TATE, Allen. "The Angelic Imagination: Poe and the Power of Words". *The Kenyon Review*, v. 14, n. 1, p. 455-475, 1952.

TAYLOR, M. A. "Edgar Allan Poe's (Meta)physics: A Pre-History of the Post-Human". *Nineteenth-Century Literature*,

v. 62, n. 2, p. 193-221, 2007. Disponível em: <https://doi.org/10.1525/ncl.2007.62.2.193>. Acesso em: 22 abr. 2024.

TRESCH, John. "'The Potent Magic of Verisimilitude': Edgar Allan Poe within the Mechanical Age". *The British Journal for the History of Science*, v. 30, p. 275-290, 1997.

TRESCH, John. *The Reason for the Darkness of the Night: Edgar Allan Poe and the Forging of American Science*. Nova York: Farrar, Straus and Giroux, 2021.

TURNER, Martha A. "Sins Against Science: The Scientific Media Hoaxes of Poe, Twain, and Others by Lynda Walsh". *The Edgar Allan Poe Review*, v. 8, n. 1, p. 75-81, 2007.

VIGNES, Jean-Rodolphe. "Rimbaud et la synesthésie". *Éditions Phaéton*, 2017. Disponível em: <https://revue-phaeton.fr/index.php/2017/02/26/rimbaud-et-la-synesthesie/>. Acesso em: 10 out. 2024.

VINCELETTE, Elizabeth. "Beauty, Truth, and the Word: The Prophecy and Theology of Poe's Eureka". *The Edgar Allan Poe Review*, v. 9, n. 2, p. 36-54, 2008.

WHALEN, Terence. "Poe and the American Publishing Industry" , p. 63-93. *In*: KENNEDY, J. Gerald (ed.). *A Historical Guide to Edgar Allan Poe*. Nova York: Oxford University, 2001.

WIKIPEDIA. Oxygen Toxicity. *Wikipedia, The Free Encyclopedia*, 2024a. Disponível em: <https://en.wikipedia.org/wiki/Oxygen_toxicity>. Acesso em: 10 out. 2024.

WIKIPEDIA. The Man That Was Used Up. *Wikipedia, The Free Encyclopedia*, 2024b. Disponível em: <https://en.wikipedia.org/w/index.php?title=The_Man_That_Was_Used_Up&oldid=1198641778>. Acesso em: 10 out. 2024.

WILLIAMS, Raymond. "Science Fiction". *The Highway*, v. 48, p. 41-45, 1956. Reimpresso em *Science Fiction Studies*, v. 15, n. 3, p. 356-360, 1988. Disponível em: <https://www.depauw.edu/sfs/documents/williams.htm>. Acesso em: 10 out. 2024.

WIMSATT, W. K. "Poe and the Chess Automaton". *American Literature*, v. 11, n. 2, p. 138-151, 1939.

WYLIE, Clarence R. “Mathematical Allusions in Poe”. *The Scientific Monthly*, v. 63, n. 3, p. 227-235, 1946.

ZHU, Hong *et al.* “Oxygen and Oxygen Toxicity: The Birth of Concepts”. *Reactive Oxygen Species*, v. 1, n. 1, p. 1-8, 2016. Disponível em: <https://www.ncbi.nlm.nih.gov/pmc/articles/PMC5921831/>. Acesso em: 10 out. 2024.

AGRADECIMENTOS

Desejamos expressar nossa enorme gratidão ao editor e amigo Silvio Alexandre, que primeiro nos apresentou a ideia deste livro, e que nos incentivou e ajudou ao longo dos anos, até que o presente volume tomasse forma.

A Bruno Anselmi Matangrano, pela generosidade e entusiasmo com que aceitou embarcar conosco nessa jornada, enriquecendo estas páginas com seu conhecimento admirável.

Aos queridos companheiros de letras e literatura fantástica Giulia Moon, Cid Vale Ferreira, Cintia Barcellos Lacerda e Adriano Siqueira (*in memorian*), que sempre nos apoiaram em todas nossas aventuras literárias, inclusive esta.

A todos os leitores de nosso livro anterior, *O vampiro antes de Drácula* (Aleph, 2024), que entraram em contato conosco manifestando sua apreciação pela obra, e que sem saber nos motivaram a seguir adiante com mais este projeto.

Por fim, mas não em último, a toda a equipe editorial da Aleph, em especial a Adriano Fromer, que nos acolheu com tanto carinho nessa casa; a Luara França, que demonstrou entusiasmo por nossa ideia desde a primeira leitura da versão preliminar; a Aline Graça, pelo trabalho minucioso e preciso de revisão; e sobretudo a Livia Deorsola, pela orientação impecável e, acima de tudo, pela paciência interminável.

SOBRE OS ORGANIZADORES

MARTHA ARGEL é bióloga, doutora em ecologia e especialista no estudo de aves silvestres. Depois de décadas trabalhando em pesquisa acadêmica, ensino superior e consultoria ambiental, decidiu dar início a uma carreira paralela em literatura fantástica, com especial interesse por vampiros. Como autora e/ou colaboradora, publicou cerca de trinta livros, entre técnicos, didáticos e ficcionais. Entre eles estão *O vampiro antes de Drácula*, em parceria com seu marido Humberto Moura Neto, e dois volumes da série Guias de Campo WCS Aves do Brasil. Atualmente, atua como tradutora e dedica-se à promoção da atividade de observação de aves como ferramenta para a conservação, educação ambiental e desenvolvimento econômico sustentável.

HUMBERTO MOURA NETO nasceu no Rio de Janeiro, em 1960. Em 1976 mudou-se com a família para os Estados Unidos, onde morou por sete anos, terminando ali o Ensino Médio e formando-se em biologia pela Universidade de Maryland. De volta ao Brasil, trabalhou como professor de inglês e revisor de textos. De 1991 a 1995, morou em Madri. Em 2001 fez mestrado em biologia marinha na Universidade Federal Fluminense e, em 2005 e 2006, foi professor substituto de zoologia na Universidade Federal de Vitória. Desde então trabalha com tradução de livros e artigos científicos. Seu interesse pela ficção científica e por Edgar Allan Poe vem de longa data.

TIPOGRAFIA: Media77 - texto
Druk - entretítulos
PAPEL: Pólen Natural 70 g/m² - miolo
Couché 150 g/m² - capa
Offset 150 g/m² - guardas

IMPRESSÃO: Ipsis Gráfica
Junho/2025

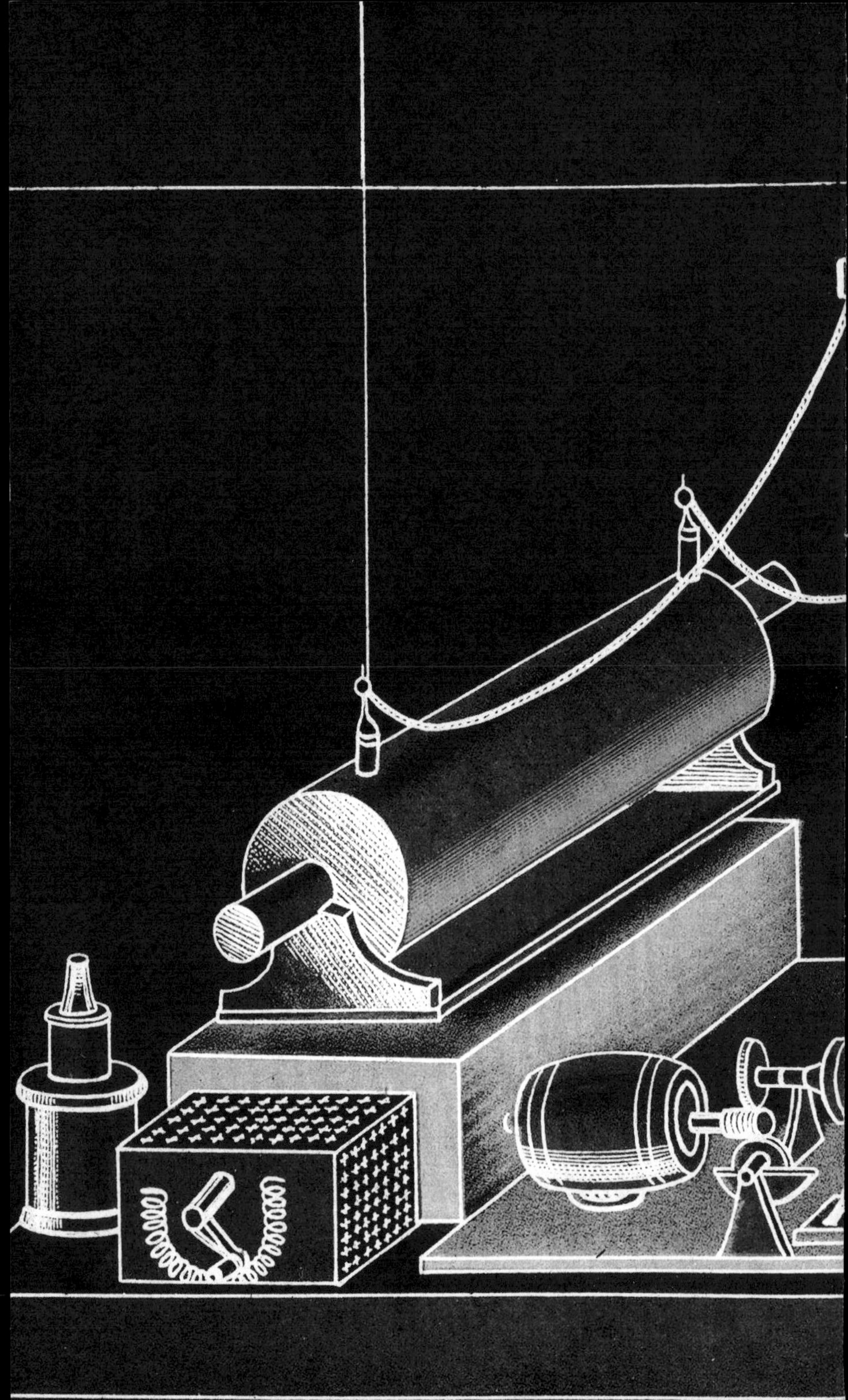